全民阅读精品文库

倾国倾城

杨晓升／主编

中国言实出版社

图书在版编目(CIP)数据

倾国倾城 / 杨晓升主编. —北京：中国言实出版社，2015.4

ISBN 978-7-5171-1145-0

Ⅰ.①倾… Ⅱ.①杨… Ⅲ.①中篇小说—小说集—中国—当代②短篇小说—小说集—中国—当代 Ⅳ.①I247.7

中国版本图书馆CIP数据核字（2015）第042770号

责任编辑： 周汉飞

出版发行 中国言实出版社
      地　　址：北京市朝阳区北苑路180号加利大厦5号楼105室
      邮　　编：100101
      编辑部：北京市西城区百万庄大街甲16号五层
      邮　　编：100037
      电　　话：64924853（总编室）64924716（发行部）
      网　　址：www.zgyscbs.cn
      E-mail：zgyscbs@263.net

经　　销 新华书店
印　　刷 阳谷毕升印务有限公司
版　　次 2015年8月第1版　　2022年1月第3次印刷
规　　格 710毫米×1000毫米　1/16　16印张
字　　数 254千字
定　　价 48.00元　ISBN 978-7-5171-1145-0

目　录

母亲婚姻错配，以低微的出身嫁进豪门。妻去妾在，家事纷繁，叶赫那拉家族后人的兴衰，系于母亲一手，其中酸甜苦辣，百味俱全。

大 登 殿

叶广芩

宝钏封在昭阳院，代战西宫掌兵权。参王驾来问王安，讲什么正来论什么偏。

——京剧《大登殿》唱词

一

母亲的洞房花烛夜被她自己搅得一塌糊涂，她将房内一切可以破坏的摆设都弄了个稀巴烂，那闺中女儿的春梦也随着瓶盏的破裂化作了乱糟糟的碎片，四处飞溅，响亮而震撼。无畏、不吝、不屈、刚强，暴怒的母亲充分展示了她北京朝阳门外南营房旗兵后代的气势，这种无羁的活力是她进入的这家人所没有的，她的举动打乱了这家原本的秩序，一切都变得无章可循。史学家们常说，游牧民族对中原政权的入侵，为木僵的中原文化增添了活力，推动了中华文化的进步。我也常说，母亲嫁入叶赫那拉家族，如同在一潭沉闷的死水中扔进了一块石头，一石激起千层浪，洞房花烛夜的鸣响不过是个简单序曲，好戏还在后头。天潢贵胄的叶赫家族早已脱离了当年与爱新觉罗们，与大明官兵们战斗的孔武骁勇，那些个浴血奋战，那些个勇猛追杀，早已成了远年故事，如同父亲屋内挂着的那口鱼皮套宝剑，内里锈蚀殆尽，空有个华丽皮囊罢了。叶赫家人关二百年，在京城这片繁华温柔之乡瘫软融化，向着规矩化、程式化、贵族化、完美化靠拢，有着百年不变的生活秩序和套路，有着锦衣玉食的富贵荣华，一旦面对母亲这荒腔走板的突发事件，面对这不管不顾的疯闹，全家上下几十口，人仰马翻，竟无一人拿得出主意，无一人能出面劝阻。这种懦弱性情，至今还影响着这个家族的子弟们，安于现状，与世无争，不仆姿色以求荣，不效犬马以求禄，永远地不开口求人，永远地大量能容，成了别一路人物。

　　母亲姓陈，娘家穷，父母早亡，她要赡养兄弟，三十岁才嫁，媒人是刘春霖，中间搭桥的是她的表舅钮七爷，代表他们陈家出面的就是她初中刚肄业的兄弟，叫陈锡元。陈锡元连话也说不利落，还是个不谙世事的大男孩。娶亲前说好是作为填房的，叶四爷（我父亲）的嫡福晋瓜尔佳氏六年前病故，留下几个儿女，中馈空虚，没有当事的主母，由父亲好友兼同窗刘春霖出面，托母亲的表舅来说合，想促成这桩婚事。老大未嫁的母亲在那个时代给人当继室是一条唯一的出路，北京城虽大，也没有哪个老爷们儿三四十了还作为光棍晃荡着，还在冥冥中等着谁。父亲比母亲大了十八岁，母亲本已很不满意，谁知洞房之中，帐幔垂下之际，新郎又坦言相告，西院月亮门内还住着一位叫作芸芳的张氏夫人，且言，张氏夫人已经为叶家生养了七个儿女，再加上瓜尔佳留下来的，一共是……

　　任何一个新娘在此刻也不能平静相对了，母亲一扫欲做妇人的羞涩，立时柳眉倒竖，杏眼圆睁，二话没说，一伸腿，把那只"兔子"（父亲是属兔的，土命，蟾宫之兔）蹬到桌底下去了，继而是一场恶战，喊叫哭闹，撕咬抠抓，蹬踹摔砸，奏出了一曲别样的婚姻交响。

　　几十年后我跟我的儿子谈及这一幕的时候，我的儿子说，我的姥爷哪里会是蟾宫之兔，一定是那只叫作罗杰的流氓兔，这样的事除了罗杰，别个谁也干不出来。所谓的罗杰就是美国动画片里那只穿着背带裤，龇牙咧嘴啃胡萝卜，多嘴多舌多诡计的兔子，这样的形象与我的父亲相去甚远，我的父亲实则是个毫无心计，满腹经纶又永远快乐的北京大爷，懂礼仪，循规矩，尚艺术，爱美食，无忧的生活造就了他无忧的性情，正如他对死的选择也是充满着快乐，没有痛苦的。

　　用我儿子的理解，也就是中国现代青年的理解，我的母亲是处于"二奶"的境地，即被我的父亲冠冕堂皇地"包养"了，跟现今给二奶另选异地另购别墅的款爷们不同，我的母亲是被包进叶家院内，跟尚在的大奶包在了一起，用他的话说是一个白菜心里包了俩虫子。

　　给人做小，别说我的母亲，我也是不能接受的，我母亲，一个贤淑勤快的女子，一个心劲儿高傲的美人，在闺中含辛茹苦几十年，却落了个当小老婆的结局，让人岂能心甘！闹是必然的，我当时若在，也一定会撺掇她闹！

　　"万鼓雷殷地，千骑火生风"，方寸之地的战斗不异于沙场上的万马千军，穷人家的女子豁得出去！

一个"豁得出去"注定了母亲以后在叶家的角色，但凡有什么为难的事，一定是由母亲出面，像是日本宪兵队上我们家"检查"，也得母亲在前院抵挡，我父亲只能是在西院侧着耳朵听动静，那位真正的抗日革命者，我的三姐，早溜得没了影儿。我在外头受了气，一定也是往家跑，搬我妈出去跟人家论理较真儿，我父亲连大声说话也不会，什么事到他那儿，都是"算了罢"。

问题是母亲在洞房那样闹，能闹出怎样一种结果？

母亲调侃地跟我说她那天的大打出手，全是瞎胡踢腾。我想，这就好比国家武术队的教练跟街上的泼妇纠缠到了一块儿，任你有天大的能耐，对方不接招，没辙。母亲说那天闹到半夜才发现洞房里只剩了她一个人，满地满床的"辉煌战果"是各种碎片的狼藉，只有桌面上那盏红纱灯还在灼灼地坚韧不拔地亮着，对她是一种蔑视，更像是一种嘲笑。母亲冲动地朝着纱灯扫过去，在触到灯罩的那一刻又犹豫了，灭了这盏灯，房间内将是漆黑一片，现如今能陪伴她的只有这盏灯了。那只"蟾宫之兔"不知什么时候不见了踪影。

母亲的念头只有一个——马上回娘家去！

想着门是锁着的，出乎预料，轻轻一推，竟然开了，母亲想，敢情是"兔子"在逃窜时忘记了锁门。其实母亲错了，是父亲压根就没想过要锁门，蟾宫里的兔子，哪见过这轰烈阵势，哪有过锁人的念头，倒是后来就范了的母亲在叶家用锁锁过无数的人，包括她的子女，当然也包括我。

母亲出了洞房，才发现屋外是个不小的院落，游廊外两棵树，干枯的枝子让人分不清眉眼，甬道上一个硕大的陶鱼缸，墩在石头座上围着草帘子，往里瞅冻着一缸冰，看不见鱼儿，盛满一缸月影。院内无人，也不见任何灯亮儿，也就是说，刚才她在屋内吵闹的时候，就是一个人在折腾，白费了许多工夫！

一只脏兮兮的小黄猫不知从哪儿窜出来，在母亲的脚下缠绕，用脊背在母亲的腿上蹭，把母亲的心弄得一片温柔。母亲蹲下来摩挲那细软的毛儿，眼里竟生出许多湿润。也就是这只小黄猫，日后成了母亲的钟爱，同吃同睡，亲闺女般地养着，后代繁茂无比，绵延不绝，一直到她老人家去世，黄猫的子孙们还房上房下，前院后院地寻觅，不肯离去。

母亲后悔进门的时候没有记清来路，以致半夜三更在这陌生宅院里举步维艰，眼前深深的庭院非她的娘家能比，在娘家，她站在房门口一眼就能望见大街门，现在呢，满眼是房满眼是树，该朝哪儿走呢？

穿过一道院，沿着青砖铺就的小径来到一处宽展的园子，园里枝影婆娑，假山绰绰，月光下的三间花厅里有人在吹箫，箫声悠悠扬扬时断时续，显然是在练习。母亲想，这家人也是怪，夜半还有人吹笛子，难道他就不困？如果当时母亲知道练习吹箫的是父亲最小的儿子，是文弱顺良的老七，怕是一件皮袄，一碗热乎乎的粳米粥早送过去了。事实证明，后来老七和母亲的关系最好，跟我的关系也最铁，没有"文弱"的老七，几十年后父母那比较难缠的丧事便无人张罗，这个家中，只有言语不多的老七和我充当了孝子角色，其他几位爷压根就没指望上，没添乱就是万幸了。

这里显然不是大门，母亲赶紧往回折，七转八转又转到洞房门口，往里看，那盏灯还亮着，一切如她离开时的模样，凭着感觉又往南转，穿过一个夹道，过了一座垂花门，母亲终于看到了一排南房东边那座厚重的街门，三步两步，过去就拔门闩。母亲想得简单，只要开了这扇门，顺着胡同往东就是东直门，再沿着护城河朝南，一顿饭工夫就到了朝阳门。到了朝阳门就算到了家，朝外的每一个墙根每一个拐角她都熟悉得不能再熟悉了，到了南营房就如同鱼儿回到了大海，叶家人再想把她弄回来是根本不可能的。

门闩不大却很重，母亲拉了几下拉不动，急得浑身冒汗，再要换个角度时，猛然身后一声轻轻的招呼，太太。

母亲惊得一下贴在门扇上，不敢动弹。半天回过身来望，却见身后站着一个妇人，那妇人不动声色，表情冷漠，眼睛直视着母亲，暗含着一种高傲与淡定。妇人装饰素雅，不施粉黛，月白的琵琶襟上衣，黑色的裤子，裤脚镶着黑色绦子，不显山不露水，却透着考究。全身上下最精彩的是那双鞋，宝蓝的缎面绣着淡绿的栀子花，深绿的压口向鞋尖延伸，盘出一只翻飞的蝴蝶……明亮的月光下，这双脚显得光彩灵动，充满生机。

母亲看着眼前的妇人，料定就是"兔子"谈及的那个张芸芳了，在对方气势的压迫下，不知怎的，穷丫头竟然有些气短，定神一想，反正往后也不在一块儿过，怵她作甚，便说道，我要家走。

"要家走"是"要回家"的意思，朝阳门外贫民们使用的语言，这使得母亲一张嘴就透了底儿，显出了底气的不足，就好像后来有人要装港台腔，一不留神却突然冒出了自家老腔一样，由不得人。那妇人说，要回家也没谁拦着，得老张开门才行。

母亲从妇人的话语里听出了"不欢迎"的意思，越发坚定了走的念头。

这时候，一个精瘦的男人披着衣裳，趿拉着鞋从南屋走出来了，睡眼惺忪地说，谁在门道里呢？

妇人说，有人要走。

老张没理会妇人的话，把衣裳穿好了，提上鞋说，没我这门还真开不了，它门闩上有机关不是，得把闩上的小舌头扳下来，它才能打开，这个小舌头呢，一般人还找不着，要不这院里的哥儿姐儿，猫儿狗儿的，都偷偷往外跑了还行？

老张说一口唐山的"老太儿"话，母亲想，这个人心眼不错，随和，就是话忒多。老张后来成了母亲的死党兼莫逆，大约也与这天夜里的表现有关。我跟老张的关系也不错，我那一口纯正的唐山话，都是跟老张学的，韵味的纯正，用词的准确，常常让河北的作家们吃惊，谁也挑不出半点儿毛病。老张语言的活泛与诙谐，大众式的调侃与夸张，让我受益匪浅，他是我文学的"恩师"。

扯得远了。

老张问，这半夜三更的，谁人要出门？

妇人一指我母亲，喏。

妇人的一个"喏"，让母亲很不受用，她感到了这女人从心里对她的反感和蔑视，母亲后来对我说，那一个"喏"字几乎把她气个半死，即便不在这个家待，她也不能输在这个"喏"上，人穷怎么的，人穷也不低谁一等！这一来，母亲的邪劲儿又上来了，她说，我是有名有姓的，家住南营房四甲57号，我不叫"喏"，我叫陈美珍！

妇人立刻闭了嘴。

老张说，是太太了，太太要出门我自然没有不开的道理，可是我开了街门，外头还开不了城门，太太想家了也得等天亮不是，您回去早了亲家还没起来呢，堵了人家被窝可咋着呢？

母亲看看刚刚偏西的月亮，也是有点儿犹豫，老张借机对母亲说，要不我跟老爷言语一声，就说您要回门，天一亮就备车，早去早回。

老张明显是在给母亲台阶下，新媳妇回门一般都是第二天，由新姑爷陪着，到新妇娘家去拜见亲属，表示两家的亲戚关系由此而认定，而牢固。回门对出嫁的新媳妇是个很重要的仪式，颇有衣锦还乡的意味，是初嫁女孩向娘家人炫耀婆家富足，自己有头脸，丈夫温顺有能耐的机会。女方的亲戚街坊们这天也要聚集在一起，对新郎评头品足，搞些恶作剧，以试新郎的性情。母亲在南营房的街坊碟儿，因为在该回门的日子被婆婆责令出来挑水，被众人认为他们家不合礼法，不懂规矩，在南营房地区就抬不起头来。

可是母亲压根就没想过回门这个程式，老张这么一提醒，她更认为不可，让那个大她近二十岁的男人明天跟着一块儿回南营房，还要坐着他们家的轿车，那才真是生米做成熟饭，不是真的也成了真的。母亲想的是从这个宅门里一出去，就再也不回来了，叶家再用八抬大轿去抬也不回来，在这场婚姻中她全被蒙在了鼓里，谈婚时说新郎是"草莽之兔"，大她六岁，结果一放定就成了"蟾宫之兔"，又添了一轮，怪自己没看清，硬着头皮认了，谁想到关键时刻又冒出个"夫人"来，并且这夫人还有着一帮大儿大女，怎么得了！

已然闹了，就要闹到底，先找着媒人讨个明白说法，再退婚，不信就找不着说理的地方，大不了还有最后一招，抹脖子上吊，死给他们看。她的好朋友碟儿受不了婆家虐待，最后就扎水缸自尽了，丧礼尽管辉煌，惊动了整个朝阳门，可是有什么用呢，人死了，眼睛一闭什么也不知道了，这个世界上就永远没有你了。现在还没到那一步，先得出去把事儿理论清楚，她可不能像碟儿那么傻。

母亲坚持让老张开门，老张说得禀告老爷一声，他虽是看门的，也没夜里随便开街门的权力。那妇人说，老爷忙了一天，累了，早在西院睡下了。

老张惊奇地看着母亲，大概此时他终于闹明白了，洞房花烛夜，新郎竟然睡到了另一位夫人的炕上，难怪新娘子不干了。

其实这一切都是母亲自找的。

二

母亲在乎名分，誓死不当小老婆，这是她的倔强之处，我把老太太的事讲给晚辈们听，没有谁感兴趣，他们说这是一个老掉牙的，没有一点儿新意的故事，他们拿老太太调侃，说九十年前在叶家演了一出《大登殿》，我的母亲是薛平贵后娶的代战公主，那个叫张芸芳的张氏母亲是先娶的王宝钏，公主再年轻漂亮有本事，也得到西宫去，王宝钏在寒窑等了薛平贵十八年，又老又丑，因为是先娶的，所以封在昭阳院当正宫。

每逢谈到这个话题，我的六姐总要纠正说，咱们的母亲三媒六证都有，可不是做小的。的确，我母亲的几个女儿永远坚决地和她们的妈站在一个立场上，维护着母亲的名分，不让她们的妈吃半点儿亏。

母亲进了叶家门，三年后连着生了三个丫头，肚子没给她争气，这也是她的遗憾。父亲不在乎这个，父亲不缺儿女，母亲不生儿子，他还有七个儿子四个闺女，加上母亲后来生的仨丫头，儿女正好一半对一半，十四个。

十四个兄弟姐妹中我是老小，所以我就有几十个管我叫姑爸爸，叫姨妈的晚辈，至于那一群让我很难叫准名字的孙辈，就更不计其数了。搁以前大伙或许会都住在四合院里，进进出出，热热闹闹地过大家族的日子，现在不行了，这些人东南西北，撒豆似的撒在全国各地，从没有机会纠集在一起，基本谁不认识谁，也无甚来往。过年时我会接些个电话，某侄孙从云南打来的，某侄孙从加利福尼亚打来的，某外孙从宁夏银川打来的，搁下电话我会愣半天神，想不起这些孙们的模样和他们是哪个的孙。我儿子说我已经有老年痴呆嫌疑，我说，快一个连了，换你比我还得痴呆！

有一天我正在家写小说《大登殿》，一个衣着入时，娇小文静的姑娘来找我，姑娘说是从北京来西安旅游的，奉了她太太的嘱咐，来看望七姨太太。听这称呼，我知道，这是哪位姐姐的孙女来了。满族人管祖母叫"太太"，管母亲叫"nene"，绝非如今电视里面"额娘、额娘"地从字面上的傻叫，让人听着牙碜，只想咧嘴。"姨太太"非指小老婆的姨太太，是"姨祖母"的意思，女子叫得一点儿没错。一问，是六姐的孙女，她的祖母是我一母同胞的亲姐姐。

姑娘说了她的名字，叫博美，我立刻想起了对门邻居家养的那只雪白的，会站起来给人作揖的长毛小狗，那狗似乎也是叫"博美"。此博美和彼博美有共同之处，就是白，对门那个博美白得身上没有一根杂毛，这个博美皮肤白得看得见青色的小血管；对门那个博美善解人意，见谁都会讨好，这个博美举止文静，说话柔声细语，有着小鸟依人的可爱。

我六姐年轻时属于那种静则婷婷玉立，动则娉娉袅袅的传统美人类型，她的后代青出于蓝胜于蓝，博美绝对继承了我母亲美貌的遗传基因。

家里来了重要客人，我放下手头活计，赶紧收拾房间，换新被套，算计晚上到哪家饭馆去吃饭，一心想让客人住得舒适随意，似乎只有这样才能表达出我的热情，表达出我对胞姐后代的关爱。博美说来时太太交代了，不能给姨太太添麻烦，她已经在招待所定了床位，饭也在外头吃。我说招待所没家方便，家里多好，想吃什么可以自己做，比如红小豆粥，豆酱什么的，想出去逛，我陪着。

博美还是说在外头住。

想的是年轻人有自己的生活习惯，我也不好再坚持了。

看到桌上电脑里的文字，博美很有兴趣，认真地读了许久，末了说，姨太太写的是太姥姥的事，这段事情我太太讲过，挺有意思的，太姥爷和太姥姥"愿为连根同死之秋草，不做飞空之落花"，让我们小辈望尘莫及，好想也有那样的经历。

博美的见地让我惊奇，一个女孩能讲出这样的话，至少比我那个当博士后的混账儿子有水平。我那个三十大几的儿子，最高境界也不过是在电脑前头成宿成宿地玩"魔兽游戏"，人不人鬼不鬼地纠集一大帮同好，连大洋彼岸的都能联系上，"流れ云"、"高太尉"、"恶鬼MK"、"琉璃球"……有熊有虎，有刺猬有狐狸，配着叮啷当的音乐，把一场群架打得地动天翻。彼人一下班就奔电脑，饭也不吃，人也不理，连上厕所也一溜小跑。一看他那六亲不认，魂不守舍的魔障模样我就来气，恨不得过去扇他俩嘴巴子把他抽醒了。

还是女孩好，女孩至少能坐在你跟前，谈些个"连根同死"的情感话语，让人心里舒坦，我这辈子遗憾的就是没有女儿。

我说在北京见博美的时候她还上幼儿园，为演节目没当上小红帽而是当了红帽的姥姥哭鼻子，我建议她去演大灰狼，她说大灰狼是男生演的，她是漂亮小女生，漂亮小女生只能演小红帽。我对她祖母说，小小年纪就知道自己是"漂亮小女生"了，女性意识很强，我照她这么大，什么心思也没有，就知道吃。

六姐说，你这么大，混小子一样，不是在房上就是在树上，咱们后院几棵树都让你爬遍了，我记得那年夏天你光着脊梁上了一棵枣树，阿玛在前院一声咳嗽，你吓得赶紧往下滑，前胸肚子被树干划得鲜血淋淋，老七往你的肚子上抹红药水、紫药水，抹得跟花狸虎似的。那是几岁？六岁吧，跟博美一个年纪。可这小丫头片子精着呢，很知道自己漂亮的资本，一转一个心眼儿，说不准什么时候就把你转进去了。

跟博美说起这段往事，博美说，二十多年前的事您还记得，我那时候还没上学，现在硕士都毕业了，那时候为没演上小红帽伤心，后来在大学业余京剧团唱青衣，在票友大赛上拿过奖呢，我太太说我的扮相跟她去世的大姐很像，有一回太太到我们学校看《锁麟囊》，哭得眼睛都肿了，我说至于吗您，《锁麟囊》又不是什么悲苦戏，"春秋亭"一折是出嫁，富贵荣华加热闹，有什么好哭的？您猜我太太说什么？

我说，不用猜我也知道，你太太是想起我们的大姐了，大姐是叶家的长女，是大格格了，旧时北京名媛义演，她唱的是大轴，演的就是"春秋亭"这场，轰动京城。都说大格格的艺术感觉特别好，秉承了你太姥爷的艺术气质。可惜的是死太早了。

博美问我见没见过大格格，我说在她临死的时候见过一面，在阜城门外顺城街她的婆家，一间小西屋里，人已处弥留状态，炕上连床整装被卧也没有，是一堆棉花套。一个大宅门光鲜艳丽的格格，嫁错了人……

博美说，该不是给人做了妾吧？

我说，叶家的姑娘永远不会给谁做妾！

博美脸一红，连着说了几个 SORRY。

我问博美大学是学什么的，博美说经济管理兼计算机软件两个专业。问在哪儿上班，她说还在寻找，一时没有合适的。问谈朋友了没有，博美说正在处……

博美不光是个美人，还是个才女，想的是以我姐姐的严格家教，以叶家的文化熏陶，教不出一个品貌兼优的淑女那才是怪事，立刻对眼前这女孩多了几分喜爱。

拿出老相册让博美翻，博美夸赞了母亲的天生丽质，说都生过三个孩子了，身材还是这样苗条。博美指的是有一年夏天母亲领着我们姐妹三个在北海"五龙亭"前的照片，照片是老七给照的，光线、快门都很讲究。博美说她祖母和另一位姨祖母长得跟母亲很像，言外之意是说我的相貌赶不上其他两个姐姐。我说我更像父亲。博美说，我听说太姥姥最疼您。

我说，那是因为她把我生成这个模样感到对不住我，堤内损失堤外补。

博美看了我父母亲结婚的老照片说了一句"珠联璧合"，眼神里泛出一片温柔的光。

相片上的父母在那一刻其实谈不上"珠联璧合"，二十世纪三十年代的德国相机，清晰地照出了饭店里结婚的热闹场面，宾客很多，父亲穿着燕尾服，一手托着高礼帽，一手挽着新娘，看父亲那表情多少带有玩世不恭的作戏成分，眼睛不看镜头却往后甩，他身后站着的同样装扮的伴郎，即他在日本的大学同学王国甫，两个人挤眉弄眼像是在演双簧。而我的母亲则是凤冠霞帔，满身锦绣，像京戏舞台上的娘娘，像娘娘又没有娘娘的作派，张着嘴一脸哭相。

我告诉博美，老太太在"新婚"的一大早，天还没亮就跑回了娘家，穷人家的姑娘不怕跑路，撒开大脚片，一刻不歇地往朝阳门赶，没一个钟头就到了南营房。到了家门口天刚亮，大街门竟然没关，母亲想，她这一走剩下兄弟一个人，平时依赖惯了，刚离开一天，兄弟的日子便过得如此凄惶，鼻子一酸，眼泪就下来了。

推开房门，看见陈锡元连被子也没盖，四仰八叉地在炕上酣睡，叫起来，懵懵懂懂地不知所以，还问姐姐是否给准备了炸糕、面茶。

母亲看着炕上的陈锡元觉得陌生，一天没看住就全变了模样，头发留了一个大中分，上头膏了不知多少油，把枕头洇得油乎乎一片。嘴里一股酒气，脸上满是油汗，黄警服，铜纽扣，牛皮带，帆布绑腿大皮鞋，制服上的"巡044"标志惹人眼目。母亲问兄弟，睡觉怎的不脱衣服？兄弟说舍不得，这样的好衣裳南营房四甲的人谁也没有。

原来，陈锡元昨天送亲，只把姐姐送到饭店就匆匆到警察局报到了，这是跟媒人原先说好的条件，给他介绍一个工作，媒人面子大，介绍他去警察局，就去了警察局，被分到朝阳巡警三科第四组，专管东岳庙到东大桥的路面治安。再细致说就是抡着警棍满街溜达，只要不出大麻烦，一个月就能拿到八块大洋的薪水。陈锡元昨天下午穿上了警服，从昨天下午就是公家的人了，是个顶天立地的爷们儿了。流油的大中分是昨日上午送亲的遗留，警服是昨天报到新发的，同事们七手八脚帮他穿上了，回家却不敢脱，怕脱了照原样穿不上，首先那个绑腿能打出花来就非一日之功。陈锡元见过景升东街的井大姨打的绑腿带，老是松的，走着走着后头就拖着两根布条子。一个大警察，绑腿要是跟井大姨的腿带一个水平，岂不窝囊。

陈锡元对他的行头很满意，尽管他的年龄配上这身披挂颇有沐猴而冠之嫌，也毕竟是个真巡警，不是假冒的。报到就发了四块大洋，当下被同仁们拥到照相馆，照了稍息姿势的八寸全身相。照相馆有假枪，木头的，自然要别在腰里，以壮声势，感觉颇为良好。照完相又跟着众弟兄到东来顺吃了一顿涮羊肉，酒喝了不少，谁付的账不知道，谁送他回来的不知道，反正他现在是坐在家里的炕上，兜里一分钱也没有了。

陈锡元说他吃完早点要去值勤，可是那根警棍却怎么也找不着了，不知忘在了什么地方。就冲着姐姐发脾气，说头天上班就出此重大事故，如何向上峰交代，不是他姐姐耽误工夫，时间还充裕些……话说着说着就有些不讲理了。

母亲说，我不出门子，你也当不了警察，怎的怪我。

陈锡元说，不怪你怪谁？

母亲说，打今儿起，咱们还依着原样过，从头来，你帮着老纪去炸开花豆，我还做我的补活。

陈锡元没听懂母亲的话，接过姐姐的话说，嫁出去的姑娘泼出去的水，你回不来了，你姓了叶，我呢，这身衣裳也脱不下来了，脱下来我不会穿！

博美说她关心的是老太太如此举动，将如何收场。现在也有在婚礼上当场变卦的，她的同学就是，新郎母亲的一句话没说好，新娘就把婚纱撕烂，把花扔得满世界都是，还不算完，又照着新郎的肚子端了一脚，让新郎捂着肚子蹲在地上半天站不起来。新娘抢过麦克风，郑重宣布"离婚"！宾客本来是看《龙凤呈祥》的，却来了一出《孔雀东南飞》，也不错，反正都是戏。新娘为了下台，只好离婚。离婚一星期再复婚，一切再从头表演一遍，这回婆婆学乖了，不敢乱说乱动了。

遗憾的是作为兄弟的陈锡元却远没有现代新娘的婆婆那么懂事乖巧，他没有细想想，在姐姐回门的日子他还要上什么班，也没有想想，这样重要的日子，姐姐怎么一个人回来了。这个大男孩，心真是太粗了，粗糙得让他为那张"警察的稍息别枪照"在"文革"时付出了沉重代价，首先那把照相馆的木头手枪他就讲不清楚来历。警察身上的枪，没人相信那是假的，特别是"文革"那个时候。

这是后话了。

陈锡元在南墙根鸡窝门口找着了那根沾满鸡屎的警棍，风急火燎，脸也没洗，上班去了。丢下母亲一个人，屋里屋外转了几遍，家里是荡荡地空，心里也是荡荡地空。

干什么呢，做补活的工作辞了，已经跟人家认真地告了别，怎好再觍着脸回去？兄弟有了自己的差事，再用不着她养活，她现在倒成了多余的人。越想越没着落，坐在院里的台阶上怔怔地发呆。

门外有车响，是叶家的大少爷来接母亲了，锃光瓦亮的马车，标致的大洋马，穿着齐整的车夫，引得街坊邻居前来围观，说陈家的姑娘回门回得气派，这样的车全北京也没有几辆。及至看到西服革履的叶家老大，都以为是新姑爷。我这位大哥相貌堂堂，浓眉大眼，是哥儿几个当中比较出众的人物，论年龄，比我的母亲小一岁，说他是新姑爷，没人不信。

老大把带来的各样礼物让赶车的抱进屋里，看着家徒四壁的屋子，不知坐在哪里，站在屋当间使劲搓手。最后对母亲说，额娘，回吧。

母亲说，告诉你的爸爸，我要见姓刘的媒人。

老大说，我阿玛一早就去前门火车站了，跟姑爸爸的儿子小连上江西了，要去景德镇，一两个月回不来，您要找的刘大爷昨天晚上就回天津了。

母亲说，我要上天津找他，他不能这么哄我，他得给我一个说辞。

老大说，阿玛走时留了话，让我陪着额娘上趟天津，绝不能让额娘受委屈。

老大毕恭毕敬地站着，表现得比儿子还儿子，如果母亲当时知道，眼前恭顺的儿子其实是国民党中统干部时，不知要做何种表现了。

老大的话表面很软，很温顺，内里却带着不容商量的严厉，母亲真的没什么办法了，想着那个娶她的男人上了外省，这多少给了她一个缓冲的余地，院外头围着看"回门"的人众，都是抬头不见低头见的街坊，她一向是个循规蹈矩的姑娘，这种时刻怎能给娘家丢人，给自己丢人。母亲站起身，拍拍身上的土说，咱们什么时候上天津？

老大说，依着您。

母亲说，今天。

老大说，行。

母亲说，现在就去火车站。

老大说，您得先回去换件衣裳。

母亲才发现自己从洞房里闹将起来，身上竟然还穿着海水江崖的大红石榴裙和窄袖滚边小夹袄，这样的穿戴走在街上难免不伦不类，就像是今天穿着婚纱挤公交车，人家大半会以为是半疯。

母亲跟着老大上了马车，想着那个大她十八的男人，想着西院住着的那个高傲的夫人，心里别扭，老想哭，眼泪在眼眶里转过来转过去，悄悄咽进肚子里。马车的座位是两排相对而坐，坐在对面的老大很知趣地把自己的手绢递过来，母亲感念老大的善解人意，想说谢，一想这个人是儿子辈的，用不着谈谢，就狠狠地往手绢里擤了一把鼻涕，那鼻涕其实都是眼泪。

老大立刻把眼睛放到了窗外。

马车穿过了东四牌楼。

满街的灰土被朔风扬得一片昏暗。

<h2 style="text-align:center">三</h2>

老天爷让母亲的天津之行彻底泡了汤。

当天下午北京下了暴雪，京津铁路停运，北京城内行人罕见，漫天大雪铺天盖地，沸沸扬扬，将天地连为一统。

这场雪下了一个礼拜。母亲在房里呆着，心急火燎，没有补活可做，没有门子可串，郁闷无比。有个叫大兰的丫头陪着母亲，寸步不离地跟着，说是伺候，其实是看着，是叶家老大的安排，老大比他的父亲有心眼儿。大兰粗笨，干活磨蹭，晚上睡在外屋，头一沾枕头就着，呼噜打得山响，咬牙放屁说梦话，偶尔还要尿炕。母亲看不上大兰干活，早晨，大兰要打扫屋子，一个钟头的活，大兰得干三个钟头，颇有今日搞清洁的小时工那不温不火的劲头。母亲看不过眼，几次要抢过来干，后来一想，干吗呀，自己算老几，犯不着给他们家当老妈子。所以，母亲从来不插手大兰的工作，也不给予评论和指导，一切由着她来。

母亲拒绝到前院东屋餐厅去吃饭，餐厅是里外套间，大人一桌，孩子们一桌，彼此不打乱仗。一到开饭时间，不用招呼，都到东屋集中，各有各的位子，都是固定的，老大快三十了，是大人了，在家吃饭也得和兄弟姐妹们挤一桌，上不得套间里头的小灶。厨子是父亲从萃华楼聘来的山东师傅，姓王，有好手艺，因为回家探亲遇着了土匪，挑伤了脚后头的筋，回来后应承不了饭馆繁忙的炉头，就到我们家来做饭了。老王脾气耿直，不耿直也落不下这残疾，走道有点儿踮脚，跟看门老张不同，他敢说话，把叶家的几位爷数落得跟孙子似的。

父亲到江西云游，母亲不到饭厅吃饭，那位张氏夫人也不到饭厅去，里头的饭桌基本就空了。母亲不去凑热闹，是不愿意和这家人掺和，早晚是要回南营房的，何苦在人家家里插一脚。一到吃饭时候，大兰就到厨房，把饭给母亲端来，一套嵌着螺钿的食盒，三层，层层都很丰富，非南营房的花椒炒白菜帮子，大眼窝头能比。

"张芸芳"每天自己到厨房打饭，她和一帮儿女们都很熟络，看哪个子女吃相不雅，一个脖儿拐，从后头就扇过去了，毫无客气可言。所以她一进厨房，如同进来只鹞子，一鹞入林，百鸟无音，谁也不敢造次，连最淘的老五也变得规规矩矩的了。"张芸芳"端了饭到西院去吃，她对饭食的挑剔程度每每让厨子老王怵头，鱼肉丸子必是得用鸡汁打的，清炖的马蹄鳖得在微火上炖够一天一宿，烧白鱼，炒虾丝，毛公山炖豆腐，见天换着样来，用老王的话说，西边的口味基本上是以徽菜为主，他这个鲁菜厨子做得总是不尽如人意。

我应该用些笔墨说说我的张氏母亲，张氏母亲老家是安徽桐城人，是有名的桐城学派，文华大学士张英的后裔，著名的"六尺巷"典故就是出自她的老先祖。她们家的老祖张英康熙四十年在京城做大官，老家吴姓邻居盖房，占了他们家的地，家人就给在北京的张英写了一封信，状告此事，想用权势解决矛盾。张英看罢信批了一首诗，"一纸书来只为墙，让他三尺又何妨。长城万里今犹在，不见当年秦始皇"。几句诗化解了紧张的邻里关系，吴家也做出礼让，后退三尺，这便是六尺巷的由来。张英的儿子张廷玉也在京城做官，人称"父子宰相"，学问精深，也是了不得的人物。张氏在京城的后裔分支繁杂，到了张芸芳祖父一辈家境就不行了，但文脉不衰，张氏虽为女子，诗书经史无所不通，是闺阁中的文化精英。我父亲在日本留学，学的是"古典讲习"学科，其实就是古文，回来后搞些古代版本考证什么的，父亲对这个工作不上心，那热情绝没有我舅舅当警察的瘾大，张氏夫人作为文豪后代，正好做了父亲的左右手，哪个版本，哪个出处，不用查，全在她心里。我上中学的时候，父亲在为"华坚兰雪堂铜活字印本"《春秋繁露》做考证，曾对我感叹，要是你二娘活着，我何至于此！

我后来想父亲和张氏母亲的婚姻，其实完全是工作关系，父亲不过是给自己娶了本活字典罢了，聘了个不付工资的秘书，他们之间很难有"爱情"可言，但是没有爱情的婚姻竟也使文华大学士的后裔，子孙娘娘似的生了不少孩子。

母亲盼着天晴，看着窗外厚厚的积雪，看着那被雪压弯了的海棠枝条，心里越发烦躁。有个大孩子在院里拿筛子扣家雀儿，拉根绳，自己藏在鱼缸后头，探头探脑地半天逮不着一只。母亲问大兰，逮雀儿的是哪个，大兰说是老五，是故去老福晋的末生儿子，早早死了娘，没人疼也没人调教，招猫逗狗，穿房越脊，最不招人待见。母亲让大兰告诉老五，雪地里逗引家雀儿不能用白米，得用陈年黄小米，这样鸟儿才看得见。大兰也乐得跟老五去逮鸟，换了黄米，不一会儿就逮了一只。老五高兴地用手捧着，拿进来给母亲看，小家雀儿在老五手里惊恐地一声声叫唤，老五也学着家雀儿一声声叫唤，像是对话。母亲看着眼前的老五，光脚穿着毛窝，棉裤短了一截子，露着脚脖，一张皴脸，两个冻得烂了边的耳朵，棉袍上的纽扣全都豁了，索性不扣，用根带子拦腰一系。再看捧家雀儿的手，手上全是口子，指甲大约很久没剪了，缝里全是黑泥。

如同看见院里的小黄猫，母亲的心又软了。小黄猫如今盘在母亲的炕上呼噜呼噜睡得正香，炕沿下站着的老五名为大宅门少爷，却是一副叫花子模样，如果是自家的兄弟这副装扮，母亲得心疼死。这一想，鼻子又酸了。

老五没理会母亲的神色，讨好地说，额娘喜欢它就把它送给额娘养着吧，赶明儿天儿好了，我上花市给额娘买只蓝靛颏来，让这只给它当丫鬟。

大兰拍了老五一巴掌说，说话别带把儿啊！

老五的一声"额娘"叫得那么自然亲切，好像就是从小在母亲身边长大的亲儿子，从没有离开过。母亲立刻从心里认可了这个儿子，眼神里溢出了无限爱意，对老五说，把雀儿放了吧，它还是个雏儿，没了娘照应怎么行？

老五说，没了娘它还有爹呢，我就是它爹。

开始犯混了。

母亲让大兰打来一盆热水，将老五的皴手泡了，让他坐在旁边给他剪指甲，老五开始还觉着别扭，扭捏而不自然，扫了一眼母亲平静而慈祥的脸，兀地冒出了一股依赖之情，撒娇地让大兰把那些剪下来的黑指甲给他用纸包好，说是明天上学送给先生留作纪念。母亲说这样龌龊的东西不能送人，老五说先生老批评他的手指甲长，其实他的指甲只有右手的长，因为左手不会使剪子，这回额娘可是帮他出了回气。

老五一口一个"额娘"，让母亲的心里舒坦极了。母亲说，难道西边的那个额娘不给你剪指甲？

老五说，二娘就会让我背书，"吾有知乎哉？无知也"。我不愿意学习，我就爱玩。

事实证明，我们家的老五的确也是玩了一辈子，养鸟养鹰，养狗养花，唱得一口皮黄，写得一手章草，时而衣帽齐楚，时而破衣烂衫，广播爱情嫖妓女，心地善良抽大烟，是叶家的另类。母亲将老五称作"我的老儿子"，一直以亲娘的身份呵护着他，纵容着他，老五最后被父亲赶出家门，在鼓楼后门桥桥底下冻饿而死。

父亲一走没有消息，母亲的重要心结是要在那只"兔子"回窝之前找媒人了断此事，她看过京戏《大登殿》，知道先来后到的原则，"先娶的你来你为大，后娶的我来我为偏"，按规矩，她得在过门的当天到西院去正式拜见张芸芳，认定自己妾的身份，将张芸芳唤作"姐姐"，可是那只"兔子"省略了这个仪式，紧接着是无踪影的逃窜，将一大堆麻烦扔在家里，自己去躲心烦。

母亲不过去，张芸芳自然不会过来，架子端得很足。

雪已经停了几天，隆冬的北京显出了寒冷的威猛。北风刮得雪沫子满地出溜，全变作了细细的冰粒儿。

京津铁路早通车了，老大却又没了影儿，让大兰打听，说是大少爷上南京了，什么时候回来没说。

母亲不能再等了，母亲决定自己上天津，媒人刘春霖跟"蟾宫的兔子"同船去过日本，去找他不怕他不见。上天津不比上天桥，毕竟是出远门，让别人跟着又不合适，母亲让陈锡元跟她一块儿去，打虎亲兄弟，上阵父子兵，这个时候她能依靠的只有陈锡元了。

陈锡元很乐意这趟差事，权当闲逛，正好没事，说走就走，姐弟俩买了头班车票，从前门火车站上车，三个钟头，一大早就到了天津。

陈锡元到天津有他自己的目的，听同事说天津除了大麻花和"狗不理"外，还有一个著名的西餐馆子，叫起士林，这馆子与众不同，德国人开的，男女招待都说外国话，吃的饭也是外国饭，到了起士林亚赛就到了外国，美利坚、英吉利、法兰西、德意志，你想它是哪国它就是哪国。陈锡元一个小巡警，这辈子永没有上美利坚的机会，上一趟起士林至少让他长回见识，增加些吹牛资本，让人对他刮目相看。至于找什么刘春霖，论什么嫡与庶的名分，他根本没往心里去。走之前就跟姐姐谈好条件，到天津一下火车，先去起士林吃西餐，吃饱了肚子再上状元楼刘家。母亲说吃西餐得好些钱，不如烂肉面实惠。陈锡元说，叶家的聘礼还没动，几百块大洋他还拿得出。母亲说，那钱将来咱们得还人家，咱们是奔着退婚来的，咱们还没阔到胡吃海塞的份儿上。

陈锡元说，聘礼还不还从天津回去再说，反正叶四爷的钱我揣着呢。

母亲说，还是用我做补活攒的钱吧，自个儿挣的，花着踏实。

去天津对母亲来说是她一生走得最远的路，一个大字不识的穷丫头，敢闯荡天津五方杂处的地界，足见下的决心之大，拿出做姑娘时候的全部积蓄，到天津讨要说法，也是对自己名誉、命运的最后一拼了。

四

博美请我在饭店喝咖啡，现磨现煮的巴西咖啡豆，浓香四溢，跟我家里冲泡的"雀巢"是两个档次。我往杯子里使劲倒奶精，博美说最好什么也不兑，这样味道最醇，能品出蒙巴纳斯夕阳的味道。我不懂蒙巴纳斯是什么，小心请教，才知蒙巴纳斯是法国巴黎的一条街，那里的咖啡馆最有名，毕加索、海明威、左拉、梵高、弗洛伊德等一些大师都曾是那里的常客，夕阳西下，咖啡馆里橙黄的阳光与飘荡的咖啡浓香融合在一起，那是艺术家们的精神凝聚，是进入至高境界的必须。

我也跟着各种代表团走过不少国家，却多如走马观花，体会不出日本洞爷湖的太阳和中国洞庭湖的有什么区别，体会不出伦敦的麻雀是否比北京的更肥硕，在托尔斯泰庄园里溜达，只是觉得那园子大，在马克吐温故居徘徊，只是觉得房子好。只好承认自己感觉粗糙，缺少年轻人的细腻，当然更缺少艺术的感受力。

宾馆咖啡馆的环境不错，宽大的皮沙发，柔和的下午阳光，茂密的热带植物，似有似无的某名人小夜曲，不引起你注意又在时刻关注你的英俊服务生，让人产生一种慵懒虚幻的感觉，好像这里离尘寰很远很远，那些贪污腐败，那些以权谋私、环境污染、金融危机、有毒奶粉、硫磺馒头、超标农药，那些肮脏鄙俗、污浊下流都是另一个世界的事，这里有的只是无限优雅高贵和一尘不染的闲适。

透过氤氲的热气看博美，似非凡间之物，素白的衫子，素白的裙，全身上下没有任何首饰装点，也几乎看不出化妆的痕迹，想起了韩非子的名言，

"和氏之璧，不饰以五彩；隋侯之珠，不饰以银黄。其质至美，物不足以饰之"。博美美得很自信，她知道该如何表现自己，这便是品位了。

博美见我看她，冲我笑了笑说，我太太说过，太舅爷跟太姥姥一块上天津吃西餐，太舅爷一口气吃了三个德国……

我说有这事，叶家人都知道陈锡元吃德国的笑话，其实那次上天津吃西餐不是目的，找刘春霖才是主要的，但是从天津回来，我母亲忘记了主要目的，却只记得起士林的西餐了。那次上天津，对我母亲一生来说都是个大举动，其艰难程度无异于今天山里的农民砸锅卖铁到新马泰去旅游。

博美说，太姥姥的做法有点儿矫情，看起来没多大意思，其实不去天津，就在叶家待着，谁能把她怎么样了？还不是锦衣玉食地过日子，男人宠着，儿女们敬着，里里外外一把手，谁能代替得了？

我说太姥姥有太姥姥的想法，处女无媒，老且不嫁，如果在媒人上出了问题，那可是天大的事情啊。我母亲从小失去父母，与兄弟相依为命，自立自主惯了，不想依附哪个，这样的事情她自己不出面，别人谁也代替不了。她的女儿们跟她一样，也是一个比一个刚强，一个比一个爱较真，我的六姐是这样，我也是这样。

母亲和陈锡元到天津那天，天气冷得出奇，俗话说，下雪不冷化雪冷，天津是个大风口，主要是冷在了那风。天上的太阳惨白惨白的，西北风呜呜地响着，街上的电线在风里摇荡，风刮得人站不住脚。陈锡元很知趣地没穿警服，一身便装，戴着皮帽子，抄着手，和母亲走在租界的街上，两人看着周围洋房，看着外国巡捕，处处新鲜。

陈锡元一心要吃西餐，母亲一心要找刘春霖，两人商量不到一块儿去，在街口不知往哪儿走。陈锡元说，这么早去敲刘家的门显得太不懂规矩。

母亲说，这么早西餐馆子未必下板儿（开门）。

最后决定离哪儿近先上哪儿。陈锡元当然先打听起士林，街上人来人往，大伙都匆匆忙忙地走道儿，他朝人"哎"了几声，没人理他。好不容易挡住一个穿呢子大衣的，想的是穿这样衣裳的人肯定吃西餐。陈锡元说，这位爷，跟您打听一下，起士林怎么走？

穿大衣的说，巴嘎牙鲁的哪！

那时候日本人还没占领河北地界，陈锡元弄不清巴嘎牙鲁在哪儿，又拦住一个长袍马褂，跟人家打听起士林西餐馆，巴格雅路怎么走。对方瞪着眼看着陈锡元，一言不发，倒把陈锡元看害怕了，赶紧说，对不起您哪，我不问了还不行吗！您请，您走您的道。

母亲说，这人可能是个哑巴。

长袍马褂对母亲嚷，骂人哪你，你他妈是哑巴！

母亲一个劲儿给人道歉，心里这个窝囊，只是埋怨他兄弟，怎么净找些青皮问路。陈锡元又问一个，对方如同没见陈锡元这个人，照直朝前走去。陈锡元往地上吐了口痰说，姐，你说净是青皮，果真没个红脸儿的。

姐弟两个找了个背风的墙拐角，还没站定，一外国巡捕用警棍敲了敲墙，指示他们走开。陈锡元说，先生，我找起士林。

巡捕朝前指。陈锡元说，姐，起士林不远，就在前边，咱们先上起士林。

两人走了半天也没见着起士林，陈锡元看见电线杆上靠着一个没精打采的人，这类人他熟，在北京当巡警没少跟这样的人打交道，这类人的痞气贱气，都在脸上挂着，不用张嘴你就知道他是属于混混儿一类。陈锡元问起士林怎么走，混混儿一口天津话，指着旁边的早点摊子说，给买套烧饼果子就告诉你。果子要新炸刚出锅的啊！

陈锡元摸出几个铜板，买了一套，给混混儿送过来。混混儿说，我说了油炸果子要刚出锅的，就忘了说烧饼，这烧饼都凉了。

陈锡元说，天太冷，大爷您凑合吧。这会儿您告诉我起士林在哪儿，行了吧？

混混儿说，您老搭眼瞧，就在我身后头。

陈锡元抬头一看，混混儿身后是一座非常洋气的小白楼，大玻璃门，两个穿制服的站在门口，在大风里挺得笔直，他简直不能相信这就是饭馆。

混混儿说，您老看嘛哪？

陈锡元说，我找起士林的匾呢。

混混儿说，那不是在墙上刻着呢嘛。

白楼圆形的门楣上有几个英文字母：KIESSLING。

陈锡元哪儿认得洋字码，狗看星星一样装模作样审视了半天，对母亲说，姐，咱们到起士林了。

那京腔分明掺杂进了不少天津味儿，入乡随俗倒也快。陈锡元拉着母亲就往里头走，身后混混儿说话了，再给我碗豆浆，我告诉您一个天津的机密，您必须知道的天津机密。

陈锡元给了两个铜板，让混混儿自个儿去买豆浆。混混儿收了钱说，我跟您说，以后再问道儿，别管人叫大爷，天津没有大爷。

陈锡元问天津的大爷都哪儿去了，混混儿说，天津的大爷都在庙里头娘娘跟前儿囚着呢，是泥娃娃。真大爷得在它后头排着。您叫谁大爷，明摆着是说人家不是人。

陈锡元说，谢谢您指教，二爷。

混混儿说，这就对了。

陈锡元拉着姐姐往起士林走。起士林的玻璃窗户外头站着不少人，穿长袍的男子，裹小脚的妇女，领着丫头小子的乡下人，看拉洋片一样隔着玻璃看里头的人吃西餐。母亲对兄弟说，没吃过猪肉咱们看看猪跑就行了，别进去了。

陈锡元说，那不行，看和吃是两码事，就像我平时看巡警跟现在穿上警服干巡警一样，完全是两种感觉，更何况咱们现在有钱，有钱干吗不吃？

母亲被陈锡元推进了西餐馆，他们没想到外面冰天雪地，起士林里面竟然温暖如春，找了半天火炉子在哪儿也没见着。厅里响着优雅的音乐，穿黑礼服的侍者托着盘子走来走去，小胯一送一送的，显得轻盈而有风度。后来我舅舅跟我叙述当时情景时，反复强调说，人家上菜是"托"，不像中国的跑堂的"端"，举止不一样，给人的印象也绝对不一样，有种教养在里头。门里靠墙的沙发上，坐着几个等座的人。母亲姐弟俩的装扮举止，明摆着跟起士林的氛围不协调。

侍者拿着登记簿问，先生贵姓？

陈锡元说，免贵，姓陈。

两人心里都奇怪，怎么吃饭还问姓名。侍者看了半天登记簿，问他们预约过没有，陈锡元不知什么叫预约，侍者告诉说就是提前订了桌。陈锡元说没有，说他打北京来，百十里的来还要预约？侍者说，要是没预约，您二位先在沙发上候一会儿，有了空座位我来请您。

母亲坐在沙发上，仔细观察餐馆内部，小桌，铺着洁白桌布，有鲜花插在瓶子里。藤椅，垫着丝绒厚垫。墙上挂着洋画，精着身子的女人横躺在绒布上。地上铺着地毯，踩上去，厚而软。吃饭的都很文明，小声地说着话，也有的在看书，看报。几乎所有的座位都是满的，铺子里没有鸟笼子，没有蝈蝈的鸣叫，也没有人在这儿大声划拳……一个喝"药汤子"的女人翘着小手指，正一小口一小口地抿。那小小的杯子依着母亲一口就完，可是那女的喝了半天，"药汤"竟然没下去多少。一个男的，用叉子在绕面条，把面一圈圈缠叉子上，填进嘴里。母亲想，用筷子比这个方便多了，多此一举，真是狗熊耍叉。

坐了一会儿，陈锡元热了，他摘下帽子，解下围巾，抱在怀里。旁边女士，穿着露着半个肩的连衣裙，一双纤细的脚，丝袜子，小皮鞋，跟陈锡元那双姐姐给做的老头大毛窝成了鲜明对比。陈锡元把自己的脚往后缩了缩。

纤细脚的主人冲他笑了笑，那是一个蓝眼睛的女人。

陈锡元冲她欠欠身子。

侍者把姐弟俩领到一个靠窗户的座位，侍者要将陈锡元的皮帽子、围巾拿走，陈锡元怕丢了，死活不撒手，却又不知搁在何处才好，寻了几个位置，都不合适，最后终于放在脚底下。侍者手脚麻利地将一杯凉水和热手巾卷搁在桌上，又递过一个精致的本子说，这是 MENU，您二位看看点什么？

陈锡元不知玻璃杯里泡着冰的液体是什么，拿来尝了一口，一闭眼推开了。展开热手巾，手巾很烫，很舒服地擦着，擦完了脸擦脖子，又将脑袋、鼻子使劲擦，连耳朵眼儿也没落下，都很认真地过了一遍，最后擦手，直至认为将热手巾使得很彻底了，才放在桌上。

白手巾已经成了灰的。

母亲小声嘱咐，捡最便宜的点。

陈锡元翻开硬本子一看，都是外文，看了半天点不出一个。侍者很有耐心地等待着。陈锡元充内行地说，这儿不卖烂肉面？

侍者说有意大利面。陈锡元假装吟沉了一会儿，指着菜单最上面的一行说，就是它！两份，别太慢了，我们还有事。

侍者将本子一合说，知道了，您稍等。

的确很快，转眼侍者端来两大杯白色的冰激凌，上面各插着一面德国小旗。

陈锡元舀了一大口，冰得龇牙咧嘴。用小勺子敲着杯沿说，这是……

侍者说，您点的牛奶冰激凌。

陈锡元说，我点这个了？

侍者打开 MENU 告诉陈锡元，他刚点的就是这个。陈锡元说，行，我这是自作自受……

母亲只尝了一口，就将杯子推过来，她吃不惯这腥甜冰凉的东西。陈锡元将两份冰激凌好不容易吃光，德国小旗子被挑出来，搁在了一边。侍者过来招呼，问他再要点什么。陈锡元这回学乖了，指着下边一行说，换个吧，来这个。

母亲说，你一个人吃吧，我不习惯这里的奶腥味儿。

陈锡元对侍者说，那就一份。

侍者说他们这儿不论份，叫"客"。陈锡元不耐烦地说，那就一客！

一会儿，侍者端来一大杯紫色的冰激凌，上面插着一面德国小旗。

陈锡元不动声色地吃了。吃半截围上了围巾。桌上放了三面德国小旗。

陈锡元还要点。母亲说，你算了吧，脸都绿了。

陈锡元问侍者怎的本子里头标的都是一个味儿，侍者说陈锡元点的这页是冷饮系列，全是凉的。陈锡元问有没有茶，热乎的。侍者说有 COFFEE、BLACK TEA、COCOA、JUICY……陈锡元让他说它们的中国名字，侍者说它们没有中国名字，还没给取呢。陈锡元指着旁边喝咖啡的女人说，你就给我来壶跟她一样的洋茶。

侍者说，那就是 COFFEE 了，我们这儿的 COFFEE 论杯不论壶。

陈锡元说，那就一杯 CO……O……OE，要烫的，越烫越好。

侍者问要奶和糖不要，陈锡元说，该搁的你都给我搁齐了。

陈锡元问母亲还吃什么，母亲说她看也看饱了，她算明白了，这儿吃的是摆设，不是饭。一会儿，侍者将一个碟子托着精致的小杯放到陈锡元面前，里面有大半杯棕色液体。陈锡元说，这就是 CO 么，怎么颜色浅啦，旁边那桌可是黑的！你们是不是兑水啦？

侍者说，这是搁了奶的，先生。您刚才不是吩咐了要搁奶和糖吗？

陈锡元不再说什么，一扬脖，将咖啡全倒进肚里。大声嚷，算账。

侍者将扣在桌上的账单翻过来说，两杯牛奶冰激凌，一杯香草冰激凌，一杯热咖啡，加上服务费一共是三块大洋，先生。

母亲一听，腿有点儿发软，她做补活，两个月不吃不喝也挣不了这些。陈锡元说，三块，你怎不要三十？我上"东来顺"吃涮锅子，八个人也没吃了三块大洋！

侍者说，上面都有价格，我们是明码标价，先生。

出了起士林，陈锡元和姐姐站在马路对面早点摊跟前，大口嚼着烧饼果子，大口喝着热豆浆，烫得直吸溜，热烈而酣畅。混混儿隔着马路问，您老在小白楼吃的吗？

陈锡元从怀里摸出三面国旗，在手里摇晃着说，爷们儿今儿个吃了三个德意志！

博美听我说完天津的故事，笑得直不起腰来，说我讲得比她太太讲得精彩多了，不愧是写小说的。她遗憾的是没有机会请她的太舅爷到现代的西餐馆来，要一定是件比上起士林还有意思的事情。我告诉博美，陈锡元上起士林并非只是去开洋荤，他是有想法的。博美问有什么想法，我说，你太舅爷在上天津的时候就预感到他这个巡警工作干不长，新鲜劲儿一过他立刻觉出这不是他能干得了的差事，他告诉他姐姐，他的那个班长在街上逮来"坏人"，也不打，只是在太阳地里晒，夏天只需一个下午，就蔫了，要钱给钱，要物给物；冬天也一样，把人剥光了，放到院里去冻，不到两个时辰，头脑就不清楚了，你问什么他招什么，你说穆桂英大破天门阵，他说是他帮着打的。警察逼供了么？没有，打人了么？没有……总之，这个行当有点儿缺德。

也的确，三年后陈锡元在朝阳门吉市口开了一间门面的酒铺，他的酒铺颇有起士林之风，小桌上铺着补花桌布，这绝对比起士林高级，起士林充其量不过是白桌布，我舅舅的是带补花的，这些桌布都是我母亲给他做的，母亲倾其全部手艺支持她的兄弟开店。桌上也明码标价地搁着一份MENU，里边分类标着二锅头、衡水老白干、竹叶青；拌豆腐丝、开花豆、花生米，也标着汽水和烂肉面。汽水是东边冷饮摊上的，烂肉面是西边小面馆的，有人点，隔着门嚷一声就给送过来了。另外，陈锡元还请了烫着飞机头的女招待，女招待穿着带花边的白围裙，用盘子托着（是托，不是端）酒壶，花蝴蝶似的在铺子里飞。女招待绝对是良家女子，姓常，我的舅妈。在以后的几十年中，我的舅舅一直没有离开过餐饮业，公私合营后先在某单位食堂卖饭，后来调双井小吃店炸年糕，退休的时候是南小街烧卖馆卖票的……老人家深深地爱着这一行，无数次地被评为先进，除了历史上当过伪警察那段经历说起来让他舌头有点儿发麻以外，其他都很理直气壮。他历年的奖状都在家里的墙上贴着，跟人说不上三句话就把人往墙上引，逢人赞美，便说，这是什么精神，这是起士林精神。

三杯冰激凌，影响可谓不小。

五

去天津，母亲的收获比她兄弟大。

吃饱喝足，该找刘家了。刘春霖中过状元，是名人，一问天津人都知道状元楼在哪儿，比问起士林方便。没费多少劲儿，两个人就来到了子牙河边的一座小楼跟前。临河是状元楼的背面，正面在另一条街上，绕到前头，见街门关着，敲了半天门，出来一个老头，老头说他是临时在这儿住，看房子的。问刘状元在哪儿，老头说在哈尔滨道法国电灯房附近叫德邻里的胡同里，并且说就是找着了，状元也不会接见，中国想见状元的人多了去了，哪能随便就看，就是上北京万牲园看老虎还得买票呢，现在老虎有很多，状元就一个。

老头一个人呆腻烦了，巴不得找人说话。母亲和陈锡元赶紧走，边走边问，找德邻里，如同问起士林一样，问不出个所以然。还是陈锡元有主意，雇了两辆洋车，一直就拉到了德邻里状元宅子门口，敢情离起士林没几步路。母亲心疼钱，陈锡元说，花钱可省了事呢，要不咱们不知道还要兜几个圈子呢。

母亲说，才到天津半天，我怎么听着你已经满口天津味儿了。

陈锡元说，姐，我爱天津。

陈锡元确实是爱天津，后来娶媳妇非天津姑娘不娶，我那位姓常的舅妈是天津徐州道口的闺女，和起士林也有关系，其父是骑着三轮车给起士林送点心的，起士林做的点心往各处送，也卖。三轮车是个方箱子，里边一层一层地码着点心，箱子外头写着洋文：KIESSLING BADER，旁边一行小字，"起士林点心铺"。

德邻里是外国租界，胡同很宽，很齐整，两边都是连体楼房，刘春霖住着两楼两底的独门独院。正要敲门，从里头闪出来一个挎着书包的半大孩子，大概是要去上学。孩子问找谁，陈锡元说找刘春霖刘先生。孩子朝里头喊说有人找，里头传出一个男人的声音说，不见，关门！

母亲上前一步，用手抵住门板说，我们是打北京来的，我是叶四爷瑞福的……太太，四爷和刘先生是日本同学。

孩子又朝里喊，是日本同学。

里头男人说，日本同学净是汉奸，没好东西！

话是这么说，人还是出来了，一个穿着对襟棉袄的胖子，系着围裙，可能是做饭的，棉袄上净是油渍，手里还攥着一把香菜。

母亲上赶着说自己是叶四爷的家眷，是刘先生给做的媒，这回专程到天津来，是来给先生道谢的，见一面就走，不多耽误先生的工夫。

可能厨子见过并且知道"叶四爷"，闪过身把门开大了一点儿，让我母亲进去，用香菜指着高处说先生在楼上写字。

刘家院里很静，也再没见什么人，母亲和陈锡元径直上了二楼，木头楼梯，一踩咚咚响，两人不得不放轻了脚步。楼上很宽敞，一室一厅，厅里炉火烧得很旺，刘先生穿着棉袍正站在案前写字，见母亲上来也没招呼，母亲等刘先生写完一个斗方，放下笔，才说她是谁谁谁。刘先生说，原来是瑞福的夫人来了。

母亲怕错过机会，开门见山地说这次来天津是想落实一件事情。刘春霖似有思想准备，笑了笑，听着母亲往下说。母亲说，当初先生提亲时并没说到叶四爷屋里还有一位夫人，她嫁过去以后才知道那位夫人已经在叶家住了二十多年，生过一群孩子了，是媒人没说清楚，还是有意瞒着也未可知，如若开始说了假话，这门亲事她是完全可以不认账的，她娘家穷，但不贱，她还没沦落到给有钱人当妾的份儿上……

母亲一口气说了很多，陈锡元头次知道他姐姐原来还有这样的好口才，岂不知这些话都是日日在叶家想着的，想了千遍万遍了。

刘春霖让母亲坐了，低着头缓缓地说，让四太太伤神了，四太太若是不满意，可以登报离婚。

母亲没料到还有"登报离婚"一说，一时蒙在那里。陈锡元说，我们不离婚，我们没结婚，我们从根上就不认账。

刘春霖说，都知道四爷新娶了太太，哪儿能说不算就不算了。四太太要来天津这件事情，叶家大少爷早有信过来了，没想到事情会闹得这么严重，我本来认为这是个不成问题的问题，怪我没说明白。

陈锡元说当初提亲的时候，不但他和刘先生在，他的七舅爷以及父亲的同学王国甫也都在场，那时候可没听到任何人提出叶家还有一个叫张芸芳的夫人。

刘春霖说，张芸芳不是夫人，是妾，四爷的嫡福晋瓜尔佳氏活着的时候她就是妾，从来没有扶正过，将来也不打算扶正。你姐姐是四爷在"永星斋"饽饽铺一见钟情的，我不过从中把话挑明了，虽无父母之命，却有媒妁之言，庚帖换过，大礼行过，主婚证婚都在，一切都是明媒正娶，怎能是小老婆？四爷是我的同窗，性情坦荡，一生磊落，真要是纳妾，这样兴师动众岂不招人笑话。

母亲让刘春霖解释张芸芳的事情，刘春霖说四爷后院的事别人不清楚他是清楚的，张芸芳是个才女，她的父亲张铭洽是紫禁城内的书按，品级不高，写得一手馆阁体的标准小字，有时候大臣们上奏的折子字迹不好辨认，要书按们重新誊抄附后，以便于上边批阅。有一回张铭洽为西太后誊抄《嵩山文集》段落，按旧本《负薪对》原文抄录，内中有"彼金贼虽非人类，而犬豕亦有掉瓦恐怖之号……"句子，太后着人将原文拿来查看，却是无此言论，满清认为自己是金人之后，便认定张铭洽是影射侮辱大清，将张铭洽叫来问话，张铭洽以南蛮的倔强应对，以头颅担保他没有抄错。西太后一怒将其罪发伊犁，举家俱迁。其实张铭洽确是无罪的，只是抄错了版本，他若按着"四库本"抄"彼金人虽甚强盛，而赫然示之以威令之森严……"那就一点儿事没有了，可见版本学的重要。张家西迁的时候张铭洽的女儿张芸芳刚从安徽老家来京，水土不服，正在病中，太后推恩，特许此女留下来，病愈后再做处理。后来，张芸芳和她的婢女刘可儿被充到内务府副总管瓜尔佳府中做婢女，我父亲娶瓜尔佳氏长女为妻，张芸芳作为陪嫁随着瓜尔佳的女儿来到了叶家，以其文才得到父亲赞赏，收房而成为如夫人。刘春霖说，嫡庶关系不能混淆，不能颠倒，不许僭越，这是宗法制度再三强调的，当然，现在已经是民国了，可是以张芸芳的家庭背景，以及四爷的家庭背景而论，叶赫那拉本家姑奶奶的懿旨岂能违背，张芸芳为奴为婢的身份是不能更改的。

母亲心中一块石头落了地，脸上立刻多了些柔和，陈锡元仍不依不饶地追问，提亲时说好的是"草莽之兔"，怎的到放定就成了"蟾宫之兔"了，这兔子一上天就长了一轮，我原来算计着四爷比我姐姐大六岁，后来一下变成了十八……

刘春霖背着手在屋内走来走去，沉吟了半晌说，"十八年来未谋面，二三更后便知心"，别的都可以年龄而论，唯独婚姻这事，年龄的差距不是门槛，我的女儿便是嫁了比她大十八岁的丈夫，两情缱绻，琴瑟和谐，是对人世间的好夫妻。

状元已经把话说到这份上了，母亲自认身份不会比状元女儿还高贵，再不说话，就此认账。

刘春霖说，四太太你放心，你跟四爷这门亲事我是经过深思熟虑的，四爷身边没你不行，长了你就知道了。

母亲说，您说的是实话？

刘春霖点点头。

从刘家出来，母亲买了大麻花，买了空竹，买了杨柳青的胖小子年画，还给老五买了一副兔皮的护耳，母亲和她的兄弟坐了火车回北京了。在车上，陈锡元高兴地说，姐，咱们这回是正宫娘娘了，这出《大登殿》唱得好，王宝钏十八年等来了薛平贵，姐姐十八年等来了叶四爷。

母亲说，你这是哪儿跟哪儿呀。

陈锡元说，姐，你听说了吧，状元给他闺女选姑爷大了十八岁，我给你选姑爷也大了十八岁。

母亲瞪了他一眼说，越说越离谱了啊！

车过杨村，站台上有卖糕干的，所谓的糕干就是熟米面加糖做的粉，以补充小孩子奶水的不足。杨村是专门出糕干的地方，杨村的糕干经销全国各地，十分有名气。陈锡元在停车的一会儿跑到站台上，买了两包糕干上来了，母亲问他买这做什么，陈锡元说他要回去给自己打糕干喝，尝尝糕干是什么味儿。他打小吃的是人奶长大的，没吃过糕干，这回他得补上。

母亲笑他，他举着包说，六大枚呢，姐，这钱得你出哇！

母亲说，你身上不是有钱吗？

陈锡元故意说，你不是说退给叶家吗？

母亲说，我什么时候说退啦？德行！

我尽量将几十年前的这段往事说得有趣，我知道，以今日年轻人的观念对老辈做法的理解会有差距，果然坐在对面的博美听了我的叙述半天没言语，那杯咖啡端在手里也没喝，不知想些什么。半天她说，名分真有那么重要？

我说，难道现在就不重要了？我结婚的时候必须先到办事处登过记才能去结婚旅行的，否则旅馆里没有结婚证两口子不能住一处，有时公安局协同旅馆的半夜就来查了……

博美说，还是观念问题，现在谁管谁呢？大家都是怎么随意怎么来，听太姥姥经历过的那些事，就像听传奇一样，跟您们比，我们这一代显得太单薄，太简单了，真希望能有你们那样的阅历啊。但毕竟社会进步了。

博美的言论和我儿子的如出一辙，我儿子常在电脑前伸着懒腰号叫："怎么还不打仗啊！"要不就痛不欲生地对我说，他生在了一个"无运动"的时代，无聊极了，人生苍白得像张纸，日子跟复印机印出来的似的，一天跟一天，一年跟一年没什么差别。

我对博美说，其实我羡慕你们，生在这样一个时候，我相信你的太姥姥也一定情愿嫁一个普普通通的北京小市民，过那平静淡泊的日子，可是我们都不能，我们被卷入各种漩涡，漩得找不到自己，漩得头破血流。这些年总算是风平浪静了，体味到淡中真味，人也老了。

博美说人生极其有限，她虽没有我对日月由曲折变为简单，由深刻变为浅白的理解，但有一点她是知道的，抓住一切机会，享受短暂人生，为生命的每一刻制造出人生最高价值。

我听着有点儿蒙。

儿子开车来接我回去，我争着抢着付了咖啡钱，博美说她可以记账，不用交现金。我说我是东道主，来西安哪儿有让小辈花钱的道理！

博美没说什么，掏出一个包交给我，说是在北京给我买的礼物，一条披肩，说我爱穿旗袍，披上这个最合适。

两杯咖啡，两块小点心，价格五百多，我的感觉跟当年舅舅上起士林近似，表面上装得没事一样，免得让博美看出姨太太的小家子气。

在车上，儿子揶揄地说，心疼了吧？

我说，总不能让客人掏钱，再说她还没有工作。

儿子说，没工作能住五星级？

我说博美说她住在招待所里，儿子说宾馆也是招待所，人家顺着您老太太说就当真了，不住这儿她怎么会让人记账。

我说，你管她住哪儿呢？博美是亲戚，论辈分你是人家的表舅，你是独生子女，缺少亲情观念，除了那些魔兽，你谁也不认识，哪天一停电，狗熊老虎全傻了眼，两眼一抹黑！

儿子说，我不跟您说话了，咱们有代沟。

我说，最好！你以为我想说吗！

回到家里，打开博美送的披肩，软缎质地，夹里，淡紫色，两头绣着藕荷色的芙蓉花，花心隐隐点缀着两颗小玻璃，做工精致，高贵素雅，应该算是我所有行头里的上品。打开衣柜在各件衣裳上比划着，好像件件都能配得上。

我对儿子说，女孩送的礼物就是比男孩送的可心，上回我过生日你给我送的什么呀，一只流油的烤鸭子。

儿子说，烤鸭子不好么？多实惠。

我说，我血脂高。

儿子指着披肩说，难道这个就好，什么颜色呀？

我说，颜色怎么啦？

儿子说，颜色不正，小老婆色。

我说，你给我住嘴！

晚上博美打来电话，感谢我下午的咖啡，告诉我说明天就走了，怕打扰我写作，不再来告辞了。又说，她在网上查了，中国最末一个状元刘春霖的女儿叫刘沅颖，嫁给了民国著名小说家徐枕亚，徐枕亚的代表作是《玉梨魂》，刘沅颖从喜爱作品到倾慕作者，得知徐枕亚妻子亡故，特别是读了他的悼亡词以后，更为感动，由此恹恹得病。刘春霖问女儿病因，刘沅颖取出《玉梨魂》让父亲看，刘春霖翻了几页说，"不图世间还有如此才子！"于是托人给女儿说媒，将徐枕亚入赘刘家。

六

从天津回来的母亲俨然以女主人自居了，第二天一早就进了厨房，叶家厨房的排场让母亲暗自吃惊，至少它比南营房隆记小吃店的厨房要大四倍，光灶眼就三四个。锅里熬着小米粥，笼屉里蒸着肉包子，厨子老王在打鸡蛋羹，羹里放了白果、鸡肉和香菇。母亲问是给谁做的，老王说西边的二娘，母亲问老王一个月要买多少米，多少面，油、肉、菜的开销是多少，老王说府上的一切开支都是二娘管着，每月到了一号，刘妈就会把钱送过来，逢有另外开销，临时另外加钱，算得很清楚。母亲问刘妈是谁，老王说是二娘屋里的，叫刘可儿，跟着二娘一块儿嫁过来的，名为下人，实则是个女管家，屋里屋外，大事小事她全张罗……

正说着，刘妈进来了，还没迈进门槛就说，老王，大早晨起来你就嚼舌头，二娘可是有日子没吃卤口条了，正念叨着呢。

老王赶紧解释说，太太这儿正问每月的开销呢。

母亲一看，进来的就是那天夜里在门口堵她的"夫人"，敢情不是什么"张芸芳"，竟然是女佣刘可儿，就觉着她有点儿欺主拿大。不客气地揶揄说，我以为您是夫人呢。

刘妈是何等聪明的人，立刻听出母亲话里的意思，接过母亲的话说，我怎么敢称夫人，一个下苦的使唤人罢了，不是我们家小姐身子骨不争气，我可不愿意替她揽这一摊子，太太来了最好，来了也尝尝宅门里过日子的难处，跟小胡同里五斤面，二两油的日子是没法比的。

刘妈话里带刺，第一层意思说明了张芸芳也曾经是大宅门的小姐，她本人是跟着小姐过来的，是随时要维护小姐利益的娘家人，不是一般女佣；第二层意思是贬低母亲的出身，话里话外透出了对南营房穷丫头入主叶家的不满。

母亲这时候满意极了，因为刘状元的话在此刻得到了印证，妾就是妾，不能扶正。母亲还特别注意到了大家称她为太太，将西院的张芸芳称为二娘，就是说二娘到什么时候都是二娘，不会变为太太，尽管她为叶家生了那么多儿女，原则上说都是替嫡妻生的，自己没有抚养权，可不么，就是那位有权有势的慈禧老佛爷，够厉害的了，生了儿子还不得交给东宫慈安养着，既然如此，那么这一院子儿女，她就是他们的妈，亲妈！

三十岁的母亲在叶家找到了母亲的位置，媒人刘春霖在替父亲选择继室时，没给父亲找个撒娇犯嗲的小美眉来，也没给父亲找个徐娘半老的准老太太来，三十岁，既是母又是妻，合适。

状元考虑得很周全。

母亲等着西院的张芸芳来"请安"，却一直没见那女人露面，刘可儿见天到厨房端饭，花样翻新，翻得老王有黔驴技穷之感。细细算来，母亲嫁到叶家整整一个月了，一个月来她竟然没见过张芸芳一面，那位懂得四书五经的小姐，难道不懂得这规矩？

母亲跟她的兄弟商量，陈锡元不会引经据典，只会从他的范围找经验，陈锡元说为这个他特意又看了回《大登殿》，那里头交代得很明白，是代战公主给王宝钏先行礼请安的，王宝钏端坐在椅子上就没动窝，代战见过礼后，王宝钏才过来搀扶，两个人"呀呼咳咳"地寒暄了半天。目前西院的就是代战公主，咱们是王宝钏，尽管咱们晚到了"十八年"，咱们也是老大，老大自然要端着，本来人家就看不起咱们，咱们不能从一开始就跌了份。

母亲认为她兄弟说得有道理。

父亲的几个儿女都在外头上学，大部分住在学校，老大工作了，老大回来的机会最少，平时跑进跑出的只有老五，老五学校离家近，又把念书不当回事，他的影子在家闪得最多。

这天，看门老张领进来一个巡警，巡警提着老五的书包，说是在巡警阁子里发现的，一看是叶家五少爷的，给送了来。这时候的五少爷正在学校"上学"还没有"下课"。老张对母亲说，这孩子得打，要是他阿玛在，非得扒光了衣裳在院里晾他的"大白菜"不可。"晾大白菜"是父亲整治他儿子们的绝招，无冬历夏，儿子们犯了大错就得脱得一丝不挂在院里罚站，光屁眼子让人参观的滋味不太妙，都是老大不小的人了，知道害臊，所以谁都尽量不犯错。老五没记性，仗着他下头的兄弟老六早夭，很有倚小卖小的劲头，大错常犯，小错不断，他的"白菜"就晾得最为频繁，动辄便被责令到前院影壁前头站着。好在他不在乎，他说他身上的零部件大伙都很熟悉了，故宫里的宝贝皇上还得时不常从库里拿出来看看呢，叶家也是一样，要不大伙忘了这个宝怎么办。

老五是天黑以后回来的，弄回一条白卷毛狮子狗，一进门老张就给打了预防针，说巡警来过了，书包早送回来了，留神太太的鸡毛掸子，还说后妈打前妻的儿子往死里打。有出戏叫《芦花记》，《芦花记》就是后妈给前妻儿子拿芦花絮棉袄，看着蓬松，其实屁事不顶。老五问老张有止痛片没有，若有他先吃两片预防着。老张说他用不着挨打，也从不预备那东西。老五说那有点儿遗憾，便夹着狗一边往里走一边解纽扣，那些纽扣是母亲新给装上的，解起来挺费事。老五随走随脱，走到后院身上已经一丝不挂，只剩下耳朵上带着的兔毛护耳了。老五隔着门帘朝里头喊，额娘，今天站几十分钟？

母亲一看老五这样，忙不迭地从屋里奔出来，不容分说就往屋里拽，让大兰快点儿沿路去找衣裳。其实不待母亲拽，老五和他的狗已经就势钻进了门帘子。母亲顺手抄来一条毯子就往老五身上披，嘴里心肝肉地念叨，绝口不提逃学的事。老五摸着母亲的脾气，得寸进尺地说，额娘，你不打我吧？

母亲说，这算什么，那个陈锡元耍的花活能当你师傅，他往狗尾巴上拴了一挂鞭，点着了扔戏台上去了，戏台上正演《武松打虎》，景阳岗上又冒出一只带响的狗，上蹿下跳，你瞧这乱吧。还有一回在乱葬岗捡了个骷髅，鼻子、眼里插上葱蒜，浇一泡热尿，往远处一扔，那骷髅就追着他跑……

老五说，骷髅真的会追人？

母亲说陈锡元说能追大概就能追。老五便对陈锡元十分地敬慕，说陈锡元来了一定要母亲帮着引荐，让陈锡元带他上乱葬岗去。老五说他看母亲寂寞，上狗市给母亲挑狗去了，花一块大洋买了条小京巴，抱回来给母亲做伴。上回原本说送鸟的，母亲屋里有黄猫，怕猫把鸟吃了，就换了狗。母亲夸老五仁义，老五越发得了便宜卖乖，说话舌头也短了许多，说在狗市上来回走了好几趟，才挑出这只来，这只的名字叫玛丽，是他给取的，跟天主堂蓝眼睛的修女玛丽是一个名儿，他喜欢那个洋玛丽，还跟洋玛丽亲过嘴儿。说着说着竟然和玛丽一同爬上了炕，盖着毯子，靠着被卧垛，伸着腿，舒服得不想走了。母亲告诉大兰，让老王给做碗热片汤来，要多搁胡椒多搁醋。老五补充说，用羊肉汤炝锅，起锅撒香菜！

没一会儿大兰就把片汤端来了，学厨子老王的话说，老五没光眼子站影壁还喝热片汤，邪门了！

老五吸溜着热汤说，叶家改章程了！

看老五满头热汗地吃片汤，母亲问他回来怎不往西院跑，老五说二娘不管我们的事，母亲说，不管事她干什么？

老五说，看书。

母亲说，还有那个刘可儿呢？

老五说，她的心思全在她的小姐身上。

母亲说，怎的不见你二娘出来？

老五说，二娘要能出来就好了，二娘病了。

母亲问什么病，老五说他也说不好，老在炕上歪着，光吃好的，不长肉，怕风、怕光、怕响动，还怕生气，知道么，我就是把房点着了谁也不敢告诉她。

母亲第二天一早就到西院去了，她不能跟个病人较劲。

西院门是个月亮圆门，内里有四扇绿漆木头影壁，写着"四季平和"几个字，这几个字是张氏母亲写的，一直保留到"文革"以后，直到盖防震棚时才被拆了挪作他用。影壁后头是一架凌霄，因为是冬天，架上光秃秃的看不出什么意思。北屋前头有两棵桂花树，桂花是南方的树，长在北京十分难得，据说是张氏母亲托人从老家弄来的，盼的是她将来的儿女们能"攀云折桂"，像她的先祖一样也当文华大学士。

院子静谧，弥漫着一股煮中药的气息。北边一溜五间北房，西边是三间厢房，没有廊子，台阶也不高，窗玻璃很大，挂着窗帘。

没等母亲上台阶，棉门帘一挑，刘妈迎出来了，想必是刚才从里头看见了。刘妈脸上稍稍有了点儿笑意，说正跟小姐念叨太太呢，太太就来了。母亲说才听说二娘身子骨不好，早该过来的，真对不住二娘。说着两个人进了里屋，母亲看见南炕上半卧着一个老太太，老太太的炕头枕边堆了不少书，屋里没有多余摆设，靠墙全是从地到天的书格子，格子里装的依旧是书。这些书是父亲的，更主要是二娘的，因为除了这个病歪歪的老太太以外，别人几乎从未触动过它们。1966年"文革"之初，为了怕这些书招来麻烦，我和老七花了半个月时间捆扎，借了废品站的平板三轮，每天蹬着车去卖"废纸"，先先后后卖了三百块钱，四十多年前的三百块钱哪，那得多少"废纸"啊，那时候论斤卖，五斤二分钱。

回过头再说母亲们，炕上的老太太满脸褶子，脸和头发都是白的，嘴唇没有一点儿血色，瘦得几乎是皮包着骨头，母亲明白了，这就是张芸芳，就是刘妈一口一个叫着的"小姐"了。说这个"小姐"七十了，大概没人怀疑，说"小姐"是那只逃窜兔子的妈，大概没人怀疑。

见母亲进来，张芸芳往起坐了坐，刘妈从后头用枕头攲住，又用小梳子把那有限的几根白发梳理了一下，张芸芳这才正对母亲说，衣冠不整，以这个模样见太太，失礼了。

张芸芳说着用手在腰上道了个万福，在说话眼神的闪动间，母亲才感觉到了只有这双眼睛还有着灵动与生机。母亲赶紧请了个蹲安，说不知二娘病得这样厉害，过来得太晚了。

张芸芳有气无力地说，吓着您了吧？对不住了。我本应该过去给太太请安的，无奈身子不遂人愿，一直起不来，就这样苟延残喘地将就着，想的是早早将尘缘了断，偏偏的老天遗漏，残留几根朽骨依然肮脏人间。

母亲听不大懂张芸芳的话，她以她的形式表达着自己的感情，母亲坐在床沿上，拉起了那双骨瘦嶙峋的，苍老的手，放在自己热乎乎的手心里摩挲着，想的是大宅门空有一个冰冷的架子，里面缺少的东西太多，远没有她在南营房小院里和兄弟两人淡饭粗茶，柴米油盐，过得热火和充实。

张芸芳说听刘妈说过几次了，老爷后续的太太年轻美貌又贤惠，今日见了果真如此，是老爷的福气也是叶家的福气，老爷有了照应，孩子们有了依靠，她这几年悬着的心总是放下了……

母亲想这个张芸芳，年龄大概不会比父亲已故的妻子更大，充其量也不过五十，怎竟老得这般模样，当年若随了她的爹妈一块儿发配新疆，是死是活那是命，有亲人在身边，总比给人做奴婢，当小老婆强。似这般，人灯似的熬着，还要看古书，真是让孔夫子给弄魔怔了。

张芸芳指着炕上的针线筐箩说正在给母亲绣鞋面，精神不济，一天也绣不了几针……母亲看见筐箩里头是一双正红的，绣着蝙蝠的缎鞋，那是张芸芳要送给她的礼物。刘妈说他们小姐的女红在老家是出名的好，样子都是自己画的，色彩也讲究，十里八里的人都来求样子，老爷的大福晋穿的鞋从来都是出自小姐的手……张芸芳让刘妈不要说了，说现在下不了炕，连鞋也省了，把以前做的鞋都送了人。母亲便想起刘妈在门口堵她那天穿的宝蓝蝴蝶鞋，看今日脚上，却换了一双褐色云纹绣鞋，想必也是张芸芳的存物了。

张芸芳让刘妈叫出在套间画画的老七，就是半夜吹箫的那个，看年龄和老五不相上下，只是更清瘦，跟他的母亲一样面色苍白。老七叫了一声额娘，垂手站着再无话，张芸芳非让老七给母亲磕头，母亲说进门那天已经正式见过面了，免了吧。张芸芳说是替她磕的，母亲说那更得免了，到底没让老七磕。张芸芳指着老七说，这孩子太弱，不爱说话，将来我走了，最搁不下的就是这个，其他几个都能顾住自个儿，这个老七不行……

老七听他妈说他不行也不说话，依旧呆呆地站着。母亲想，老五是瓜尔佳的末生儿子，老七是张芸芳的末生儿子，两个儿子性情作派竟是如此不同，真应了那句老话儿，龙生九种，九种各一。

母亲后来跟我说，作为女人，一定不能敞开了生孩子，这样会把命都搭进去，我的二娘就是一个例子。叶家十四个孩子，出自二娘的就有七个，中国家庭传统的理想子女数目是"五男二女"，事实上，仅我的二娘一个人，以她那弱不禁风的身子，就生了五男二女。多产是张氏母亲早早衰落的主要原因，据说她在生老七的时候曾经血崩不止，被中医彭玉堂倒悬于室内，几度昏厥……以后身体一蹶不振，几乎再没出过房门。

二娘的屋里气味很重，书的味道，中药的味道，熏香的味道，我想应该再加上一种病入膏肓的死亡味道。这种复杂的味道在西院的北房里持续了数十年，即便在二娘死后，还依然存在着，难怪"文革"老七和我收拾那些古籍时，我看到他不止一次地眼圈发红，我知道他是想起他的母亲了。

母亲从二娘房里出来，似乎对父亲多了一些理解，父亲再"老"，也不过四十八岁，四十八的男人正在壮年，应该是人生的辉煌阶段。母亲不能想象，壮年的父亲怎么会和一个行将就木的老妻躺在一个炕上，特别是就在自己和他的新婚之夜，他竟然和一个白发之人同床共枕。由此母亲心里多了些酸楚，这是她在南营房做姑娘时所没有的，她站在空旷的庭院里茫然四顾，心里突然挂念起出游的父亲，已经一个月了，不知道出去的他什么时候能回来。

没有音信。

父亲这一走，一年半。

晚上，我给六姐打了电话，说了博美来看我的事，我说我很喜欢这个淳静的姑娘，跟那些浮躁张狂的现代女性比这是个凤毛麟角。

六姐惊奇地说，博美到你那儿去了吗？

我说，对呀，你不知道？

六姐说这个博美已经离家出去许久了，前不久拿着一条缎子披肩来看她，她连同披肩和人一块儿推了出去。我问是什么披肩，六姐说淡紫色，绣着芙蓉花，花蕊里镶着两颗钻石，是从日本买来的，十几万日元，合人民币一万多块。我问六姐为什么不要，六姐说，要是她挣的，哪怕是块不值钱的手绢我也要，但是不是。

我问怎的"不是"，六姐说这事她实在不愿意提。我说，你把话说到这份上了，不说也得说。

六姐说，这个博美不知是个什么性情，大学毕了业，先在机关里当公务员，又跳槽进公司，后来倒股票，弄房地产，结果哪样也干不好，哪样也干不长，到最后呢，嫁了个商人，有钱有房有别墅，也不工作了，揣着护照满世界转，这月上巴黎，下月上夏威夷，再不就在家里跟她养的一群洋狗厮混，她自己不生儿子，管狗叫儿子，老大老二老三老四老五老六老七！

我说，跟咱们家的七位爷一样。

六姐说，她找的男人比她大，大许多。

我开玩笑地说，大多少？大十八吗？

六姐说，大二十八。

我一算，了不得了，这个孙姑爷快六十了！没等我说话，六姐又说，这还不是问题所在，那个商人人家有老婆，明媒正娶的老婆，咱们这个是个小！要是旧社会，强娶豪夺，仗势欺人，强迫她去当小老婆，也有个说辞，可她呢，是自己愿意的，没谁强迫她。

我现在是一句话也说不出了，我的母亲没文化、穷，尚且知道人穷志不短，为自己的名分而努力抗争，但是她的后代却发生了逆转，心甘情愿地做母亲不能认可的事，这大概就是人们常说的"变异"了。

莫不就是她所说的"社会进步了"？

年轻人哪，你缺了点儿什么……

六姐还在电话那头啰嗦，话匣子既然打开了一时难以关上，说什么老爷子、老太太要活着得气死，说什么叶家其他人要知道得笑话死，等等。我把电话挂了，我还没回过神来，我得好好想想。

那条美丽的披肩被我收到了柜子深处，再没有拿出来用过。

作者简介

叶广芩，北京人，满族。1968 年到陕西，中国作协全委会委员，陕西作协副主席。主要作品：长篇小说《采桑子》《青木川》等。作品《梦也何曾到谢桥》获第二届鲁迅文学奖，《没有日记的罗敷河》获少数民族文学"骏马奖"。

它有别于一般的官场小说，是个关于美人计的故事。我们熟悉的《无间道》和《色·戒》在这里上演。

倾国倾城

滕肖澜

一

庞鹰第一次看见高丽华，是在崔海和蒋莹的婚礼上。她一出现，便把新娘子的风头给抢了去。按说蒋莹也是个美人，在分行里很有些男人缘，但美人与美人也是有区别的——小美人遇上大美人，眉清目秀遇上倾国倾城，高下立分。加上蒋莹已有了三个多月的身孕，脸肿得很，靠厚厚一层粉撑着，浓妆之下，更少了几分灵气，像是木偶娃娃。

庞鹰和苏圆圆夫妇坐一桌。她并不认识新郎新娘，蒋莹调走的时候，她还没毕业。新郎崔海是佟承志的学长，又是苏圆圆父亲的旧下属，因此关系比旁人要亲近些。新郎新娘来敬酒时，苏圆圆向他们介绍庞鹰——"我们科里新来的小同志，××大学毕业。"崔海便笑一笑，说："哦，高材生，前途无量啊。"庞鹰脸微微一红，还不及说话，崔海已转了话头，问苏圆圆："老行长最近身体怎么样？"苏圆圆道："还是老样子，天天吃降压药。"崔海道："改天我去看他老人家。"苏圆圆笑道："崔处您现在是新贵，又是新婚，大忙人，怎么好意思劳您的驾？"崔海也笑："别寻我开心了，你们家承志还比我小两岁呢，都当处长好几年了，我眼看是奔四的人了，好不容易才扶正，眼泪水嗒嗒滴，伤心啊！"

崔海的一对双胞胎女儿被老人带着，很乖巧地坐在座位上，穿着花童的衣服。客人们大多是认识她们的，见了便上前逗一逗。两个小女孩长得一模一样，手里各捧着一个洋娃娃，粉妆玉琢似的。

高丽华便是这时出现的。婚礼已进行了一半，杯盘狼藉，好多客人都有些醉了，拿着酒瓶吵吵闹闹，乱得很。高丽华悄无声息地走进来，穿一条白色的束腰裙，长发披肩，高跟皮鞋踩在地上发出清脆的"叮叮"声。风姿绰约中，还带着些妖气——喧闹的宴会厅一下子安静下来。大家都朝她看。

高丽华径直走到苏圆圆那桌，停下，甜甜地叫了声："阿姐。"

庞鹰闻到一股浓郁的香气。她鼻子过敏，登时便打了个喷嚏。她朝高丽华看，瞥见她长长的睫毛在眼角处投下剪影，鼻子尖尖翘翘。笑起来有些法令纹，很妩媚的模样。一串玛瑙耳环，垂到颈间。同时，一绺长发也垂了下来，差点落进面前的杯子里。庞鹰连忙把酒杯拿开些。

苏圆圆一怔："是你？"

高丽华道："我有个朋友在隔壁厅结婚，刚巧看到阿姐你，过来打个招呼。"苏圆圆哦了一声，随即向佟承志介绍："老邻居，从小一起长大的——我先生。"高丽华朝佟承志一笑，叫了声"姐夫"。

崔海挽着蒋莹，本已走向下一桌了，却又绕了回来。崔海的目光飞快地在高丽华脸上瞟过——眼睛、鼻子、嘴巴、头颈，再是胸部。倏忽一下，又迅速地收回，无线电波似的。他问苏圆圆："朋友啊？"苏圆圆嗯了一声。崔海很夸张地叫起来："哎呀，圆圆的朋友，那是一定要喝一杯的。"

高丽华不待他说完，便在一个空杯里倒满酒，笑吟吟地举起杯，"新郎新娘，白头到老啊！"说着，一饮而尽，"初次见面，我叫高丽华。"她朝崔海微笑。

崔海也把酒一饮而尽，报以微笑，"崔海——'催命'的'催'去掉单人旁，'大海'的'海'。"高丽华咯咯笑道："干吗说'催命'——说'催促'不就好了嘛。"崔海一拍脑袋，"就是就是。高小姐的语文比我好得多。哈哈！"

苏圆圆瞥见蒋莹在一旁脸色有些难看。

婚礼结束后，苏圆圆夫妇有车，顺路捎庞鹰一段。路上，佟承志问妻子："什么老邻居，我怎么不晓得？"苏圆圆道："老房子的邻居，你怎么会晓得？"佟承志道："不是说一起长大的嘛。"苏圆圆懒洋洋地道："话是这么说，隔了这么久，早淡了。"说完又加上一句："她妈以前在我家当保姆的。"

佟承志哦了一声。

过了一会儿，苏圆圆忽道："崔海前面那个老婆死了还不到半年吧？"佟承志说："嗯。"苏圆圆道："升官发财死老婆，中年男人的三大美事，这家伙全摊上了——幸福啊。"佟承志没吭声。苏圆圆侧过身，朝他看，又道：

"幸福啊，是不是？"

佟承志把身体坐得直些，干咳两声。与此同时，朝反光镜里的庞鹰看了一眼。有些尴尬。庞鹰察觉了，闭上眼睛，做出很困的样子。

几周后，高丽华调到分行，和苏圆圆、庞鹰一个科室。

高丽华坐靠门的座位。苏圆圆告诉庞鹰——高丽华的这个座位，便是当年蒋莹的。都说靠门的座位最危险，私下里做些小动作，领导进来一下子便发觉了，其实并非如此。看似危险的位置反倒安全，是视觉盲点。那时蒋莹的手机墙纸便是她和崔海的照片，两人勾着脖子，亲嘴。她做得这么张扬，却从没人注意过。最后还是崔海前妻得了胃癌，她大咧咧地在崔海办公室走进走出，做广告似的，大家才晓得了。半年前，崔海前妻病逝，地下情终于修成正果，蒋莹升格为新任崔太太。

"看着吧，"苏圆圆道，"高丽华总有一天，也要走蒋莹的老路——你看着吧。"

苏圆圆说着，朝庞鹰笑笑。

庞鹰坐在座位上，瞥见高丽华那边墙上什么东西闪啊闪的，晃眼得很。庞鹰先是一怔，半晌才看清——她正对着镜子涂睫毛膏。阳光落在镜子上，又反射到墙上，一个亮亮的白点，晃啊晃的。一会儿，高丽华抬起头，两排睫毛像钢针那样齐刷刷的。她拿睫毛夹去夹，小心翼翼地，轻轻举起，轻轻落下，生怕把睫毛夹坏。精细得很。接着是扑粉，拿一把大刷子，向两侧轻扫。颧骨处再点几下胭脂，用手指晕开。庞鹰不晓得化妆原来这么复杂。高丽华从镜子里看见庞鹰的脸，便笑一笑。庞鹰不及避开，有些不好意思，也笑了笑。

高丽华拿到第一个月工资，说要请苏圆圆和庞鹰吃饭。"就在对面的张生记，吃杭州菜——阿姐你说好不好？"苏圆圆道："别破费了，我们都不讲究这些的。你把钱留着给你妈吧。你妈一把年纪了，还在帮人裁衣服，也作孽兮兮的。"高丽华道："是我妈让我请你们的，再说又用不了几个钱——阿姐，你把姐夫也叫上。"苏圆圆道："叫他干什么，又不是一个科的。"高丽华道："热闹嘛。"

下了班，三人径直来到饭店。佟承志没来，苏圆圆说他晚上有应酬，抽不出空。高丽华订了个小包间，点了菜，又开了瓶红酒。苏圆圆道："点什么酒呀，就我们三个女人。"高丽华道："女人喝点红酒对皮肤好。"苏圆圆看她一眼，笑笑："怪不得你皮肤这么好。"高丽华道："我这是天生的，不喝酒也好——阿姐你还记不记得，以前邻居都夸我是小外国人，因为皮肤白，头发又黄。"苏圆圆道："是吗，我记不清了——不过你小时候头发倒是真的很黄。"高丽华笑道："所以呀，所以他们才说我是小外国人。"苏圆圆道："你不要以为头发黄好——外国人头发黄是天生的，中国人头发黄就是营养不良。"

　　苏圆圆飞快地说完，耸耸肩，做出开玩笑的样子。一会儿，酒菜陆续送上。高丽华举起酒杯，说："谢谢两位赏光——尤其要谢谢阿姐，没有阿姐为我搭线，我也进不了行里。"苏圆圆道："我只是把你的表格送上去，也没帮什么忙。"高丽华道："那也要谢，要不是阿姐面子大，我就是削尖了脑袋也挤不进来。"

　　三人碰了杯。高丽华从包里取出烟，问庞鹰："抽吗？"庞鹰摇头。高丽华便自己点上火，吐了个烟圈。用食指和中指夹着烟，纤纤长长的。

　　她问庞鹰："是不是上海人？"庞鹰微微一怔，反问："怎么，我不像？"高丽华一笑："不是，只不过你看着挺老实，现在的上海女孩都滑头得很，不像你这么乖。"苏圆圆道："小庞的父母都是知青，在安徽工作。"高丽华哦了一声，笑笑："啊——怪不得。"庞鹰被她这声"怪不得"弄得有些不是滋味，便不说话，夹了块螃蟹，低下头剥。

　　坐了一会儿，庞鹰站起来说要走。"七点半还要上课。"她道。

　　高丽华有些惊讶："上课——什么课？"

　　"高级口译。"庞鹰脆生生地回答。

　　半小时后，庞鹰匆匆赶到学校。走进去，已经开始上课了。庞鹰朝老师微微欠身，坐到座位上，拿出书和笔记本。

　　她本不想读补习班的，未必有效果，还要花钱，可没办法，每晚这个时候婶婶都要叫人过来搓麻将，把个十来平方米的亭子间弄得乌烟瘴气。还有堂弟，明年考大学，写字台自然是要留给他的。庞鹰只能躺在床上看书——与其这样，倒不如出来上补习班，还清静些。

　　庞鹰在眼镜上哈了口气，拿镜布擦拭。这副黑框眼镜戴了六七年了，镜片都磨损了，式样也陈旧。黄昊常笑话她戴眼镜像个大妈，看着像老了十几岁——却从不曾想过给她买副新的。有时庞鹰忍不住想提醒他，再一想，还是算了。庞鹰不大在乎这些，况且黄昊也没什么积蓄，每月还要给福建的老母亲寄钱，也不容易。大学时，是黄昊先追的她。庞鹰不像别的女孩，要让男人反反复复求而不得。她没这个心思——她的心思在别的地方。读书时，她年年拿甲等奖学金。周末，别的女孩谈恋爱，她在图书馆温书，一坐就是一天，老僧入定般。黄昊也只有在旁边陪她。朋友们说她这样是辜负了好时光。她嘴上笑笑，心里却不以为然——她的好时光是在将来呢。

下课出来，黄昊等在校门口，远远地朝她招手："哎，秀才！"

庞鹰走上去，问："你怎么来了？"黄昊道："接你呗。"庞鹰道："也不打个招呼，走岔了怎么办？"黄昊道："大不了等到天亮，直接上班去。"

庞鹰笑笑。黄昊把手里一个纸袋给她："喏。"庞鹰打开一看，是条连衣裙。"给我的？"她问。黄昊嘿的一声："不是给你，难道是给我的？"

庞鹰瞥过裙子上的吊牌，三百九十八元。"发奖金了？"她问。

黄昊道："不发奖金，就不能给你买衣服？"庞鹰道："太阳从西边出来了——"话一出口，才觉得不妥，连忙跟着说了声"谢谢"。黄昊问她："肚子饿不饿？我们去吃夜宵。"庞鹰点了点头。

两人来到路边一家茶餐厅，走进去，点了虾饺和糯米鸡。黄昊把糯米鸡外面那层荷叶撕开，放进庞鹰面前的小碟。庞鹰觉得他今天格外殷勤，便道："我自己来。"黄昊晓得她不爱吃蛋黄，把糯米鸡里的蛋黄夹掉，"瞧你，脸又小了一圈——是不是又不吃早饭了？"庞鹰道："有时起晚了，来不及。"黄昊道："你这样不行，本来就长得瘦，现在就更像个小老鼠了。女人不能太瘦，瘦了显得可怜巴巴，不精神。"庞鹰道："现在流行骨感美，越瘦越美。"黄昊道："算了吧，什么骨感美，我妈上次看了你的照片，说这个女孩怎么这么瘦啊，可别——"他说到这里，戛然而止，拿杯子喝了口水。

庞鹰知道他后半句是什么。也不说破，挑糯米鸡里的鸡块吃。

过了一会儿，黄昊忽道："哎，你那个姓苏的同事，有空请她吃顿饭怎么样，还有她老公。"庞鹰一怔："干吗？"黄昊道："她老公以前不是专管员工福利那块嘛，跟他吃顿饭聊聊，看能不能把我们公司的冰柜推销给他——你们分行那么多人，一人发一台，我们公司就能舒服好几年了。"庞鹰又是一怔，一口糯米鸡卡在喉咙里，差点噎住。黄昊没察觉，径直说下去：

"我跟我们领导打了包票的，年前至少销出去两百台。我说，我女朋友的同事是银行行长的女儿，这件事有得搞。我们领导答应给我百分之五的提成——不管怎样，跟这种高干子弟搞好关系总没坏处的，是吧？"

庞鹰不说话。目光瞥过旁边那个装衣服的纸袋，有些没劲。她朝黄昊看。黄昊对她笑。笑容里带着讨好的意味，又给她夹了块虾饺。半晌，庞鹰终是没忍住，霍地站了起来，道："我先走了——这顿饭我来买单。"

苏圆圆回到家，佟承志躺在床上看报纸。苏圆圆坐下来卸妆。佟承志道："回来得挺早啊。"苏圆圆道："吃完就散了，三个女人又没什么好聊的。"佟承志笑笑："听这话的意思，要是多个男人就有得聊了，是吧？"苏圆圆道："那是当然——那小女人到底还是不懂事，应该请你一起去的。你是我老公，又帮了她，礼貌上也该叫一声的。"

佟承志道："帮忙的是你，她叫不叫我也无所谓。"苏圆圆嘿的一声："要不是她妈跑去我妈那儿哀求，我也犯不上帮这个忙——白白欠了郭副总一个人情。"佟承志道："人家不是请你吃饭了嘛。"苏圆圆道："你以为我想吃这个饭——讲句老实话，介绍她进来，我是担风险的。她那个人啊，做事要让人捏把汗的。小学时候跟男同学打架，硬把人家裤子给扒下来。初中里跟男老师到外面过夜，差一点被学校开除——也搞不懂她是怎么上的大学，真是天晓得了。"

苏圆圆把耳环摘下来，放进首饰盒，朝丈夫看了一眼，故作随意地问："你说——她是不是挺漂亮？"佟承志道："还行吧，不难看。"苏圆圆道："男人都喜欢她这种类型的，对吧？"佟承志道："谁说的？"苏圆圆道："明摆着的嘛——你没看见崔海那天的死样子，口水都快流到地上了。"佟承志道："崔海那个人你又不是不晓得，他代表不了大多数男人。"苏圆圆一笑："那你说，你喜欢哪种类型的？"佟承志道："当然是你这种类型。"苏圆圆问："我是哪种类型？"佟承志回答："温柔娴淑秀外慧中——"苏圆圆在他头上轻轻一拍，笑骂："少拍马屁。"

苏圆圆洗完澡出来，佟承志已睡了。苏圆圆推他："睡着了吗？"佟承志迷迷糊糊应了声。苏圆圆道："我爸让我们这周六过去吃饭。"佟承志嗯了一声。苏圆圆道："我爸说，最近你都不怎么过去——翅膀硬了。"

佟承志眼睛倏地睁开，问："真的？"苏圆圆笑起来："骗你的——我爸说，你是乖小囡，让我对你好一点。"佟承志舒了口气，笑道："老丈人到底是多年的党员干部，通情达理，也看得透彻。"苏圆圆一笑，拿手指拨弄他的头发，忽道："我说——我们科室的庞鹰，喏，就是婚礼上和我们坐一起的那个女孩，倒是个人才呢。"佟承志道："戴眼镜那个？"苏圆圆道："嗯。性格有点内向，不过人很聪明。大学里就把注册会计师和审计师考出来了。你呀，别像崔海那样，光盯着漂亮女人——身边要放几个做实事的人，将来用得着的。"佟承志翻了个身，道："我心里有数。"苏圆圆又道："明年换届，好几个副总都该退了。提谁不提谁，下面几千几万双眼睛盯着呢。"

佟承志嗯了一声。

苏圆圆伸出手臂，从他的后颈绕过去，到他胸前。又朝他耳际吹了口气。佟承志没动。苏圆圆在他胸前拨拉着，一下、两下，弹钢琴似的。佟承志打个呵欠，道："好困。"苏圆圆兀自不死心，手伸到他胳肢窝，呵他的痒。佟承志呵欠一个接一个，困极了的模样。苏圆圆终于没劲了，躺平了，抱怨道："是犯了毒瘾还是怎的？"佟承志不说话，一会儿，便打起小鼾了。

二

星期天下午，庞鹰正在教堂弟功课，黄昊给她发了条短信：我在你家楼下。庞鹰放下手机，对堂弟说有点事出去一趟，让他自己看书。婶婶在厨房择菜，听了便问："晚饭回来吃吗？"庞鹰说："回来的。"

庞鹰下了楼，见黄昊倚在一棵树下抽烟。庞鹰走上前，他便把烟掐了。

两人对视了一眼。黄昊道："来了。"庞鹰问他："有事？"黄昊道："没事，就是想你了。"庞鹰道："我在教堂弟功课呢，他下礼拜模拟考，要紧关头。"黄昊道："哦——你倒是关心堂弟，就不管男朋友死活了。"他说着笑笑。庞鹰心里叹了口气，没吭声。

过了一会儿，黄昊道："说出来也实在是丢脸，还要女朋友替我搭桥——可你也不是不晓得我，那种小公司，每个月拿一两千块死工资，够什么用的？光房租就要八百多呢。"庞鹰沉默了一下，道："我晓得。"黄昊道："我要是能大把大把地赚钱，也不会做那种无聊事。谁不想有骨气？我也是没办法。再说我妈身体也不好，又没劳保，每个月光吃中药就要好几百块——"

黄昊一边说，一边把脚下的石头碾来碾去。

庞鹰道："我晓得了。"黄昊朝她看。庞鹰道："明天上班，我替你约约看。"黄昊喜出望外，道："真的？"庞鹰道："不过我跟她也不是很熟的，你别抱太大希望。"黄昊忙道："没关系——谢谢你了。"

庞鹰回到家。婶婶道："这么快？"庞鹰嗯了一声，瞥见堂弟忙不迭地把 PSP 收好。婶婶见了，骂道："你就玩吧玩吧，打游戏你保管能拿第一！"堂弟兀自嘴硬："劳逸结合嘛。"婶婶道："等明年考上大学，你就是玩得眼睛瞎掉，我也不来管你。"堂弟说："考上大学又怎么样？现在大学毕业也赚不了几个钱——姐姐和黄昊都是大学生，一个月能拿多少钱？我宁可自己去做生意，当老板！"婶婶嚷道："你能做什么生意，卖茶叶蛋啊？"

庞鹰进卫生间洗澡。隔着一扇门，听见婶婶轻声对堂弟道："我跟你讲，你跟姐姐他们不一样的，他们没房子，这就很伤脑筋，可你不一样，这套房子将来总归是你的。"堂弟哎哟一声，打断道："鸽子笼一个。"婶婶道："鸽子笼好歹也是房子。你姐姐他们将来结婚，肯定要买房子的，就算一室一厅，最起码也要好几十万吧。你有房子打底，工资少点就少点，问题还不大。可他们就比较麻烦……"

庞鹰洗完澡出来，换了件衣服，对婶婶道："我出去了。"婶婶道："怎么又要出去了？"庞鹰道："上课。"婶婶道："现在才几点啊，你不吃饭了？"庞鹰嗯了一声，"砰"地关上门，走了。

已经是初秋了，下午却依然很闷热。衣服粘在身上，潮潮的很不舒服。庞鹰从家里出来，想着时间还早，索性便走路过去。到了学校门口，觉得饿了，去附近小饭店吃东西。走进去，人已满了，只有拼桌。服务员领她到一张桌子。已坐了一个人。庞鹰坐下来，瞥过这人的脸，不禁一愣——是佟承志。

佟承志看见她，也是一愣，"这么巧？"庞鹰道："是啊——我在对面学校上课，顺便过来吃个饭。"佟承志道："对面吗？真是巧了，我也在对面上课。"

"上什么课？"庞鹰问他。

"中级口译。"佟承志道。

庞鹰哦了一声。佟承志问："你呢？"庞鹰道："我也是英语。"

吃完饭，两人走进学校。佟承志的教室在二楼。庞鹰的在三楼。两人各自进了教室。上课时，庞鹰想着婶婶的话，整堂课都有些无精打采——连手机也忘了关。课到一半，手机嘀嘀地响了，很突兀的。她一看，是黄昊的短信：谢谢你，你是好人。

庞鹰叹口气，把手机关了。

下课后，庞鹰走出来，见校门停着一辆白色的奥迪A4。她认得这是佟承志的车。怕遇见他还要打招呼，正要走开，忽见一个交警慢慢踱过来，朝这车看了几眼，低头便要开罚单。庞鹰不及思考，便道："师傅，人在的呀，在的呀。"急急地上前。交警看她，道："开走。"庞鹰哦了一声，道："晓得了，司机在上厕所，马上出来。"交警道："你不要捣糨糊。"庞鹰道："我没有捣糨糊，司机真的马上出来了。我是跟来的，这个，不、不会开车。"她说着，都有些结巴了。

交警不理，开了张罚单，放在雨刮器上，又朝她瞪了一眼，走了。

庞鹰愣了愣，想这算什么名堂。呆站了一会儿，悻悻地离开了。

苏圆圆答应和黄昊吃顿饭。庞鹰打电话给黄昊，黄昊十分兴奋，很快订好了饭店。吃饭那天，庞鹰说不想去，黄昊说，你要是不去，我一个人去算怎么回事，我又不认识他们。庞鹰无奈，只得跟着去了。

苏圆圆和佟承志应邀赴席。黄昊问佟承志喝什么酒，佟承志道："不用了，我们开车来的。"黄昊便点菜。苏圆圆对他道："小黄，随便点些菜就可以了，大家聊天为主。"黄昊一边答应，一边点了鱼翅和东星斑。又叫了最贵的木瓜汁。

说了些客套话，黄昊很快便步入正题，问国庆节行里给员工发什么福利。佟承志说，最近行里主要是发卡，什么联华卡、乐购卡、斯玛特卡啊，比较方便。黄昊听了，立刻道："这个容易，我们公司也可以做卡，凭卡领冰柜，一样很方便。"佟承志笑笑。黄昊又加上一句："——价钱也有得商量。"

庞鹰脸上烫得厉害，都不敢看人了，低头喝饮料。

佟承志说："我现在调到信贷处，已经不管这块了，倒是有些旧同事，托托他们是可以，但也不敢打包票的。"黄昊连连点头："那是那是。"

一会儿，黄昊端起酒杯，偷偷踢了踢庞鹰。庞鹰便也端起酒杯，站起来。黄昊脸上堆笑，道："佟哥，苏姐，我敬你们。以后就靠你们多关照了——还有庞鹰，初来乍到的，什么也不懂，你们多提携。"

结束时，黄昊变戏法似的拿出两瓶红酒，道："我一个朋友从国外带回来的，说是一九九零年的波尔多红酒，我又不会喝，白白糟蹋了好东西，佟哥就算帮个忙。"佟承志连忙推辞。黄昊硬把酒塞在他怀里。佟承志朝苏圆圆看。苏圆圆又朝庞鹰看。庞鹰张口结舌地道："苏姐，一点心意，你就收下吧。"苏圆圆笑道："心领了——我先生平常也不大喝酒的。"庞鹰站在那里有些窘，脸也红了。苏圆圆朝她看，改口道："那就收一瓶吧——谢谢你们了。"

苏圆圆夫妇离开后，黄昊问庞鹰："气氛好像还行，是吧？"庞鹰嗯了一声，问他："酒多少钱？"黄昊道："两瓶一千八百块不到。"庞鹰没吭声。黄昊道："舍不得孩子套不到狼，要是做成了，就是十瓶酒也值。"

黄昊送庞鹰回家。路上，黄昊道："下个礼拜去苏州水上乐园玩，怎么样？"庞鹰摇头道："不去了，又不会游泳。"黄昊道："不会游泳没关系，水里泡泡嘛。"庞鹰还是摇头："不去了——小时候被水呛过，有阴影。"黄昊一怔："真的？"庞鹰道："四五岁的时候，不小心掉到河里去了，幸好一个解放军路过，把我救起来——要不然，现在就没我了。"她说着，笑了笑。

午休时间，蒋莹找苏圆圆一块儿喝咖啡。约好在分行隔壁的真锅。苏圆圆进去时，蒋莹已先到了。蒋莹替她点好了咖啡。苏圆圆坐下来，见她的眼圈红红的，连忙问她："怎么了？"

蒋莹道："还能怎么——你不晓得吗？"苏圆圆一怔，问："跟双胞胎处得不好？"蒋莹嘿的一声："那么一点点大的孩子，有什么处得好处不好的。"苏圆圆又问："跟崔海吵架了？"蒋莹朝她看一眼，道："我就不信你一点也不晓得，装糊涂是不是？"苏圆圆睁大眼睛："我装什么糊涂？"

蒋莹端起咖啡，喝了一口，道："那个狐狸精，不是苏姐你的人吗？"

苏圆圆愣了愣。"谁——高丽华？"

蒋莹哼了一声："不是她还有谁？分行里都传得沸沸扬扬的，别跟我说你不晓得。"苏圆圆干咳一声，道："嗯，听是听说过一点。行里爱搬弄是非的人多了，你别放在心上。你们好歹是新婚，他再怎么样也不至于——"蒋莹道："新婚又怎么样，他那个人——我不说你也晓得，不是什么好东西。"

苏圆圆朝她看，笑笑，低头喝了口咖啡。

蒋莹瞥见她的目光，道："我晓得你心里在想什么，你肯定在想——你当年也抢人家的老公，现在报应来了，是不是？"苏圆圆忙道："我没这么想。"蒋莹道："我和她不一样的，崔海前面那个老婆是农村人，人长得丑，又没文化。崔海跟她没感情的。"苏圆圆没说话。蒋莹又道："再说了，退一万步讲，就算我抢了人家的老公，总也不希望别人来抢我的老公啊，苏姐你说是不是？"苏圆圆笑笑："我明白的，你别急，怀孕的人不能动气。"

蒋莹从包里拿出烟，要点上。苏圆圆连忙阻止："你疯啦，不想要这个孩子啦？"蒋莹恨恨地道："不要了。"苏圆圆道："你这人怎么这么任性，过日子谁没个磕磕绊绊，看开点就没事了。崔海又不是傻子，总不见得为了那个小女人，就和你分开？你们才结婚多久啊？"蒋莹道："人家不是长得漂亮嘛——"苏圆圆嘿的一声："漂亮？漂亮的人多了。难道你就不漂亮？再说了，看到漂亮的就把老婆甩了，你把你们崔海当什么了，花痴啊？"蒋莹咬着嘴唇笑道："我看他就是花痴。"

苏圆圆劝她："你呀，别整天胡思乱想，身体最要紧。以后要是心里不痛快，就来找我聊天。我肯定站在你这边。"蒋莹噘嘴道："算了吧，她可是苏姐你的嫡系。"苏圆圆哎哟一声："什么嫡系，她不过是我一个老邻居，不搭界的。我们是什么关系，十来年的老同事！好姐妹！死党！她怎么比得上，毛都不搭一根！"

苏圆圆回到办公室，见高丽华在给庞鹰化妆。高丽华一套化妆品齐全得很，瓶瓶罐罐，摊开来像个小杂货铺。庞鹰起初不肯，被她死死拉住。高丽华说："你的皮肤其实不错，脸型也好，就是清汤寡水的，你给我半小时，我保管把你打扮成天仙。"高丽华嘻嘻哈哈地，往庞鹰脸上涂各种各样的东西。

苏圆圆坐下来。高丽华给庞鹰涂上睫毛膏，又涂了眼影，拿睫毛夹夹了。一会儿，大功告成，拿面镜子给她，问："怎么样？"庞鹰看了，皱眉道："太浓了。"高丽华道："你觉得浓是因为你从来不化妆，其实一点儿也不浓，刚刚好——不信你问阿姐。"苏圆圆看了一眼，道："不错，蛮好。"

庞鹰嘿的一声，戴上眼镜。高丽华叹道："本来蛮漂亮的，眼镜一戴，一点味道也没有了。"庞鹰道："不戴眼镜就成瞎子了。"高丽华道："配副隐形眼镜不是蛮好？现在谁还戴这么老气的眼镜。"

高丽华说着，问苏圆圆："阿姐，喝咖啡了？"苏圆圆嗯了一声："就在隔壁，和蒋莹一起喝的。"高丽华道："哦，那个新娘子。"

苏圆圆道："跟老公吵架了，找我出来喝咖啡散心——怀孕了还喝咖啡，也不怕生个非洲人出来。"高丽华道:"听说女人怀孕脾气都会变的。"苏圆圆嘿了一声:"她本来就有点作。女人啊,只要稍有点姿色都有这毛病,喜欢生事。"说着,朝高丽华笑笑。

下班后,庞鹰和高丽华走到分行门口。一辆本田雅阁从后面开过来,揿了揿喇叭。车窗摇下,崔海探出头来。高丽华嗲嗲地道:"崔处,我去淮海路买衣服,能不能载我一段啊?"崔海爽快地道:"上来吧!"高丽华对庞鹰说声"再会",一扭腚,上了车。

庞鹰到学校时,天已全黑了。匆匆买了个面包,奔进去,上楼时绊了一下,踉踉跄跄的,头一抬,竟刚好与教室里的佟承志目光相接。庞鹰一个趔趄还没站稳,很是狼狈。脸一红,急急地上楼了。

下课出来,走到校门口,见佟承志倚在车旁,朝她招手。庞鹰走过去,道:"佟处,还没走啊?"佟承志道:"上车,我送你。"

庞鹰一怔,忙道:"不用,我坐地铁很方便的。"佟承志微笑道:"我送你也很方便。上车吧。"庞鹰还想推辞,佟承志已开了车门。她只好上车。

佟承志问她怎么走。她说了。佟承志道:"原来是真的很方便,高架下来就到了。"庞鹰道:"谢谢您。"话一出口,便觉得别扭,怎么说"您"了。佟承志也察觉了,朝她笑笑。

佟承志道:"谢什么,该我谢谢你才对。"庞鹰以为他说的是黄昊请客的事,谁知他说下去:"那天怕我被罚款,对交警吹牛了,是吧?"

他朝她看,笑吟吟的。庞鹰这才想起来。"哦,那天啊——"

佟承志笑道:"看不出,你也会吹牛。"庞鹰忙道:"当时情况紧急,来不及多想——"佟承志道:"怕我被罚钱。"庞鹰道:"就是啊,又不是十块二十块,一罚就是两百,唉,可惜最后还是罚了——咦,你怎么会晓得的?"

"门卫告诉我的。他说,有个小姑娘很着急的样子。我一猜就是你。"

佟承志朝她看,笑道:"谢谢你啊。"庞鹰不好意思了,道:"别客气,我也没帮上什么忙。"车窗开着,灰尘进了眼睛,她摘下眼镜擦拭。一瞥,见他盯着自己的脸,怔了怔,问:"我脸上有什么东西吗?"佟承志也是一怔,忙把目光移开,笑道:"没有,你今天好像——有点儿不同。"庞鹰正要再问,车已停下了。到家了。

庞鹰回到家,去卫生间洗脸。摘下眼镜,看到镜子里的自己——白天的妆容还在，五官很精致，换了个人似的。她一愣。忽地，想起刚才佟承志的目光——原来是因为这个。

庞鹰不由得脸红了红。又朝镜子里看，随即骂了声"傻瓜"，拿起洗面奶便往脸上抹去。

苏圆圆请了一天假，去看中医。挂专家门诊，排了长长的队，足足等了两个小时。

看病却只是一会儿，照例是配一大堆药。医生叮嘱她，不能吃牛奶、虾、芒果，还有清蒸鱼。药性相克的。苏圆圆本来要问他，吃了这么久的药了，什么时候能见效——想想还是算了，问了也是白问。

回到家，包一放，便去煎药。苏圆圆站在灶台边，身体直直的，拨弄着锅里的药。一会儿，水开了，药渣噗噗地朝上涌。她把火关小了。房间弥漫着浓重的中药味。她倚着墙，看微弱的火苗，在那里闪啊闪的。

电话响了，苏圆圆走过去接——是她妈妈。问她去医院配药了没有。她说，刚回来。她妈妈又问，医生怎么说。她说，没问，问了也就是那两句，不能急，急了就更不行，要有耐性——都快背出来了。嘿！

电话那头安慰了她几句，挂了。

一会儿，钟点工来了，问她晚上烧什么菜。她想了想，说，雪菜蒸黄鱼吧，先生喜欢。钟点工答应了，出去买菜了。

到了晚上，佟承志回家了。一块儿回来的竟还有高丽华，两人有说有笑。高丽华道："阿姐，单位发了两箱水果，我给你送来了。"苏圆圆道："交给承志不就行了嘛，何必专门跑一趟？"高丽华道："我刚好去这附近办点事，搭姐夫的车，顺便看看你。"苏圆圆哦了一声，道："那就吃了饭再走吧。"

"不用了，我都跟人约好了，你们慢吃。"高丽华说着，对着卫生间里的佟承志甜甜地道声"姐夫再会哦"，离开了。

苏圆圆摆好碗筷，招呼佟承志吃饭。佟承志走过来，见到桌上的蒸黄鱼，道："你不是不能吃清蒸鱼嘛。"苏圆圆道："我不能吃没关系，只要你喜欢就好。"佟承志道："没必要的，我也不是特别喜欢，下次还是红烧吧。"

苏圆圆瞥一眼地上的两箱水果，缓缓地道："还让她专门跑一趟，怪不好意思的。"佟承志嘿的一声："有什么不好意思的，又不用她搬——她是趁机搭我的顺风车。"苏圆圆看他一眼，笑笑："让她搭顺风车，你好像蛮开心。"佟承志道:"她要搭,我总不能不答应咯。"苏圆圆嗯了一声,道:"是啊,没错。"

佟承志朝她看,她笑笑,道:"快吃吧,吃了去洗个澡。今天闷热得很。"

佟承志洗完澡出来,苏圆圆躺在床上看画报。佟承志上了床,打了个呵欠。苏圆圆放下画报,朝他看。佟承志连着打了几个呵欠。

"今天行里忙得要命——"他道。

苏圆圆朝他看了一会儿,道:"困了是吧——睡吧。"说着,躺下来,头朝向另一边。佟承志怔了怔,也躺了下来。关掉灯。过了一会儿,听到她的呼吸声,问:"睡不着?"

苏圆圆没回答。佟承志正要把头别过去,忽地想起什么,道:

"哦,今天是你——"

苏圆圆身体动了一下。佟承志怔了怔,一只手抄过去,搂住她的肩膀。苏圆圆轻轻挣了挣。他摸到她的文胸扣子,解开。另一只手,渐渐滑下去。

苏圆圆道:"你不是困了吗——不用勉强。"

黑暗中,佟承志似是笑了笑,手里不停,塞塞窣窣的。

"讨厌——"苏圆圆轻声骂了句。

三

国庆节前,行里给每个员工发了张 ×× 公司的领物券,凭券可到指定地点领取豪华冰柜一台。

中午吃饭时,庞鹰拿着餐盘过来,邻桌几人在小声议论什么,见她来了,便闭嘴不说。庞鹰和高丽华坐一桌吃饭。一会儿,崔海也来了,在邻桌坐下。高丽华见了,道:"哟,领导也来这里吃饭呀,与民同乐嘛。"崔海笑道:"楼下美女多,不像楼上小餐厅,都是糟老头,没劲。"高丽华嘿的一声,拿起餐盘,大剌剌地走到他那桌,坐下。

庞鹰听见两人的笑声,毫无顾忌的,忍不住朝他们看去。崔海不知说了句什么,高丽华笑得手似都拿不住筷子了,在他肩上轻轻一扶。崔海趁势便抓住她的手。庞鹰不好意思看下去了,转过头。

这时,蒋莹变戏法似的出现了——面无表情地,径直走了过来。

周围的声音顿时轻了下去。崔海和高丽华却兀自没察觉,一个笑得前仰后合,一个说得眉飞色舞。

蒋莹走到两人边上，停下。崔海看见她，一惊，道："你怎么来了？"蒋莹道："来看你呀。"她朝高丽华瞥去。高丽华端起餐盘，道："我吃完了，你们慢聊。"说着便要走。蒋莹脚往旁边一勾。高丽华没提防，被她一绊，整个人向前倒去。咣当！餐盘倒翻在地上，人也随之跌倒，摔个结结实实。

周围一阵哗然。

蒋莹一动不动地站着。崔海扶起高丽华，问她："没事吧？"高丽华摇头，道："没事。"蒋莹嘴一撇，道："不好意思哦，我不是故意的。"

崔海朝妻子看，道："走吧，去我办公室。"也不待她回答，拉着她便往外走。蒋莹经过高丽华身边，冷冷地扫了她一眼。

高丽华拿起餐盘，一瘸一拐地放到回收处。庞鹰跟上去，道："你膝盖受伤了。"高丽华道："没事，回去贴张创可贴就行了。"庞鹰道："去医务室看看吧。"高丽华笑笑，道："哪有那么严重。"

高丽华走出餐厅，到电梯口。崔海和蒋莹也等在那里。高丽华缓缓地走上前。

蒋莹朝她看。高丽华也朝她看。两个女人目光相接——蒋莹脸上的妊娠斑，淡淡的一块一块，像白衣服穿久了，泛黄了。体形因为怀孕而变得臃肿，虎背熊腰，全然不复往日的窈窕，整个人像是吹足了气。她瞥见高丽华的目光，在自己脸上身上一圈圈地打转，挑衅似的。很快地，高丽华把视线移向前方。她站得笔直，挺胸收腹，更显得身材曼妙无比。她拨弄着头发，手指雪白。

蒋莹有些泄气。她觉得，现在的自己，活脱便是崔海的前妻。

不知怎的，她肚子剧烈地痛起来，像有什么东西在里面绞，突如其来地。

"啊——"蒋莹捂住肚子，尖叫起来。

苏圆圆要去医院看蒋莹，高丽华听了，也说要一起去。苏圆圆道："你就算了，别添乱了。"高丽华道："阿姐，天地良心，我可没惹她，是她自己流产的。在场的人都可以做证的。"苏圆圆嘿的一声，道："我晓得，你是好人。"高丽华道："我算是好说话了——她绊了我一跤，我都没跟她计较。"苏圆圆道："是呀，所以才说你是好人嘛。"

苏圆圆说完，径直走了。高丽华悻悻地坐下来，问一旁的庞鹰："你也看见的是吧？我是无辜的。"庞鹰嗯了一声。高丽华又道："这女人早不流产，晚不流产，偏偏在我面前流产，存心让我难看。嘿，跟她老公多说几句话，就要吃醋——她在她老公身上拴根绳子该多好。"

庞鹰忍不住道："换了你，你不吃醋？"高丽华道："我老公不会像崔海那样的——我是谁啊，有了我，别的女人看都不要看了，一个个都像白板一样，木笃笃的，没啥看头。"庞鹰觉得这人倒也有趣，忍不住笑了笑。

苏圆圆赶到医院，蒋莹正在午睡。崔海在一旁陪着。苏圆圆坐下，把带来的补品放在一边，对他道："这跟坐月子差不多，要好好调养。"崔海哦了一声。苏圆圆朝他看。崔海道："别这么看我，吓唑唑的，搞得我像个罪人一样。"苏圆圆道："你这是风流罪过。"崔海叫起来："什么风流罪过。我可是清清白白的，你要相信我。"苏圆圆道："我相信你有什么用，要蒋莹相信才行。"崔海叹了口气，道："她啊，倔脾气，说什么也不听，怀孕了还七想八想——好了，现在孩子没了，太平了。"

蒋莹醒了。崔海要给她削苹果，她板着脸说不要。苏圆圆让他先走。"你回去上班吧，这儿有我呢。让我们姐妹俩聊聊。"

崔海走了。苏圆圆扶起蒋莹，拿了个枕头，给她垫在腰下。蒋莹哭丧着脸，道："苏姐，孩子没了。"苏圆圆道："没了就没了，你还年轻，还有机会。"蒋莹恨恨地道："他是无所谓的，反正他已经有两个小孩了，这个有没有都无所谓。"苏圆圆道："他越是无所谓，你越是要好好地生个小孩，否则将来三比一，吃亏的总归是你——怪你自己，不晓得珍惜自己。"

蒋莹带着哭腔道："苏姐，那现在怎么办？"

苏圆圆沉吟着，道："想办法快点再怀上一个——崔海这个人啊，不是我在你面前说他，确实也有点那个。你要是不快点生个孩子，巩固一下地位，形势对你真的不大有利——该闹的时候也该闹一闹，但是要注意分寸，别把自己搭进去了，就像这次，多不划算呀，是吧？"

苏圆圆拿过一个苹果，朝她看了一眼，说下去："反正还是那句话，苏姐肯定站在你这边，有什么事情，就跟苏姐说，苏姐帮你出主意。嗯？"

苏圆圆说完，在她肩上轻轻拍了拍，很贴心地，把苹果递给她。

佟承志把一台新的冰柜搬到老丈人家。家里发了两台，老丈人家恰恰又没有冰柜，两全其美。佟承志进去时，崔海也在，灰头土脸的模样，似是刚被训过。苏父在泡功夫茶，见佟承志来了，道："承志来得正好，坐下来喝茶。"

苏父喜欢喝茶，餐边柜里都是今年的新茶，上品。一套茶具也是上品，茶壶是宜兴紫砂的鼓形壶，茶杯是潮州枫溪的白果杯，茶洗、茶盘、茶垫、水钵、龙缸、红泥小炉、砂跳……一应俱全。苏父先烧开水，把茶壶烫了，茶叶放进茶壶，再烧水，沿着茶壶的边沿倒进去，高冲低洒，再接着是刮沫、淋罐、烫杯，茶杯一字排开，转着圈地斟茶。

崔海拿了茶杯便要喝。苏父说："别急，喝功夫茶可急不得，要先闻一闻，再啜一口，含在嘴里一会儿，最后才喝下去——你当是可口可乐啊？"

苏父说着，自己拿了一杯，拇指和食指按住杯沿，中指托住杯底，"含汤在口中回旋品味。一旦茶汤入肚，口中啧啧回味，鼻口生香，咽喉生津，一碗喉吻润，二碗破孤闷，两腋生风，回味无穷。"他双眼微闭，端着茶杯在鼻下轻轻一闻，一副陶然的模样。

崔海笑道："老行长是雅人，我是老粗，要这么个喝法，早渴死了。"

苏父道："喝功夫茶不是为了解渴。古人登山浮水，临流漱石，林墅深幽，席地小坐，烹茗啜饮，是人生一乐。"他说着，朝崔海看，忽道："你啊，做人就是太浮了。当年你去安徽当兵的时候，我就跟你说过，做人要沉得下去，稳得住。尤其是男人，不沉稳就别想有出息——你啊，要多静下心来喝喝茶。"

崔海忙点头道："是，是。"

三人又喝了会儿茶，崔海说还有事，先走了。佟承志继续陪苏父喝茶。

苏父问他："最近工作还顺利吧？"佟承志道："挺好。"

苏父将茶壶里的茶倒进杯中，道："其实，不光是崔海，你们年轻人啊，有空都应该多喝茶——喝茶能让人静心。现在这个社会，有些事情，不静下心来就做不好。"佟承志嗯了一声。

苏父瞥了一眼角落里的冰柜，道："小夫妻俩最近还好吧？"

佟承志忙道："挺好。"

苏父道："我这个女儿啊，缺点优点我都晓得，缺点就不说了，优点扳手指头也数得过来，但至少一点——对老公是没话说的，你自己也该晓得，她为了你，算是尽心尽力了，对吧？"佟承志点头。

停了停，苏父道："孩子的事情，别急。总归会有的。你们还年轻，啊？"佟承志依然是点头。

苏父道："做父母的，都希望子女好。女婿好了，女儿才能好。你是个怎么样的人，我和圆圆妈妈都清楚，所以才放心把女儿交给你。你们开开心心地过日子，我和圆圆妈妈也开心——听说你在读中级口译，很好嘛，现在英语很重要，做什么都离不开英语。有时间的话，再读个行政管理什么的。过几天，你跟我去见见几位长辈，都是行里的老前辈了，跟他们多聊聊，没坏处。圆圆常说你书生气太重，我倒觉得这也不是坏事，蛮好。不过有时候也得随机应变，适当地变通一下。人嘛。"

苏父说着，把手中的茶杯给他。佟承志恭恭敬敬地接过。

国庆节，黄昊到庞鹰家吃饭，带了两条烟一瓶酒，还给堂弟买了双耐克球鞋。堂弟试穿了，尺寸有些小。黄昊说没关系，到店里去换一双就行了。

吃饭时，婶婶问黄昊："老家要翻新房子啊？"黄昊闻言，朝庞鹰看了一眼。婶婶又问："那要多少钱啊？"黄昊道："差不多四五万吧，那里不比上海。"婶婶哦了一声，笑笑，说："贵倒是不贵。"

吃完饭，庞鹰送黄昊下楼。

到了楼下，黄昊问她："你跟你们家人说了？"庞鹰道："嗯。"黄昊皱眉道："你的嘴也真是够快的，我前脚跟你说，你后脚就跟他们说。"庞鹰道："又不是见不得人的事。再说早晚也会晓得。自己人，有啥好瞒的。"

两人缓缓朝前走去。黄昊叹了口气，道："这下你婶婶更加不喜欢我了。"庞鹰道："不会的。"黄昊沮丧地道："算了吧。本来六十分勉勉强强，现在肯定不及格了。"庞鹰道："他们喜不喜欢有什么用，只要我喜欢就行了。"

黄昊停下脚步，在她脸颊亲了亲。庞鹰一抬头，瞥见楼上堂弟在窗口偷看，忙不迭让开，道，走吧。

庞鹰走上楼，堂弟在门口贼兮兮地笑。"姐姐，你们老保守的，也不来个吻别什么的，真没劲！"庞鹰在他头上打了一记，道："小鬼头！"

庞鹰走进去，婶婶在收碗筷，叔叔在沙发上看报纸。庞鹰上前，帮忙把剩菜放进冰箱。叔叔抬头问道："国庆节不回去了？"庞鹰嗯了一声，道："他妈妈说，跑来跑去浪费路钱，算了。"婶婶在一旁道："他妈妈这是门槛精，让你们把路费省下来给她盖房子——他这个妈妈呀，花样也实在是多，前阵子是生病吃药，每个月成百上千地寄钱，现在又要翻新房子，一下子又是好几万。她怎么不想想，她儿子在上海连个卫生间也买不起，她倒是蛮笃定。"

庞鹰道："不是她要翻新房子，是老房子被政府收回去了，不翻新房子就没地方住了。"婶婶道："你怎么晓得，他说你就信了？"叔叔咳嗽一声："你不要多事。"婶婶道："我不是多事，我是在讲道理给庞鹰听。小姑娘太年轻，有些事情还不太懂——你们将来总归是要结婚要买房子的，钞票呢，天上掉下来？这个黄昊啊，我横看竖看都没觉得他哪里好。"

表堂弟插嘴道："我看他蛮好。"

婶婶道："好你个大头鬼，一双鞋子就把你收买了。你妈我养了你十几年，也没见你说我一声好。"

庞鹰洗了澡，躺在床上看书。布帘拉上，外面就是堂弟的床。堂弟偷偷在打游戏，把声音调得很轻。庞鹰听见了，隔着布帘劝他："要么就温书，要么就睡觉。小心又挨你妈妈的骂。"堂弟道："我再打十分钟，马上睡觉。"

过了一会儿，堂弟忽道："姐姐，要是把你的脑子给我一半就好了。"庞鹰一怔："干吗？"堂弟道："其实也不用一半，三分之一也够了。我肯定就能考上大学了。"庞鹰道："别这么说，你只要肯努力，一定行的。"

庞鹰说着，躺下来。月光从窗外透进来，落在墙上，一个白亮的点。庞鹰怔怔看着，觉得它似在微微颤着。明明隔得那么远的东西，这么看着，又似是触手可及。软软薄薄的，像吹出来的气泡。这么看着，不一会儿，便睡着了。

苏圆圆买了点燕窝，送到蒋莹家。双胞胎被保姆带出去玩了，家里只剩她一个人。苏圆圆问她："崔海呢？"她答道："出去了。"苏圆圆道："国庆节，小夫妻俩也不去近郊找个地方玩玩？"蒋莹嘿了一声："他才没心思跟我玩呢，宁可跟酒肉朋友打牌搓麻将。"

苏圆圆将燕窝浸下了，叮嘱她发好后挑去杂毛，用椰汁炖最好，别贪方便拿牛奶——牛奶跟燕窝冲的。蒋莹说："苏姐，还是你最好，最想着我。"

停了停，蒋莹问她："苏姐，你那个——怎么样了？"苏圆圆摇头，道："老样子，没花头。"蒋莹道："要不要我介绍个老中医给你？"苏圆圆道："算了吧，我现在看的这个，已经是全上海最好的了，据说八十岁的老太婆要是想生孩子，也能让她生得出来。"她说着一笑，随即低下头。

蒋莹道："其实也不用急，苏姐你还年轻，好多人四十岁都能怀上呢。"苏圆圆道："我现在也不急了，都这么多年了，老早麻木了。"蒋莹道："佟承志呢，他急不急？"苏圆圆道："他急又有什么用，他又不会生孩子。"

蒋莹道："所以说啊，佟承志这个人还是不错的，对你又温柔又体贴。"苏圆圆嘿的一声，道："他那个人啊，就算发火也是软绵绵的。"蒋莹道："这才是谦谦君子嘛——行里一批处长里头，就数他口碑最好了。"苏圆圆笑笑："温吞水一个，有什么好的？"

蒋莹道："温吞水才好呢，稳稳重重的。都说你们家佟承志最有官相，将来肯定能做大。"苏圆圆摇头道："算了吧，人家是表面温度低，里面滚烫滚烫，像保温瓶，这样才有戏。他是里外温度都差不多，真正是杯温吞水。"蒋莹道："那也比我们崔海好，他是开水一杯，里外都滚烫，手都拿不住。"苏圆圆道："做人热情也不是坏事。"蒋莹撇嘴道："就怕他是热情过了头，变成热昏了，把自己都烧焦了。"

蒋莹说着，咯咯笑起来，没心没肺的。

苏圆圆也跟着笑，拿过旁边的茶喝了一口。茶杯放下时，笑容还在脸上，只是有些走样，变得硬了，凌厉了——看着竟像是冷笑了。

四

黄昊拿了一张超市的提货单给庞鹰，让她交给苏圆圆，说是凭单可以提一对正宗阳澄湖大闸蟹，公的半斤，母的四两。庞鹰说："不用了吧。"黄昊好笑："又不是给你的，你客气什么？"

上班时，庞鹰怀里揣着提货单，犹犹豫豫的，好几次手已摸着提货单了，终是不好意思拿出去。加上高丽华在旁边，也找不到合适的机会。

晚上下了课，庞鹰等在校门口。旁边是佟承志的车。庞鹰想这人怎么罚不怕，万一又被交警抓怎么办。正想着，见佟承志从里面走出来，便上前，叫了声"佟处"。

佟承志笑着问她："是不是想搭车？"庞鹰忙道："不是的不是的——喏，这个给你。"拿出提货单交给他。佟承志接过，问道："是什么？"庞鹰道："大闸蟹。我男朋友单位发的，让我拿给苏姐尝尝鲜。"佟承志道："你们自己留着吃吧。"说着要还给她。庞鹰忙不迭地让开，一身轻松地说："我不吃螃蟹的，会过敏——佟处长再见。"说完，快步朝前走去。佟承志愣了一下，道："我送你回家吧？"庞鹰脚下不停，回头道："不用不用——"一不留神，撞上旁边的垃圾箱，绊了一下，重心顿时不稳，朝旁边倒去。

佟承志上前扶住她，道："你怎么老是跌跌撞撞的。"庞鹰一怔，随即明白他说的是上次学校楼梯口的事，脸一红。佟承志道："撞疼了吧？"庞鹰摇头。

佟承志打开车门，道："走吧，我送你回家。"庞鹰忙道："不用。"佟承志道："你都受伤了，让你一个人走有点说不过去。"庞鹰道："只是撞了一下，没事的。"佟承志道："上车吧，又不是十万八千里。"

庞鹰推辞不过，只好上了车。

车子驶上高架桥。佟承志道："你男朋友太客气了。"庞鹰笑笑。佟承志道："下次有机会我请你们吃饭，又吃又拿，怪不好意思的。"庞鹰忙道："没关系，其实多亏佟处——"她说到这里停住了，硬生生把"帮忙"两字吃进肚里，有些窘，笑了笑。佟承志朝她看了一眼，也笑了笑。

过了一会儿，佟承志道："又要上班，又要上课，辛苦吗？"庞鹰道："还好。现在上课不比从前，没什么压力。"佟承志道："圆圆常在我面前夸你，说你是个用功的姑娘——这样挺好。"他说完，觉得这话有些老气横秋了，长辈似的。庞鹰道："那你不是更用功？已经是处长了，还在读书——你也挺好的。"

佟承志忍不住朝她看了一眼，见她神情一本正经，不禁有些好笑。

送完庞鹰，佟承志回到家。苏圆圆坐在沙发上看电视。佟承志脱下外衣，把提货单给她："喏，你们科室的庞鹰给的。"苏圆圆一怔："咦，她怎么会给你？"佟承志道："谁晓得——大概不好意思给你吧。"话一出口，便觉得不对。果然，苏圆圆奇道："不好意思给我，倒好意思给你？"

佟承志道："可能是单位里人多，不方便——说起来也好笑，她像扔手榴弹似的，往我手里一放就走了，话也不多说两句——这姑娘有点傻乎乎的。"

苏圆圆道："老实孩子一个——你也不送送人家？"佟承志迟疑了一下，道："我是要送她，她说不用了。"苏圆圆道："大家都是同事，不碰到也就算了，既然碰到了，礼貌上也该送送的。"佟承志道："她说不用，我又不能硬拖她上车。"苏圆圆笑着看他一眼："要是换成高丽华，肯定就硬拖了，是吧？"佟承志皱眉道："你这个人——"苏圆圆道："好了好了，跟你开玩笑的。"

佟承志拿了衣服，到卫生间洗澡。泡在浴缸里，想起刚才对妻子说谎的事，自己也觉得纳闷，隐隐又有些不安。一会儿，眼前呈现出庞鹰的脸，微红着，很难为情似的，说："——你也挺好的。"佟承志想着，忍不住微笑了一下。

星期天，高丽华拖庞鹰一块儿去逛街。庞鹰本不想去的，实在拗不过，只得去了。是恒隆广场。两人进去逛了一圈。高丽华试穿了几件衣服，见庞鹰站着不动，问她："你不试试吗？"庞鹰摇头，道："试了有什么用？又不会买。"

高丽华笑笑，轻声道："谁说要买了？"庞鹰奇道："不买你试什么？"高丽华把试穿的衣服还给售货员，走出来，道："看看式样而已——我一个月才赚多少钱，还吃不吃饭了啊？"

高丽华说认识一个很好的裁缝，问庞鹰想不想试试，比买的实惠。庞鹰说好啊。两人便买了几块布料，叫了辆出租，来到普陀区的一个裁缝铺——说是裁缝铺，其实不过是自家住的公房，隔出一小间，放了架缝纫机，布料堆得到处都是，头顶上还挂着几件衣服，拿塑料纸蒙着，怕落灰。裁缝是个五十来岁的女人，瘦瘦的，烫个老式的卷发，戴两个袖套。高丽华拿出布料，比划着告诉她，领口怎样，腰身怎么收，褶怎么打——其实就是刚才恒隆广场里的衣服式样。一会儿，又向庞鹰介绍："我妈。"庞鹰吃了一惊，叫了声"阿姨"。高丽华接着道："我妈手艺好得很，自己人，还可以打折的。"庞鹰有些窘，便也拿出布料，把要求简单说了。女人连连点头，说："妹妹，你放心。"

庞鹰见那些做好的衣服袖口都有个淡青色的图案，像条小鱼，便问高丽华："这是什么？"高丽华告诉她："我妈姓俞，她在衣服上绣条小鱼，是标记，是我妈的 LOGO。"

一会儿，两人走出来。高丽华说："要是感觉好，下次可以介绍朋友过来。"庞鹰哦了一声，想原来被她利用了。两人边走边聊。高丽华告诉庞鹰，她爸爸很早就去世了，靠妈妈一边做保姆，一边做裁缝才把她拉扯大。"我妈总嫌屋子太小，束手束脚的，我跟她说，等再过几年，就买个正正经经的店铺给她。让她过把瘾。"她说着，取出香烟，点上。问庞鹰："抽吗？"庞鹰摇头。高丽华道："真的不抽？我还以为上次你是在苏姐面前装样呢。"庞鹰道："我为什么要装样？"高丽华道："苏姐是领导呗，装得乖一点，讨她喜欢。"庞鹰嘿的一声："没这个必要。"

高丽华看她一眼，笑笑："小姑娘蛮有傲气的。"庞鹰道："别老气横秋的——你也大不了我几岁。"高丽华道："我出道比你早好几年呢。"庞鹰道："什么出道，搞得像黑社会一样。"高丽华道："涉世——懂吗？出道就是涉世。你还涉世未深，我已经是老江湖了。"庞鹰忍不住笑道："帮帮忙，真的老江湖会这么说吗？一听就是涉世未深。"

高丽华也笑了笑，看看表，道："时间还早，我请你唱歌好不好？"庞鹰道："双休日唱歌很贵的。"高丽华道："有什么关系。要不，我找个冤大头——"庞鹰正要阻止，她已取出手机，拨通了，嗲嗲地道："喂，是我呀——出来唱歌好不好——好，那就说定了，复兴公园钱柜，嗯，待会儿见哦。"

半小时后，高丽华和庞鹰赶到钱柜。崔海已等在包房。庞鹰早猜到"冤大头"是他，便叫了声"崔处"。崔海笑吟吟地道："两位美女好啊。"

庞鹰坐下来。崔海问她们，喝什么？高丽华说，啤酒。庞鹰点了可乐。崔海道："怎么不点些贵的，今天有大户请客，机会难得，不敲白不敲。"

庞鹰听了一愣，正诧异间，见苏圆圆和佟承志双双走了进来。

崔海笑道："说曹操曹操到——大户来了。"高丽华和庞鹰忙都站起来。苏圆圆道："坐呀，又不是上班。点了喝的没有？"崔海道："喏，她们替你省钱，光点啤酒可乐。"苏圆圆白他一眼："那你还想点什么，XO好不好？"崔海笑道："好啊，我没意见。"苏圆圆道："好人你做，买单我们来。良心大大地坏！"崔海嘻的一笑。庞鹰忙道："不用不用，我们AA制好了。"苏圆圆在她肩上拍了拍，笑道："开玩笑的。今天让我们佟处长买单——他十几年没为女孩子买单了，今天给他这个机会。"

庞鹰抬起头，与佟承志目光相接。两人都微笑了一下。

唱到一半，庞鹰到外面接了个电话。高丽华问她："跟男朋友约好了？"她嗯了一声。

高丽华点了首男女合唱的歌，与崔海一起唱。崔海声音又粗又哑，像公鸭。庞鹰道："苏姐，你和佟处也唱一个吧。"苏圆圆便点了首《明明白白我的心》。她唱得一般，佟承志唱得倒是不错。高丽华说："姐夫，唱得真棒。是不是瞒着阿姐，天天在外面练啊？"佟承志耸耸肩，道："天生嗓子好，一点办法也没有。"崔海道："这话听着像在挖苦我。"佟承志笑道："你多什么心——我晓得你是故意唱得不好，让人家以为你是老实孩子从来不进K厅。"崔海哈的一笑，道："被你看出来了。"

唱完歌，高丽华搭崔海的车去做脸。苏圆圆便让庞鹰搭自己的车。佟承志发动车子，问庞鹰："你家怎么走？"庞鹰一愣，随即说了。苏圆圆道："喝喜酒那次不是去过吗，怎么就忘了？"佟承志笑笑："我这人不记路。"

刚上高架，苏圆圆手机响了。是蒋莹，约她聊天。苏圆圆挂掉手机，说声"烦人"，对佟承志道："要不你先送我过去——不好意思哦小庞。"

一会儿到了。苏圆圆下车后，佟承志问庞鹰："你要不要坐到前排来？"庞鹰道："不用——"佟承志笑笑："你这样坐在后排，我感觉自己像是出租车司机。"庞鹰只得坐到前排。一路上都不说话。佟承志问她："很累吗？"庞鹰摇头。佟承志停了停，道："你不要觉得不自在，其实刚才我那样对圆圆说，是不想她误会，没别的意思——她这个人比较敏感。"

庞鹰听他这么说，倒有些窘了。"哦。"她道。

很快地，车到庞鹰家了。庞鹰道："谢谢你啊，佟处。"便要下车。佟承志忽道："你不去约会吗？"庞鹰一怔，才晓得刚才和高丽华说的话被他听见了——脸红了红。佟承志道："我送你过去——其实刚刚你就该说了，我们可以直接过去，节约时间。"庞鹰想说，你不是知道嘛，为什么刚刚不问——终是说不出口，嘴上道："我坐地铁过去吧，也省得浪费你的时间。"话一出口，竟觉得像在撒娇，忙又加了句"不麻烦你了"——竟是越听越别扭。

佟承志笑了笑，道："不麻烦。"说着，踩下油门。

庞鹰赶到餐厅，黄昊已到了。一会儿，菜上来。黄昊道："我点了你最喜欢吃的鸭舌头和银鳕鱼，还有纸火锅。"庞鹰问："这么殷勤——是不是又想让我约人家吃饭？"她是随口一说，谁知黄昊竟真的道："我女朋友实在是聪明——你去帮我问问，看他们这礼拜有没有空。"庞鹰一怔。黄昊接着道："我们公司想申请贷款。可现在银行卡得要命——她男人就是管这个的，批个几百万应该不难吧？"庞鹰摇头："说得轻巧，人家凭什么批给你？万一坏账，人家要担责任的。"黄昊道："所以才说约他出来吃饭谈谈嘛——我们老板说了，要是这事搞定，就给我升一级，薪水涨三成。"

庞鹰不说话，拿起筷子便吃。黄昊朝她看了一眼，道："一回生二回熟嘛，朋友就是这么交上的。"庞鹰道："人家未必想和你交朋友。"黄昊道："你怎么晓得，你当他们是荣毅仁的女儿女婿？多给点好处，你看他们想不想交我这个朋友！"庞鹰嘿的一声。

蒋莹在家里炖燕窝。她说燕窝有股怪味，闻着就想吐。又道："在家里闷了几个礼拜，都快闷出病了。"苏圆圆问她："那刚才怎么没过来唱歌？"蒋莹一怔，道："唱歌？你们刚才在唱歌？"苏圆圆也是一怔，道："他没跟你说啊——在钱柜，高丽华、庞鹰，还有我和佟承志。"蒋莹放下燕窝，恨恨地道："他现在把我当成黄脸婆了，什么地方都不带我去。"

苏圆圆道："他大概怕那里环境太闹，对你身体不好。"蒋莹道："苏姐你不用替他说话。他是个什么货色，我还会不知道？"苏圆圆笑笑。蒋莹又道："他呢，是不是跟那个小女人走了？"苏圆圆点头道："高丽华去做脸，搭他的车。"蒋莹哼了一声，道："再做也是一张狐狸精的脸。"

两人到附近的日本料理吃饭。蒋莹吃到一半，忽道："苏姐，我想离婚。"苏圆圆吓了一跳，道："你疯啦，才结婚多久啊？"蒋莹气呼呼地道："不开心，呆在一起有什么意思？还不如离了算了。"苏圆圆道："你现在要是离婚，就等于白白地把崔海送给别的女人——你舍得？"蒋莹道："有什么舍不得的，他又不是威廉王子。"苏圆圆道："你呀，嘴硬骨头酥——真要离婚了，你有什么好处？他是无所谓，离一次离两次没啥区别，可你呢，房子车子一样也捞不到，再说女人离过婚就不值钱了——你自己算算，划得来吗？"

蒋莹皱眉，不说话。苏圆圆喝了口茶，朝她看一眼，又道："我要是你啊，轻易不说离婚，可一旦下定决心要离，就弄他个死去活来天翻地覆的，让他身败名裂倒足大霉，这辈子永远翻不了身——呵呵，开玩笑开玩笑，你这个小十三点，可别真的听进去了——"她说着抿嘴一笑，在蒋莹肩上轻轻一拍。

庞鹰出了地铁站，并没直接回家。她在路边长凳坐下，拿出手机，翻出佟承志的号码，发了条短信过去——"佟处，我可以麻烦你一件事吗？"

苏圆圆回到家，佟承志已经睡了。苏圆圆走过去，推了他一把，道："这么早就睡了？"佟承志睁开眼睛，道："回来了？"

苏圆圆坐下来卸妆，嘴里轻哼着歌。佟承志朝她看一眼，道："心情不错啊。"苏圆圆道:"还好。"佟承志停了停,又道:"跟蒋莹聊得开心吗?"苏圆圆道:"有什么开心的——我只有和老公聊天才会开心。"说着,朝佟承志一笑。

佟承志也笑了笑。苏圆圆道:"她说想和崔海离婚。"佟承志一怔:"不会吧?"苏圆圆道:"我也觉得不会,说说而已。"佟承志道:"那你怎么说?"苏圆圆道:"还能怎么说——当然是劝合不劝离了。"佟承志摇了摇头,道:"你们这些女人啊,真是作天作地。"

苏圆圆卸了妆,去卫生间洗澡。一会儿出来,佟承志在看画报。苏圆圆道:"怎么又不睡了?"佟承志道:"老婆回来,就睡不着了。"他说着,一只手伸到苏圆圆腰间,另一只手去解她睡衣的带子。

片刻后,两人平息下来。苏圆圆把头枕在丈夫臂弯里,笑道:"今天吃过虎鞭了?"佟承志在她额头轻轻砸个毛栗,道:"胡说!你老公用得着吃这种东西吗?"苏圆圆道:"是大生神力?"佟承志笑道:"那当然。"

苏圆圆看着天花板,忽然叹了口气,道:"你说——要是我们一直没有小孩怎么办?"佟承志道:"没有就没有吧。两人世界也蛮好。"苏圆圆道:"你不在乎?"佟承志道:"只要两个人在一起开心,比什么都好。我不是那么封建的人。"苏圆圆在他脸颊上亲了一下,道:"你真好——结婚时候我就跟你说过,只要你对我好,我也会对你好——你会越来越好的,我保证。"佟承志也在她额头上亲了一下,道:"我晓得。"

苏圆圆忽地想起什么,道:"哦对了——庞鹰刚刚给我打了个电话,问我们下周有没有空,想请我们吃饭。"佟承志道:"怎么又请吃饭了?"苏圆圆道:"好像是她男朋友公司要贷款,外面批不出来,想请你帮忙。"佟承志皱眉道:"这人事情倒也多——"苏圆圆道:"庞鹰是老实头,弄不过这男人的,将来结了婚,肯定都听他的。"佟承志道:"那我们去不去吃饭?"苏圆圆打个呵欠,道:"怪烦人的,算了不去了。"佟承志又问:"那贷款的事呢?"苏圆圆道:"你自己看着办吧——要是还过得去就给他办,差得太远就算了,别出什么岔子。"佟承志嗯了一声。

两人关灯睡觉。一会儿,佟承志起身,走进卫生间,关上门,拿出手机,发了个短信:"要是办成了,你怎么谢我?"很快地,回信来了:"我请你吃饭——你想吃什么?"佟承志发短信:"我喜欢吃越南菜。"

回信随之而至:"没问题。"

佟承志忍不住微笑了一下，关掉手机，随即冲了冲马桶。

五

行里有几个去香港疗养的指标，科里分到一个。苏圆圆原先想让庞鹰去的，上面没通过，结果还是高丽华去了。苏圆圆劝庞鹰，不过是个吃吃玩玩的指标，不值什么，眼光放远些，听说明年要在欧洲设分行，那才是抢手的香饽饽。庞鹰笑笑。苏圆圆又道："上头有人，弄不过她。"——这话是学《武林外传》里的一个段子。庞鹰道："没关系的，谁去都一样。"

临走前一天，高丽华问庞鹰，要带什么东西？庞鹰说不用。高丽华道："香港买名牌很划算的，你不买些吗？"庞鹰摇头。高丽华又问苏圆圆："阿姐，我去香港给你带支欧舒丹的护手霜好吗，我晓得你手一到冬天就容易皴。"苏圆圆道："不用了，我用国产的蛮好，还便宜。"高丽华道："一分价钱一分货，国产到底质量还是差些——我送给你好了，还有庞鹰，一人一支，算是圣诞老人提前发礼物了。嘻！"苏圆圆嘿的一声，转过头，低声嘀咕了句"骨头轻得来"。

星期天，庞鹰来到陆家嘴的"夏龙湾"越南餐厅。走进去，佟承志已到了，坐在靠窗的位置上，朝她招手。

庞鹰坐下，问他："点菜了吗？"佟承志笑道："主人没到，我哪敢点菜？"庞鹰叫来服务生，点了梅子炒蟹、越南春卷、鸡翅、海鲜汤，还有新鲜椰汁。一会儿，服务生送上菜和饮料。庞鹰举起杯，道："佟处，贷款的事情，真是太谢谢你了。"佟承志也举起杯，碰了碰，道："别客气。"庞鹰道："可惜我男朋友今天有事不能来——不好意思哦。"佟承志道："没关系，圆圆刚好也有事——其实就我们两个也蛮好，人少清静些。"说着一笑。庞鹰瞥见他的神情，道："我男朋友是真的有事——"话一出口才觉得忒傻。果然，佟承志笑道："我知道，大家都比较忙。"庞鹰说声"是啊"，拿起椰汁喝了一口。

吃完饭，两人走出来。庞鹰抢先道："我坐地铁回去。"怕他又要送自己。佟承志点头道："好——我也坐地铁。今天没开车。"说完便朝她笑。庞鹰哦了一声，脸微微一红。两人并肩朝地铁站走去。

庞鹰比佟承志早两站下。到了站，她走下地铁。佟承志叫她："哎——"庞鹰回头看他。佟承志竟也跟着出来了。地铁门随即关上。庞鹰有些惊讶。

佟承志道："时间还早，出来散散步——送送你。"庞鹰朝他看了一眼，低下头。佟承志咳嗽一声，搓着手。两人都不说话。

佟承志又咳嗽一声，道："走吧。"示意她上电梯。庞鹰揣测他是什么意思，是到此为止呢，还是要送她回去。她停了停，上了电梯。佟承志跟在后面。庞鹰倒不知如何是好了，想让他停下，话一出口竟成了句"出站再进来还要花钱，不划算"。佟承志笑笑，道："还好。"说完，拿出皮夹，刷了卡。

出了站。刚才还是阳光明媚，突然下起雨来。庞鹰包里有伞，但瞥见他两手空空，料他必定没带伞，便也不拿出来。两人冒雨走着。佟承志瞥见她前额刘海淋得精湿，雨水沿着额头滴下来，眼镜都花了。便伸手把她眼镜摘了下来，"看都看不清，小心别撞墙。"

庞鹰朝旁边一让，条件反射似的，随即捋了捋刘海，笑笑。佟承志道："女孩子不是都爱在包里放把伞？"庞鹰只得把伞拿出来，装作刚刚想起的样子，"你不说我都忘了。"撑开伞，道，"一块儿撑吧。"佟承志摇头道："这么小的伞，两人撑都淋湿了。"让到一边。庞鹰独自撑伞走了一段，雨越下越大，见他身上都湿透了，便把伞也给他撑些。佟承志笑笑："谢谢。"

两人走着。庞鹰问他："会不会搓麻将？"佟承志道："不怎么会，干嘛问这个？"庞鹰道："有人想请你玩几局——我是负责传话的，去不去随你。"佟承志哦了一声，道："再看吧。"

一会儿，到家了。庞鹰收起伞，道："要不要上去擦一擦？"——是客套，心里盼他别答应。佟承志问："方便吗？"还没等她回答，又笑道，"算了不麻烦了，我回家洗个澡就好了。"庞鹰哦了一声，道："那么——再见了。"佟承志道："再见。"庞鹰转身上楼，刚走几步，又下来，把伞交给他，道："我真是糊涂了——伞借给你用。"佟承志道："谢谢。"

楼道灯光有些昏暗。佟承志瞥过庞鹰的脸，下巴那里圆圆润润，线条很柔，老人家都称这种是"木鱼下巴"，很是娇俏。他见过一次她没戴眼镜的模样，那次他便有些惊讶，原来摘掉眼镜会有这样的效果——很不一般了。她是非常耐看的那种女孩子，五官细细巧巧的，很精致。

庞鹰瞥见他的目光，有些不好意思，又说声"我走了"，刚要走，佟承志提醒她："你是不是忘了什么？"庞鹰一怔，随即明白是眼镜，伸手去接。佟承志把眼镜放在她手掌上，另一只手在她手背上轻轻一拍——这个动作有些亲昵了。庞鹰忙不迭地把手缩回去，受惊似的。佟承志也有些察觉，手插进裤袋，朝旁边让了一步。两人都有些尴尬。佟承志摸了摸头，道："其实你不戴眼镜蛮好——小姑娘不是都流行戴隐形眼镜嘛。"庞鹰哦了一声。佟承志又道："那，再见。"庞鹰也说声"再见"，转身上楼了。

回到家，婶婶坐在沙发上叠衣服。庞鹰叫声"婶婶"，正要去洗手，婶婶问她："刚才那个男的，风度翩翩的，是谁啊？"庞鹰一怔，随即道："单位同事——住在附近，没带伞，问我借伞呢。"婶婶狐疑地看她一眼，道："你有同事住在附近，怎么没听你说过？"庞鹰道："你又没问过。"说完，心念一动，走到阳台上，佯装摸摸早上洗的袜子干没干，朝下望去——见佟承志竟真的还站着，撑着伞，正朝楼上看——庞鹰慌忙把头缩回来。只觉得一颗心跳得飞快，咚咚的，都快蹦出胸腔了。婶婶在屋里道："黄昊打过电话，问你去哪儿了，我告诉他，你们单位有活动。"庞鹰哦了一声。

佟承志回到家，把庞鹰的伞晾在阳台上，苏圆圆见了，问："谁的伞？"佟承志道："地铁里买的，十块钱一把。"苏圆圆道："怎么挑了这么一把花伞？"佟承志道："都卖完了，只剩这一把。"苏圆圆嘿了一声，道："让你别去，你非要去，现在狼狈了吧？"佟承志道："老同学几年才聚会一次，不去不好意思。"

趁苏圆圆洗澡的时候，佟承志拿出手机发短信，先打了一行字"谢谢你的伞"，想了想，删了，重新打了一行字——"明天上课吗？"按下发送键，竟有些惴惴不安。一会儿，回信来了——"上的"。佟承志忍不住露出微笑，把短信删了。钻进被窝。

蒋莹告诉苏圆圆——她又怀孕了。电话里兴奋得一塌糊涂。苏圆圆拿着手机，脸上冷若冰霜，语气却是热情似火，"真的啊——恭喜恭喜，真替你开心——这次可要当心哦——"挂掉电话，苏圆圆把手机一扔，上厕所了。一会儿出来，见手机上有条彩信，打开，是一张照片——崔海和一个女人搂在一起亲嘴，两人都衣衫不整。苏圆圆端详了半天，皱起眉头，拨了个电话。

"这是什么呀——"她斥道，"模模糊糊，脸都看不清楚，你怎么办事的，你干脆打上马赛克算了——我问你，你脑袋是不是不好使啊——"她心情不好，劈头盖脸骂了一通，重重地把电话挂了。

过了会儿，又把照片看了一遍——其实也不算太差，至少崔海的脸是清楚的，这就够了。苏圆圆撇了撇嘴，把照片拷进电脑，接着，上了行里的内网。

星期天，苏圆圆带着半斤燕窝，来到蒋莹家。她本不想买燕窝的，贵得很，半斤就要好几千块。可那天蒋莹说不喜欢燕窝，闻了想吐——她记在心里。按中医的理论，身体本能排斥的东西，肯定吃了没益处。她看了六七年的中医，多少懂一些。她想，贵就贵吧，值得的——苏圆圆这么想着，又有些感慨，怎么都到了这种地步了。走火入魔了。

蒋莹穿着防辐射背心在做瑜伽。苏圆圆坐在沙发上，看她缓缓吸气，又缓缓吐气，扭腰转颈。苏圆圆道："小心点，我都替你捏把汗。"蒋莹道："没事的，孕妇也要运动，光坐着不动，对生孩子没好处。"

一会儿，蒋莹做完了，站起来，苏圆圆拧把毛巾给她。蒋莹说声"谢谢"，坐下来。苏圆圆问她："崔海什么时候回来？"蒋莹道："大概后天吧——我倒希望他晚点回来，也清静些。"苏圆圆嘿的一声，朝她看，欲言又止的。蒋莹察觉了，问："怎么了？"苏圆圆一怔，道："没什么。"

蒋莹道："不对，肯定有事——苏姐你别瞒我，是不是崔海有事？"顿时紧张起来。苏圆圆忙道："不是不是，你别瞎猜——小事情，我本来不想说的，可再想想，你早晚会晓得。"蒋莹声音都发抖了："什么事啊？"

苏圆圆叹了口气，道："你晓得高丽华也去香港了，是吧？"蒋莹一怔，脸色倒是安定了些："这事啊——我不晓得，又没人告诉过我。"苏圆圆道："本来轮不到她去，也不晓得怎么回事，最后的名单上有她。"蒋莹阴沉着脸，问："结果呢——出什么事了？"苏圆圆叹了口气，道："有人把他俩的照片挂到内网上——幸亏发现得早，影响还不算大。"蒋莹愣了愣，问："什么照片？"苏圆圆咂了下嘴，又叹了口气。蒋莹有些明白了，不说话，过了一会儿，道："我上网看看。"苏圆圆忙道："早被管理员删了，谁还存到现在——不过我倒是拷了一张在U盘——"蒋莹急道："拿给我看。"

苏圆圆把U盘插入电脑，一会儿，照片出现在屏幕上。蒋莹见了，倒抽一口冷气，眼睛倏地睁大，又倏地变小。苏圆圆在一旁道："看完就删了吧——我本来也不想拷的，可再一想，我们是什么关系，不能像别人那样藏着掖着。现代女性呀，又不是旧社会的祥林嫂——"

蒋莹站起来，走到阳台上，手扶着栏杆。苏圆圆也走过去，见她脸色苍白，扶着栏杆的手有些微微发抖——整个人都在发抖。

半晌，蒋莹回到客厅，在抽屉里拿了烟，点上火，要抽。苏圆圆急急地拦下，道："你傻了？"蒋莹哧的一声："我都傻到现在了——"苏圆圆把烟掐灭，扔进垃圾桶。蒋莹坐下来，涩然道："看来不离不行了。"

苏圆圆劝她，为了肚里的孩子，也要忍一忍。蒋莹道："怎么忍，再忍就真成傻子了。"苏圆圆沉吟道："说句实在话你不要生气——想想崔海前面那个老婆，要不是短命，崔海肯定跟她做一辈子夫妻——崔海这个人，花是花的，老婆也不会不要——"蒋莹不客气地打断："我跟她一样吗——她是川沙农村种田的，一张脸长得像屎一样——我是什么人，我是上海人！大学生！才貌双全！她跟我能比吗——她可以忍气吞声，我不行！"

苏圆圆想，你自我感觉倒是蛮好。便又道："我不是跟你说过嘛，现在离婚对你一点好处也没有。女人最忌讳的，就是一哭二闹三上吊，结果什么也捞不着——我问你，你是只不过想闹闹出口气呢，还是真的想离？"蒋莹道："真的想离。"苏圆圆道："不后悔？"蒋莹道："保证不后悔。"苏圆圆点了点头，道："那也好——反正现在不比从前了，在一起不开心干脆离婚，对大家都好，劝合不劝离那套早过时了——我们是好姐妹，才这么设身处地为你考虑，你可别到头来反咬一口，说我劝人家夫妻分开伤阴骘——"蒋莹哎哟一声，道："苏姐，你就放心好了，我才不是这么没良心的人。谁对我好谁对我不好，我心里清清楚楚。"苏圆圆道："那小孩呢，你还要不要？"蒋莹一怔，道："小孩是我的，当然要的。"苏圆圆点头道："那办法就来了。"

苏圆圆喝了口茶，朝蒋莹瞥了一眼，见她一脸急切，忽地想起当年她刚进单位时的情景——有些土气地烫了个长波浪，把前额挡个严严实实，一张脸却是稚气未脱，还有些婴儿肥。不懂什么人情世故，却格外地相信自己，整天小尾巴似的跟着，苏姐长苏姐短——苏圆圆想到这里，便有些愧疚，不该这么做——但只是一念之间，很快地，她微微一笑，说下去：

"不要急，先装作不知道这件事，一点风声也不要露，顺着他，让他一点儿也不防备。等孩子生下来，以孩子的名义到法院告他，打他个措手不及，说他生为人父人夫，在外面与别的女人通奸。照片就是铁证，最好之前再收集一些他与那个女人通电话、外出的证据——我敢保证，这场官司你赢定了。到时候再跟他离婚，他是过错方，家里的财产大半都归你——你好处有了，气也出了，想怎么搞臭他就怎么搞臭他。"

苏圆圆一边说，一边在心里算日子。孩子生下来还有七八个月——时间刚刚好。她想笑,生生地忍住,做出义愤填膺的模样。

　　分行工会举行一场英语风采大赛。庞鹰得了青年组一等奖。颁奖那天晚上,所有得奖的同志到饭店聚餐。庞鹰被设在主桌,与行里几位领导坐在一起。她不会交际,旁边人与领导推杯换盏,她只觉得浑身不自在。佟承志坐在邻桌——他是中年组三等奖。庞鹰被几个人撺掇着去敬领导酒。她只得站起来,端着大半杯红酒,傻乎乎地道:"我敬各位领导。"领导不满意了,说我们这么多人,你得一个一个敬。庞鹰僵在那里。好在其中一个领导厚道,说一起就一起吧,不过你得喝干。庞鹰只好笑笑,把酒一饮而尽。

　　庞鹰一杯酒下肚,便觉得头晕,红着脸坐着。最后一道菜是大闸蟹,端上来,大家各自拿了一个。庞鹰没动。旁边一位领导替她拿了。庞鹰说,谢谢。便去剥蟹脚。

　　佟承志凑过来,在她肩上一拍,轻声道:"别嘴馋——会过敏的。"庞鹰先是一怔,随即想到上次向他说"吃螃蟹会过敏",当时只是随便说说,没想到他竟记下了,倒有些感动了,道:"吃点蟹脚没关系——蟹黄给你吃好不好?"佟承志说:"好啊。"庞鹰把蟹壳掰开,蟹黄给他——忽地意识到两人不该亲昵到这个地步,但也不便缩回去,只得硬着头皮给他了。佟承志接过,道,谢谢。

　　酒席还没结束,佟承志便先走了。剩下的人嚷着要去酒吧,庞鹰吓得连忙拒绝,说:"我不能多喝酒,要过敏的。"——说到"过敏"两字时,心头竟升起一丝暖意,一个人的脸在脑子里晃啊晃的。她想,真是要命了,疯了疯了。这时手机响了,是佟承志发来的短信:"我在地铁站一号口等你。"

　　庞鹰走下楼,犹犹豫豫的,在饭店门口停着不动。服务生还以为她要叫车,一挥手,一辆出租停在面前。庞鹰不好意思,便坐进去。车子启动。司机问她去哪里。庞鹰心不在焉,没听见。司机问了几次,她才回过神来。支吾了半天,道:"嗯,就前面那个地铁站。"说完脸都红了。司机还以为听错了,嘀咕着"小姑娘派头老大的,一百米的路都要叫差头"。

　　到了地铁站,庞鹰下了车,远远看到佟承志站着,一米八几的身高,休闲西装牛仔裤,站在人群里很显眼——那天婶婶说他"风度翩翩",的确如此。庞鹰想着,便骂自己"十三点",人家的老公,再风度翩翩,又关你什么事——走上前,叫了声"佟处"。佟承志道:"你来了。"她道:"嗯。"佟承志又道："没和他们去喝酒？"庞鹰心想，要是去喝酒，你不是白等了？摇了摇头。

两人都顿了顿。佟承志朝她看，笑笑——其实是心里没底。庞鹰也笑笑。两人这么面对面站着，挡了旁边人的路。有几个行人从他们中间穿过去。佟承志道："我们进去吧。"庞鹰道："好。"两人并肩朝里走。走了几步，庞鹰问他，今天又没开车吗？佟承志嗯了一声，停了停，忽道：

"坐地铁比较慢，和你待的时间长。"

话一出口，他心里嘭的一跳——这么张嘴便说，不经大脑似的。语气还那么淡定，像是理所当然。他想，真是要命了，疯了疯了——好在周围嘈杂得很，把尴尬减了几分。

庞鹰自然是听见了，却装作没听见，动也不动，脸却不自禁地红了。她想，脸红真是个坏习惯，让心躲无可躲。她听到自己的心跳声，一下两下，跳得飞快。手和脚都不协调了，像顺拐。

佟承志说要送她回家。庞鹰没吭声，默许了。倒不是希望他送，而是怕一开口，声音都发抖，那便更糟。下了地铁，两人慢慢朝庞鹰家走。路上行人不多，零零星星的。庞鹰微低着头，怕被熟人看见。路灯把两人的影子越拉越长，橡皮筋似的。一会儿，到了门口。庞鹰道："我上去了。"

佟承志哦了一声。庞鹰转身便走，有些仓皇地，做贼似的。脚在楼梯上绊了一下，哎哟一声，连打了几个趔趄。心想着又该被他笑话了——听见佟承志在身后叫了声"庞鹰"，便回头，问："怎么？"

佟承志清了清喉咙，咽下一口唾沫，道："我——"恰恰这时一辆卡车在面前停下，按了几记喇叭，把后面几个字生生吃掉了。卡车门上印着"某某搬家公司"，陆续有人卸下桌椅、冰箱什么的，也不晓得怎么回事，居然晚上搬家。佟承志便有些懊恼，心倒是定了些。朝庞鹰看，猜她应该是没听见。

佟承志咳嗽一声，道："这个，我走了。再见。"几人搬了张八仙桌过来，嘴里叫着"借过"。佟承志往旁边让了让。庞鹰撑住防盗门，让他们进去。楼上又下来两个人，嚷着"这么晚，真是碰着赤佬了"。吵吵嚷嚷的。

佟承志朝旁边退去，心想这算什么名堂，又有些好笑。庞鹰抵着门，朝他笑。他也笑。两人对视着，那些人陆续从两人中间搬东西进去，粗声粗气地说着话。佟承志看见庞鹰的脸红扑扑的，想这姑娘真是很爱脸红。

忽然，庞鹰说了句话。佟承志没听清，问她，"什么？"庞鹰红着脸，停了停，道："我用英文讲好不好？"佟承志怔了怔，道："好啊。"

这时又是几下喇叭声。楼上有人开窗骂"几点钟了，你脑子坏掉啦"——佟承志没听见庞鹰的话，正要再问，最靠近他的那个人忽地咧嘴一笑，对他道："小姑娘说 I love you——以为我们乡下人听不懂英文是吧，嘻！"他说完，扛着冰箱上楼了。佟承志愣了愣，头像被什么打了一下，有那么几秒钟没回过神来，再一看，庞鹰已上楼了。"砰"的一声，防盗门重重地关上。

佟承志呆呆站着，一动不动。随后长长地叹了口气，嘴角却又带着笑意。傻了似的。一会儿，又摇头，心想——疯了，真是疯了呢。

六

很快便是元旦，没几天又是春节。噼里啪啦鞭炮放过一阵，紧接着便冷清下来。三月里淫雨霏霏，湿嗒嗒地落了一阵，总不见停，天地仿佛都长了绿毛。好不容易挨到了四月，才转晴些。太阳却总是羞答答，遮遮掩掩的，像是跟谁捉迷藏，只露了个小脸，又倏忽没了踪影。

过完年，庞鹰便开始戴隐形眼镜了。说是黑框眼镜坏了，懒得再配，索性便戴隐形眼镜了。高丽华说她早该这样了，黑框眼镜太老气，早过时了。庞鹰到卫生间补妆。苏圆圆在一旁瞥见庞鹰的脸，微微一怔，想这姑娘原来这么秀气。庞鹰在镜子里看见她的神情，便笑笑，说："我男朋友给我买的隐形眼镜——苏姐你说我戴着好不好？"苏圆圆也笑笑，道："蛮好。"

下班时，外面突然下起雨来，庞鹰和高丽华、苏圆圆走出来，手已触到包里的伞，心念一动，手停在那里。佟承志开着车过来，苏圆圆上了车。庞鹰待车开远了，才把伞摸出来，撑开。

晚上下课后，庞鹰在二楼碰到佟承志，却不停步。两人一前一后地到了校门口。庞鹰继续往前走。一会儿，佟承志开着车从后面赶上来。庞鹰上了车。佟承志把一捧玫瑰送到她手上。庞鹰说声"谢谢"，接过。佟承志叹口气，道："像特务接头，累啊。"庞鹰道："我这是为你好。"

佟承志一笑，道："我晓得。"

车子驶上高架桥，佟承志一手握方向盘，一手搭在庞鹰肩上。他问："你猜，我第一次对你有好感是什么时候？"庞鹰想了想，摇头道："猜不出。"佟承志道："就是那次，我告诉你我在读中级口译，问你读什么，你说'也是英语'——后来我晓得你在读高级口译，就觉得你这个小姑娘为人很低调，也很懂事，不让人难堪。"庞鹰道："我倒没想那么多——要是我说'高级口译'，你会难堪吗？"佟承志道："多少会有一点，我是你上级，又比你年纪大。"庞鹰嘿的一笑，道："是不是感觉像留级生？"佟承志轻轻捏一下她的鼻子，道："是啊，我是留级生，你是大队长。"

分手时，庞鹰把玫瑰还给佟承志，"拿回去给苏姐吧——"佟承志朝她看。庞鹰脸一红，道："总觉得很对不起她。"佟承志开玩笑道："那就把我还给她。"庞鹰轻声道："那我也舍不得。"说着脸又红了一下。佟承志一笑，从中抽了几枝。

佟承志回到家，把玫瑰给苏圆圆，道："路上一个小女孩硬缠着我买，实在不好意思，就买了几枝。"苏圆圆嘿的一声，把花插进花瓶，道："你啊，脸皮薄，人家吃死你了——"忽地又道："你开车回来的，在哪里买的花？"佟承志心里一跳，嘴上道："加油的时候——也真是厉害，生意居然做到加油站去了，那些小女孩也实在是本事大——"苏圆圆道："越做越精了。"

庞鹰在小超市买了把伞，回到家，把原先那把花伞给了婶婶。婶婶问她，"还好好的，怎么就不要了？"她笑笑，没说话。

黄昊换了个工作。金融海啸来势凶猛，中小企业纷纷倒闭。他原先那家小电器公司，资金链一断，立刻便没了生路。一点还价也没有。黄昊去人才市场找工作，可现在经济不景气，哪有合适的位置。幸好一个朋友推荐他去做保险，说他脑筋活络，口才也不错，做保险是把好手。黄昊没法，只得先做着。

他连着几个星期，都不敢找庞鹰。庞鹰晓得他是没脸。公司关门了，七百五十万的贷款，成了坏账。黄昊给她发过几次短信，她都没回。婶婶有一阵子见不到黄昊，问她，你们俩最近怎么了？她说，没怎么。婶婶便嘿的一声，道："我老早晓得——长不了。"

庞鹰给佟承志买了根登喜路的皮带，两千多块。她从不买名牌，这是第一次。佟承志拿到皮带，问她，多少钱？她回答，没多少。佟承志去看价格牌，却被她拿掉了。佟承志怔了怔，说："其实没必要买这么贵的东西，都经济危机了。"他这话是开玩笑，但庞鹰却听着有些刺耳，道："我晓得，所以补偿你一点。"佟承志听出她的意思，微笑道："要补偿什么——能够遇到你，就是最大的补偿了。"说着，握住她的手，轻轻捏了捏。庞鹰低下头，道："我心里很不好意思。"佟承志温言道："小事情。"

佟承志送庞鹰回家。车子停在小区门口。庞鹰走进去，在楼下遇到黄昊，靠着一棵树站着。他道："回来了？"庞鹰嗯了一声。黄昊手插在裤袋里，道："好久不见。"庞鹰又嗯了一声，便要上楼。黄昊伸手拦住她。庞鹰朝他看。黄昊把手缩回去，讪讪地道："你是不是不准备理我了？"庞鹰没说话。黄昊又道："我晓得让你难做人了——可我也不是故意的，金融危机又不是我搞出来的。"庞鹰先是不语，停了停，道："当初你就不该开口。七百五十万啊，不是七块五毛——你晓得给人家添了多少麻烦？"

她说完，扔下他，噔噔便上楼了。

佟承志一路上都在想那笔贷款的事。几个负责信贷的处长里，就他这笔坏账最大，金融海啸是借口，但总归是个麻烦。陈述报告也得费一番心思。苏圆圆倒没怎么多说他，但娘家连着跑了好几次。气氛有些沉重。佟承志晓得她是找她爸爸商量对策。老丈人也是个喜怒不形于色的人，话说一半留一半的。佟承志猜他心里必定骂了一千遍"扶不起的刘阿斗"。

佟承志暗暗叹了口气。把车停在路边，摇下车窗，点了支烟。抽完一支，又点上一支。两支烟下肚，才好受了些。苏圆圆不许他抽烟，说万一怀孕怎么办。他嘴上称是，心里却想——要是能怀老早怀上了。不抱希望的事，早不放在心上了。他父母前些年还隔三岔五地问，现在也死心了。倒是劝他去抱一个，说家里总归要有个孩子才像样。他也不去多想，反正苏圆圆那边不提，他提了也是白提。

庞鹰到家时，婶婶和几个牌友还在搓麻将。堂弟已经睡了。庞鹰放下包，去卫生间洗澡。一会儿出来，听婶婶打发那些人走，"最后关头，我儿子再过两个月就要高考了，等他考好我们再玩个尽兴。"庞鹰拿电吹风吹头发。婶婶送那些人出去，走进来，打个呵欠，"年纪大了，麻将也搓不动了。"庞鹰见桌上狼藉一片，便帮着收拾。婶婶说尿急，进卫生间小便，刚进去又匆匆出来，问庞鹰："你是不是和黄昊分手了？"庞鹰说："没有。"婶婶道："你别瞒我，刚才刘家姆妈说，前天晚上，看见一个男人开车送你回来，两个人有说有笑的。"庞鹰道："是同事。"婶婶追问："什么同事？"庞鹰道："说给你听你也不认识。"

婶婶一扭腚进卫生间了。庞鹰上床睡觉。隔着帘子，听见堂弟在打鼾，很有节奏，心想这小子年纪不大，呼噜声倒挺大。又见他被子踢开一角，掉在地上，便拉开帘子，替他把被子掖好。庞鹰重新躺下，侧身向外，却是一点睡意也没有。脑子里乱糟糟的，像缠成一团的毛线，总也找不到头。一会儿，好不容易理齐了，倏忽一下，变戏法似的，又整个的没了，空荡荡的，什么也没有。更叫人彷徨了。

佟承志走进办公室，刚坐下，还没来得及泡茶，电话铃便响了——是苏圆圆，让他过去一趟。声音很低沉。她上班例来是不与他联系的。这就有些反常了。佟承志预感到什么，一颗心顿时提到嗓子眼。

他开门出去，在过道里遇见崔海，边走边打手机。佟承志跟他打个招呼，他点头，在佟承志肩上拍了拍，过去了。佟承志走到苏圆圆办公室门口，还没进去，苏圆圆已出来了，脸色不大好。"走，去郭副总那里。"她说完，转身便走。佟承志心里更没底了，也不敢多问，紧紧跟在后面。

到了郭副总办公室。两人敲门进去。郭副总表情很严肃，也不让座，拿出一张照片，啪地扔在桌上，"你们自己看吧。"佟承志拿起来，一瞥，吃了一惊——照片上，他和几个男人坐着打麻将，桌上散乱地堆着许多钞票。图像不太清楚，似是被烟雾笼罩，朦朦胧胧的。人影也有些变形，显得很诡异。

苏圆圆也是一怔，朝他看。郭副总道："还没完呢。喏，再看这些。"又拿出两张纸，一张是借条的复印件，上面清楚写着欠佟承志十万元整。另一张是封电脑打印的举报信，说佟承志违反银行信贷制度，收受贿赂，将七百五十万巨额贷款批给一家不够资格的小公司，情节十分恶劣。信件下方没有署名。

佟承志倒抽一口冷气。

当天晚上，两人去了苏圆圆娘家。老丈人把佟承志狠狠训了一顿。结婚以来，佟承志还是第一次被他这样训斥，一点情面也不留。丈母娘在一旁叹气。苏圆圆则面无表情。老丈人到后来是真的激动了，他问佟承志："你很缺钱吗——你要是缺钱就跟我说，十万块钱我还是拿得出来的！"佟承志低头不语。苏母推了推女儿，轻声问："他怎么还会搓麻将？"苏圆圆哼了一声。

老丈人说："亏得郭副总是自己人，把东西半路截了下来，否则你就等着撤职处分吧——我真没想到，你这个人竟然这么糊涂！"老丈人激动地挥动着双手。丈母娘打圆场："承志也只是一时糊涂，谁没个犯错的时候——"丈人大声打断道："那也要看犯什么错，他在外面杀人放火，法官会因为他一时糊涂而不判他死刑吗？"丈母娘碰个钉子，不说话了。

佟承志夫妇回到家。苏圆圆把包一丢，问他："你为什么事先没跟我说？"佟承志愣了愣："怎么没跟你说？你不是晓得——"苏圆圆嘿的一声："我晓得什么？你搓麻将收贿赂，什么时候跟我说过了——睡觉的时候，还是做梦的时候？"她冷冷盯着他。佟承志被她的目光压得抬不起头，便不说话。

苏圆圆停了停，忽问："你在外面是不是有女人了？"佟承志吓了一跳，脱口而出："胡说八道！"

苏圆圆朝他看了一会儿，摇摇头，对着梳妆台卸妆。佟承志站起来，佯装到包里掏东西——其实是掩饰，手足无措的。两人都沉默着，听到墙上那口西洋挂钟当当响了几下——夜已深了。又过了一会儿，相继上床了。

佟承志一夜都没睡着，早上起来，看见苏圆圆深黑的眼眶，晓得她也没睡着，一晚上翻来覆去的，脸色也晦晦涩涩的。两人胡乱吃了些早饭，一前一后出门，佟承志先去发动车，在车上等了一会儿，还不见她，下车去找，却发现她坐在台阶上抱着腿——原来是扭到筋了。佟承志蹲下身，问她："疼吗？"她道："你试试扭一下，看疼不疼！"佟承志劝她别去上班了，请个假。苏圆圆叫起来："都什么时候了，还请假，我恨不得一天二十四小时都待在行里，免得再出麻烦！"佟承志无言以对。苏圆圆朝他看，又道："算了，我没事，反正上班也是坐着，又不用跑来跑去——上车吧。"佟承志哦的一声，转身便走，苏圆圆一把拉住他，一只手伸到他手里，让他握着。佟承志朝她看。苏圆圆不看他，却把他的手握得更紧些。佟承志心里一暖，也握紧她的手，捏了两捏。

事情终于还是闹开了。一模一样的照片、复印件、匿名信，摆到了老总的桌上。前后相隔还不到一周——不过也好在隔了这一周，总算是有了应对的空隙，不至于太狼狈。老总是个做事认真的人，查是查的，但碍着老行长的面子，尽量低调地进行。苏圆圆找了个公安局的鉴定专家，出来证明说，照片清晰度太差，一看就是PS的，至于借条，没凭没据的，又是复印件，更是笑话一桩——明摆着是栽赃陷害。专家在鉴定书上签了字，板上钉钉，有法律效应的。他父亲是苏父的老同学，交情很好。苏圆圆拉着佟承志去他家跑了一趟，带了台夏普的液晶电视，五十六英寸全高清，三万多四万不到。人家刚搬了新房，总要意思意思的。

分行里自然是传开了。佟承志吃饭时遇见同事，大家待他的态度多少都有些异样，不是低头避开去，就是热情得过了头，很不自然了。

晚上和庞鹰一起吃饭，庞鹰的眼圈都是红的，她说："是我害了你。"佟承志经过这阵子的折腾，倒变狠了，也豁出去了，犟犟地说："有什么害不害的，我不后悔。"

庞鹰朝他看，道："真不该去搓那场麻将，你又不喜欢。怪我，不该替你答应下来。更不该让他们写那张借条。"佟承志嘿的一声："有心要害我，就算没这件事，也有别的事冒出来——我不怕，随他们闹去，反正我也无所谓，大不了就是撤职，难道还让我下岗？"他说着，有些激动了。庞鹰先是不语，继而在他背上轻轻抚了两下。

庞鹰劝他早点回去："苏姐现在也着急，走吧，别让她担心。"佟承志不动，看着她，问："你赶我？"庞鹰晓得他是撒娇，把他按进车里。佟承志说要送她，她说还有事要去亲戚家一趟，就住这附近。她替他系上安全带，说："越是这个时候，越要爱惜自己，日子还长着呢。"

她说完，朝他笑了笑，是充满鼓励的。佟承志嗯了一声，说："只要有你，我什么都不在乎——我是大观园里的贾宝玉，没出息。"他原是想开个玩笑，话一出口，竟觉得悲凉了，又有些瞧不起自己，心想，你再怎么自暴自弃，也不该在她面前说这话，都是可以当她叔叔的人了。庞鹰撇嘴道："你是贾宝玉吗？我看你倒像贾琏，贼忒兮兮的。"这话放在平时，佟承志是要不舒服的，现在因有那件事打底，反倒不介意了，还排解了些。佟承志一笑，在她头上轻轻一拍："小姑娘！"

佟承志踩下油门，反光镜里，庞鹰微笑着朝他挥手。他也朝她挥了挥手。车子转弯后，庞鹰没有停留，叫了辆出租，径直来到静安寺附近一家茶室。走进去，里面人不多，空荡荡的。角落里坐着一个人，昏暗的灯光下，跷着二郎腿在抽烟。面前是一杯泡得酽酽的茶。茶叶厚厚地浮在水面上，像冬天马路上密密实实的那层树叶，泛着黄，很沉，又有些萧瑟的感觉。

庞鹰走近了。这人抬起头，灯光在他额头镀上一层锈黄色。"我替你叫了杯龙井。"他道。庞鹰说太晚了，喝茶睡不着觉。这人嗯了声，道："喝茶有好处——有位老同志告诉我，现在这个世道，要想做大事，一定要多喝茶。"他说着一笑："喝茶能让人头脑清醒，沉得下心。"服务员送上茶，他拿了，递给庞鹰。庞鹰双手接过，说了声：

"谢谢崔叔叔。"

七

欧洲设分行的消息传出来了，连领导一共是七八个人，照例先是填表格报名。全国几十家分行，成千上万个人里挑选，谁都晓得背后要有别的东西撑着才行，否则填了也是白填。可谁也不愿落后，反正试试又不用花钱，不试白不试。

庞鹰去人力资源部拿报名表，高丽华托她多拿一份。两人各自填表格。其中有一项要求用英语写简历，高丽华问庞鹰借汉英字典，折腾了半天，才写了几行。庞鹰填完了，在一旁等她。她不好意思了，说："你先去交吧，一会儿我自己去交。"

黄昊买了两张林忆莲的演唱会门票，他晓得庞鹰顶喜欢林忆莲。票子交到她手上，他道："三百八一张，两张票子我要做整整一个月的保险——你要是不去，我就直接把票扔垃圾桶。"这话有些要无赖。庞鹰朝他看了一眼，道："好吧。"

周六看完演唱会，两人坐地铁回去，庞鹰问他："保险做得怎么样？"他嘿的一声："饭都要吃不起了，谁还来买保险——我也想开了，再做一阵，实在不行就算了，反正天无绝人之路，大不了回老家种地去！"庞鹰听了，不说话，一会儿，又道："那就换个工作。"黄昊笑笑："你给我换？"庞鹰停了停，道："再看看吧。兴许有机会。"

临别时，庞鹰拿出八百块钱给他，道："演唱会就算是我请的。"黄昊瞥她一眼："看不起人啊。"庞鹰道："我不是这个意思——等你手头宽裕了，再请我看贵的。"说着，把钱塞在他手里。黄昊一把拿过她的皮夹，又把钱放回去。庞鹰朝他看。他把手插进裤袋，耸了耸肩。庞鹰心里叹了口气。

蒋莹怀孕五个月了，肚子很大，医生劝她该注意饮食，否则到时生起来困难。苏圆圆隔一阵便去看她。一对双胞胎今年上幼儿园了，长高了些，更乖巧了，见了苏圆圆便叫"阿姨"。苏圆圆笑吟吟地，从包里拿出糖果给她们吃。崔海陪着坐了一会儿，便说有事要出去，苏圆圆道："怎么，我一来你就走？"崔海笑笑，道："我走了，你们姐妹俩才方便说话呀。"苏圆圆也笑，道："你在也一样方便——又不是外人。"崔海笑道："有些你们女人的悄悄话，我们男人不方便听，听了就没趣了。"

崔海说完，在双胞胎女儿脸上亲了亲，出门了。蒋莹待他出去，便忙不迭地让保姆把双胞胎带走。"两个小鬼头，吵得我脑袋发胀。烦人！"她道。

苏圆圆瞥一眼她的肚子，问："宝宝还好吧？"蒋莹道："好得很——这可是我的本钱，拼了老命也要养得好好的。"苏圆圆一笑："别说得那么夸张。"蒋莹道："本来就是嘛。苏姐我跟你说，我算是想通了，什么都是假的，只有自己好才是真的。加上现在经济又不景气，要是再不为自己打算，就真是傻子了。"保姆带一对双胞胎到楼下去玩。门一关，苏圆圆便问蒋莹："他有没有看出来？"蒋莹嘿的一声："我是谁啊——谁要真的惹了我，保管让他吃不了兜着走——苏姐，我这次是真的铁了心了，他不仁，别怪我不义，不把他弄臭，我怎么也咽不下这口气。"

苏圆圆下了楼，见一对双胞胎在不远处玩滑滑梯，爬上去，又溜下来，来来回回的。苏圆圆走近了，蹲下来，逗她们玩。双胞胎咯咯地笑。一模一样的脸，笑起来也是一模一样的酒窝，甜得很。苏圆圆想，也活该那女人倒霉，一点母爱也没有，还当妈妈呢。她想到这里，不由自主地，心里酸了一下。

回去的路上，苏圆圆到菜场买了一斤南美白虾。这种虾适合剥虾仁，比外面买的实惠，味道也好。佟承志最喜欢吃腰果虾仁。钟点工是四川人，不会烧这道菜，她自己烧。回到家，把虾仁剥出来，撒上盐，倒上料酒，再敷一层蛋清。锅里倒下油，先炸腰果。火不能太旺，否则腰果就焦了。再是炒虾仁。急火快炒，最后放腰果，少许倒些蚝油吊鲜，一道菜就算烧好了。

苏圆圆本来是没心思下厨的，但想着佟承志这阵子的神情，是该安慰安慰他了。男人毕竟是男人，有自尊心的。真要一棍子打瘪，便一点意思也没有了。苏圆圆按捺着，这阵子反倒比平常更体贴些。老公是自己的，是自己的脸面——脸面就是颜面和体面，是顶顶要紧的东西。看着老公，便如同照镜子。镜子里的人倒霉，镜子外的人也体面不到哪里去——这番话，苏父跟她说了几千几万遍。她记在心里。

佟承志请了两个礼拜的年假。苏母建议他去普陀山烧香，去去晦气。他不好直接拒绝，便说去玉佛寺烧香也是一样的。苏圆圆也请了几天假，陪他去三亚玩了趟，散散心。回来时，苏圆圆给高丽华和庞鹰各带了一副贝壳做的耳环。高丽华隔天便戴了，接电话时，不慎把一只耳环掉在地上。自己却没察觉。庞鹰一旁见了，悄悄捡了起来。

佟承志借口说老同学聚会，晚上陪庞鹰去看电影，是《梅兰芳》。演少年梅兰芳的那个演员长得很俊，上了妆后很有些风情万种。佟承志看了，便道："这男人怎么比女人还漂亮。"庞鹰笑道："你去试试，说不定也行。"佟承志道："我这么大块头，要是扮女人，只能演顾大嫂孙二娘什么的。"两人都笑。

佟承志要送庞鹰回家。庞鹰不肯，道："今天我送你回家。"佟承志逗她，道："怎么送，你来开车？"庞鹰道："你开车，我送你。"佟承志一笑，在她鼻子上轻轻刮了一下。两人上了车。庞鹰又道："真的，今天我送你回家。"佟承志朝她看，笑笑。一会儿，车到了佟承志家。佟承志却不下车，叹了口气，道：

"我又想送你回家了。"

两人相视而笑。庞鹰低声道："那就送我回家吧。"佟承志道："真的？"庞鹰道："送我回家，我再送你回家。"说着一笑。佟承志捏了捏她的下巴，伸手揽她入怀。两人紧紧拥在一起。庞鹰闻到他身上淡淡的衣服清香，心里一荡，暖暖的，似有什么东西融化了，变轻了，在那里飘啊飘的——但只是一瞬，很快地，又一点点沉下去，直落到底，冷了，硬了。

庞鹰回到家，见堂弟在翻看以前的相册。他指着一张照片，问庞鹰："姐姐，这就是那个把你从河里捞上来的解放军吧？"庞鹰瞥了一眼，道："嗯。"堂弟又问："他人呢，还在安徽吗？"庞鹰道："复员后就回上海了。"她看向那张照片——十几年前的老照片，都有些发黄了。那时她还是个小女孩，剪个《城南旧事》里小英子的发型，被一个穿军装的男人抱在手里。男人是二十出头的年纪，剃着平头，对着镜头咧嘴笑，有些青涩的模样，当然现在完全不同了——崔海现在发福了不少，前额还有些微秃。

这时，手机响了——是佟承志的短信："到家了没有？"她回道："平安到家。"一会儿，又发过来："早点休息。晚安。"她回道："晚安。"庞鹰握着手机，怔怔地，佟承志那张脸在眼前晃啊晃的，带着笑，来来回回地，像被什么牵着，怎么也挥不去——不知过了多久，外面似是下起雨来，淅淅沥沥的，落在窗格上，听着又疾又密。

第二天早上，苏圆圆开佟承志的车去上班。她开收音机听新闻，一瞥，见地上有什么东西亮闪闪的，捡起来——是一只耳环。苏圆圆认得是她买给高丽华的，淡粉色的，做成海豚的形状，很别致。苏圆圆拿着耳环，认认真真地看了一会儿，放进口袋里。

庞鹰走进办公室，苏圆圆和高丽华已先到了，两人似在说话，见庞鹰来了，便闭嘴不说。庞鹰说声"早啊"，坐下来。桌上那面镜子，清清楚楚地映出苏圆圆的脸——面色很不好。庞鹰只看一眼，便把目光移开。

中午，庞鹰拿出手机，按下"录音"键，放在桌上，起身去卫生间。一会儿进来，把手机收好，问两人："去吃饭吗？"两人都说不饿，她便一个人走出来，到角落边，戴上耳机，听刚才那段录音。高丽华坐得远，声音很模糊，苏圆圆的声音勉强能听清，只是忽高忽低，"——我去营业厅一查就晓得，只要拿他的身份证打份账单，电话号码都在上面，别想赖得掉——"

庞鹰愣了愣，暗骂自己弄巧成拙了。远远地看见苏圆圆走过来，便摘掉耳机，朝她笑。苏圆圆道："打电话啊？"庞鹰嗯了一声。苏圆圆道："男朋友是吧——继续继续。"随即走了过去。

晚上，苏圆圆向佟承志要身份证。"填什么女职工表格，要配偶的身份证复印件。"佟承志哦的一声，去包里拿皮夹，一摸，吃了一惊，"我的皮夹呢？"急急地在包里翻了一通，随即一脸沮丧，"皮夹没了——"

苏圆圆朝他看。佟承志哎的一声，又去衣服口袋里摸，把口袋一个个摸了个遍。苏圆圆看了一会儿，去卫生间刷牙。出来时，见他还在找，忍不住道："实在找不到就别找了，再找也不会变出来。"佟承志懊恼地道："钱丢了倒也算了，可还有身份证和那些银行卡呢，补办起来麻烦得很。"苏圆圆嘿的一声："谁让你不小心——话说回来，你自己开车，又不是挤公车地铁，皮夹怎么丢的呢？"佟承志悻悻地一拍脑袋，道："天晓得了！"苏圆圆笑笑，说声"糊涂蛋"，拿遥控器开了电视。

半夜里，苏圆圆轻轻起床。旁边，佟承志已睡熟了，打着鼾。苏圆圆在床头柜上拿了他的手机，走到阳台上。她翻看他的电话记录，都是空的。还有短信，收件箱和发件箱也都清空了。苏圆圆心里哼了一声，找出高丽华的号码，发了条短信过去："我身份证不见了。"一会儿，高丽华回道："姐夫，你是不是发错了？"苏圆圆沉吟着，在阳台上站了一会儿。忽地，心念一动，找到庞鹰的手机号码，把刚才那条短信又发了一遍。

很快地，庞鹰回了个短信："你真聪明。"

苏圆圆一看，整个人愣住了。她握着手机，反反复复地，想了一遍又一遍。夜深了，远处灯光大多已暗了。只剩下一星半点的，似是给这黑夜留些亮，可以把一些东西看得清楚些。

第二天上班，苏圆圆约了人力资源部的小赵一起吃饭。小赵是她中学同学，同一年进的单位，关系很好。苏圆圆问她，欧洲分行的那些竞聘表格是不是还在部里？小赵说，是。苏圆圆便笑笑，道："可不可以帮我个忙？"

苏圆圆回到办公室，坐下。一会儿，庞鹰也吃完饭进来，问她："苏姐，我去拿咖啡，要不要帮你拿一杯？"苏圆圆道："好啊。"庞鹰转身出去，拿了两杯咖啡进来。苏圆圆说声谢谢，接过，手一抖，整杯热咖啡倒在庞鹰身上。庞鹰啊的一声，烫得跳起来。苏圆圆说声对不起，拿纸巾给她擦拭，道："烫坏了吧，真是不好意思。"庞鹰说："没关系，我去卫生间洗洗就行了。"她一抬头，瞥见苏圆圆盯着自己，神情有些古怪，像是幸灾乐祸，隐隐地，又透着些凶狠，不由得一怔。两人目光相接，眼里有什么东西倏地闪过，只是短短几秒时间，便似隔了几千几万重山。庞鹰感到一股寒意，从背上一点点冒出来，起初是冷汗，慢慢地，又结成一粒粒的冰珠，直渗到体里。她心里咯噔一记，有什么东西似是断了，直落下去，猝不及防地。脸上却微笑了一下，从苏圆圆手里接过那只倒空的杯子，扔进垃圾桶。

欧洲分行的第一批候选名单出来了，只剩下报名人数的四分之一，筛去了一大半。接下来是复试，也就是领导面试，每人三分钟的自我陈述。

庞鹰接到通知，周四下午两点半，在大会议室。还有高丽华。庞鹰放下电话，对苏圆圆道："苏姐，后天下午我和高丽华复试，就是欧洲分行那件事，跟你说一声。"苏圆圆哦的一声，淡淡地道："好事啊。恭喜你们了。"

复试那天，庞鹰和高丽华去大会议室。进去时，已坐满了人。领导坐第一排，面前放着评分表。抽签决定顺序。庞鹰抽了第十号，高丽华是二十一号。一会儿，便开始了。复试者一个一个地上去。大多先介绍一下自己的学历、能力，还有就是抱负、理想什么的。很快轮到庞鹰，她上台去，把学历和证书简单说一下，接着便是自己的想法。她不说空话，列了几条实际而精准的构思，一针见血，态度又谦逊，台风也好。她瞥见下面人的神情，便晓得自己一番准备没有白费。结束时，掌声很热烈。庞鹰走下来，高丽华道："你要是去竞选美国总统，奥巴马一定输给你。"她笑了笑。又过了一会儿，轮到高丽华。她上台去，鞠了个躬，接着开始讲——竟然是英语。庞鹰不由得一怔。她的英语发音很好听，也很流利，显然功底不一般。换了庞鹰，也未必有一口这么漂亮的标准牛津音——庞鹰是真的吃惊了。

庞鹰眨也不眨地看着台上的高丽华，像看着一个陌生人。听她介绍自己，有注册会计师证、审计师证、微软计算机证书、高级口译证书——忽地想起前阵子，她问自己借汉英字典填表格的事，当时还觉得可笑，想，这么简单的单词都要查字典，还欧洲分行呢——现在想来，可笑的竟是自己。有眼不识金镶玉了。又想起她坐的那张桌子，当年是蒋莹的，靠着门，都说靠门的座位最危险，其实不然，反倒是视觉盲点，做些什么别人都看不见——谁也想不到，这么爱打扮，整天只谈化妆品衣服的女人，原来这么优秀——还真是视觉盲点。

高丽华讲完了，下台来，问庞鹰："我讲得还行吧？"她这么随意地问来，庞鹰便也笑笑，道："好极了，你才该去竞选美国总统呢。"两人都笑。

晚上，庞鹰下了课，走出来，佟承志等在校门口。她见了他，便道："去酒吧喝两杯怎么样？"佟承志有些意外，道："怎么想喝酒了？"庞鹰道："也不晓得怎么回事，反正就想喝两杯，酒瘾上来了。"她说着一笑，拉着佟承志上了出租。两人到了茂名路上的一个酒吧，走进去，里面有几个外国调酒师。灯光很暗，影影绰绰的。两人到角落的位置坐下。庞鹰拿着酒单看了半天，问他："别人来这里都喝什么酒？"佟承志笑道："随你，喝什么都可以。"庞鹰便点了杯鸡尾酒，叫"玛格丽特"。一会儿，端上来一杯深蓝色的东西，像海的颜色。她喝了一口，顿时呛得咳嗽起来。"这么辣——"她道。佟承志笑笑，告诉她，这酒是拿龙舌兰、橙酒和青柠汁调的，"因为有龙舌兰，所以入口很辣，你喝慢一点，会觉得有果味，很清新的"。庞鹰依言，慢慢地喝了一口，果然好多了。

庞鹰喝完，又要了一杯。佟承志说："鸡尾酒有后劲，小心别喝醉了。"庞鹰道："喝醉就喝醉，反正有你在。"佟承志笑道："不怕我把你卖了？"庞鹰问："怎么卖，卖多少钱？"佟承志道："你这么瘦，反正不会论斤卖——拿到多伦路，当宝贝卖，心肝宝贝。"庞鹰一笑。两人边喝边聊，不知不觉，便到了十二点。佟承志看表，道："走吧，我送你回去。"庞鹰脸红红的，拉住他的衣角，道，再坐一会儿。佟承志在她头上轻轻一拍，道："好女孩不可以这样——走，回家。"他搀起她，走出酒吧。到了外面，凉风吹来，庞鹰忍不住咝的一声，把衣服裹紧些。佟承志伸手把她揽在怀里，问："这样是不是好些？"庞鹰嗯的一声，也抱紧他。佟承志抚着她的头发，开玩笑道："今天很嗲哦，是嗲妹妹。"庞鹰把头埋在他怀里，轻声道："不想回家了——"佟承志闻言一怔，朝她看。庞鹰也朝他看。月光下，她的肌肤像细瓷那样无瑕，五官都似泛着光，很美。佟承志望着她，半晌，再次把她拥入怀里。

两人进了附近一家宾馆。走进房间时，庞鹰的身体微微抖了一下。佟承志察觉了，问她："怎么了？"庞鹰不说话，踮起脚，在他唇上吻了一下。脸立刻红了。佟承志勾起她的下巴，回吻她。吻她的鼻尖、嘴唇、头颈。她的唇有点冷，她的头发像丝缎那样又柔又滑，她的眼睛，黑珍珠似的，闪着光，里面有他的影子，完完整整的。夜很静，静得只听得见心跳的声音，一下，两下，三下，竟是越跳越快，像戏台上的鼓点，又急又密，催着演员上场；又似是选手的脚步声，快到终点了，冲刺的那刻——这样的一个夜，是该发生些什么了。

他抱起她，走向床。庞鹰一手勾着他的头颈，另一手拿着微型摄像机——做成润唇膏的模样，日本货——倒在床上时，她把它放在床头柜，按下开关，对着床——昨天，她从崔海手中接过这东西，很有些不情愿，脸色也变了。崔海劝她："小庞啊，你是鹰，早晚要飞上天，叔叔借你一阵东风，让你飞得更快更高。"庞鹰没说话，心里很乱，线头缠成一团了。崔海告诉她，她的表格被苏圆圆偷偷撤了下来，要不是他，她根本进不了复试。"苏圆圆是多精明的女人，现在肯定在怀疑你是我的人了，过不了多久，佟承志也会晓得——小庞啊，你没退路了，后面是悬崖，是绝路，往前走，前面就是金光大道，向着太阳的，你爸妈在安徽都等着呢，等着享晚福——"庞鹰知道，这番话，每个字都是双刃刀，两边都擦得雪亮，碰一碰便要受伤。不是这边受伤，便是那边受伤。血会顺着刀刃流下来，一滴一滴，还没觉出痛来，已是奄奄一息了。

佟承志的吻，温柔而深情。已婚男人的经验，让他沉稳、循序渐进，却又不失意味。他是很懂得心疼人的，小心翼翼地进入她的身体，让她几乎没感觉初夜的不适。两人似是有一种与生俱来的默契。庞鹰闻到他身上的味道，忍不住便要落泪。他的微笑，像五月里阳光那般和煦。他讲话的声音，有着某种磁性，让人说不出的舒服。她对自己说，他其实算不上好男人呢，背着老婆偷情，坏家伙、坏家伙、坏家伙——可不知怎的，她的心里有他，很深的一块印记，也不知是什么时候烙上的。她试过想把它抹去，可它连着心连着肉，一碰就要伤筋动骨。一点办法也没有。认命了。

庞鹰伸手到床头柜，摸到那东西的尾部，是开关。她按下它，关了——那一瞬间，她晓得，她不止关了它，还关掉了一些别的，眼前的将来的，一生一世的，永永远远的，也许再也开不了了。只是那么轻轻巧巧的一下，便似亲手拉上了那道幕布，戏下场了，演员谢幕了，幕布后的世界，这辈子该是再也触不到了——她鼻子酸酸的，像是伤心，又像是激动。自己也说不清的。心倒是一点点平静下来。她看向窗外，树叶的影子微微晃动，远处似还有蛙鸣的声音。已过了立夏了。时间过得真快，转眼，大学毕业就快一年了。

佟承志觉出，身下的女人扭动着身子，有些疯狂。那样文静的女孩，原来还有这么一面，他倒成被动的了。他觉得诧异，又有些喜欢。她缠着他，一次又一次的。她的汗，与他的粘在一起，炽热得很，都快成沸水了。人也要熔化了。

也不知过了多久，庞鹰搂紧他，在他耳边说了句："我喜欢你。"

佟承志在她唇上亲了一下，柔声道："小傻瓜，上海人不说'喜欢'，说'欢喜'。"

"我——欢喜你。"她道。与此同时，眼泪悄无声息地流了下来。

八

分行年底的尾牙酒会，在某五星级酒店的宴会厅举行。

蒋莹的儿子已满月了，崔海夫妻带着他参加酒会。小毛头长得白白胖胖，很可爱，大家见了都争着抱。苏圆圆一身盛装，勾着佟承志的臂弯，笑吟吟地，到处敬酒。敬到崔海那桌时，蒋莹到卫生间喂奶去了，崔海一见佟承志，便笑道："佟副总来了。"佟承志忙道："还是叫名字吧，都是老同学——叫得我脸都红了。"崔海道："该叫什么就叫什么，这是体统，我们不能乱了体统，啊，哈哈！"伸手在他肩上拍了拍。

旁边有人叫佟承志，他过去了。只剩下崔海和苏圆圆。崔海朝她看，笑道："副总太太，今天很漂亮啊。"苏圆圆道："没你们蒋莹漂亮，人家都说，初为人母的女人是最漂亮的。"崔海道："都是托您的福，母子平安。那几斤燕窝补得到位，我儿子皮肤白得像刚磨好的豆腐。"苏圆圆道："平安就好。恭喜你有儿有女，事事顺利。"崔海道："谢谢谢谢——顺利倒还算顺利，亏得我老婆傻归傻，关键时刻还晓得分寸，你教她的那些好方法，她都一五一十告诉我了。你也晓得她那个人，傻大姐一个，也分不清谁好谁坏，老巫婆给她个烂苹果她就当成仙女了，哈——"他说着一笑。苏圆圆也跟着笑。

庞鹰拿着酒杯，从面前过去。苏圆圆见了，对崔海道："你啊你，放了只老鹰在我身边。我还一直以为是只小鸡，差点被她啄一口。"崔海道："你不也弄了个高美人给我？——大家彼此彼此。"苏圆圆道："老崔，你很有艳福。"崔海道："你们家佟承志也不差，老牛啃了回嫩草，啧啧。"旁边人走过，见两人笑容可掬，都当他们在闲话家常。苏圆圆又道："听说她要辞职？"崔海嗯了一声，道："好像跟男朋友去福建。嘿，也不晓得干什么，难不成去当蛇头？"苏圆圆叹口气，道："很聪明的一个人呢，可惜了。"崔海道："是很聪明，可惜没有聪明到家——已经蹚了浑水了，就别想干干净净的，嘿，又要讲心讲情，又要名利双收，天底下哪有这样的便宜事，是不是啊，副总夫人？"苏圆圆道："你这话该早跟她说呀——你这个老师啊，满肚皮为人处世的道理，却不会教学生。"说着，抿嘴一笑。

高丽华款款走来。她已接到调令，年后就派去欧洲分行。她与苏圆圆碰杯，道："苏姐，我敬您——没有您，就没有我。"苏圆圆道："到了欧洲，要好好干。"高丽华嗯的一声，又转向崔海，"崔处，我也敬您。"崔海与她碰杯，道："恭喜你了，前程似锦。"她甜甜一笑，道："谢谢崔处。"

高丽华与庞鹰坐在一起，说起她母亲的裁缝铺："我妈在火车站那边租了家门面，比以前大多了，有空去光顾，可以打折的。"她说着，拿出一张名片，店名叫"小鱼"，旁边印着一条小鱼，便是那些衣服袖口上的图案。庞鹰接过，说声谢谢，又道："还没恭喜你呢。"高丽华一笑，道："有什么好恭喜的，是去工作呀。"

庞鹰起身去卫生间，在走廊里遇到佟承志。两人停顿了一下，佟承志没说话，转身便走。庞鹰呆了半晌，缓缓地走进去。洗手时见到镜子里的脸，有些憔悴。她想，不晓得他看出来了没有。这么想着，又觉得自己实在忒傻。一会儿出来，到餐台上走了一圈，拿了些姜葱炒蟹，回到位子上坐下，正要吃，耳边听见有人说："别吃，会过敏。"她霍地抬头——却是空空如也，没有人。

她拿起筷子，夹了一块蟹，正要往嘴里送去，一瞥，见佟承志在不远处望着自己。她筷子一松，蟹掉在盘子里。再看去，佟承志还站在那里，动也不动地。庞鹰鼻子一酸，忙把额前的刘海往后捋去，怕人看见。想想还是不妥，索性站起来，换了个角落里的位置。坐下来，怔怔的，夹了块蟹放进嘴里，嚼了几口，只觉得木木的，一点味道也没有。

忽地，一块蟹壳卡在她的喉口，她大声咳嗽起来，一边咳，一边拍打着胸口——真是卡得很厉害呢，她不住地咳嗽，涨红了脸，一会儿，竟连眼泪也跟着流了下来，大颗大颗的，像珍珠断了线，止也止不住。一边咳一边流泪——亏得是坐在角落里，不甚起眼。偶尔走过一两个人，见了她，还以为她真的哭了，想这女孩哭得这般伤心，也不晓得是怎么回事。傻了似的。

作者简介

滕肖澜，女，1976 年 10 月生于上海。上海作协首届作家研究生班学员，中国作协会员。2001 年写作，曾在《人民文学》《收获》《锺山》《中国作家》《青年文学》《小说界》等杂志发表中短篇小说八十余万字，多次被《新华文摘》《小说月报》《小说选刊》《中篇小说选刊》《北京文学·中篇小说月报》《小说精选》《作品与争鸣》《作家文摘》等杂志转载，并入选多种年度选本。2006 年 4 月出版小说集《十朵玫瑰》。2008 年发表长篇小说《城里的月光》。

丈夫机关算尽，带着家产离她而去，没有带走的几件玉器却让她成了有钱的单身女人。她有达官贵人追求，也被年轻的奸商坑害过。她在一次车祸后去学车，她对于男人的那点期许，竟然在收入微薄、脾气暴躁的教练身上找到了。他们会走到一起吗？

教　练

海　桀

1

严萍到开发区新建工地练车，是秦雨的主意。她说那儿的路网刚铺好，没正式通车，红绿灯、交警都没有，绝对是练车的好地方。严萍学车刚入门，手正痒痒，啥话没说，就上了秦雨的车。秦雨是她电大的同学，十来年的老朋友了。她没上驾校，也是秦雨的主意，说上驾校太辛苦，几十天下来，脸晒黑了，皮晒爆了，还都小意思，主要是时间耗不起。开车就是熟练工，自己练练比啥都好，感觉差不多了，她去找人给办个驾照就行了。严萍知道秦雨的二舅是市公安局交警支队的一个什么官儿，办个驾照易如反掌。

到了新建区，秦雨把车交给严萍，说，放心好了，这种地方绝对不会有交警，探头也都是瞎的，你就放心练吧。

严萍接过方向盘，放眼望望，偌大的区域内，新修的马路清爽宽敞、四通八达，除了偶尔往来的基建车辆，没有任何干扰，绝对不会有人来查照。

几圈下来，手脚熟练了许多，绷紧的神经放松了，胆子自然也大了。架不住秦雨唠叨，二挡换三挡，三挡进四挡，油门也由轻点轻吊，到了适当踩踏。开车就这样，一旦没了畏惧害怕，手脚脑子立马利索灵光。又是几圈下来，时间已经过去了一个半小时，严萍感觉更加轻松自如。她打小就是个活泼好动的人，学东西特快，再加上好强、专注、悟性高，无论上学还是做生意，同类中一向优势明显。

就在她开心得意之时，时速五十多公里的奥迪车，正好经过一个大门口，严萍突然看见一辆摩托车从院里猎豹似的蹿了出来，她本能地松掉油门，猛踩刹车，可神差鬼使，她松开油门的右脚不知怎么没有踩下刹车踏板，而是左脚用力踩下了离合器……没有制动的轿车，在强大惯力的推动下，高速前冲。

更为可怕的是，骑摩托的小伙子猛然见到出现的汽车，不但不减速，反而猛拧油门，试图赶在汽车前面强行右转。

千钧一发之际，严萍向左猛打方向，避开了摩托车，哪里想到一辆白色轿车正好迎面驶来，眼看一场恐怖的撞车即将发生，完全吓傻了的秦雨一声惨叫，双手捂脸，晕了过去……

但撞车惨剧没有发生，对面司机一个紧急避让，一脚刹车将车定在了路上，躲过正面相撞的严萍。严萍恍惚中本能地朝右猛打了一把方向，高速惯行的奥迪冲出护栏，一头撞在工地围墙上，半个车身穿过垮塌的围墙，顶在了停在墙内的一辆挖掘机的轮子上。

当天下午，闯了大祸的严萍和秦雨抓紧料理后事。

秦雨机灵，对谁都说车是她开的，是她不慎肇的事，还买了几条中华烟，认错认罚，主动赔偿人家护栏、围墙等设施两万余元，又找管事的朋友多方求人，总算息事宁人。

车是二十多万的新车，开了还不到两个月，前脸，门窗全撞坏了，4S店说，没有三万块根本换修不下来。严萍给了秦雨五万块。秦雨哭丧着脸说，老公把她骂得狗血喷头，手机都摔了。

还好，事故是私了的，否则的话，天晓得麻烦会多大。

严萍三十六岁了，是离婚离发的人。

她的前夫张帆是倒卖玉料的，说白点，就是用昆仑玉冒充和田玉。

和田玉和昆仑玉不仅都产自昆仑山脉，还都形成在同一玉带上，只不过和田美玉是玉中珍品，盛名久远，昆仑玉则如绝世美人，养在深闺无人知罢了。二者之间原本就一脉相承，尤其是白玉，不是真正的行家里手，很难区分。

几年下来，张帆竟赚了七八百万。

他是个喜欢折腾的人，到香港、马来西亚、泰国、新加坡转了一圈回来，就再也不愿盯在山里吃苦受罪了，他要到泰国去搞投资。严萍死死相劝，这点资金来之不易，好好买个大房子，弄个稳稳当当的生意过小康，多滋润呀。可要拿到国外去冒险，那就明摆着是去打水漂，是瞎胡闹！可男人就是认准了看下的路，死不回头。一来二去，原本志向不同、情趣不合的夫妻，也就凑合不下去了。

缘分到头，好聚好散。

分割财产时，男人尽显英雄本色，说账面的钱他早已经转到国外搞投资了，是赚是赔要到两年之后才能知道。严萍一听就崩了，这不明摆着当自己弱智嘛，即便小孩子也不是这样的哄法呀！多年来，为了这个家，她已经殚精竭虑，受尽苦难，先是迫于无奈辞工回家照顾公婆，而后是生养孩子带孩子，里里外外一个人，累得半死，到头来竟然落得个两手空空。

是可忍孰不可忍啊！

然而，现实是残酷的，绝对不以个人意志为转移。

几个月的时间里，她吵嘴干架，咨询律师，寻找证据，法庭对峙，反目成仇，该经历的都经历了，三番五次，没有结果。累极了的严萍身心憔悴，被折磨得几近崩溃，再也架不住男人的阴损招式，终于明白，想要拿回钱来比登天还难，纠缠下去毫无意义。

怪谁呢，是你自己有眼无珠，钻进了人家下好的套子里。

认命之后，她把张帆存放在家里的一些上等玉料和摆件成品强扣下来，顶现金了事。

没想到歪打正着，不到一年，北京要开奥运会，奖牌采用金镶玉，全部玉料招标选用，昆仑玉脱颖而出，一举战胜各类玉种，拔得头筹。一夜之间丑小鸭变成了白天鹅，昆仑玉身价倍增，尤其是与和田玉原本伯仲之间的昆仑白玉，几个月内更是翻了几番，一个手镯能卖万儿八千。严萍一咬牙，就此顺水推舟，干脆开了个玉店，让手里的玉料玉器番上加番，当上了名副其实的玉老板。

严萍性格率直，处理事情一向理性。

撞车之后，她苦苦反省，后悔不迭，连续几天彻夜无眠，痛定思痛，下定决心要到驾校去学车，再苦再累也要学。

2

市里的十几所驾校都在郊区，离严萍最近的一个坐车也得四十分钟。每天早晚有接送学员的大巴，早出晚归，中午在驾校吃快餐。

严萍说干就干，在报名点交钱报名后，打车直奔驾校，人家已经开课两天了，她可不想被落下。还好，两天也就教了点儿机械名称、操作常识。可问题是，一台教练车竟然有十七八个学员，一人摸车五六分钟，就是两小时，一上午每人两圈，一天紧赶仅能练二十分钟。更要命的是，别人练的时候，你只能站在旁边等。为了二十分钟，耗上的是整整十小时。

这样的代价未免太大了，看来还得走捷径。

她马上打听了一下其他驾校，得到的消息基本一样，所有的驾校全都生意火爆。这年头，似乎一夜之间人人都成了有车族，越挤越堵越要买。说现在还算是淡季，要赶上学生放假你试试，一天能练十分钟就是好的。当然，掏钱是可以的，你可以雇教练啊，一小时一百块钱，肯掏钱，多掏钱，事情更好办，集中练上个四五天，直接去考试，效果更好。

严萍去找校长，她要包车雇教练。

进了校长办公室，里面人挺多，像是正忙啥事儿，乱糟糟闹哄哄的。年轻漂亮的女校长放下座机接手机，话语呛人，两眼充血，一脸烦躁。严萍心说，那就等等看吧，很快就听明白了，原来，校长焦躁，是因为驾校吃官司了。有个名叫陶强的小伙子，是该校的学员，经考试中心考试合格，拿到了驾照，几天前在高速公路上发生惨烈车祸，不幸丧身，年仅二十三岁。事故的主因是超速，在转盘弯道上操作不当碰上护栏，翻到桥下，车毁人亡。陶强的父母，从悲痛欲绝里挺过来，做的第一件事，就是把驾校告上法庭，起诉他们没有尽到驾驶培训的基本责任，说他儿子本应在驾驶学校至少学习五周，可才学了三天，驾校就通过测试，允许陶强参加考试。说陶强的死，与驾校违反相关规定，无视国家法律法规，有着必然的联系，要求驾校支付各项赔偿共计九十余万元。

出了这样的事儿，要求包车显然不合时宜。

严萍回到练车点，大家都在议论纷纷。凡事喜欢露脸、消息灵通、外号叫镇长的大肚汉韩超说，那个陶强不光是个帅小伙，而且是石油公司的白领职员，工资特高，人特聪明。他父亲是电力公司的高级工程师，母亲是大学里的教授，家庭条件太好了。说他包车雇教练，只练了三天，就考试过关，拿到了执照，发生这样的事儿，太可惜了！接着就调侃自己如何如何笨，一期学不会，又来当差生。一女生说，听说陶强家把学校给告了。镇长说，告有啥用，车是你自己开的，谁叫你那么张狂啊。女生压低嗓门说，他们讲陶强就是咱们这台车上的学员。镇长说没错，只不过他一次车都没上，确切地说，连脸都没露，就直接找校长包车雇教练了。

正说着，教练开车过来，冷冷地招呼大家说，都过来！大家就都过去了。有个溜须的，赶紧给他递了瓶绿茶，他接过来看都不看一眼，腰一弯就竖在了脚跟前，溜须者尴尬，引来众人一片讪笑。

好笑吗？一点儿都不好笑！眉眼阴沉的教练突然吼道，你们都听说了吧，那个叫陶强的帅小伙死了，怎么死的？自个儿开车翻死的！二十三岁，才二十三岁啊，父母养他这么大容易吗？连婚都没结呢，就这么死了！为什么会这样？有钱啊，牛啊！以为自己帅气聪明，了不起，要干大事儿，不愿在训练上费时间，要走捷径，狂妄自大，不计后果，结果如何呀？血的教训，血的教训太多了！就发生在大家的眼皮子底下，我希望你们好好想想，得点儿启示。说着，他翻开手里拿着的点名册，很是不满很是不屑地瞥了一眼严萍，语调阴沉地说，你就是严萍？无故旷课两天，再有一次，本组除名！

严萍赶紧说，我没旷课啊，我是报名晚了！

那我不管，都给我听清楚了，本组学员缺课三次的，一律走人！

严萍辩解道，他们说晚两天没事，不信你可以打电话问啊！

我给你问？教练不客气了，搞清楚点儿，我是教练！你觉着学车事小，可以随意应付，那就别来啊！

严萍急了，说，我真是报名晚了！

教练冷冷地说，这是教练场，个人的原因，与他人无关！无论是谁，只要三次旷课，立刻除名走人，没啥好讲的！

严萍脸涨得通红，心里那个气啊，天下竟有这么不讲道理的人！可又实在无奈，你是来学车的，他是教练，你是学员，只能忍气吞声，这就是现实。可胸口实在堵得慌，实在气不过，她掏出手机，想叫公司的小彬开车赶紧来接她，走人得了，到哪儿不能学车啊，干嘛受这气！可又一想，不对呀，你交了钱，他收了费，教你学车是他的工作和责任，凭啥他想干嘛就干嘛！你得沉住气。想到这儿，再看教练，高鼻大眼、寸头宽肩、穿着工作服还皮鞋锃亮领带耀眼，手上戴着雪白的手套，鞋口露出雪白的袜子，手上拎着个牛仔帽，一副趾高气昂不可一世的德行。而且模样上看，怎么也有四十多岁了，四十多岁的男人，混成这样，有啥牛的！她长长吁了口气，心说我还非在这儿学不可，看你能把我怎么样！

严萍这样想着的时候，教练又发火了，一男生练倒桩，吃错药似的，起步不让踩油门，他愣是要踩，结果挨骂不说，还被直接轰下了车。

大家全都无声地看着，噤若寒蝉。

严萍心里恨恨地说，走着瞧，这种人要不短命才怪呢！

轮她上车了，心里一阵慌乱，有点儿紧张，坐在身边的教练大马猴似的，让她浑身上下不舒服。可她毕竟有摸车经验，再加上别人练时，她一直专心在看、在听，基本要领全都记住了。她提醒自己冷静，要冷静就得深呼吸，她深深吸了两口气，踩下离合器，小心翼翼挂上倒挡，正要慢松离合器稳稳起步，耳畔突然一声暴怒：

停！把挡摘掉，开车不准穿高跟鞋，你不知道啊？

严萍被训傻了，这刺耳的令人厌恶透顶的声音，她实在受不了，脱口而出，没人说，我咋知道！

科目一教材上写得清清楚楚，你是怎么考过的？

严萍被噎得眼前一黑，心口泛潮，科目一多简单啊，她头天晚上过了几遍习题，第二天就考了九十八分，感觉与练车基本没啥关系。看样子，教练是要和她过不去。一股无名火呼地一下就蹿了起来，当即用力甩掉脚上的鞋，赤脚踩住离合器，一手紧握方向盘，一手用力挂上挡，竟然就忘了松手刹，桑塔纳朝后猛地一拱，蚀了风似的，突突了几声就憋灭了火。按说，这样的时候，她应该发傻才对，可她的脑子真的进了水，神差鬼使竟然去打马达，却又在没摘挡的情况下松掉了离合器，马达一转，立刻带动车轮向后蹿去。

教练一脚踩死副刹车，公熊似的发飙了，你吃豹子胆了，发疯呀你！

严萍头里轰轰隆隆，鼻腔一酸，两行眼泪就要夺眶而出。可她忍住了，她使劲儿咬着下嘴唇，强烈的痛感分散了她的情绪，使她的头脑得以清醒，意识到了发生的事情，懊悔顿时汹涌而来，怎么这么糊涂这么倒霉啊！难道你真的不适宜开车？好像是的，要不怎么总犯傻总出错呢？既然如此，那就回家算了，可就这么放弃，又实在不甘心。

脸色铁青的教练见她依旧紧握方向盘，一副恍然木讷的样子，心里不禁一动，无声地嘘了口气，放缓语气说：

你开过车？

没有！

没有？我看开过！没动过车的人，哪有你这胆子，下车！

严萍没听见似的纹丝不动。

下车！教练的嗓门提高一倍。

不！严萍大声说，现在轮到的是我，我还没练呢！说着，转过头来，两只充血的眼睛挑战似的直直地盯住教练，似乎在说，你不就一教练嘛，喊什么啊，说吧，我怎么开？

周围学员大惊失色，放电般的目光齐刷刷地闪将过去，随即围拢上前。

教练愣了，从没哪个学员敢跟他这样叫板，而且是女学员，他脸一热，通通的心跳直碰肋骨，可他没有爆炸，也没有爆发。多年的经验告诉他，人在最容易失控的时候，第一必须闭嘴；第二手脚和身体不要挪动；第三，就那么呆着，三秒钟后深深吸气，一直吸到肺叶饱和，然后慢慢呼出……他这样做了，情绪果然发生变化，像换了个人似的，一下子冷静下来，他作出镇定的神情，拿出另一种架势，瞅着严萍像给大家上课似的说：

干吗，跟车怄气啊？我告诉你，跟谁都可以，就是不能跟它怄！你心平气和，好好待它，它听你的，给你愉快，让你舒坦。你要较劲怄气，它虎嘴洞开，六亲不认！你到这里来，是跟它交朋友的，不是来跟它结怨的！说着，他的大嗓门突然小了许多，低下声气说，你今儿脾气不小啊，公然和我PK，没事儿，我兰笛喜欢跟人开车PK，啥时候练好了，给我打招呼。不过，现在我是教练！想想看，刚才一连串的错误都咋回事儿？情绪！你以为我看不出来啊，你不就跟那个出了车祸的陶强一样的心思嘛，学员太多，怕费时间，想包车包教练，想速成拿驾照，没错吧？实话告诉你，你这样的我见多了，官员、教授、大老板都有过，要不调整，将来上路不出事才怪呢！我的教练原则是：沾酒熬夜，不准动车；心情糟糕，不要开车！听明白了？下去吧！

严萍乖乖下车。

她恨死这个兰教练了。

3

熬到快要结束的时候，严萍站得腰眼酸痛脖颈发麻两腿打颤。已经多少年了，一向不爱锻炼的她，哪这样累过啊！当然，她是可以像那帮年轻人一样，挤到凉棚下的铁条凳上坐一会儿。可她放不下身价，看着那帮叽叽喳喳嘻嘻哈哈推来搡去卿卿我我的少男少女们，她就说不出地反感和腻味。这倒不是说她看不惯人家青春的快乐和行为，她是个豁朗激情的人，真要放开来玩儿，没有什么接受不了的。事实上，由于多年来保养得体，生活优越，她的相貌相当年轻，身材很漂亮，看上去也就二十八九的样子。可就是对年轻人的生活方式本能地排斥，这是一种来自内心深处的莫名的情绪，似乎与她当下的心态有关，她不喜欢他们玩世不恭的处世态度。

离婚后，她有过多次交友，大都是亲朋好友主动介绍的，政府官员啦、老板啦、银行职员啦，五花八门，但都无果而终。当然，主要原因在她，刚经历了重大失败，她可不想重蹈覆辙。那种一次饭局、一次出游、玩玩麻将、献献殷勤就想把她搞定的，不可能给他们任何机会。个别条件好、品位不高的，也仅限于吃饭和娱乐。

不就谈朋友嘛，谈得来就谈，谈不来就散，把握分寸，随缘应对，游刃有余。

光阴荏苒，两年时间就过去了。这期间，有个大学里的副教授，两人在游泳池里认识的，相互感觉很不错，同居了三个月，眼看就一百天了，就在她想着怎么庆祝一下的时候，缘分到头了。说来可笑，那天早上，她店里有事，早早起来就走了，忙了一上午回来，屋里窗帘没拉，餐桌上扔着奶杯、面包、喝剩的咖啡，床上的被子乱七八糟。她很不开心。刚交往时，此人还算干练、利索，至少从没这样懒惰过，现在像是原形毕露，越来越不像话了。晚饭时，她有意无意说了他两句，都是善意的唠叨，没别的意思。没想到他马上反驳道，你有事我就没事了？我是教授，教授要做的工作是什么，你难道不懂吗？店里的那点破事儿，能比给学生上课重要吗？这话堵得她心口又闷又痛，终于明白，她俩不是一路人。本以为找个可靠的文化人，或者素质高点的公务员，会过得美满安定些，看来想错了。情绪一波动，随口说，我文化没你高，就是讨厌邋遢的人。教授说，那我们干嘛要在一起啊？我这人向来不愿被人约束，既然你讨厌我，我走好了！她更是来气，说随你便。教授愣了愣，呵呵两声，说，好吧，那我走了，谢谢啦！谢谢你把话挑明，我会记着这段桃花盛开的好日子！

这让她心烦意乱了好一阵。

好不容易缓过来，有个叫宁永的生意人乘机追她，此人小她三岁，一直做家具生意。开始她并没介意，讨人喜欢的小男人没啥不好的，像个小弟弟，关心他一下，就会把你当大姐，又是巴结又是讨好的，给个笑脸儿，就鞍前马后为你跑，蛮好玩儿蛮开心的。但随着关系越来越熟、越来越好，俩人之间微妙起来。一次郊游，不知是在潮湿的草地上坐久了，还是下水玩儿着凉了，她肚子突然疼起来，挺厉害的，感觉例假要提前了。因为毫无准备，她很狼狈、很不得体地躺在阳光下，想缓过劲儿再走。没想到宁永不吭不哈开车走了，不大一会儿，给她买来了急需的卫生巾。她太感动了。从小到大，从没人对她这样无微不至过。而且他做到这点儿，凭的全是男人的细心和感觉。这样的好男人，到哪儿去找啊！俩人的关系突飞猛进，宁永自然而然和她住在了一起。

姐弟恋的滋味真不错。

宁永不光对她知冷知热，关怀备至，还崇拜有加。家里的事儿，基本不要她操心，买菜、养花、擦地、烧饭，给她洗脚、修指甲、搓澡、按摩，没有他不干的，连她的内裤都包洗。而且生意也做得顺风顺水，利润翻番。一句话，南方男人的优点他全有，北方男人的毛病他不沾，对她简直好极了。就在她重新装修房屋、准备领证结婚时，宁永突然蒸发，她慌了，心急如焚四处寻找，这才发现他的家具店已经转让，所有的账户都已注销。她知道糟了，但后悔已晚。几天后，她的手机收到了一条长信：

姐，我陪你这几个月，还算满意吧！

姐，为了陪你，我不仅荒废了生意，赔光了买卖，连男人起码的尊严都搭上了。可你不但不知足，还想彻底占有我，让我永远当你的家奴和性奴。

人总得有良心，可你的心也太黑了吧！

姐，你太贪婪，太自以为是了，我是被你诱惑、捕获，而后被你逼走的！

姐，我给你发这短信，是为了讨要补偿，你应该为你得到的快活和享受付出代价，为他人为你付出的辛苦和血汗，还有耗损的精神付出代价。

姐，看在你的怀抱还算温暖的份上，你开个价，给多少咱们可以商量。可你要是无情无义不给的话，我会在适当的时候拿起法律武器，把你告上法庭，让法律还我公道！

姐，你要是恨我的话，先消消气，你知道的，我耐性挺好。

特此告知。

严萍气疯了，一口血气喷将出来，差点儿没把脑血管给胀裂，在医院整整住了三周，人瘦了一圈儿。万幸的是，她的心脏还算坚强，没落下病根。事后稍稍一算，姓宁的单是从她手里拿走的进货款就有二百多万！

这才叫放长线钓大鱼呢！

干得利索，干得漂亮。

而她哑巴吃黄连，想告没理由，连给朋友说说都没勇气，思前想后，只好自认倒霉。之前，她总以为自己精明能干，运气多多，再加上还算年轻，有得是经验，有得是眼光，时常踌躇满志，信心满满。经历了几次痛心疾首、窝囊透顶的打击，痛定思痛，她发现，奇了怪了，大千世界芸芸众生，人多得像蚂蚁，可她遇上的男人咋都这般丑陋这般扭曲，像是毕加索画上的人物，鼻子塌在下巴上，嘴巴咧在耳朵根，眼睛歪在脑门旁。看来，那个叫毕加索的家伙，真的很伟大，能把人的本质画得如此逼真。

在这无聊透顶、乏味已极的傍晚，严萍的心里痛苦至极。

原以为有钱未必能使鬼推磨，但体面的生活和尊严是有保障的。现在看来也未必，有钱咋了，仅仅是学车，就要像孩子一样遭人训被人骂，还要一连数小时站在日头之下忍受折磨。再联想到婚姻上的挫折和遭遇，说不出的厌倦喷泉似的涌上心头……她真有点儿万念俱灰，只想喝杯陈年的普洱或者现磨的咖啡，而后好好泡个热水澡，泡到意识朦胧似有还无时，一觉迷糊到天亮。

清风拂过，空气里一阵难以形容的臭味烟尘似的飘拂而来。整整一天，这令人作呕的味儿，时不时地就会随风而至，尸臭似的，熏得人胸闷头晕。

大概是看到她蹙眉捂嘴了，挺着大肚子的镇长过来搭讪说，臭死人了，西边的大沟就是垃圾场，专门用来填埋生活垃圾的，离这儿不到一里地。说着，又闪忽着大眼睛往前凑凑，指着跟前土崖子上被挖掘机抓出的印痕说，这土山湾，原先是个大土坑，是准备用来填埋建筑垃圾的。校长的老公是车管所的一把手，人家知道办驾校能赚大钱，就花了几万块，把这地儿当荒地买下来，雇人开挖平整，搭上几间板材房，打上地平车道，一座驾校就建成了。

严萍矜持地听着，她太知道这种人的心思了，看他胖咕隆冬脑满肠肥的样子，只想离得远远的，可又不想过分失礼，毕竟大家都是同班学员，人家也没啥恶意，干吗要气势凌人啊。便随口问道，你咋知道的？

镇长更近地凑过来，故作老到地说，我比你早来两天，听他们说的，市里的驾校大都在垃圾场附近，咱们这个是第一家，其他也大都是交警上的人办的，人家近水楼台先得月，利润好得很。说着，更低地压下嗓门，说，到这臭地方学车，上死当了，可也没办法，北边那两家，离垃圾场更近，路还远，车也不方便，好歹凑合一个月得了。

严萍说，在哪儿不能建驾校，干嘛非得在垃圾场跟前啊？

镇长说，现在地皮多金贵啊，能有垃圾场帮忙赚大钱，很不错了！

严萍看他百事通的样子和眼睛里狡黠色眯眯的神态，不由得笑了，心说看岁数，他也四十好几的人了，还这么逗，怪不得外号叫镇长。

镇长见她露出微笑，误以为获得好感，立刻抖擞精神大献殷勤，露骨地讨好道，你想啥心事呢，我看你这人风度不一般，神态特熟悉，像电视剧里的哪个演员，名字我一时叫不上，可你就是特别像，你是演员吗？

严萍摇摇头，她已经烦了。

可镇长似乎刚说到兴头上，说，我看教练的花名册了，你叫严萍对吧，跟我大侄女的名字一模一样，她现在香港大学读书呢……我给你露个底，咱们的这个兰教练，别看脾气大，动不动就给人下马威，其实人挺好的，责任心特别强，他发火的时候，你耳旁刮风就是了，别理他。再过几天，大家练得上路了，他该发的火也就发完了，人也就变得随和了。

正说着，小彬开车来接她了。

严萍长吁了一口气，抬腕看了看表，正要打招呼走人，一个身材挺拔的女孩朝她跑过来，说，大姐，我叫任莲，可以搭乘你的车到市里吗？不等严萍表态，愈加笑容生动地说，大姐，不好意思啊，今晚我过生日，朋友们都等我呢，想快点儿到，所以麻烦你啦……

严萍说，好啊，上车吧。

女孩坐到车上，马上递给严萍一片口香糖，说，大姐，你家在哪儿？

城西。

太好了，我要去的地方正是城西的万家香。

车子起步，见面熟的女孩，更是话语多多，说，大姐，我看出来了，你今儿心情不太好，不过千万别在意。那个兰教练太讨厌了，我从没见过这么烦人的家伙，见谁都想训，简直就是变态狂！

严萍心里一阵痛快，她知道女孩是在讨好她，但还是不由得痛快，看来这个女孩不光机灵，还很通人情。

聪明的女孩总让人喜欢。

4

第二天起来，严萍六神无主，啥都不想干，连早餐都没心吃。她已经决定不去学车了，待会儿给秦雨打电话，请她帮忙找个人，给驾校的女校长说说，周末她过去包车练练，多大事啊！

事儿真不大，可她就是心烦，转来转去，满脑子都是昨天的情景。不由得心想，干嘛呀你，不就拿个驾照嘛，钱交了，心操了，好好去学啊，干吗这么没耐心啊！这样一想，满腔的郁闷和烦躁顿时消了许多。不行，还得去练。她做事向来讨厌虎头蛇尾，昨天心情坏，都是那个混账教练给闹的。可话又说回来，人家毕竟是教练，你是学员，你们之间不是对等关系。再者你昨天的态度本来就不对，明显带着情绪，似乎人家欠你啥东西似的。别人都能专心致志，心态平和，就你身价高，就你毛病多……

想到这，严萍再也待不住，匆匆忙忙赶到驾校，正赶上点名，就差了那么一点点，教练念到她的名字，特别盯了她一眼，那目光似乎在说，你不是牛劲儿大吗？到底还是来了呀！

如此几天下来，严萍虽说时不时地烦躁着，但也渐渐适应了驾校的生活，每天早起晚归，中午和那些来自四面八方的年轻人一样到伙房去抢饭，晚了就得泡桶面。说来可笑，那种几块钱一份的大锅菜，以前她连看都不会看一眼。素菜一点儿油水都没有，基本上是水煮的；荤菜也就见点儿肉渣渣，还都是肥肉。可她吃得蛮香，胃口好得自己都吃惊，动不动就让她想起久远了的学生时代。而且同班的十八个学员里，倒桩她练得很不错，相当稳当，用大伙儿的话讲，五个女学员里，她是最好的。

又过了几天，蛮横暴躁、死不讲理的教练，果然如镇长所说，不光说教指点耐心、话语随和，脸上还有了罕见的笑容。

大家也都轻松起来。

有个叫梁欣的年轻人，和镇长一样都是上期的学员，考试没过，来复学的，动不动就给大家讲他的考场遭遇。说上次考试太倒霉了，倒桩的时候前面的学员顺利过关，在听到考试及格的通报时，过于兴奋，不知怎么把车搞熄了火。他上车后，刚一发动车，电脑提示音竟然判他不及格。他当时就蒙了，赶紧找考官说明情况。可戴着大墨镜的考官冷冰冰地说，你还有一次机会，请在规定时间内继续完成考试。他迫不得已压住火气赶紧上车继续考试，好不容易静下心来倒入库内。顺利入库，接下来只要按步骤完成出库，通过考试应该没有问题。没想到，就在他把握十足信心满满时，电脑提示音又响了：考车越底线，考试不及格！他慌了，跳下车一看，不对呀，考车没越底线啊，起码还有五厘米呢！赶紧到机房窗口找考官。考官连监控屏幕都没看一眼，吸了口烟，漫不经心地说，回去好好练练，下次再来。他还想争辩，身穿制服的工作人员过来，很不客气地说，立刻离开考场，不要影响他人考试，否则你要承担责任！他气疯了，糊里糊涂走错了方向，一位场外工作人员喊住了他，看他丧失理智的样子，同情地说，冷静点儿小伙子，告诉你吧，你考试的那台车排气管比其他车上的长着七八厘米，肯定是排气管越线让红外线给扫上了。说到这，他情绪激动，愈加愤愤不平道，他妈的，天下咋有这样的倒霉事儿，咋全让我给碰上了！还说那天出了考场，他四处寻找那个把车弄灭火的家伙，想要找他打一架，要不是因为他，电脑肯定不会莫名其妙判他不及格，那么他情绪绝对不会受影响，没准一把就过，至少两次机会抓住一次没问题！

教练笑笑，说，小伙子，看来以前没吃过亏，听过吃亏是福吗？

我干嘛要吃亏，我傻呀？梁欣梗着脖子喊。

你不傻，也没人说你傻，问题吃亏的是你，不服是吧？

不服！

不服有啥用？谁叫你运气不好啊！

梁欣脸涨得通红，说，这不是运气的事，是明着整人，太不公平了！

教练又笑笑，说，不就一次考试嘛，既不是考大学，也不是考工作，没过下次再考啊，至于这么冲动吗？我给你们反复说过，遇上这样的事儿，心态一定要放平和，不服就能拿上执照吗？不行！既然不行，干嘛生气啊！要学会在自己身上找原因。就说你吧，车熄火了，是前面人的问题，与你没关系，你急什么，躁什么？不能向考官报告一下，等人家允许了再发动车啊！这种事，稍微镇定一点就应该知道怎么做。

我说的是排气管。梁欣恨恨地说。

教练点点头，心平气和道，排气管长出一截来，甭管啥原因，肯定不对。问题是，摊到那辆车的考生大家都一样，一样的问题一样的车，人家都过了，就你没过，说明什么？你别急！我是反复教过你训过你的，倒进库内，车屁股离底线的最佳距离是五十厘米。你做到了吗？没有！别说五十厘米，哪怕二十厘米十厘米，那截排气管能越线吗？所以，客观归客观，不要一味埋怨，怨天尤人没有用。运气的事，甭管好坏，是人就能碰得上，较什么真啊！世界杯决赛踢点球，巴西对意大利，多关键的时刻啊，意大利的巴乔，多伟大的球星啊，只要踢进点球，金靴奖和世界冠军很有可能就是他的，可他愣是把点球踢飞了，你说赖谁？还有那些个关键时刻，总是把球踢到门框上的倒霉蛋，又去怨谁啊？昨天晚上直播斯诺克大师赛，那个叫什么什么金斯的，最后一局决胜负，他好不容易打到了超分，看台上掌声雷动，可以说，再打进一颗中袋附近的很简单的红球，冠军的头衔和奖金就稳落袋中。他很老练很沉着，谁知一杆出去，啪的一声，母球产生了静电，不但没把瞄准的红球打入袋中，母球还直接摔袋，被判罚四分，超分变落后，直接丢掉了比赛。这不就是厄运吗？你说怨谁啊？遇上天意和偶然，一定要想开些，要知道这种事儿很常见，比这更叫人倒霉的事儿多的是，遇上了，放屁真砸脚后跟，砸就砸了，这就叫社会！

大家听得鸦雀无声。

大概说到了兴头上，口才不错的教练借题发挥，说，学车别性急，性急别学车，眼下哪儿都车多为患，路况比以前要复杂得多，一定要耐下性子把练车的过程走过来。学车很简单，几天工夫谁都行，关键是要练性子！

镇长说，兰教练，你说这性子咋练啊？

教练说，你的性子不用练。

咋不用练，我就是性急，考试才没过。

教练随口玩笑道，所以你又来了嘛！

大家一阵哄笑。

镇长说，我的意思是，像我这样的人，眼看就老了，还动不动就心急火燎的，到底该咋做啊？

外号瘦猴的小齐嘀咕道，还问啥呀，不就挨骂受挫嘛！

大家又是一阵开心。

教练心情更显好，说驾校就是磨炼性子的好地方。大家都是有事的人嘛，从早到晚，风吹日晒的，每天就摸那么几把方向盘，能不急吗？急不怕，关键是要耐得住，学会琢磨和冷静。

严萍心说，扯啥呀，什么磨性子，明明是你场地太小，教练车太少，害得大家吃苦受罪浪费时间。可又一想，也不尽然，和刚来时比，自己的性子还真变了不少，搁以前，让她俯首帖耳遭人训，门儿都没有，现在也没人强迫她，不照样受得好好的。

5

一天下午，大风刮起，沙尘弥漫，紧接着闷雷滚滚，泥浆似的雨点子噼里啪啦，越下越大。大家躲在凉棚下，左等右等雨就是不过，不但不过，阴沉沉的云雨还连成了片，把北边的山峦全罩住了。这样的天气，肯定是练不成了，时间也已经过了五点，接人的大巴还没来，镇长就忽悠大家凑份子请教练吃饭，喝点小酒过阴天。

小饭馆里，十八九个人拼起桌子，挤了个满满当当。福气还挺好，小老板刚从村里买的农家猪，排骨肘子小菜酱卤应有尽有。大家伙儿张罗开来，点菜的沏茶的买瓜子的摘鲜果的骑摩托进城买酒的，不大会儿工夫，酒肉归正传，闲话放南山。镇长发表完即兴演讲，代表大家给教练敬酒六杯。

教练神态谦和地摆摆手，表情真挚地说，谢谢了，谢谢大家的盛情！实在对不起，我不喝酒！

大家一阵哄喊，刮风下雨天，已经下班，又不动车，哪有不喝的道理！

真不喝！教练神情顽固地说。

不行！越是不喝越要敬，练车场上你说了算，要骂要训随便你。到了酒场一律平等，喝不喝由不得你，天王老子都不行！

眼看过不了关，教练急了，说，好好好，你们能不能听我说几句，等我说完了，要是你们还让我喝，我把这一瓶都吹了。

此言一出，满屋悄然，大家全都有点儿傻。

教练呵呵两声，叹口气说，实话说吧，我父亲是开车的，开了一辈子，追过尾，翻过车，撞断人家的电线杆，碰翻人家的小四轮，碾死老乡的羊，他都干过，都和酒有关。他喜欢喝酒。四十五岁那年，他给厂里跑长途，每天开四五百公里的山道，一连干了三个多月，眼看任务就要完成了，几个人一高兴晚上就又喝开了，长途辛苦，累得厉害，就多喝了点。第二天起来晚了，酒劲还没过，呕吐，头疼，可任务很紧，必须出车，结果赶时间车开得太快，在一个弯道上避让迎面而来的小车时，收拾不住滚下山崖，落入黄河。出事后，单位紧急派人去处理，过了三天，从十几米深的河道里把车打捞了出来，可是没有人，他和徒弟都没有，估计是从车门甩出去了。于是就找。我当时刚满十七岁，跟随大家顺着百里河道反复找了十多天，连山崖下的石头缝里都找遍了，一点儿踪影都没有。说到这儿，教练面露伤感，捏了几粒花生米，嚼巴嚼巴，慢腾腾地接着说，最惨的是父亲的徒弟，二十一岁，结婚不到一年。媳妇是农村的，怀孕七个多月了，哭得撕心裂肺，挺着大肚子直往河里跳……那情景，别提多痛了，啥会儿想起来，我这心里都杵着块烙铁似的。父亲死后，家里生活困难，厂里破例照顾，让我继承父业进厂当了卡车学徒。第一次拿到工资，我买了瓶酒，想庆祝一下，没想到，母亲一把夺过酒瓶子，咬牙切齿狠狠摔碎在地上。我从没见过那样深仇大恨的女人，她两眼通红，胸脯急剧地起伏着，呼出的气流灼热有力，架着膀子捏着拳，脸都变形了。我吓坏了，完全不明白发生了什么，只是本能地喊了两声妈。听我叫妈，她浑身抖动，脸色苍白，她哭了，她大声地哭着，扑通一声跪倒在我跟前，磕着响头给我说，儿啊，别怪你妈心狠，你现在手里抓的是车盘子，握的是人命啊！你爹是咋死的，就是喝酒喝死的啊！害人害己，欠下的是命债啊，咱八辈子吃斋也还不完啊！儿啊，你要是想让妈太太平平活几年，千万别学你爹喝酒啊……我大声喊妈，心里刀绞似的，鼻涕眼泪往下淌，使劲把她往起拉。可她就是不起来，她抱着我的腿号啕大哭，哭得我万箭穿心啊……那之后，不论遇到任何场合任何事，我没喝过一滴酒！

教练说完，神情悲切，嘴角却露出令人心疼的微笑。他笑着说，来来来，都动筷子！农家肉就是好吃，就是香！

可大家谁也不动，也没人说话，全都心情压抑，似乎还沉浸在他的诉说里。

天色更暗，雨哗哗地下着。

小老板大声吆喝着上菜，呼呼啦啦间，桌上已是七盘八碗。

镇长率先恢复过来，他绽开笑脸，给教练夹了一大块肘子，两眼放光说，谢谢教练，你说得太好了，真正给我们上了一大课啊，我挺感动，非常感动！我也要向你学习，今儿起，这酒就不喝了！

不，这怎么能行呢！教练说，打都打开了，咋能不喝啊！这么好的酒，不是钱买的啊？只要不动车，喝点儿没关系！来来来，你们和我情况不一样，都别管我，喝，尽兴喝！

那好吧，既然教练开口，咱就喝吧！显然馋酒的镇长带头干杯，大家纷纷跟进，稀里哗啦间，已是酒过三巡。

挨着教练坐的严萍基本不喝酒，特殊场合也就来点儿红的意思意思，这种场面参与其间是迫不得已，酒自然是不喝的，可也不能干坐着，无话找话，不知怎么竟然这样问道：

兰教练，问你个事儿，你开车出过事吗？

没有！

一次小小的剐蹭都没有吗？

没有！教练肯定地说。

那你有过历险吗？

有啊，开了这么多年车，哪能没历险。

能给我们说说吗？

教练笑了，说也没啥好说的，就那回事儿。

坐严萍身边的任莲说，讲讲嘛教练，我们都想听！

教练说，真没啥说的，这开车和其他活儿不一样，车一上路，就有危险，有危险，历险随时都会发生。

有这么严重吗？

当然！不说复杂路况，就正常路况，意外也是随时随地。

为什么啊？

因为你正常并不等于别人也正常。遇上违规的怎么办，遇上心理素质很差的新手怎么办，遇上突发情况怎么办，遇上醉酒驾驶的又该怎么办？要知道，很多时候，你不碰他他碰你啊，碰上了事故就来了！因此，只要上路就得全神贯注。一般情况下，注意力能够集中，反应能力，应变能力就会大大加强，事故率自然也就低得多。

你遇上过吗？小任追问，就那种你不碰他他碰你的事。

谢天谢地没遇上，可这种事儿多了去了。你们电视里没见吗？北京有一家三口开车出门，遇上红灯，把车稳稳停在斑马线前，想不到一老兄醉酒驾车，直接从后面高速冲撞上来，将他的车撞飞二三十米，重重摔在一辆正在行驶的大货跟前，被再次撞翻，造成两人当场死亡，一人重伤。这就是祸从天降，命里的事儿，谁遇上了谁遭殃！

教练说着的时候，那个叫冯涛的小伙子，竟然在大伙儿的热闹声中就那么坐着，耷拉着脑袋，流着哈喇子睡着了。

镇长几把将他摇醒，大家看他两眼发直，好不容易反应过来不知所措的样子，哄堂大笑，只有教练没笑。

教练皱着眉头很不高兴地说，年轻轻的，咋瞌睡成这样？

冯涛揉揉眼，晕头晕脑说，我也不知道，一阵晕乎，就睡着了。

大伙又一阵哄笑。

冯涛彻底清醒了，不好意思起来，看着教练说，对不起，我上夜班熬了十几天了，白天晚上睡不成，喝口酒脑袋就不当家了。

教练呵呵两声，意外道，你干啥工作的？

水泥厂的装料工。

专干夜班？

对，最酷的活儿。

众人唏嘘。

镇长说，到底是酷还是苦啊？

冯涛说，管他呢，对我来说都一样。

教练板下脸，挤出他惯有的表情说，那你干嘛急着学车啊，白天黑夜不休息，不怕班上出事故啊？

冯涛咧出笑，嘿嘿两声，唉声叹气说，没办法呀，那水泥厂真不是人呆的地方，环境恶劣透顶，工作苦得要命。像我们上夜班的，累死累活一个月下来，也就一千五百块钱，连自己都难养活，学个车以后也许能有机会换换运，为了将来，不忍咋办？

镇长说，你不是大学生吗？不能找个好点的工作啊？

冯涛端起一杯酒，仰脖一灌，说，我这样的遍地都是，啥大学生啊，也就校园里傻混了几年，像我爸说的，白花了全家人的血汗钱，把他下一辈子的心都打冰了……他说得没错，算上幼儿园，我一共上了十九年的学，有用的本事一点没学下，别说他们，我自己的心都悔绿了！说着，不知是想起了什么还是感随心生，眼圈看着看着就红了。

大家全都默不作声，就连刚才最兴奋的镇长也成了哑巴。

一直闷头吃肉喝酒的老章，给大家散了圈烟，问冯涛是学啥专业的。

冯涛不好意思，扭扭捏捏道，说啥呢，没劲透了。

老章追问。

冯涛勉强说，商务管理，我妈让我上的。

老章说，这么着吧，拿上执照后，你给我打电话，我带你去给我们老总说说，到我们那儿干好了，室内外装修，每月开一千八百的工资，每周休息一天，虽说工作强度也很大，但绝不上夜班，比水泥厂的装料工强多了。干上一两年，到哪儿都能找饭吃。

明白过来的冯涛赶紧连声道谢，给老章敬酒。

老章也不客气，端起酒杯一饮而尽。

门外的雨，不知啥时候停了，惨白的月亮，在一堆堆轮廓分明的云翳后面，雾灯似的亮着。

严萍看着身架单薄、脸色蜡黄、时悲时喜的冯涛，突然鼻头泛酸，心窝刺痛，不由得想起自己的儿子俊俊来。

想起儿子俊俊，严萍再也坐不住了。

6

俊俊十一岁了。

离婚时，她坚决要儿子的监护权。张帆跟她商量说，你还是算了吧，监护权给我对孩子是有好处的，我爸在香港安家了，我把他送到香港去读书，对他的发展和前途会很有帮助。你是孩子的母亲，要为孩子的未来着想，不能感情用事。反复思量后，她想也对，香港的教育条件比她这儿要好得多得多，对儿子来说显然是好事，便忍痛放弃了儿子的监护权。

这几年，寒暑假期间她都要放下生意去香港，飞来飞去主要是看儿子。毕竟太远了，来去不方便不说，就是到了儿子跟前，也不能想看就看，凡事都要和人家商量，看看可以，得到人家家里，还不能把孩子单独带在身边。单另吃饭，或去迪士尼玩玩都不行。带孩子买身衣服什么的，人家也叫人随着跟防贼似的，生怕俊俊被她带回大陆。更为伤心的是，一向对她依恋的儿子，看着看着就和她疏远起来，母子间的亲情似乎说完就完，眼神里那种回避、不屑，甚至厌烦的神态，让她一次次不寒而栗，揪心撕肺。

尤其上次见面，那家人不客气地晾了她三天，就在她心烦气躁忍无可忍时，孩子的爷爷打电话给她，说他们在酒店停车场，让她下来看孩子。

她急忙带着精心购买的礼物飞下楼来，到了停车场，四处不见儿子的身影。正纳闷儿，几米外一辆奔驰车一个劲儿地打喇叭，到了跟前一看，儿子正在车里若无其事地玩一个新款掌上电脑，看见她只是隔着玻璃窗随意瞥了一眼，别说激动地叫妈，连丁点儿亲热的神态都没有，就又把目光落在电脑的屏幕上，两个拇指迅速地摁动起来。

她的心一阵寒战，扑上去大声喊叫，俊俊，我是妈妈，我是妈妈呀！妈来看你来了，叫妈妈，叫妈妈呀！

俊俊像受惊似的，马上缩在车里，耷拉着大脑袋冷冷地喊了声妈，继续玩手里的电脑游戏。那漠然麻木、毫不在意的眼神和表情，荆棘似的扎刺着她的心。

天呐，这就是她朝思暮想、牵肠挂肚的儿子？

是的！

可这怎么可能是她的儿子呢？

半年前，母子俩还那样亲密、融洽，儿子一见她，马上就鸟儿似的飞过来，扑到她怀里，吊着她的脖子搂她、亲她，喊妈妈……咋会一下子就变成了这样？

不，不对，一定是出了什么事儿，发生了什么意外，是她变丑了，陌生了，还是孩子被人教唆了？

她疯了，她疯了似的使劲拍打着车门，尖着嗓子大声叫喊，开门！开门呀！把门打开！

车里的老人不客气地开口了，说，你干嘛呀，这可是公共场所，你能不能自重点儿？你是有文化的人，你这样无礼的行为，狂躁的举止，对孩子什么影响你应该清楚。

我是母亲！我要看孩子！你们凭什么不让我看孩子！

老人冷冷一笑，讥讽道，是你看不见，还是有毛病啊？

你才有毛病呢！严萍愤愤地回击。

老人摇摇头，用浓重的重庆口音说，简直不可理喻！

开门！俊俊开门，把门打开，听到没有！她更加用力地拍打着车门，开门啊，我是妈妈！

俊俊惊恐地看看母亲，又看看爷爷，想要说什么，被老人顺势搂到怀里。

不开是吧，等着瞧，我不会放过你们的！

她的理智完全丧失了。

你威胁我是吧，我劝你放明白点儿，这是香港，想打官司请便，可你要再敢骚扰我们，我可不光是报警！车里的老人不屑地说完，看了一眼闻声溜达过来的保安，打着马达，喇叭一响，扬长而去。

那天，她简直要崩溃了，有生以来，她还从没遇到过如此的伤痛、愤怒和失控。但又无可奈何。可怕的孤独和无助，飓风似的撕裂着她。她走在繁华的闹市里，人海茫茫，红尘滚滚，满眼都是匆忙的脚步和冷漠，不要说倾诉的对象，连个熟悉的面孔都没有……

她一个人在酒店里哭啊，哭得撕心裂肺，哭得天昏地暗。痛够了，哭够了，就想怎么报复的办法，想得痛快淋漓，想得丧心病狂，像是回到了二十岁，比电影里无所不能的超人还厉害……她本事超群，智慧超众，在香港最繁华的地方买豪宅，开金店，不光重新让儿子回到了身边，而且把那些个无耻的狗杂种全都砸了个稀巴烂……

第二天，她上门去看孩子，张家已是不接电话不开门。至于张帆，一会儿在泰国，一会儿在印尼，她早就联系不上了。

冷静下来，终于明白，无论她情愿与否，儿子已经不可能回到她的身边了。其实，每次看到儿子，她都从他的眼神和行为里清清楚楚地看到了令她害怕的东西。换句话说，这一天的到来，她早有预感，只不过每次都掩耳盗铃，不敢面对罢了。

这就是生活！

这就是人生！

你想当贤妻当不了，想做良母也做不成，甚至连看看亲生的儿子都做不到，命该如此，抗拒不了，改变不了。

想到这，严萍不由得就想起教练说教小伙子的那些话来——

遇上天意和偶然，一定要想开些，要知道这种事儿很常见，比这更叫人倒霉的事儿多的是，遇上了，放屁真砸脚后跟，砸就砸了，这就叫社会！

严萍从小饭馆里告辞出来的时候，天色已晚。

她打了辆出租车，司机是个丰满的女人，车一起步，她就唱开了花儿，嗓音挺亮的，吐字也清楚。她一唱完，马上有个男人就接上了腔，对歌似的。严萍纳闷，心说这司机有意思，咋和CD对开歌了，而且唱的词儿不光是阿哥阿妹你思我想的老套套，还有男人露骨的挑逗，就觉着不对劲儿。果然，男人的声音不是来自CD，而是手机扩出的原声。闹了半天，她真和人对歌呢。这事挺稀奇，她静静地听着，如此几个回合后，男声说，过来吧，想死你了，我一直在等你哦，今儿不亲亲的话，明儿就活不成了……胖司机开怀大笑后关闭了手机。

严萍也笑了，出租车里遇上这事，真挺好玩的。

胖司机歉意地说，你别介意啊，刚才那人是我朋友。

你朋友干嘛的？严萍随口问道。

也开出租。

有意思，你俩对唱挺棒的。

胖司机笑笑，得意地说，给我祝贺生日呢，今天是我生日。我的朋友很多，他们都记着我的生日，有的给我打电话，有的发短信，只有他给我唱歌，每年都要唱，而且非要对着唱。

严萍说，过生日，干嘛不休息，欢聚一下多好啊？

有啥休息的，干的是这行，身体舒坦，不出车倒不自在。再说了，干嘛为了过生日，影响他人生意呢！

严萍说，毕竟是生日啊，一年就一天，庆祝一下总是应该的吧。

庆祝归庆祝，早上没睁眼呢，老公就给我庆祝了，生日面、荷包蛋，还有小菜什么的，直接给我端炕上了。

好福气哦！严萍兴趣道。

嘿嘿，还行吧，你看我多大了？

严萍听着她快乐的声音，瞅了瞅说，四十出头吧。

胖司机笑了，说，我五十一了！

严萍有些吃惊，开出租车很辛苦很耗人的，她的面相咋这么年轻啊？

我快乐呀！女司机乐呵呵地说，今天也是我开车整整二十二年纪念日。二十二年前的今天，我第一次跟人学开车。没办法呀，当时老公下楼摔倒伤了腰，在医院躺了半年，基本上丧失劳动力。我在纺织厂被人优化组合直接下岗，大儿子上学，小儿子才两岁，你说咋办啊？无奈之下，只能一遍遍去找领导，结果被找急了，领导说，你别再逼我了，逼也没用，该担的责任我们担当了，该尽的义务我们也尽到了，实在没有办法了！这么着吧，我亲戚有辆转让的出租车，是天津大发，只要两万块钱，我帮你谈下来，你开出租得了。我说行啊，两天之内，我跑遍了所有的亲友，借到了钱，连车带手续一次搞定。就这样，我开上了出租车。

那可真不容易啊！严萍说。

太不容易了！再干两年，把小儿子供出来，就休息了。胖司机说着，愈加自豪，成就感十足地说，二十二年了，我一个人玩命地干，养老公，养孩子！现在，该办的大事总算是办好了，两个儿子的房子也都买下了。大儿子的生意我帮扶起来了，媳妇娶了。小儿子在德国留学呢，学的是牙医。

严萍到家，寂静的房间似乎更加清冷，她想喝点红茶，但不想动弹，连电视都懒得开，就那么累极了似的窝在沙发里，一动不动，满脑子都是胖司机知足快乐的声音和模样。

7

已经有几天了，驾校的教练车总出毛病，其实也不是大毛病，平地上好好儿的，一练坡道起步就熄火，教练说是气的质量有问题，车没劲儿。说没办法，学校为省钱，所有的教练车加的都是天然气，最近气的质量不好不说，加气站的气源还因故紧张，每次加气都得排队等，有时一等就是两个多小时。

教练排队等加气，学员们只能耐着性子等教练。

干等无聊，只好闲扯。

快嘴利舌的余燕说，我女儿昨晚作业做到快一点了还没完，真急死人了。我问她咋回事，她说冬瓜头、鼠眼王疯了，布置这么多，我有啥办法！我问冬瓜头、鼠眼王是谁，她说语文数学老师呗。我急了，说你们才多大，就敢公然给老师起外号，还出言不逊，要翻天啊！她说又不是我起的，再说了，他们本来就疯狂，冬瓜头动不动就罚全班抄课文，鼠眼王每天都要布置做试卷，好多题还都是没讲的。这才半学期，我们的课外试卷都做了两大本了，不是疯狂是什么？

一向言语矜持的老章，哼了一声说，这算啥啊，我儿子在四中上初一，重点中学，那作业不叫多叫重，重量的重。重到啥程度我给你们说，前几天给儿子过生日，当着爷爷奶奶的面，他给我们说，最近他们班私下里搞测验，题是选择题：

一，上一整天数学或语文课，晚上没作业；二，上一天体育课，但必须熬一整夜才能睡觉；三，得脑震荡，休息一个月。你猜怎么着，全班五十个孩子，竟然全部选择脑震荡。

大伙儿轰的一声全乐了。

老章说，你们还乐呢，我都快晕死了！

余燕接过话头说，十来岁的孩子，正是长身体的时候，天天作业那么多，一个个严重缺觉，早上摇都摇不醒啊，还闹着喝咖啡！我女儿说，他们班好多同学都带咖啡去上课，有的孩子还知道冲了喝，有的干脆就干吃。就这，课堂如果打瞌睡什么的，马上就会遭体罚，你说这不是摧残这不是恐怖吗？真想告他们！

告啥呀！冯涛笑嘻嘻地说，我给你们说个事，我上高三那会儿，作业多得每天最多能睡四小时。我这人学习本来就不咋样，尤其数学差，一掉链子就听天书，眼看连普通大学都考不上，老爸急得不行，一到星期天就给我请家教，他自己坐在一边盯着陪。

你想想，本来作业就多得要人命，再加上家教，谁受得了啊？

结果第二天到学校，瞌睡得实在受不了，只好上课睡觉。我睡觉的本事绝对一流，无论坐着站着想睡就睡，瞬间就能进入昏睡状态。尤其坐着睡，腰直背挺，头都不用低。以往睡着了没事儿，我坐后排，老师根本看不出来。可那次不知咋了，睡着睡着突然打起呼噜，声音很大，被数学老师听到了。她到处看看，没见睡觉的，就朝着声音找过来。我的同桌是女生，我俩相互讨厌不说话，她见老师过来，马上朝我指了一下。女老师见我挺胸拔背呼呼噜噜睡得香，古怪得像演滑稽戏，竟然就不由自主地笑了起来。那半天，我正云里雾里不知做啥呢，冥冥之中，感觉像是灭绝师太飘然而至，朝我横眉竖眼举掌劈来。我本能躲避时，不知怎么就像孙悟空从云头上一个跟头翻将下来，迷迷糊糊间，前额重重磕在了课桌上……

一声巨响，吓得老师一声惊叫，差点儿一屁股坐地上。

全班哗然呀！

就这，竟然也没把我磕醒，感觉里只是被灭绝师太狠狠打了一掌，我还得逃命呀！可眼看前面是大海，脚下是悬崖，绝望间，猛听有人尖声叫喊我的名字，声音大得像炸雷……

我在老师的狮吼声中眨巴着眼睛醒过来，根本不知发生了什么事，也不知是咋站起来的，感觉脑子还在梦游状态。明明已经站起来了，意识里的信号却恰恰相反，人往下坐身往下倒，可又没坐到凳子上，顿时稀里哗啦人仰马翻……

班里哄堂大笑啊！

全都笑疯了，乱套了！

严萍也笑，跟大伙儿一样，眼泪都笑出来了！

天下还真有这样的事啊，太滑稽了，荒唐得像恶搞。

冷不丁心头一颤，不由得又想起儿子来。

说是说，儿子在香港的那个学校，这方面是绝对不会出问题的，作业在学校基本上就完成了，有时也会有少量的作业，但大多是思考、娱乐题，从来没有强迫这一说，真不知是该遗憾还是庆幸。

正说笑呢，教练开车回来了。

严萍看看表，十点二十分，不到三公里远的气站，加气加了两个小时二十分。

教练目光锋利，脸色阴沉，不知是排队排烦了，看大家嘻嘻哈哈不高兴，还是有啥心事儿，例行的点名、擦车全免了，直接开练百米加减挡。

百米加减挡的车道，在教练场的南面，由于整个场地地势狭窄，东西两头仅够一百米，还是挖掘机挖出来的，东北西三面是土崖，南面是沟坎。虽说道边栽着两排树，但都是不大的小树，冲起来的车一旦方向偏差，挡是挡不住的。到了前面，如果不能及时刹车，撞崖之类的事没准说出就出。也就是说，在这儿练百米加减挡，稍有不慎后果不堪设想。因此，教练们都格外专注，丝毫不敢马虎，生怕一不小心出事儿。

严萍上车深深吸了口气，稳稳踩下离合器挂一挡，耳边一声闷吼：

安全带！

她吓了一跳，咚咚的心跳中，一股热流漫上脸颊，不就一时紧张忘系安全带了嘛？还是被你给逼的，说一声不就得了，干吗非得大喊大叫，火气呛人啊！她心里恨着，使劲咬咬大牙，伸手拽过安全带。

你咋回事啊，怎么这么不专心！教练明显不耐烦地大声训斥道，说过多少次了，上车必系安全带，咋就这么没记性啊！

她系好安全带，再次挂挡。

没想到教练再次发火，叫她下车重来！

又是众目睽睽之下，又是如此伤她面子，严萍的火噌一下就蹿了起来。本来一想起儿子她心就乱，这又莫名其妙被人训，她又不是出气筒，凭啥呀！

她不知道，教练因为排了一个多小时的队，好不容易到跟前，加气站突然停电，不知还要等多久。他就给校长打电话，要求加油，没想到校长冷冷地说，加油可以，涨出来的成本你给付啊！就这，他迫不得已，又等了整整一小时，心头能不窝火吗？

教练窝火，她哪知道。脑子一热，血气一冲，用力打开门，下车，用力关上；然后再使劲开开，上车，再使劲关上！

教练盯着她，阴沉的脸猛往下拉，但由着她发泄，没吭声。

百米加减挡已经练过几次，她掌握得不错，车一起步，马上根据要求一挡换二挡，给油，车速一起来，二挡换三挡，然后稍一加油，三挡换四挡，四挡换五挡。再然后迅速依次递减到二挡，百米也就差不多了，点刹车，转弯，把车停住。可就这么简单的程序，她在二挡换三挡时出了错，愣是把变速杆往五挡里塞，感觉不对，又往回扒拉，心就慌了，好不容易挂上三挡，车速已然太慢，赶紧加油。以往动不动就会熄火的车，突然车头一昂就蹿了出去。眼看高高的土崖已到跟前，最多能有三十米吧，猛听教练喊稳住，喊刹车！她清楚地知道是该减速了，只要松油门踩刹车就行，却中邪似的，神差鬼使换开了挡，想要三挡换二挡，练的就是百米加减挡，她减挡没错，只要三挡变二挡，车速一慢，点刹车转弯也不会错！哪里想到，她仓促间换上的不是二挡是四挡。更要命的是，她从加快的车速意识到挡换错了，急踩刹车时，踩住的不是刹车是油门……

说时迟那时快，桑塔纳猛地一吼，照着土崖就撞了上去！

手忙脚乱的严萍一声尖叫，本能地急打方向，想要朝左躲避，猛然看见左边的车道上不知从哪儿冒出了几个人，她一把方向就又打了回来。也就三两秒吧，高耸的土崖已近在咫尺，眼看撞崖毁车已不可避免。她头脑轰的一声，失去了反应，就像坐在过山车上，本能地闭上了眼睛。

千钧一发之际，教练从严萍已然僵硬的手里一把搂过方向盘，朝右猛打，与此同时，狠拉手刹，关闭电源……

惊呼声中，前轮已经越上护坡的教练车，筛糠似的抖了几抖站住了，保险杠离土崖不到二尺。

人们刮风似的围拢过来。

严萍浑身发抖，她吓傻了，心慌得喘不过气来，差点儿就尿裤子了。

教练双眼通红，但他一声没吭，俩人在车里傻傻坐了那么十来秒，他紫胀着脸，火辣辣的目光往下一垂，嗓音沙哑道，好了，已经没事了，你可以下车了。

严萍没听见似的，她腿软得动弹不得，感觉里，做梦似的，时间似乎凝固了，漫长得像是一百年。

听见没有，我叫你下车！

教练的嗓门高起来。

这次严萍真真正正听见了，听见了，身体的功能也就恢复了，断电的大脑也就正常了，她闷疼的心口酸了几酸，泪水哗一下淌下来，虚脱似的说，对不起，全怪我，都是我的错！

教练下车，打开后备箱，拿出一瓶矿泉水，帮她打开车门，拧开瓶盖把水递给她，说，怪你啥呀？啥都不怪！这是驾校，只要出事，负责的一定是教练！下来吧，喝口水缓缓神。

严萍接过水喝了一口，情绪似乎好了些，这才挪动腿脚下了车。

教练把车倒下来，马上检查副刹车，发现副刹车突然失灵，是因为踏板踩不到底造成的。原因很简单，踏板底下沾着一团可以发光的形似外星人的黏性塑胶，确切地说是沾着一个小孩子喜欢的塑胶玩具。他拿着玩具愣了愣，立刻想起昨天上午，学员姜樱把她五岁的儿子带来了，说是幼儿园停电放假一天，孩子实在没处去，又不能关家里，只好带在身边。中午吃饭休息的时候，他看见小家伙在车里爬上爬下地玩儿，蛮调皮蛮可爱的，不仅没说什么，还逗他玩儿，给他开了一瓶学员买的鲜果茶。怎么也想不到，小家伙玩儿的时候，竟然把他的外星使者，藏到了刹车的踏板底下。

真是太悬了！

其实，当严萍刚一换错挡，他的脚就已经放在了副刹车上，比他自己开车谨慎多了。车一冲起来，他就踩下了副刹车，意外的是，车子只是慢了一下，不但没有停下来，照样吼叫着往前冲，用力再踩，毫无作用，幸亏他手脚反应快，否则一场大祸已然发生。

校长闻讯赶来，看着撞坏的护栏满脸阴沉，问：咋回事？

教练说，练百米加减挡，车没收住。

你不在车上吗？

在，刹车踩了，没踩住。

怎么可能啊，车是新车！是谁开的？

教练说，这是意外，责任在我，与学员没关系！但我还是要给你再提建议，这条车道长度不够，应该想办法把前面的土崖挖掉几米，这样更符合训练要求。

校长沉脸道，扯什么呀，我这是标准场地！

教练眼睛的余光看着围拢过来的学员，也沉下涨红的脸来，他努力调整情绪，尽量保持平静。看着这位比自己小着十来岁，浑身上下名牌扎眼，盛气凌人的校长，说，好吧，就算我扯，可为了安全，我还是要说，这条车道，算上路沿，只有九十六米，根本不够一百米，不信马上量。三年来，我给您说过不止一次。

校长的脸绿了，这言下之意明明白白：事故责任不在我，你要是场地合格，事故肯定不会出！这样严肃的话，不仅当着她的面讲给她听，而且是当着众多学员的面。她的脸色由绿到白，由白到红，咬了咬嘴唇，掉头走了。

8

当天中午，情绪一塌糊涂的严萍几次想要甩手离开，每次都好不容易克制下来，她实在不甘心，不明白自己咋就这么笨，这么迟钝。吃饭时，看大伙儿一个个吃得热火朝天，她是一点儿胃口都没有，就想独自到哪儿转转，好好喘口气。没想到，在大门口和教练碰了个正着。

教练没事似的说，哪儿去啊？我正要找你呢，晚上有事吗？

没事。她略显吃惊地说。

那你包车练两小时吧，马上就包！再有十来天就该考试了，到跟前包车的多，排队挺麻烦的，早点练练有好处。一小时一百块钱，没啥问题吧？

毫无准备相当意外的严萍马上说，好啊，太好了！我现在就交钱！说着，就要拉包掏钱。

教练赶紧说，钱是交给学校的，哪能给我呀！办公室有人，你现在就去交，车和教练由他们定，派到谁是谁。

教练说完转身走了。

严萍傻傻地站了会儿，心里热乎乎的。这烦人的教练似乎也不坏，平时凶神恶煞，真要遇上什么事，倒也挺有人情味的。自己捅了那么大的娄子，差点儿就出车祸，原想他不知怎么反感自己咒骂自己呢，伺机整治似乎是肯定的，想不到不但没发飙，反而一再地安慰、关怀，心里顿时就歉疚起来。

严萍没想到，包车时，七八个教练里，偏偏摊上的是兰教练，而她心里想的是换教练。教练换了，心情自然不一样。可运气不好换不了，那就顺其自然，反正好歹都是自己练。

上了车，她问教练怎么练？

教练毫无表情地说，平时怎么教你的，你就怎么练，先倒桩，后九项，慢点儿，一定要集中精力。

严萍心说好吧，一圈下来，她几乎每个项目都出错，倒桩碰杆，起步溜车，大饼干脆个个压。教练很耐心，除了说要点，多余的话一句没有。第二圈开始，她平静了一些，心里暗暗给自己使劲，不要紧张，稳稳来，不就练车嘛。这样想着，所有项目的要领就都在脑子里清晰起来，手脚也一下子灵敏起来，明显的进步，连她自己都暗暗吃惊。教练说，很好，就这么练，再放松些，错了重来，全神贯注，就当我根本不存在。如此这般，她一鼓作气练了五圈，奇了怪了，她就那么自己开，竟然越练越放松，平时根本没把握的单边桥，一上一个准，每次必压的大饼，也都能一一绕过……

当她练够两小时，把车稳稳停下时，教练冲她拍拍手掌，说，好，好极了！这样的心态就对了，不光考试能过关，上路也不会有问题！

她的心一阵狂跳，像刚洗了个热水澡，说不出的满足和开心。

教练场里静悄悄的，还不到八点，薄云弥漫的天空已经朦胧下来。他们是最后练完的，该走了。

教练说，你家在哪儿，我把你送到公交车站行不行？

严萍绽开真挚的笑容说，谢谢你了，请问你现在有事吗？要是没有的话，能不能给个面子，我想请你吃西餐……

教练急忙摆手说，算了算了，吃什么西餐啊，这么晚了，你赶紧回家吧！

严萍说，那我知道了，你肯定没事，你要是不喜欢西餐，咱们就去吃海鲜，你看咋样？

教练被动地笑笑说，那好吧，要我说，咱随便到哪儿吃碗面就行了，干嘛那么破费呀，西餐、海鲜很贵的。

严萍说，谢谢啦，谢谢你给面子啊，咱们就去吃西餐吧，有家港式的，菜品、服务都相当好。

二十分钟后，两人坐在了装饰精美，光线柔和，氛围温馨的小隔断里。

严萍问教练，牛排要几成熟的？

教练说九成。

严萍说好的，我也要九成的。说着，拿出一张贵宾消费卡，递给显然很熟的服务员，说，老样套餐两份，果汁要现榨的。

等餐的时候，严萍问教练，今儿我闯那么大的祸，你咋没开骂呀？

教练说，骂什么呀，你都吓成那样了。再说了，事情也不怪你，我是教练，就在旁边坐着，不管发生啥事，责任都在我！最起码我不够细心，性情太躁，要是事先检查一下或者试脚刹车的话，踏板下的问题很容易发现，今儿的事故也就可以避免了。

严萍心里咯噔了一下，说，今天的事儿，算事故吗？

当然！教练严肃地说，幸运的是，只撞坏了护栏。知道不，今儿最悬乎最危险的，是你朝左猛打的那把方向，你只看到了前面要撞崖，看不见旁边的人。要是再慢那么一两秒，不把方向搂回来，伤了人的话，那祸就闯大了！车撞了，毁了，都不怕，就是不能伤人！

菜陆陆续续上来，两人都饿了，吃着东西说着话，不知不觉间，温暖的气氛弥漫开来。

严萍说，在你教过的学员里，我是最笨的吧？

教练说，不不不，你一点儿也不笨，你的问题在心理。坦率说吧，叫你包车前，我的心里很矛盾啊，可以说斗争相当激烈。我真实的想法，是要明确告诉你，你的性格不适宜开车。

真的呀？

真的！我发现你经常一心二用，动不动就愣神儿。愣神儿可以，但动车的时候绝对不行！你愣神，车比你更愣，你明白我的意思吧？我想对你说的是，听我一句劝，回家去吧，去给自己好好雇个称心如意的司机，省心，安全，好处多多。后来又一想，还是再看看吧，也许经历点事，心理承受力强了，人也就稳当了，这才建议你包车的。事实证明是对的，我相信不会看错，你心里的那道坎儿已经过去了，一天之内你前进了一大步，可以说突飞猛进。练车就是这样，放松心态，集中精力，学会琢磨，遇事冷静，就那点儿东西，掌握起来并不难。

严萍轻松地笑了，教练的直率她喜欢，当然还有他说话时认真自信的神态。她笑盈盈地给他布菜，添加果汁，感觉里，好久没对男人这样了。

教练也不客气，欣然坦然地接受照顾，就像面对老朋友似的。

眼看吃得差不多了，严萍温存地说，来点儿餐后咖啡好吗？这儿的咖啡味道醇香，挺不错的！

教练迎着她的目光说，谢谢了，喝了失眠。我觉得你性格挺复杂的。

是吗？严萍稍稍一愣，马上反应过来，敏感道，怎么讲，是不是想起第一次见面咱俩 PK 的事了？

教练说，对啊，我当教练三年了，从没学员顶撞过我，就你敢。当时我心里那个火呀，差点儿把你给开了。

凭啥呀？

凭我是教练啊！

教练咋了，你敢开我试试！我是来学车的，不是来受气的，你不就一教练嘛，凭啥大喊大叫欺负人啊！

教练乐了，说，没有吧，我这人从没欺负过任何人，训学员那也是经验，是原则，是迫不得已啊！

严萍也乐了，说你干嘛要当教练啊？他们说……

教练见她突然收口，露出歉意，自然明白她的意思，坦然道，我赚钱不多，责任不小，天天生气，累得要死，天下最没意思的工作就是驾校教练对吧？他们说得没错，我一个月拿自己产值的 8%，也就是一千六百块钱，从早累到晚，遇上包车的，还得加班，而且没有加班费，这肯定不是好工作！但没办法，我的腿上有伤，关节也不好。有这样一份安定的工作，算是不错了。

咋回事儿？说说好吗？严萍关切地问。

教练略显为难地说，都是过去的事了，一言难尽啊！但见严萍神态专注、满眼期待，不由得心里感慨，叹息道，我给你们讲过我父亲的事儿。父亲死后，我接过了他的班，先是跟师学徒开卡车，后来开油罐，再后来开大客开小车，总之厂里的车我开了个遍。后来厂子改制，一夜之间公变私，我只能随大流，买断工龄走人，辛辛苦苦干了十几年，拿了还不到三万块钱。没办法，谁让我文化不高没啥本事呢。再后来，就在社会上给人打工。有个开矿的大老板，想找个技术过硬的司机，有人就把我介绍给他，纯跑野外，吃喝保险不算，每月开四千块工资，算是高薪聘用。我挺高兴，那时身体多好啊，跑野外正合我意。结果一趟下来，才知道啥叫野外的厉害。给你说吧，头一趟跑的就是格拉丹东，根据地质资料去考察一个金属矿，两辆三菱越野车，在海拔五六千米没有任何路面的情况下，跟着一个地质工程师来回整整跑了二十天。一路上趟冰河，越沼泽，过悬崖，走峭壁，那份苦啊累啊就不说了，单是缺氧头疼胸闷气短彻夜难眠就能致人于死地。真的，啥时候想起来都让人崩溃！也就是车好，要不早死几次了，真的！

太折磨，太痛苦了！

最难忘的一次，是跑可可西里，是五月份的一个下午，河道中间的冰刚刚融化，岸边还是坚硬的冰碴子。老板让过河。我怎么看怎么悬乎，那河虽说不深，但河面很宽，河底里不是石子是淤沙，万一陷车，可就麻烦了。但急着赶路的老板执意要过，说这点河滩算什么啊，你知道咱这车的马力多大吗？不用前驱就能过，你信不信！我只好照办，结果陷在了河道里。眼看越陷越深，仅靠单车肯定是出不来了，就绑上拖绳用车往外拽。可还是不行，那车四轮刨地疯着吼，拖绳都拽断了，陷住的车就像被河神吸住似的，纹丝不动。

我急了！

可可西里，海拔五千多米啊，飕飕的西风刀子似的刮人脸，不等太阳落山，气温已经是零下了，最近的人烟也在三百公里之外，这要是整不出来，不得要人命啊！我啥也不顾了，跳进刺骨的冰水里，开始用锹挖车，等把四个轮子前后的淤沙清理掉，车子拽出来，我浑身上下都湿透了，迈不开步，说不出话，喘不上气，四肢颤抖，牙关打战，眼前黑眩，胸腔里憋得要爆炸，那个冷啊，啥时候想起来，骨头缝里都冒寒气……

我的腿和关节就是那次冻坏的。

腿坏了，身体也就垮了，再跑野外肯定不行了，老板找了个部队上退伍的汽车兵接替我，让手下给了我一万块钱，说是让我养身体。现在，人家生意越做越大，开着几个矿呢，光是金矿就两个，还有铜矿和煤矿。反正都是国有资产，只要上上下下的门路打通了，关系网络铺好了，钱滚钱，利翻利，一年净赚几个亿！

严萍说，那你没找老板啊，你是为他伤了身体，他应该负责的。给一万块钱就打发了，太不公平，天下哪有这样的道理，要不要帮忙啊？

教练笑笑，说，算了算了，都过去几年了，当时没经验，既没和人家签合同，也没想那么多，发生后果，只好自认倒霉！我就是从那之后当上教练的，行了，这份工作适合我，也就张张嘴巴动动手，每月一千六百块钱，一个人够用了。

一个人？严萍疑惑地看着他，你……你是单身？

教练又笑笑，说，结过婚，那时我开油罐车，到玉门拉油，一趟来回得三四天，还都是晚归早出，两头不见太阳。一句话，我没办法让她幸福，结婚不到三年就离了，还好，我们没孩子。

之后呢，再没找吗？

严萍特想追问一句，但话到嘴边又咽了回去。

9

严萍和教练从餐厅出来，已经是十点半了。街上清静了许多，挂在树上的街灯动感夺目，闪烁的荧光像是融化的光雨，黑沉沉的天空隐约显露着几颗亮点儿似的星星。他们站在街边，一辆出租车感应似的开过来，打了声喇叭，教练招手冲司机点了点头。

上了车，严萍说，我家就在前面，先送我好吗？到了小区大门前，说，我住九栋二十一楼，谢谢你了！

教练也不客气，冲她点点头，说了声再见，似乎一切都自然而然。

严萍进了大门，站在栅栏后，目送着出租车的尾灯渐渐消失在流淌的车流里，一种淡淡的说不出的失落漫上来。突然有点儿不愿进家，就在绿地宽敞的花木间信步。正走着，手机响了，是秦雨打来的，问她干嘛呢，接着就兴高采烈激动起来，说，我从中午打麻将到这会儿了，战果辉煌啊！一宰三，几个爷们儿每人输我四五千，这会儿我要请他们吃皇冠楼的夜宵，然后洗脚按摩放松放松，你无论如何要陪陪我啊！严萍说，不了，我刚吃完，你要害我长肉啊！秦雨说，你必须来，明儿晚上带你认识一下穆厅长，他这几天正搞接待，是广东的一个什么经洽团，规格挺高的，给人送的礼物是昆仑玉，我特意向他介绍了你。还有，我小叔子他们公司搞店庆，要订做你那儿的大摆件"黄金万两"。还有啊，给你介绍的老朱，到底啥想法啊，也不回个话，人家单是房地产，今年就做了三个项目。人嘛，也就文化程度差了点儿，可他本事多大啊，相貌也不赖！好了，快准备一下，我叫人去接你，见面聊，拜拜……

放下手机，严萍心里沉沉的，她真挺累，腰酸腿疼，眼睛干涩，连澡都不想洗，实在不想去，可又不能不去。要想生存得好一点儿，未来美满一点儿，代价总是要付的。况且，对她来说，生意做到这份上，等于坐地分红。两月前，秦雨就给她成功拉过两笔生意，一个是韩国的经贸观摩团，一个是香港的项目合作考察团。从她这儿拿的纪念品，清一色的昆仑玉，纯利有二十多万。秦雨有这本事，她当然也不会亏待她。电话里听得出来，这次机遇可能更好。

有好机遇，当然要抓住！

她振作精神，稍稍打扮了一下，换了身衣服，把一沓没开封的大额现金匆匆塞进包里，估计买单输钱应该差不多，就想躺在磁疗椅上养会儿神，但来不及了，秦雨派来的车已经在楼下催她了。

第二天早上，只睡了两个来小时的严萍到点儿醒来，眼皮子沉得睁不开，只是翻了个身，就又昏然睡去。迷迷糊糊中，似乎走在乱哄哄的街上，突然就看见一个熟悉的身影，那身影朝她转过脸来吹胡子瞪眼，接着不知怎么把她拉上车，上了一条笔直的高速公路。她坐在车里看着他，心里一点不害怕，感觉这人熟得不能再熟，可就是叫不上名字。疑惑间，车速越来越快，越来越疯狂，眼看着时速表就从一百打到了一百八，又从一百八打到了两百二。她慌了，巨大的恐惧里，她就要失声叫喊了……那人似乎知道她的心念，转过头来，朝她很有风度地微微一笑。天哪，开车的家伙竟然是驾校的兰教练……

她浑身颤抖，惊醒过来！

吓醒的严萍，身体汗湿，大口喘息，好半天回不过神来。

不就请他吃了顿饭吗？再怎么着也不至于梦到他呀！可就清清楚楚梦见了，而且是这样一个惊心动魄的怪梦……

睡意散了，意识活跃起来，就再也躺不住，赶紧起床洗漱，喝了杯奶，匆匆赶往驾校。她已经想好了，给教练说说，今儿事情太多，还都是大事，请他照顾一下，让她先练几把，练完就走，回家抓紧时间补点觉，下午晚上好办事。这样想着的时候，她有点儿不自在，昨晚请人吃饭，今天就提特殊要求，似乎不合适。教练是个正直的人，也许会为难。可正直归正直，她今儿情况真不一般，实在不行请假走人。

脑子里胡思乱想，眼前一路绿灯，到达驾校竟然提前了十分钟。

一进校门，就见教练一个人正蹲那儿修护栏。

她一惊，急忙跑了过去，护栏是她撞坏的，应该由她请人来修才对，咋能让教练动手呢！到跟前一看，胸口又是一阵乱跳，昨天被她撞得歪七扭八的铁护栏，已经基本上复原，地上扔着榔头、铁丝之类的东西，一看就知道干了很长一段时间了。她的心里一阵感动，见教练手里拿着老虎钳，还在把断裂的铁条往一块儿拧，就想说点儿什么，或者做点儿什么。

不等她开口，教练笑笑说，咋这么早啊？

她的脸红了，说，对不起，都是我不好，害你大清早过来修护栏。

有啥对不起的，不就这点儿事吗？都说你们这个班，有个女老板，我当是谁呢，没想到是你啊。

谁告诉你的？

自个儿躺床上想到的。

严萍有点儿不自在，说，啥老板啊，不过做点儿生意罢了，要我帮点什么吗？

不用不用，已经好了！教练说着，把断裂的最后一根铁条用铁丝使劲拧在一起，尽量回复原状后，站起身来，拍拍手上的土，看着修好的护栏叹口气说，应该买点儿材料，焊接好了，刷上油漆才好，就先凑合吧。

严萍顺着教练的眼光一看，可不吗？原本二尺来高的绿色护栏，现在就像是狗啃了似的，怎么看都不舒服。说不出的歉疚感愈加强烈，原本想要请教练照顾一下提前练车走人的话，就再也说不出口。

既然如此，索性练车好了，下午早点儿离开总是可以的。

整整一个上午，轮了两把综合训练。严萍练得一丝不苟，一点儿差错没出，也不瞌睡，而且握着方向盘的时候，忽然之间就有了说不出的惬意感，觉着车在她的手里挺服帖挺听话的，觉着驾车的感觉真不错。

午饭时，一向消息灵通的镇长凑到严萍跟前，神神道道地说，知道不，咱们兰教练受罚了。

严萍吃了一惊，忙问，咋了，发生啥事了？

镇长趁机靠近她，蹭着她的膀子贴着她的发鬓说，早上驾校发工资，他们说扣了兰教练六百块钱。

为啥呀？

你还问为啥，不就因为你吗？你把护栏撞成那样，差点儿就出大事故，学校能不惩罚吗？

严萍头里轰的一声，身上顿时起来一层鸡皮疙瘩，气冲冲地说，护栏是我撞的，干嘛和教练过不去，扣他的钱啊？再说，不都修好了吗？

镇长幸灾乐祸地说，学员出事故，责任肯定在教练，撞护栏的是你，可他兰教练不就坐车上吗？他不负责谁负责！

严萍心里乱了，乱得一塌糊涂，教练辛辛苦苦一个月，就挣那点儿钱，勉勉强强能够生活。这可好，就因为自己的差错，一下子就给扣了三分之一还要多。大概他已经被气扁了，就觉着说啥也不能让他受损失。她打开包，点了十张大钞，考虑再三，又拿回四张，她要当众把钱交给教练。

没想到，正在办公室和大家一块儿喝茶的兰教练，一听明白她的话，平静的脸一下子板了起来，不高兴地说，听谁说的，胡闹！

严萍说，这不是胡闹，罚你的钱太不公平，太过分了！

屋里的七八个人刹那间凝神屏气，所有的目光全都射向了严萍，眼睁睁地看着她把崭新的几张大票递给教练。

教练没看见似的说，干嘛呀你？都像你这样，还能有规矩吗？

她很尴尬，但依然坚决地说，护栏是我撞的，罚款当然应该由我出，扣你的钱本来就不应该！

走走走！教练真的生气了，嗓门越来越高，唾沫星子都溅出来了，你啥意思啊，我没见过钱是吗？走走走，少来添乱行不行啊！

吼完，看严萍还在那儿站着，他自己起身气哼哼走了。

10

眨眨眼，五周时间就过了。

严萍脸晒黑了，嘴唇裂了，整天粗茶淡饭，跟班练车，性格爽朗许多，人也变得结实起来。

终于熬到了考试的日子，秦雨再三问她有没有把握，要不要找人帮帮忙，说，你已经学下来了，不就拿执照吗？我打个电话给你办好就是了，考什么啊！她说，正因为学都学下来了，才要考呢，你就别操心了！

当天考试的能有五六百人，兰教练不知何故没来，学员一律编组进场，点名应考。严萍编在了十二组，最快也得三小时才能轮上，走又不能走，只好干等。

约摸半小时后，考完的人陆陆续续走出来，过了的喜笑颜开，砸了的垂头丧气。任莲出来了，一见严萍马上小鸟似的飞过来，说，太好了，我考过了！然后笑盈盈地拉着她的手，左一声严姐，右一声大姐，给她讲考试的过程和感受，说，我考桩一次过，九项抽的是压大饼，压了一个，蹭了一个，扣了我二十分，勉强过了。说完，甚是亲密地搂着她，抱着她，比亲姐还亲。

严萍说，祝贺你了，快回家吧，你父母肯定为你高兴啊。

任莲说，我就一个人，爸妈都去旅游了，反正没事儿，我陪姐姐聊聊好吗？

严萍心说，我们有啥可聊的，可也不好拒绝，毕竟人家尊敬你。再说了，小姑娘也蛮可爱的，聊聊天也没啥不好的。心里想着，嘴上说着，不知不觉，俩人竟然很快就找到了共同点。小姑娘兴趣广泛，影视明星，绯闻趣事，食品安全，购车讯息，生活时尚，港台海外，等等等等，没有她不知道的。严萍挺开心，不经意间，一个小时就过去了。这时，有个胖姑娘满面春风喊任莲，俩人姐妹似的，相拥相抱，一阵庆祝。任莲说，姐，你再等会儿，我先走了，上车慢点儿，这可是考试，越慢越好，沉住气，肯定能过！说完，不知是情绪所致呢，还是一时高兴，在严萍脸上吧嗒一声亲了一口，这才和那胖姑娘勾肩搭背，甚是亲密地跑了。

镇长出来了，他看了一眼跑开的任莲，马上朝着严萍嬉皮笑脸蹭过来。

严萍问他考咋样？

他笑眯眯地摇头说，不行，我太紧张，心理负担重，一上车就慌，考桩两次都没过，还都是越四线。咱们班的小季也没过，这小伙平时练得多好啊，可就是没过！那个最肉的周虹倒是一把就过了。说着，色眯眯的眼角瞥了瞥离开的任莲，说，小任和你蛮亲热的呀，你没听说她的事啊？

严萍看他神神道道的样子，心里一沉，说啥事啊？

镇长绽开笑脸，腻不唧唧地说，早都传开了，她是同性恋。

严萍吓了一跳，同性恋，不能吧，咋会这样呢？

镇长满意地看着她的反应，把头凑近她，压低嗓门说，有啥不能的，我的眼力错不了，啥样的人没见过啊！这女孩，十有八九是同性恋，至少有严重倾向！你没发现嘛，她长得不错，人也机灵活泼，可从不和男的打交道，跟小伙子连话都很少说，净和女的嘻嘻哈哈玩亲热。

严萍心里顿时反感，心说，胡扯啥呢，不和男人交往就同性恋啊，简直神经病！可紧接着，心口一阵乱跳，脸上被女孩刚亲过的地方，立刻痒兮兮地刺挠起来，联想到她一连串的举止行为，不禁倒吸一口气，情不自禁地使劲擦了擦腮帮子，心说这年头啥事都有可能，也许……也许连她自己都不知道呢……她不敢往下想，急忙否定冒出的念头，人家好好的女孩子，没证没据的，干嘛要把人家往那方面想！这年头，有些人就是闲得无聊找消遣，专门造谣玩恶搞，背地里老说人家坏话的，没准就是他自己有毛病！再说了，即便人家咋咋咋了，跟你啥关系啊，要你没遮没拦倒闲话啊？

镇长见她神态有变，赶紧转移话题说，能把你的片子给我一张吗？

严萍说我没片子。

那给个号码也可以，不管咋说，毕竟也是同学了一场，没准啥时候就又碰上了，你说是吧？说着，掏出手机，等着严萍说号码。

严萍装着没听见，说，你考完了，还不走啊？

镇长一点不难堪，收起手机说，我不走，他们让我等补考呢。说着，又露出神秘兮兮的腻味样，那意思分明是说，我有门路，走个过场，肯定能过！

严萍相当顺利，考桩、九项都是满分。

十天后，她拿到了驾照。又十天后，她开上了自己的新宝马。

一天中午，严萍开车路过驾校，突然就想起教练来，心里一热就想去看看他，不是显摆，只是看望。进了驾校，正赶上吃午饭，院里学员众多，一个个捧着大碗吃得畅快。严萍转了一圈，没见教练，办公室也没有，就掏出手机打电话，但听到的是停机的电脑音。心里纳闷，正好见看门的老马在收集剩饭好喂狗，就去问他见没见兰教练。

老马说，你不知道啊？你们考试那天兰教练就走了，解聘了。

严萍一惊，说，咋回事啊？

老头四处看看，低声说，咋回事，听说为一个女学员撞护栏的事，得罪了校长！其实，兰教练那人挺好的，就是性子直了点。

潮热上涌，严萍差点叫出声来，这叫啥事啊，就因为自己的一次莽撞，教练竟然丢了他热爱的饭碗。严萍的冲动盖过了愧疚和不安，就想去找校长理论理论，这么做，太不讲理，太霸道了！转念又一想，你算老几，在人家的地盘上找事儿，不是自讨苦吃吗？还是应该先找教练，问问到底咋回事再说。可她就是联系不上他，没人知道他家住哪儿，也没人知道他为啥停机。总之，自从他离开，人就蒸发了，谁也不知道他去了哪里。

一连数天，严萍心里特纠结，天天早晚给教练打电话，结果都一样。

倒是秦雨给联系张罗的那些生意，说成就成了。她趁热打铁，一鼓作气统统搞定，单是那个"黄金万两"的玉雕，就净赚了二十万。

没费啥功夫，进账几十万，搁谁不舒畅啊！

可一回家，心情就像是破土的嫩苗遭了雾霜，往往转念之间就坏得厉害，她只好拼命干家务，越是往温馨里摆弄，就越是说不出的孤独和寂寞。

中秋过后，几番冷雨秋风，高天雁唳，黄叶簌簌。

秦雨找严萍陪她到开发区看房，她买了两套高层投资房，刚拿到钥匙。

一路上，秦雨一个劲地埋怨她，说，上次给你介绍的那个老朱，你不同意，人家上礼拜结的婚，娶了个小他二十好几的大姑娘，还是名校的本科生。今儿晚上请你的，又是正处级的官员，你要是再不满意，我也就没招了，再也不管你了，不信走着瞧！真搞不懂，你到底想嫁啥样的？

严萍说，我也不知道，我跟你去赴宴还不行吗？

不行，你得和人交朋友，不光是吃饭！

严萍挤出笑来，说，不会拉我去跟男人上床吧？

说笑间，要看的小区到了，没想到正是几个月前严萍开车闯祸的地方。

俩人都有些意外，有些感慨。

进了院子，严萍就愣了，像被人念了咒语似的。

秦雨问她怎么啦？

她啥话不说，只是呆呆地看着那个身穿工作服，寸头宽肩高鼻大眼的人推着个铁皮车从库房里出来，车上拉的是皮线、塑管之类的东西。看着看着，她突然就开心地笑了，发疯似的使劲抱住秦雨，说，谢谢，太谢谢你了！

秦雨说神经病啊，谢我什么啊？

严萍推开秦雨撒腿就跑，到了那个推铁皮车的工人跟前，二话不说，上去就从人家手里抢车把，一点不客气。

一张满是尘土的老脸转过来，异常惊讶地望着她！

她傻了，像是活见鬼！

那人回过神来，从车上拿起安全帽往头上一扣，含含糊糊嘟囔了一句听不懂的方言，头一勾，弯腰蹬腿拉起车吭哧吭哧地走了。

严萍望着那人的背影，脊梁一阵麻凉，长叹口气，摇了摇头，握住跟上来的秦雨的手，没头没脑说了句太像了，紧接着就扑哧一声笑了起来。

作者简介

海棽，男，现供职于青海省文联，著有长篇小说五部，在文学期刊发表中短篇小说近百篇。

冉然是个看重家庭，很甘心做女人的女人，然而她爱的男人最终还是离开了她。一个爱她的男人为她而离婚，另一个爱她的男人永远地离开了她。没多久，她又在一钻石王老五的手下做了某公司职员。钻石王老五更绝，搞走老板一千多万，移民南非了。冉然什么也没做，她只是给自己的手机换了张新卡。接下来她该何去何从？

流浪的沙

苍　虹

　　送行的路上，冉然和麦地一路无话，开车的老七也停住了到处跑火车的嘴。

　　车停在火车站的广场上，冉然把行李箱从后备箱拿出来交给麦地：我就不送你到站台了，保重！她转身就钻回车里，麦地冷冷地看着，有色的车窗把他的视线隔断，他再也没能看到冉然为他流的泪。

　　冉然任由自己的眼泪肆意地流淌，老七并不劝慰她，只是没有立刻把冉然送回家，随意地开着，顺手又递给冉然一盒纸巾，冉然接过看了看，破涕为笑：讨厌！

　　老七是她从小一起长大的朋友，是那种在一起忘记性别的朋友。几十年来冉然有什么大事小情习惯找老七，就像小时候上厕所忘带了手纸都要老七替她跑回家去取。老七也习惯被冉然使唤，任劳也任怨。连麦地都说：老七是上辈子欠你家什么了，轮到他来偿还。老七因为看到冉然常常身上带伤，找到麦地大打出手。麦地没有怨恨老七，他吐了一口血沫子指着老七：老七你听好了，我老麦没服过谁，但我服你，有一天我离开她了，你要接着……老七曾说：然子，我怎么看不出你哪好啊？那帮孙子迷恋你什么啊？我怎么就没感觉啊？

　　冉然笑骂他：流氓！全世界男人都死了也摊不上你。

　　老七回敬她：我走几年沙漠出来，还把你当哥们儿。

　　冉然交朋友讲究结实，老七是她结实的朋友。结实的朋友之间是不谈欲望的，很简单、清淡、轻松……他们就这么好着，没心没肺地好着。

　　冉然太累了，恍惚间她就睡着了。她在一个梦中突然醒来，什么梦一睁眼就忘了。醒来发现车已停在自己家楼下，她身上多了一件衣服，老七趴在方向盘上睡相很邋遢。冉然心里一暖，拍了拍老七的脸：孩子，醒醒！

　　醒了？上去吧，把衣服给我，别废我的油还顺走我一件衣服。老七乱七八糟地说着，发动起了车。冉然轻松地笑了，又拍了他一下。

　　别这样，小心我变坏。老七把车开走了。

　　冉然下了车马上就后悔了：他晚饭还没吃呢。老七的老婆不知和谁跑到南方，一走两年，有时打来电话两人不是吵就是骂。老七催她回家办离婚，她就是不肯，扬言道：我在那边混得不好还要回来找你！老七没着没落的，时间长了就不理会了，自在地活着，谁也看不出他到底苦不苦痛不痛。

　　冉然今天怎么了？对他突然婆婆妈妈的，他撑不死饿不着的。

　　妈妈，爸爸走了吗？麦丁睡眼蒙地望着冉然。

　　走了。

　　妈，我饿了！冉然冲着母亲喊，掩饰自己复杂的情绪。女儿放心地睡去了。冉然这才敢正视麦丁，这个孩子能来到这个世界简直是天意。她发现自己怀孕时并没有做好结婚的准备，麦地当时正和一帮发烧友在西藏、青海一带拍片，她自作主张就自己跑到医院做流产，结果刚在手术台上躺下，就停电了。她提上裤子回家了。麦地回来知道她怀孕后坚决不让她打掉，整天为这个孩子想入非非，于是他们就准备结婚。后来他们不知为什么吵架，冉然就又去医院做流产。这次是冉然自己回来了，她刚要上手术台时孩子在肚子里狠狠地踢了她一脚，冉然忽然就有了做母亲的欲望，她决心要把孩子生下来，是为自己。

　　几个月后，她到一家小医院去生孩子，难产，她连夜又被送进了一家大医院，做了剖腹产。孩子一生下来就那么好看，眼仁发着淡蓝色，而且是笑着出来了。冉然倒吸了一口凉气：多亏没干傻事，差点失去一个好女儿。

　　冉然决心做她的好妈妈。

　　他走了？母亲问冉然。

　　嗯。

　　你以后怎么办？

活着呗。怎么办？天塌不下来。

是的，天塌不下来。过去他说分手，冉然就觉得天要塌下来了，死活不放他。现在他走了，天没塌下来，天没塌下来就要活着，活着就要好好活着。

他给你留钱了吗？母亲很担心。

留了。冉然毫不犹豫地回答。

多少？

两千，不到。冉然有些想笑。

天哪！你怎么活……母亲手中的盘子掉在地上，摔成了几瓣。冉然捡起它们随手扔进垃圾桶：什么怎么活？人一样地活呗。

你这孩子怎么老不好好说话，小时候就这毛病和人家较劲，吃亏上当的还不是你！

我上谁当了？谁也没骗我，都是你情我愿的。妈，你这一辈子老教育人，总也不下班。

冉然在母亲面前很不懂事理，因为在这个世界上，只有妈妈能够宽容她的无理与任性。母亲是个刻板的教师，从小对她期望值过高，希望她品学兼优、大家闺秀、凤毛麟角……这些她都不是，她似乎生下来就是和母亲作对的。父亲生前很宠爱母亲，母亲对父亲颐指气使，父亲宽容得近乎没有原则，他们吵架时母亲永远占上风。冉然很气不过，就挪揄父亲：她再和你不讲理你就揍她一顿。父亲忍俊不禁：男子汉大丈夫是不会打女人的。冉然于是就想办法捉弄母亲，她会趁母亲不注意时把她的钱抽出一张藏起来，看着母亲一遍一遍地数，焦头烂额地找，气急败坏地吵，不胜开心。她会把钱交给哥哥们，一同享用。

这些年她自己做了母亲，父亲也去世了，也渐渐懂得了母亲为经营这个六口之家用心良苦。娘儿俩的关系也融洽了许多，但常常还是不免唇枪舌剑，然后再看到母亲形单影只黯然神伤，冉然就很后悔。

让冉然悔恨终生的是她在母亲毫无心理准备的情况下，突然宣布自己要结婚。

全家都遭到了雷击一般。你跟谁结婚？你疯啦？

当然是跟男人。

母亲当时就火冒三丈：结婚这么大的事怎么不和家商量，谁同意你结婚了？你太随便了！你是不是和那个叫麦地的流氓结婚？

冉然冷笑：我不和这个流氓结婚，还能和哪个流氓结婚？是我结婚，你们同意不同意无所谓。

混蛋！你……大哥一个耳光响亮地在冉然的脸上炸开。冉然苍白的脸立刻像一朵怒放的玫瑰。母亲惊骇地叫了一声，扑向大哥疯了般地厮打：谁让你打我女儿？谁让你打我女儿？大哥任凭她柔弱的拳头打在他的胸口，泪水悲伤地流下。另外两个哥哥抱住了母亲。

冉然看着这些和她至亲的人，她领悟了他们的爱。可是他们不知道，此时她不仅仅为自己要和一个男人结婚，她要为自己的孩子去结婚，去寻找一个家。这个家有她热爱的男人，她可以为他不惜伤害全世界的人，仿佛这个世界有他就足够了。

那天清晨冉然做了一件有悖人伦的事情，她从容地走过跪在她面前的母亲，去和麦地结婚了。她的这场婚姻没有得到任何人的祝福，她一生都不能原谅自己曾经对母亲这般残酷。婚后的冉然越来越困惑，她不知道这是否就是她所追求的爱情。现在的人整天在忙活什么，是否都在忙着解释这些困惑？

冉然还是没有估计到生活的残酷。麦地走后，他们赖以生存的印刷厂立刻陷入了危机，债主一一上门，拿着麦地龙飞凤舞的欠条，冉然才意识到他们不仅仅是暂时的资金周转问题，他们拖欠了一大笔材料费，老七到处找朋友揽活儿，结算了一部分欠债。

老七突然决定上深圳，临走又给她凑了点钱送来：你先挺着。我很快就会发财了！回来解放你。

冉然一听就哭了，赌气说：你走吧，永远不要回来！

老七愣了一下，温柔地拍拍冉然：等着我胜利的消息！

老七刚走，市里就下发了拆迁通知，冉然面对着苦心经营的工厂和几个无助的工人，欲哭无泪。老七在深圳打来电话说，他到那里就差点破产。冉然没心思多问，只是嘱咐他：别胡闹了，不行就回来吧。

老七感觉冉然很不开心：你怎么样？没出什么事吧？

我挺好，一切正常。冉然没和他说实话。她知道老七也是自身难保，不想再给他雪上加霜了。

好好等我，我回来之前不准嫁人啊。

冉然没心思和他贫。

拆迁办又下通知，一星期内不搬就用推土机推平。这家伙牛逼得不得了，好像全世界都归它拆迁。

冉然在参加一个朋友父亲的葬礼时接到厂里工人的电话：大老郭带着一帮黑社会的来要账了，他们说我们要跑，嚷着要搬设备！冉然踩着悲壮的哀乐一步步随着吊唁的队伍前行：不要阻拦，让他们搬，他们只要一动就报警。冉然没有马上回去，她从容地参加送葬仪式，从容地和朋友一一告别出来。

出租车刚停在厂门口，里面杀气腾腾地冲出五六个人，个个光头，个个戴墨镜，个个脖子上挂条粗链子，个个胸前裸露着文身……他们见到冉然后并不直接和她说话，而是四处张望，冉然看到他们墨镜背后的惶恐。

看什么？就我一个人。冉然边说边推开门。大老郭立在中间很神气。大老郭是驴高马大的山东人，平日粗声大气看去为人还很爽快，因为工厂的纸张进货大多是麦地负责，所以冉然和他很少交往。大老郭举着欠条交给冉然。

冉然看也不看他一眼：你把这张条子撕掉吧，我给你换张新的。

大老郭瞪着眼珠子，很困惑。

我们离婚了，他人已走了。我给你打张欠条，搬完家我会去找你，欠债还钱天经地义，以后不用来这么多人，对付我一个弱女子不用这个，杀鸡何用宰牛刀。

那王八犊子上哪儿了？

我不知道，这和你无关，你只管要你的钱好了。冉然闭上了眼睛。

大老郭一脸汗颜：对不起，大妹子，没多少钱，你别急慢慢搬，有事找大哥！

他们走了，冉然默默地坐在机器旁，几个工人悄悄地退了出去，他们知道此时的冉然心里的悲凉，这个印刷厂倾注了她几年的心血，眼看着就要败了。

天渐渐黑了下来，冉然在黑的车间里不知坐了多久。她决定卖掉工厂的设备，还清所有的债务。这个厂子让她太伤心了，她要安静下来想想自己今后的日子。

工厂很快就卖掉了，买主是大老郭。大老郭来拉设备那天，天气很好。冉然把五万块钱揣在包里没有离去，她要看着这些人搬走这些设备，因为这些设备是她和老七带着人一台台安装在这里的，安装好设备她把麦地带到这里告诉他：这是我的陪嫁。冉然知道自己会很难受，但她坚持看着它们被拆走，她甚至在痛楚中体会到了疼痛之极的快感。

冉然看到了最后，她一个人留在了一下子空空落落的厂房里，她的心也空了。

包里突然飘出一曲《让世界充满爱》，打破了这里的沉寂。冉然拿出手机，屏幕上显示的名字是巴重。她没有接，任凭它固执地反复哼唱，平日里听来很柔美的歌词此时似乎有些讽刺。手机终于停止了呼叫，冉然拿着安静下来的手机默默地看着。

她准备离开这里了，明天、也许是后天，这里就是一片废墟了，推土机会把这里的一切甚至连同记忆都一起推平。她觉得这也许是天意，上天在帮助她走出过去。

手机又一次响了，冉然凭感觉知道还会是巴重，她看着急切呼唤她的名字，终于轻轻按了绿色的按键。

冉然，怎么不接电话？你出什么事了吗？告诉我，别自己挺着。手机的那端传来好听的男中音。

……

你要说话，告诉我你在哪里？

……

冉然，你要相信朋友，相信自己。

我在厂里。冉然终于努力吐出来几个字。

十几分钟后，大门被轻轻推开。巴重看到空荡荡的厂房就一切都明白了，他走到冉然面前，轻轻地搂住了她。

别怕，有我呢。

冉然顿时眼泪如溃堤的洪水，她什么也说不出，哭得浑身发抖。

哭吧，哭吧！谢谢你哭给我听。

冉然被他这样轻轻搂着，直到哭累了，差点儿像个孩子一样睡去。这些年她就渴望这么一双有力的臂膀抱她一抱，就希望他抱抱她。

冉然，今天你是大款了，请我吃饭吧。

冉然心里舒服多了，她把头埋在他的怀里笑了……

这个男人是她十几年前的老朋友。他们相识在一个商业性的聚会上。那时他刚刚从国外回来，冉然是在聚餐上电梯时注意到他的，等电梯的男男女女，电梯一到蜂拥而上，电梯立刻成了拥挤的笼屉。电梯外只剩下冉然和巴重。

巴重看看冉然双手一摊，笑了。

冉然调侃他：中国最后一个绅士。

过奖了，巴重。他伸出白皙修长的手。

冉然。冉然也伸出手轻轻和他握了一下。

他们一同上了只有他们两人的电梯，又一同愉快地走向餐厅。

一进餐厅就有人喊：老巴，你这么快就找到知音了？

冉然听了和巴重调皮地眨眨眼，索性就坐在了他身边。那次聚会是一个广告公司承办的，每个角落都充满了投机的味道。本来冉然准备应酬一下就悄悄溜掉，可是认识了巴重，她就没走。

巴重是某重工业企业的总工程师，属于那种家境好、事业顺利、名利双收的人，但他为人谦和，处事低调，斯文而不文弱，温柔而不谄媚，高大而不粗犷，而且他讲一口好听的男中音。他温情的语气常常会让女人想入非非，多接触你才发现，他和同性也是温情的。

他们后来就成了好朋友。冉然见到了他事业很成功的妻子单咏梅，标准的职业女性、资深美女，还有英俊的儿子。冉然结婚后他们都是夫妻双双带着各自的孩子在一起小聚，气氛很轻松，只是每次巴重的妻子都会提前告辞，看得出巴重有几分扫兴。但他很快调整好情绪，使他们每次相聚都很愉快地结束。

和巴重交往十分舒畅，他总会在你十分寂寞的时候突然打来电话，温情地说一句：冉然，你还好吗？

冉然觉得这是他的生活习惯罢了，从不想入非非。可是他的确是她很温馨的朋友，她喜欢听他电话里好听的男中音，听他恰如其分的赞美，他常常看到素面朝天、满脸疲倦的冉然，不失时机地提醒她一句：沧桑原来也是一种美啊。他让冉然注意到该整理一下自己，女人沧桑起来多么可怕，这种美得多爱你的人才能去承受呢。

一次偶然的相遇使冉然和巴重之间略有些微妙。

那是个美丽的黄昏，冉然骑着自行车犹豫着回自己家做饭还是到母亲家蹭饭，她忽然感觉有人在她边上和她并行，她扭头一看笑了：老巴！你怎么……

巴重笑吟吟地看着她：你骑车时要精力集中，不然会很危险的。

冉然内心很温暖：哦，我在犹豫要不要马上回家。她发现巴重穿了一身休闲装，很轻松舒适：你今天休息？

巴重点点头：我没事喜欢骑车逛逛，你有兴趣吗？

他们边走边聊，谁也没说指定要到什么地方，就一直走下去。后来他们才发现不知不觉已经来到了松江桥边，这座桥是两省的交界，过了这座桥就是另一个地域。

他们停下了。

晚霞已落在天边，月亮露出了尖细的小牙儿，蛙们开始放肆地鸣叫。松江的水被落霞晕染得很温暖，缓缓流淌，江边的草绿中点缀着星星点点的各色花朵。冉然感觉她自己是在梦里被带到了这个神奇的地方。

她有些不知所措。

我们已经骑了一个小时，真了不起。巴重抬腕看了看表，冉然这才发现他戴着一块价格不菲的劳力士。冉然很欣赏男人戴表，她感觉戴表的男人会给人一种安全感。她很遗憾因为有手机的存在许多男人放弃了这种很具男人魅力的佩饰。

冉然扔下车子一屁股坐在了草地上，巴重尽管穿着很讲究的白裤子，但他毫不犹豫地在她身边坐下。

太安静了，他们一路上滔滔不绝的话此刻不知跑哪儿去了，他们似乎都在搜肠刮肚地找话茬儿。

喂，你，你不想说，今天的月亮真小哇！冉然调皮地捅了他一下。

巴重轻轻刮了一下她的鼻子，开心地笑了。

他们就静静地坐着，各自想着自己的事情，或者什么也没想。

不知过了多久，天色已黑，月亮挂在当空，像个孩子傻傻地瞪着他们。他们不约而同地对视，不约而同地脱口而出：回家吧。

回去的路上他们一直沉默着，冉然感觉很累，几次她都想说：停下来吧。

巴重似乎感觉到她的疲惫，抓住了她的车把拖着她，把她带到了回家的路上。分手时他们只是相互点点头，就走了。

那一夜冉然没有睡好，第二天她没有去工厂上班。巴重发来信息：你还好吗？

还好。冉然答道。

冉然的内心感到隐隐约约的甜蜜。她和巴重谁也没再提起过，但从此只要相聚在一起就很开心、很默契。常常碰到对方的目光并不躲闪，总是会心地一笑。

他们并没有刻意地克制自己，十几年来就是这样相互观望着生活，也很好。

可是今天的冉然再也无法矜持，她的眼泪需要和他去流，她的柔弱需要他的臂膀去靠。他是她前世的亲人。冉然这样想。

他们来到了一家西餐厅。

那里很浪漫，到处都洋溢着情人的味道。冉然在摇曳的烛光中有些眩晕。

你该告诉我的。

为什么？

为什么你知道。

我很狼狈是吗？

别这样想，你很勇敢。但有时候只有勇敢还不够，还要有勇敢下去的理由。比如，需要朋友的关怀，不要拒绝朋友的帮助。

你怎么会知道我需要？

他走了，没和朋友打招呼，一定有他的难言之隐。但这些可能就放在你的肩上了。

这些钱远远不够还债的，我可能得搬家了。冉然的眼圈儿红了。

巴重抓住了她的手，轻轻握着：差多少？我……

冉然摇摇头，坚决地：不！

别急，我帮你找房子，我会帮你的。

我不想说谢谢。

巴重一笑：OK!

那天巴重很早就送回了冉然，他叮咛冉然：洗个热水澡，好好睡一觉。明天就不一样了。

冉然一夜无梦。

巴重一连几天都抽空亲自开车接冉然到处看房子，冉然听他说过，他最不喜欢的事就是开车，他自己开车出来一定是故意不让司机参与他的私事，他还是很避讳别人知道他们之间的交往的。冉然有一种别样的滋味，她也确认不了那是一种什么滋味。

巴重坚持要找一个环境好，装修舒适的房子。冉然觉得租住的房子又不是自己的，差不多就行。但巴重说生活一定要讲究质量。冉然暗暗苦笑：和一个破产的人讲究生活质量真是可笑。但她什么也没说，她不忍心破坏他们融洽的气氛。

终于，他们在劳动湖畔的湖滨花园找到了一处一百六十平米的复式房。房子是新装修的，没有住过人，装修风格简洁而明快，大大的落地窗外就是碧波荡漾的劳动湖。冉然一下子就喜欢上了这个房子，但当她问到租金时黯然了：两千元啊！

就是它了！他拿过合同毫不犹豫就签了自己的名字。然后从口袋了拿出一沓钱，数了数：先付半年的。他俨然以男主人的身份做着这一切，冉然当着房主的面不好说什么，因为房主显然也把他当成他的老公了。一口一个大哥、大嫂地叫着，冉然很无奈。

好了！送走房主，他双手一摊，把一串钥匙交给了冉然。

冉然靠在墙上看着他一言不发，她知道此时说什么都是多余的。

什么时候搬家通知我，我给你派车。巴重轻轻搂过冉然，拍拍她后背：别多想。

明天我给你送来张新床，这对过去和将来的人都是一种尊重。巴重凝视着她。

冉然也默默地看着他，似乎在问：将来的人会是你么？

我知道你在想什么，我会在能够说服自己，而且你也完全接受我的情况下来做这个屋子的男主人。不然就会有乘人之危之嫌，感觉不好。

冉然的心思被他看穿不免有些尴尬：你不要这样说，太残酷了。

巴重把她送回了家，临走他轻轻吻了一下冉然的脑门儿。他曾经说过冉然的脑门儿长得很美，很容易让人产生亲吻的欲望。

再然回到家，母亲和麦丁在家做好了饭等她。她吃饭时把搬家的事告诉了母亲。母亲难过地放下碗筷：难道就没有别的办法了吗？

妈，那样太累了，我会背负着金钱和人情的双重债，金钱可以还清，背负了人情债永远无法偿还。

母亲点点头：妈懂，这一点你很像我。

再然笑了，她有生以来似乎第一次得到母亲的认可：妈，你太抬举我了。

母亲嗔怪地瞪她一眼：都啥时候了，还有心思贫嘴。

母亲起身从挎包里拿出一张存折：我知道你会遇到难处，把它带来了，这里有你爸爸留的一些钱，加上我的退休金，还有你平时大手大脚的也没少给我，我都存着呢。可别和你哥哥们说啊，哥哥倒没什么，嫂子们会有意见。按说我自己的钱，我有权自己支配，但我就是嫌招惹麻烦。

再然接过母亲手中的存折，慢慢展开，这是张只有进账没有支出的存折，整整二十五万元。父亲和母亲是老实刻板一辈子的国家公务员，没有额外的收入，他们是怎么节衣缩食积攒下这笔钱的呢？这笔钱对于他们来说就是笔巨款了。母亲竟然毫不吝惜地把它拿出来，交给她这个不肖的女儿，再然的心像被人狠命地抽打着，痛苦不堪。

妈，好好收着吧。我不会动这里的一分钱，它太沉重了。妈，我用不动啊！妈，你别惹我难受了……

再然终于扑进母亲的怀中号啕大哭：对不起……麦丁也扑过来哭喊着妈妈，她不知道发生了什么事情。

母亲抱着怀里的再然老泪纵横：你这嘴硬的傻孩子，知道服软了就是长大了。妈听你的，你觉得该怎么办就怎么办，妈这儿永远有你的饭碗，饿不着你。

再然哽咽着点头。

母亲凝视着再然：孩子，要懂得妥协。说完她环视了一下：我们开始收拾东西吧，该扔掉的就扔掉，不要什么都舍不得。从现在起你要开始自己的新生活了，妈的女儿又回来了。

再然突然问母亲：妈，你怎么不说让我去你那里住？

母亲温暖地笑了：你要有自己的空间，孩子大了就要放手，尽管开始会把路走得歪歪斜斜，摔个屁股蹲儿什么的，但慢慢地就走好了。

冉然突然发现，不经意间母亲的性情变了，这也许就是她说的妥协吧。

麦丁听说要搬新家，高兴极了：妈妈，我早就不喜欢这个家了，这个家老吵架。冉然亲了亲她胖嘟嘟的小脸儿：丁丁，不是家在吵架，是家里的人在吵架。冉然边说边准备取下挂在墙上的结婚照，手刚一触摸到相框，她犹豫了。她感觉照片上和她温柔相拥的麦地在用恳求的目光望着她，就像他临走那天夜晚说的那样：冉然，不要那么快就忘掉我，我们曾经真诚地爱过……

冉然一下子跌坐在沙发上。

这张照片从挂上那天，他和她是准备挂一辈子的，没想到会有一天摘下来。他们当时从照相馆取回结婚照时，恨不得把它挂到天安门城楼上，好像全世界就数他们幸福。变化是多么可怕，为什么要变呢？不变该有多好！

他们之间由量变发展到质变，很突然地发生在一个清晨。那时麦地酗酒夜不归宿已是家常便饭，冉然也从开始的吵吵闹闹，到麻木不仁了，就希望他醉酒之后不要回来，落得清静。那天就是麦地夜不归宿后的一个清晨，冉然很早来到厂里，麦地还没有露面。办公桌上的电话响了，冉然就像平常一样迅速抓起电话。

你好，我是印刷厂。

我找你们厂长。电话那一端是一个发着沙哑声音的女人。

厂长？哪个厂长？冉然忽然有一种不祥的预感。女人天生对一些事情有独到的判断能力。

就那个姓麦的，你告诉他我是海蓝歌厅的小燕儿，他昨晚把包落在我这里了，我打他手机不接。你是他秘书吧？那你转告他来我家找我吧。

……

喂，你听见没有？他说这里有个合同今天要签的，你不能耽误他的大事啊！

冉然努力克制着自己的情绪：啊，你说那个姓麦的吗？他不是什么厂长，他是蹬三轮车送货的，平时在路边站着，我们有货就找他来送货，给他点小钱儿就打发了，有时顺便也给他口饭吃。

妈呀，他真能吹牛逼！敢情是个蹬三轮儿的！王八蛋！骗我……

哦，昨晚你一定以为干了一个厂长，没想到被一个蹬三轮儿的干了，不过谁干都给钱就行呗，他没欠你钱吧？

那倒没有，他敢不给钱！

那就好，见到他时告诉他我是冉厂长。

……

冉然放下电话长长出了口气，她也很意外自己会用这种方式处理这样的问题。

麦地很快就回来了，手里拿着他的包，他像不认识冉然似的看着她，冉然则若无其事地忙里忙外，所不同的是，过去她不过问的事情开始一一过问了。

麦地的神经绷得都快断了，紧张地等待着冉然的兴师问罪。然而几天过去了，冉然仍然平静得像一盆温吞水，他开始感觉自己多么不了解这个每天睡在身边的女人。

一天深夜他突然一觉醒来，看见冉然就坐在自己的床边，手里拿着水果刀默默地削苹果，她并不看手里的苹果，眼睛乜斜着他。月光透过窗帘照在她被长发遮住的半张脸上，泛着青白的光，很恐怖。

麦地有些悚然。他不敢自由地呼吸。

几个星期过去了，冉然仍然平平静静地上班下班，甚至还和麦地一道去母亲家看麦丁，只是半夜还是起来坐在麦地的床边一言不发地削苹果。

麦地感到冉然是在恶毒地折磨他。

终于，麦地歇斯底里了：冉然你他妈的太自信了，你在用你的自信摧残我的自尊！他轰然踢翻了饭桌。

冉然本想把身边的椅子狠狠地砸在他的身上，但她克制了仅仅几秒钟就改变了想法，她平静地抖落身上的汤菜，起身默默地把四分五裂的碗碟收拾到垃圾桶里。麦地感觉冉然这种默然的态度简直是对他的一种恶毒的蔑视，无法再忍受，他一把夺过垃圾桶狠狠地摔在地上，垃圾桶立刻被摔裂了一个大口子，龇牙咧嘴地倒在地上。

你他妈的，我在你的心目中就是一个蹬三轮的吗？

冉然木然地看着他。

你说话啊！你他妈的想憋死谁吗？你以为你是谁？我和小姐在一起就是比你自在！她们尊重我，把我当人看！

冉然动了动嘴，半天才说出话：对不起！

……

对不起，我侮辱了蹬三轮的。

啊，啊……麦地彻底崩溃了，他疯狂地烂砸一通，狼狈而去。

四月一日是西方人发明的愚人节，那一天人们可以堂而皇之地撒谎骗人。中国人发现这个节日很开心，就开始在这个节日开朋友的玩笑，愚弄没有防备的人上个小当而不胜开心。记得冉然曾在愚人节给一个朋友打电话，很一本正经地和他谈一本书的策划问题，谈了一会儿突然说我去找你吧，我们面谈。那人很高兴，冉然说十分钟后你到你办公室楼下等我。那人欣然应允。十分钟后冉然又给他办公室打了电话，是一个他正追求的女孩子接的，她说他到楼下接你了。冉然说麻烦你到楼下转告他，冉然祝他愚人节快乐！

一小时后那人气急败坏地打电话给她：妖女回家看看你家的门！

冉然下班回到家，看到门上赫然写道：冉然你是个大混蛋！冉然给那人发了个信息：很有创意，回头我给你报销车费！

这是成人间快乐而无聊的游戏，但大家好像乐此不疲，每到愚人节就要制造一些闹剧，勾搭到一起时相互调侃。这一年的愚人节，冉然一伙人准备小聚，路上给一个叫生子的打电话说约他出来，生子说他有应酬，在泰昌酒楼，结果冉然他们就去了满江红酒楼。他们刚落座惊奇地发现生子和一个打扮时尚的女孩子竟然坐在一个角落。他把大伙给愚了！这伙人岂能容忍？于是就打电话给他，说他们看见他老婆了，他老婆和一个男人正往满江红走。只见生子放下电话低声和那女孩子说着什么，女孩子愤然离开。生子坐在那里向外张望，一脸的愤怒。许久不见他老婆的影子，他急了打来电话，问你们是不是看错人了？我老婆不是那人哪？他们说那你是那人吗？他说我也不是。他们问，刚才走的那女孩子是谁？生子这才四下趔摸，看见了冉然他们一伙已笑得东倒西歪。

我靠！他如梦初醒。

生子被一伙人给涮了，不依不饶，他认定这个坏主意是冉然出的。

冉然很无辜：我充其量是帮凶，再说你不义在先，犯了众怒才遭此下场的。

那不行，我要找个人报复一下。麦地哪儿去了？弄麦地。生子来了兴致，他和麦地是属于摄影圈子的狐朋。于是他让一个叫海陵的女人给麦地打电话，约她到对面咖啡馆说有印刷业务。海陵和麦地不熟，麦地一定上当。

电话通了，他们把电话设成免提，屏住呼吸等麦地接电话。

哪位？麦地懒懒地问。

麦老师你猜我是谁？海陵娇嗔地拿捏。

是寒子吗？你来了？我很想你，你也想我吗？你在哪儿我这就接你，不，你还到上次我们住的酒店等我吧，我一会儿就到。麦地就这样把自己活生生地出卖了。

海陵拿着电话呆若木鸡，那边的麦地还沉浸在幸福的期盼中。他说的寒子是一个色性都很出众的业余女诗人，现在北京。

生子拿过电话像念悼词一样地沉痛：对不起，我是生子，我们在和你开玩笑，冉然也在。他把电话挂断了。

愚人节的游戏结束了。大家面面相觑。

冉然突然笑了，她笑得花枝乱颤。

海陵哭了。在座的人表情比哭还难看。

中国人真不懂幽默。冉然想。

冉然望着他们的结婚照，她简直不能够胜任这举手之劳。母亲走过来，悄然把它摘下拿走了。

手机这时又响了起来，是巴重。

有事吗？巴重。冉然懒懒地问。

车定在后天上午可以吗？

好。

你不太高兴是吗？一切都会过去的。抓紧干活吧。

冉然茫然地看着挂断的手机……

搬家时巴重找来了搬家公司，他说这些人专业，不会把东西搞坏。冉然默默无语。她是个看重家庭的女人，很甘心做女人的人。对于把这个家拆散了，她其实还是没有足够的心理准备。尽管她曾经对麦地很失望，但她也希望有一个有男人、有女人、有孩子的家，她为他们洗衣做饭、为他们操劳、为他们日渐衰老……

可这些不知是她没做好，还是怎么了，过着过着就改变了初衷，这个家就成了战火纷飞的战场了，整天硝烟弥漫。

也许母亲说得对，要懂得妥协。

麦丁像小狗一样乐颠颠儿地跟在巴重的屁股后面，舅舅、舅舅叫得很甜。她自己选择叫巴重舅舅，因为她跟舅舅亲。这孩子从小就多愁善感，不喜欢麦地。其实麦地也很爱她，但他的粗暴给她留下的印象太深了，忽略了他对她的好。冉然常告诉麦丁：爸爸是爱你的，只是他脾气不好，他是和妈妈不好。麦丁小脸儿一扬：不，我就不喜欢他，他打你，他就是坏蛋！孩子永远是爱憎分明的，长大了就不会那么分明了。

巴重旁若无人地带来了一张实木大床，十分豪华奢侈。

母亲担心地看着冉然。

冉然趴母亲耳边说：妈，不要为我担心，不像你想的那样。

母亲点点头带着麦丁走了，走时很有分寸地向巴重道谢。

冉然在厨房收拾家什，巴重倚在门边看着她。冉然有些心慌，她清楚自己是很渴望的。她是离不开爱的女人，没有爱她就会枯竭，会迅速成为黄脸婆。这种渴望在冉然的内心一天天膨胀，但她还是努力地克制着自己。有太多的事情她要面对，她不能让自己立刻陷入感情的混乱中。而且始终有个问题缠绕着她，巴重现在对她是怜悯还是爱呢？她觉得这很重要。

我们出去吃吧。巴重打破了沉默。

冉然走到衣柜前犹豫了一会儿，她拿出了一件深蓝色的低胸衣裙。这件衣裙她很少穿，胸口开得很低，冉然的胸虽不够丰满却很白皙，她想了想又配了条黑色的装饰项链。

冉然今晚姿色逼人。

巴重夸张地张大了嘴，赞叹冉然。

他们又来到了那家西餐厅，西餐厅的名字叫老榕树。冉然和巴重都喜欢这个名字，很诗意又不张扬，坐在那里就有如和情人坐在榕树下的感觉。其实冉然一天都没吃东西了，她有些上火，没有胃口。巴重见她拿着食单淡淡的样子，他拿过去就全权办理了。

这些天来巴重一切都大包大揽，有时冉然也不是十分受用，但碍于面子又不便说什么，就默许罢了。

巴重要了两杯红酒，冉然突然感到口渴，一口就干了。

巴重吃了一惊：小姐，这是酒。

冉然没理他，喊来服务员又要了一杯。

来祝贺我乔迁之喜。冉然又举起了杯。

巴重凝视着她，感觉有什么地方不对，没有迎合她。

你很可怜我是吗？冉然自己又干了一杯。

不，你可怜吗？你漂亮、能干、智慧，你有什么可怜的？

不是最好。

你以前不是这么敏感的，你不自信了吗？

我会的，还会的。

那天冉然把自己灌得酩酊大醉。巴重明白她把选择的权利交给了自己。巴重把她抱到床上，用温水给她轻轻擦擦了脸，小心地替她盖好被，坐在她身边端详着她。

巴重很清楚自己深深爱着这个女人，这段时间他很忙，甚至有些累了。他有时问自己：四十几岁的人了，是不是疯了？怎么对循规蹈矩的生活过烦了呢？他将来要面对两个女人，这两个女人他都不能伤害。她的妻子单咏梅刚刚做了子宫切除，本来去年就协商好了离婚，可是却发现她患了子宫癌，巴重就打消了这个念头。日子干巴巴地又过了下去，谁也看不出他们的生活有什么破绽。其实，他们夫妻分居已经三年多了，但仍然客气着。

分居的理由很简单，单咏梅当了某银行的行长后，她回家的时间没有早于夜里九点之前，常常回来后又要写材料、通电话……搅得巴重不得安宁，巴重提出到书房去睡，互不干扰。开始星期礼拜的还要在卧室聚一聚，后来发现妻子为这事很例行公事。巴重感到很受侮辱，他是讲究性生活质量的人，不能容忍这种例行公事的性关系的存在。

他曾努力和单咏梅谈过，单咏梅却觉得他很不可理喻，老夫老妻的还在这个问题上纠缠，于是她问道：你出国五年是怎么过的？

巴重坦率地承认：我有过性伴侣，她是留学生。她很照顾我，回国前分手了，说好不再联系。

那好，你就再找个性伴侣吧，老娘不伺候了。需要离婚的时候通知我一声。

……

再提个要求，不要带家里来。

从此巴重再也没有进过那间卧室。星期天巴重还是要和单咏梅手拉手穿过众多羡慕的目光去逛街购物，也许这种愉悦弥补了他们生活中的缺失。

他们相安无事地过着。

巴重只是常常想起冉然，她是他喜欢的那种大女人。巴重把女人大致分成大女人小女人两类。大女人大气、开朗、有修养；小女人则讲究、精细、周到，也有修养。巴重不喜欢小女人的讲究，太讲究巴重受不了，太周到他也消受不起。

冉然是大女人，而且有女人味，她爱笑爱闹，但很得体，很让人放松。每次和她在一起就会有挥之不去的兴致缠绕他很长时间。

比如她经常说出一些很经典的话。她和巴重打了几次麻将，大小有些输赢，她的牌技实在无法恭维，但她的牌风很讲究，从来认赌服输，让小气的男人汗颜。她说：赌品看人品。

这句话让巴重来回琢磨了很久，他回味许多牌友的品行之后，很佩服冉然对生活的理解。

她是个很敢于自嘲的女人。女人是最怕自己有什么尴尬的事被别人知道，藏着掖着还来不及呢，可她偏偏能说出来，和大家一起分享快乐。

她说有一次她去郊区请客户吃饭，和人家喝了好多啤酒，半路上内急，郊区很少有公厕，好不容易见到一个简易的厕所，她憋得要命，跑下车就冲了进去，根本没有在意是否有别人，蹲下就畅快地释放出来了，那一刻她感到幸福不过如此。她正想再享受一会儿，突然听到有人嘟囔了一句什么，她才发现旁边还有一个人。

她把头往外凑凑问：你说什么？

这是男厕所！那人忽地站起来落荒而逃……

冉然笑出了眼泪：我碰到了真正的正人君子。

巴重每每想起这件事就忍俊不禁：她可真是懂得享受快乐的女人。

最让巴重难忘的是一次江边的聚会。他们到江边的鱼亮子抓鱼，然后江水炖江鱼。他们一行七人，四男三女，男人抓鱼女人炖鱼。那两个女人拿着网兜里的鱼作无所适从状：妈呀！我们最怕杀鱼了，太残忍了！那俩女人都是几年前从乡下基层单位调到城里来的，据说都是普通劳动人民出身，怎么来到城里就矫情成这样了。巴重冷冷地看着她们。

这时冉然拖着一根粗大的干树杈从远处走来：杀鱼有什么可怕的？我来

弄。说罢，她抓过活蹦乱跳的鱼，啪啪，一一摔在地上，鱼们当时就不再动，然后就刮鳞、开膛破肚，双手搞得血淋淋的，脸上、衣服上都沾上了闪闪的鳞片。

几个男人在一旁观赏着冉然得体自然的表现，那两个不胜娇嗔的女人被晾在一边有些懊悔，又忙着显示自己能干，撸起本来就没有理由矫情的粗壮的胳膊。

巴重暗自好笑：何必呢。

那次聚会后冉然赢得了相当好的口碑，男人们背地里都说她很哥们儿。只要有聚会就想办法邀请她，于是她一路欢快地就来了。只有巴重细致地看到她的快乐背后隐隐的不安，她常会在人们热闹得忘乎所以时悄悄溜出去，黯然神伤。

巴重会默默地递给她一杯清茶，她接过茶杯时，巴重无意中看到她手腕上的淤青。他惊愕地望着她。

冉然淡淡一笑，轻轻地摇摇头：不要问。

再一次见到冉然受伤是在医院，他们例行体检，路过骨科诊室，他看见麦地搀扶着冉然走出来，冉然看见他站在门口很尴尬。

麦地一脸愧疚：我喝多了不小心把她弄摔了，没伤着骨头，筋撕裂。

冉然忙掩饰：也是我不小心。

巴重久久地注视麦地：我在体检，完事后我到你家喝酒，我带酒菜。说完大步流星地走了。

冉然和麦地相觑无语。

巴重那天买来酒菜，和冉然夫妇对酌。他从始至终没有提及冉然受伤的话题，大多是讲自己在国外五年的生活经历，自己漂泊在外怎样承受着思念妻儿的折磨……

告别时麦地送他出门，巴重拍拍麦地的肩头：老弟，生活很不容易，但要懂得珍惜。

麦地默默地点头。

巴重很沉重，他知道冉然不是懦弱的女人，之所以她还能够忍受，那就说明她还爱着。爱不仅仅是你情我愿，更多的是责任，不负责任的爱，仅仅是占有。冉然则对爱附加了比常人更多的责任。她真是个好女人，如果有那么一天，他相信自己会好好爱她。巴重无数次这样遐想。

麦地走了，他走后给巴重打了个电话：老巴，她很信任你，拜托你了。他似乎就把冉然留给了巴重，巴重犹豫了，他没有立刻给冉然打电话，他其实希望冉然能够给他打电话，这样他可以不用劳心找理由说服自己。但他始终没有等到冉然的电话，他开始心神不宁，感觉这个世界突然安静得可怕。终于，他还是忍不住对冉然的牵挂，拨通了冉然的电话……

巴重的胸怀能够容纳冉然吗？那里已经被单咏梅占据了，他不能一把把她推出去，他无法做到。那么小的空间把她们同时放进去，她们会碰疼、会碰碎……夜已经深了，他立刻面临着选择：回家还是留在这里。尽管他们夫妻关系早已名存实亡，但他从不夜不归宿，他要给家庭一个安全感。扔下酒醉的冉然他又不舍，晚上她想喝水怎么办？要呕吐怎么办？她醒来看到空大陌生的屋子里只有自己，会很感伤。那种孤独的感伤他有过。

冉然安静地睡着，是因为巴重在身边。她就像睡在蛋壳里的小鸡雏。

巴重悄悄起身到客厅，打通了家里的电话：咏梅，是我，我今晚……

没等他把精心编好的理由说完，那边就说：你不回来了，我知道了。啪，电话挂断了。

巴重很想再拨过去，可他已经没有了勇气，说什么？难道要把谎言说完？巴重苦笑。

冉然在半夜突然醒来，她环顾四周，发现巴重的外衣挂在衣架上，她悄然起身，赤脚走到门边，看见巴重睡在客厅的沙发上。她心头一热，转而又有些酸楚：自己就不知不觉要和别的女人共享一个男人了，她要在这个男人的选择中过日子。他选择留下，自己就幸福、快活；选择离去就沮丧、失落……这是她要的生活吗？她要好好想想。

冉然又回到了床上，一直醒到天明。她去买来早餐，回来时带给巴重毛巾、牙刷，巴重用后把它们和冉然的并排放在一起，冉然佯作不见。

临走冉然把一串钥匙交给巴重：你有权利享用这里的一切。

巴重接过，在手里颠了颠调侃：包括你么？

人是不可以用来享用的，你是在偷换概念。

冉然和巴重都笑了。

巴重回到单位第一件事就是把冉然给的钥匙放在了抽屉里。

后来的日子里，他尽管常常来冉然这里，和冉然坐在落地窗前或喝咖啡或喝茶，但从未带过钥匙自己开门。

冉然已经渐渐习惯有他在的日子，常常不舍他离去。但她又很不忍听到他会怎样和妻子撒谎，她不想看到他不堪的样子，情感的背叛虽然比肉体的背叛更可怕，但它们却有着实质的区别，跨越它就覆水难收。

单咏梅渐渐感觉到了巴重的游离，尽管他还周到细致地照顾她的生活。她做手术之后，巴重不再让她料理家务。他给家里请了小时工，每天按时上下班，料理家务。他没有提离婚的事情，也常常到卧室和她小坐一会儿，找些共同的话题聊聊。即使有时不回家吃饭，也会在第一时间打给她电话，告诉她自己吃饭吧，不要等他，从不说理由。除了到外地出差，从不夜不归宿。但渐渐地她感觉到，巴重开始频繁地不回家吃晚饭，而且每次的理由都很充分。他干嘛要刻意地说明理由？这已违反了他们二十年来的生活习惯。

她凭直觉认为，巴重已经有女人了，她感觉这个女人和他决不仅仅是肉体关系，巴重已经爱上她了。她并不刻意维系他们这种不正常的夫妻关系，她很理解男人的生理需要。这是她最歉疚巴重的，因为早在发病前，她就感觉自己在生理方面出了问题，她对性生活很排斥，每次都想：快结束吧！但她没有和巴重讲，她要维护自己的尊严，于是就做出一副无所谓的样子，用强大的自尊掩饰自己的自卑。离婚是她提出的，她知道巴重不会主动提出离婚，他这个人责任感很强，而且也不喜欢动荡的生活。但他很痛苦，她在夜里曾经看到巴重躲在卫生间里自慰，他的样子很猥琐。

单咏梅使巴重在夜里变得猥琐。

单咏梅决定离婚。巴重并不意外她的选择，他认为他们之间也很难以维系了，单咏梅只爱她自己，还有她所谓的事业。她总以成功人士自居的感觉让他耿耿于怀，他需要的是女人，而不是成功人士。她端着高高在上的样子让他敬而远之。

手术后，单咏梅开始反思自己，她觉得自己还没有好好做一个女人，没有好好地享受男人的爱抚，就丧失了作为女人最为珍贵的东西。她开始怕失去巴重，担心巴重爱上别的女人。这一天终于还是来了，她和所有普通女人一样开始暗地侦查巴重，夜里她悄悄潜入书房，偷偷拿出他的手机。

巴重在这方面从不提防单咏梅，他觉得她不是那种处心积虑的女人，而且她对他的隐私也从不感兴趣。他的手机就这样出卖了他。

单咏梅看到了巴重在手机中存储的冉然的照片，还有冉然和他来往的信息。

你今晚来吃饭吗？

给我做什么？

……

降温了，多加衣。

穿上你给我买的羊绒背心了。

……

是冉然，单咏梅并不意外。但她感到一切都不可抗拒了。　．

她在茶几上找到一包烟，点燃了一支。

单咏梅默默地看着悠然吃早餐的巴重，发现他瘦了很多，但精神很轻爽。看来男人和女人一样需要爱情的滋润啊！

好久没有见到冉然和麦地了，今晚我们聚一聚吧。

巴重的嘴立刻停止了咀嚼，意外地看着她。

生病时人家拿了好多东西来看我，答谢人家一下。另外我也在家待闷了，想找个人说说话。怎么，不方便？

单咏梅静静地等着他回答。

哦，只是麦地不在，他，他们离婚了。巴重的表情极不自然。

那就更应该见见冉然了，你把她的电话给我，我邀请她。女人在这个时候最需要安慰的，我们不能袖手旁观哪！

巴重无奈，只好把冉然的电话留给了单咏梅。

他急忙离开家，出门就给冉然打电话，告诉她单咏梅邀请她吃晚饭，希望她能赴约。

冉然沉吟了好久：我会去的。

冉然准时到了约定的餐厅。她很随便地穿了一条牛仔裤，上身穿件白色的纯棉衬衣，瀑布般的长发很随意地扎个马尾，这是冉然平日最随意也最喜欢的装束。她不想在单咏梅面前显示她的优势，也不想刺激一个敏感时期的女人。

然而她不知道，就是她随意的装束彻底让单咏梅崩溃了。

单咏梅在冉然的身上看到了一个从骨子里会让巴重倾倒的女人，她坐在那里一颦一笑都牵制着巴重的神经，他们就像年轻的小两口，她就像一个垂老的婆婆。

我简直是自取其辱！单咏梅实在按捺不住自己的悲愤，倒了满满的一杯啤酒：冉然，我以我的方式敬你，你赢了！那杯酒在空中画个美丽的弧线泼在了冉然的脸上。

单咏梅夺路而去。

冉然和巴重相对无语。

巴重给自己倒了一杯酒一饮而尽：冉然，对不起，其实这是废话，但还是要说。她怎么会……

冉然马上摆摆手，凄然一笑：真不该伤害她，说这话好像很虚伪，但我还是想说。说着她起身告辞：你该马上回家，她此时更需要你，因为你是他的丈夫。

冉然出了饭店，坐上出租车直奔母亲家，然后关掉了手机。

巴重回到家时，单咏梅坐在沙发上等着他，她已经恢复了平日的矜持。她把屋内所有的灯都打开了，茶几上放着打印好的离婚协议。

巴重点燃了一支烟，因为已经戒烟很久了，吸了一口就咳了起来。单咏梅夺过他手中的烟，叼在自己嘴上：戒了就不要再捡起来。她把离婚协议递给他：我把灯都打开了，希望我们亮亮堂堂地解决问题，不要回避，这也是对我们双方的尊重。

巴重没有接，他又习惯地点燃了一支烟，这回没有咳，他沉吟了半天：咏梅，我没有打算离婚，或者说没有想好是否应该离婚。

那她怎么办？一直做你的情人？她甘心么？你甘心么？

我和她还没有谈过这个事情，我们也不是情人关系，只是爱慕，仅此而已。

为什么？又想当婊子又想立牌坊？

请你不要这么误解她，她完全不是你想象的那种人，我还没说服自己破坏这个和你还有孩子共同生活了二十几年的家，她也还没有接受我。

你爱她吗？

是的。

她这算什么？不要你的人，占据着你的心。剩下一个躯壳给我吗？请给我留点尊严，我们离婚吧！

巴重又点燃了一支烟，他似乎是一个不熟悉水性的人，在岸边看到了对岸就是他很渴望的世界，那里充满了诱惑，他看着滔滔的江水徘徊着、犹豫着，突然就被人踹了一脚掉了进去，他在水里挣扎着，不知是该鼓起勇气游过去，哪怕游到半路精疲力竭，甚至被淹死，也要搏一搏。还是伸出手来乞求有人把他拽上岸，继续他循规蹈矩的生活，不再有任何非分的念想……

我想时间会给我们一个结果的，我们需要时间。巴重把离婚协议交还给了单咏梅。

整整一天，巴重抽空就给冉然打电话，一直都在关机。巴重再也坐不住了，没到下班时间就跑到冉然的住处，忐忑地打开门，四处搜寻着，不见冉然。

他坐在落地窗前，沏了杯茶，对面的椅子空着。这是平日他和冉然经常坐在这里喝茶、聊天的地方，他们无所不谈，想到哪里说到哪里，似乎他们是上辈子失散的亲人，有无尽的话要倾诉给对方。这里就像一片清心的绿洲，让他们忘却了窗外就是一个充满矛盾、纷争的世界。

太完美了，就不那么真实。转瞬间巴重就坐在这里睹物思人了。

他一直坐到又一个天明……

冉然在母亲家和麦丁腻在一起。母亲只是精心地给她做喜欢的饭菜，也不追问她发生了什么事情。她很感激母亲留给她的空间，让她安静地思考。

她相信巴重一定会在那个房子里等待她，因为他绝不会毫无顾忌地满世界找她，这个世界上只有麦地才会这样找她，所以她就毅然嫁给了他，也毅然离开了他。她不想立刻见到巴重，她无法面对他的尴尬与犹豫。她曾无数次问自己刚刚被拆散了家庭，切齿痛恨那些无情地毁掉别人生活的女人，怎么转眼间就加入了这个行列？她不断地找各种理由说服自己，但她没有找到任何借口。

他们虽不是那种风花雪月，但难道因为有了这种节外生枝的爱情就可以理直气壮地拆散别人的家庭？爱与不爱就是那么可以清楚地界定？巴重和单咏梅难道就没有爱？如果不爱就不会犹豫那么多年，就不会那么沉重。他们之间不仅仅是责任，而是把爱融入了血脉相连的亲情，因此他们能够宽容对方的不足，相安无事地生活了二十几年。

他如果率性地离开自己经营了二十几年的家庭，也同时重新调整他和单咏梅苦心经营了二十几年的社会关系，他准备好了吗？他们未来的生活除了弱不禁风的爱情，还要伴随着种种痛苦的纠结……

冉然三天后打开了手机。

巴重的信息蜂拥而至，最后一个是十分钟之前发的：我已经在离婚协议上签字，择日去办理手续。

冉然内心的堡垒立刻土崩瓦解。

妈，我要回去了。冉然无法掩饰作为女人将要得到自己喜爱的男人的愉悦。

母亲温柔地问：想通了？

冉然看看母亲迟疑着：妈，他决定离婚了。

母亲沉吟了好久：妈现在也能接受一些新的观念了，但这结婚离婚的总不会是简单的事。巴重倒是个可信的人，但愿你们会有个好的结果。好好再想想吧。

冉然点点头。她感觉随着时间的推移，渐渐地感觉母亲的话很耐人寻味。她开始愿意把自己的心事告诉母亲，享受母亲温暖的叮咛。

冉然回到自己的家，看见落地窗前茶几上的烟缸里满满的烟蒂，她数了数整整一包。冉然把烟灰倒掉，把烟蒂一根根地放到一个精美的盒子里，珍藏起来。

我在家里等你吃晚饭。冉然把信息发出去，就戴上了围裙。

巴重的电话马上过来了：冉然，我下班后马上过去。不要再跑了。

冉然幸福地咯咯笑着：怎么会，有你我哪儿也不去了。好了，我要准备做饭了，一会儿见吧。

冉然刚把菜烧好，就听到了巴重在用钥匙开门，她以极快的速度解下围裙，飞奔到门口。

门被缓缓地打开，一大丛玫瑰灿烂地开放在她的胸前。

那一刻她终于成了幸福的小女人。她不知所措地站着，巴重把她拥在怀里：不要再让我看不到你。

巴重像变魔术似的从包里变出四根蜡烛，他一一点燃后关上了灯，厅里立刻生出另一种情调。

这时冉然的手机适时地响了起来，她看一看是一个陌生的号码，她不想破坏此时的氛围，犹豫着不肯去接。

接吧。巴重催促她。

冉然接通电话的同时，一根蜡烛突然灭了，冉然心中莫名地掠过一丝不祥。

请问您是冉然女士吗？

是的。您是……

我是深圳公安局的，罗利民先生前天遇害，他在深圳的临时户口上登记的家庭成员栏目里，您是他的妻子，并且留了联系您的电话。希望您尽快来深圳认领尸体，配合我们破案……

冉然远远看见了老七，他衣衫褴褛，张着大嘴说的什么冉然完全听不懂。他向冉然伸出了手，手只有白花花的骨头，没有肉，后来他的脸也只剩下了骨头，全然没有了他的模样。冉然的手碰到了他的骨头，冰冷冷的，冉然一下子惊醒了。

冉然，冉然……她听到了越来越近的呼唤。她睁开眼睛看到了满眼血丝的巴重。

伯母，冉然醒了！巴重愉快地喊着。

妈妈！麦丁扑在她的床边，母亲端来一杯水，眼睛红肿着，看来她知道老七出事了。老七叫了她二十几年的干妈，她常说这干儿子比亲儿子还好使唤，亲儿子在一个城市生活，几个月见不上一面，在外地的甚至一两年都见不上一面，她得了干儿子的济了。没安装煤气时，每月的液化气罐都是老七扛到楼上的。母亲有事习惯找老七，很少找冉然他们，嫌麻烦。

伯母给你打电话，我就告诉她你病了，老人家连夜就赶来了，一直守着你。巴重赶紧解释。

我是她妈，应该的，还是要谢谢你，也一夜没睡。母亲和巴重客气着。

巴重笑笑：不客气，看来冉然没什么大事了，我到单位去了，有什么事需要我，就给我打电话。

母亲送走了巴重，回头问冉然：老七的事你打算怎么办？

你说呢？妈。

母亲叹了口气：这老七一个亲人都没有了，媳妇又跑了，他把我们都当成亲人了。

冉然陷入了深深的自责，她这些日子似乎把老七给遗忘了，上次他打来电话，正赶上自己焦头烂额的时候，没心思顾及他。然后再也没有接到他的电话，这些日子自己忙什么呢？连顺便问候朋友的心情都没有，活到这种份儿上还有什么意义呢？

她一时疏忽了老七，老七就永远地离开了她，他在惩罚自己，她在建立自己幸福爱巢的时候忘记了他的存在。

巴重得知冉然要去深圳，以妻子的身份去认领老七的尸体。他缄默了很久。

他感觉这个男人的死对冉然刺激很深，他无力挽留她。他不认识这个男人，也不了解他们之间的关系，此时陡然发现自己是多么不了解冉然。他甚至有些妒忌老七。他自嘲：竟然妒忌一个死人，老巴真可怜！

冉然走了，她连温存的微笑都没留给他。巴重很不甘心，冉然的背影刚从他的视线消失，他就打手机给她：我现在就想你了。

冉然哭了：对不起！

随即她就关掉了手机，巴重再也没有打通，他感觉这女人从骨子里是硬的。

来到深圳的冉然立刻感到扑面而来的青春而清新的气息。她似乎喜欢上了这里的一切。

她被公安局的车带到了一家医院的冷藏室，他们把老七从盒子里拉出，老七的四周徐徐冒着冷气，浑身是发黑的血迹，面目扭曲，惊恐地张大着嘴……她想梦中的老七就是这个样子。

此时她还是侥幸地希望老七腾地坐起来，冲她呵呵坏笑：你真让我骗来了。

但他终于还是直挺在那里……

冉然冲警察点点头：他是老七，罗利民。罗利民的名字好多年没人叫了，都叫他老七，这是小时候他在学校运动会一连几年都跑第七，同学们就送他个绰号"老七"，一叫就是几十年，人们渐渐忘记了他的名字。

老七又被警察推了回去，冉然突然惊叫了一声：老七！就晕了过去。

冉然醒来时已经是第二天中午。她躺在深圳市中心医院，床边放着一束黄色康乃馨。她动了动，头很痛。

醒了。周围的人都长出了一口气。

深圳的人民警察真好，一直陪着她。

冉然在医院输了两瓶液，就坚决要到老七租住的房子去。老七住在一个花园一样的小区的一楼，一百二十平米的房子，客厅很开阔，两面都是落地窗，和阳台连成一体，宽大的阳台伸出窗外离地面有半米高。后来她才知道深圳到处是花园。

打开门，屋里仍然飘浮着老七留下的烟草味，冉然很熟悉这种味道。

房间里一应俱全，很整洁。房东女人阿珠说：每星期老七都请钟点工来打扫。老七为人随和、仗义。

冉然谢过阿珠的介绍，她知道老七是什么人，无需她介绍。她要自己在他的房子里坐一会儿。

书架上她意外地发现了自己的照片，和老七的照片并排放着，都傻傻地笑着。

冉然没想到，真的没想到，在遥远的南方城市的一个男人的房间里，摆放着自己的照片。她很震惊。

她打开抽屉，里面很凌乱，不经意地放了个小本子，上面凌乱地记了很多陌生人的电话，还有流水账。记事栏里反复出现了自己的名字。

记录了她的很多日子，她的生日，结婚的日子，麦丁的生日，她几次被麦地打伤的日子，离婚的日子，麦地离开的日子……他笨拙地写了这样的一段文字：我决定先离开冉然一段时间到深圳发展，然后把她和麦丁、干妈都接来，离开那个让我们都伤心的地方，我要把她娶回家，当老婆疼。其实麦地走时我就把她当老婆了，冉然这个傻瓜还不知道我早已离婚，到时我不再装了，我要告诉她，我打小就稀罕她。这回哪个王八蛋都别想抢走她！

老七……冉然失声痛哭，她就这么把一个深爱她的男人丢掉了，命运真是太作弄人了，它竟用这么残酷的手段来报复她的过失。几十年来她就丝毫没有感受到老七对她的一片痴情，她心安理得地被他呵护着，从来没有关心过他的喜怒哀乐，甚至都没有心思仔细地端详过他一次……她无法克制自己的内疚，也无法原谅自己曾经对一个活生生的生命的忽视，一个爱着她的生命，那么悲惨地消逝了。

老七的案子很难侦破，在他的手机电话单上，查到了几个经常交往的朋友都排除了怀疑，但他们说他好像和一伙人做走私汽车，那伙人谁也没见过，很神秘。在老七的账户存进过两百多万现金，在他遇害的前一天都取走了。公安局调取了银行录像，看到老七是用一个黑色旅行背包装走的，身边没有别人，出去后他打了一辆车，直到遇害没和任何人联系。后来他们又在民航售票那里查到了他购买了遇害第二天的机票。

老七是准备回家一趟，他一定是要把这些钱带到冉然面前，给她一个惊喜。在他的房子里没有找到他装钱的包，手机也不见了。他是夜里十一点在离家不远的一个僻静处遇害的，那里没有摄像头。他为什么要把钱带在身上？他带着钱要干什么去？那个夜里他到底发生了什么？都是没法知晓的疑问。

公安局认为这是一起没有预谋的流窜抢劫案，案犯肯定已经逃离深圳，只能慢慢地侦查，一时不能破案就先把尸体火化了。

火化那天，冉然上街为老七买了一身名牌黑西装，一条红白格子的领带，生前老七很爱臭美，喜欢名牌，冉然曾调侃他把全部财产都穿在身上了。她也给自己买了一身白衣裙。她给自己和老七胸前都别了一朵红玫瑰，默默地在心里为自己和老七举办了一次婚礼。

冉然把老七的骨灰盒用红布包裹着抱回了老七的家。

老七，今天是我们的新婚之夜。

那一夜，冉然抱着老七的骨灰盒睡得很香甜。

冉然决定留在深圳，她要等待公安局破案，她要亲眼看看是谁残忍地杀害了老七，她要看着他们遭到惩罚。

她把自己的想法告诉了母亲，她再一次使母亲气急败坏：你还在那里干什么？快回来！

妈，我要等杀老七的凶手抓到了再回去，再说我已经是老七的妻子了。

冉然你怎么总干离谱的事？还有抢着当寡妇的？和死人结婚，法律也不认哪！

我心里认就行，用不着别人认。妈，再容忍我任性一次，对不起，麦丁你就帮忙照顾吧。转告一下巴重，让他把房子退了，我回去也不会住在那里。

自己为什么不去说？我永远也搞不懂你脑子里装了些什么。

妈，我不想和他多解释，他会明白的。

冉然开始了在深圳的生活，其实这个城市是冉然早已向往的，她喜欢这里的陌生而孤独，在这里她很自在，不用在邻里之间、朋友之间、亲属之间、同学之间、同志之间、上下级之间……复杂的关系网里挣扎。自己就像一条温水里煮着的鱼，不死不活地存在着。日子在打发间绝望。

深圳的孤独和冷漠激活了她生存的欲望，每天的日报、晚报、商报……刊登了各种真真假假虚虚实实的招聘广告，诱惑你去尝试。诱惑和欲望使一些人变得年轻而智慧，就像一台生锈的机器又注上油，重新开动起来。冉然在招聘现场结识了一个云南来的摄影师，一个看上去三十几岁的男人，个子比冉然矮半头，黑黑的，穿着浑身都是口袋的摄影服。他是老深圳了，来这里是要拍《深圳的表情》的画册，他说要拍一些刚来深圳的人的恐慌而渴望的表情。

要拍我？冉然问。

你没有恐慌，只有渴望。他说着举起相机咔嚓咔嚓冲人群乱拍一气。

冉然感觉他很有趣，就想和他聊聊，了解一下深圳：我请你喝咖啡吧。

他看看冉然，犹豫了一下：你买单？

冉然点点头。

吃中饭吧，到对面茶餐厅，不是很贵。他没有客气。

冉然第一次感受到深圳人的实际。东北男人吃饭都是抢着买单，更不会让女人买单，让女人买单传出去是很丢人的事。在这里男人不会毫无意义地为一个陌生女人买单，除非他另有所图。尤其像冉然这个看上去已经三十几岁的女人，在这里已经是老女人了，他们把三十岁以上的女人恶毒地称为老女人。这是冉然后来才知道的。

吃饭时他看了冉然的简历摇摇头：你这个年龄就不行，三十四岁，哪个老板会招聘一个老女人？

这是冉然第一次听到老女人的称呼，很伤自尊：我那么老吗？

看上去也不是很老，也就三十左右，但是你不能写实岁，你要包装自己。深圳不讲历史，来到这里就要是个全新的你，忘掉自己的过去，搞一个身份证，天桥上有大把的做假证件广告，很有信誉的，要写二十九岁，没到三十岁，就是女孩子，老板才会见你。你看我实际都五十岁了，都有孙女了，但我在这里是四十二岁，钻石王老五啊！小女孩都大把地追我，我女朋友，比我女儿还小哪！他很坦诚，在深圳能听到这种真实的话和承认自己杀过人一样难。也许他认为冉然和他萍水相逢，吃完饭就谁也不认识谁了，不构成威胁的缘故。

冉然倒吸一口凉气，她感到自己不那么轻松了。

他喝了好多啤酒：好久没喝了，舍不得。我要存钱去法国办影展。

冉然说：你随便喝，我请得起你。

他高兴得像个孩子：东北女人真豪爽！

你为什么到这里？搞摄影在云南多好。冉然问。

他淡然地一笑：你说对了，应该在云南，我在云南开了一家影楼，找来几个少数民族少女给她们拍写真。写真你知道吧？结果晚上他们族里老老少少开着五辆拖拉机，拿着棍棒把我的影楼给扒了，我逃得快捡来一条命。后来就跑到深圳，至今不敢回家，他们很记仇的，子子孙孙都会追杀你。

冉然哈哈大笑。

他眨眨眼很神秘地问：你拍写真吗？你线条很美。

冉然说：你不怕我直接杀了你？我不用找乡亲。

老土！他咕嘟又喝了一杯，然后就抱着相机趴在桌上睡了。

冉然犹豫一会儿，买完单尽快离开了。

冉然走在华强路的天桥上，果然看见了贴在栏杆上的做证件广告，她站在那里犹豫了片刻，像做贼似的记下了一个电话号码。她试着拨通了，接电话的人说的是广东普通话，很热情地给冉然介绍了他的服务项目、服务流程，听来很像一个正规的公司。他要求冉然把照片准备好，按照自己需要把年龄性别等项写好打电话约地方，他会来取，三天后他再送货，验收合格后收取费用，身份证收费五十元。他又提醒冉然是不是要毕业证，身份证改了，毕业证也要改的，收费也是五十元。冉然听后感到很有意思，他们的服务竟然如此到位，丝毫没有鸡鸣狗盗的感觉。

冉然竟也释然了。

三天后冉然在华强路的天桥上用一百元钱拿到了崭新的身份证和毕业

证。她在和这个小个子广东男人交易时，他的电话不断，看来他的业务很忙。

冉然到报亭买了几份报纸，夹着准备坐公交车。正是上下班高峰，很拥挤。在公交车门打开的瞬间，人们一窝蜂地涌到了门口，冉然奋力地挤着，刚踏上车门，一直攥在手中的手机突然响了，她一看是母亲的电话，怕母亲着急，忙接通了，本想告诉母亲一会儿打过去。她刚喂了一句，她前面的一个男人突然转身往下挤，在冉然和他交错的一瞬间，男人一把抢过她的电话。冉然分明听到电话里母亲焦急的喊声，她不知哪里来的力量，回身一脚踹在正准备跳下车的男人的屁股上，那男人一脚踩空摔了个狗抢屎，手机摔出很远，他爬起来逃之夭夭。车上车下的人发出了一片喝彩：哇！会武功喔，女侠喔！冉然跳下车从一个路人手中接过手机，愤愤地骂道：妈的。抢老娘的东西，我还想抢哪！

电话那一端母亲声嘶力竭地叫喊着，她感到女儿发生了什么意外。冉然这时才从激愤中平息下来，她钻进了一辆出租车，冲着电话喊了一声：妈！潸然泪下。

晚上她到阿珠房里告诉她，房子不退了，她要继续住，老七已经交了一年的房租。阿珠很意外，她正为是否退给冉然房租犹豫，按常规中途退房属于违约，押金和房租都不退还，但老七为人好，而且遭遇了不测，她又不忍那么无情，于是给远在香港的老公打电话商量，她老公冷冷地回答：自己定啦，这点小事不要烦我。阿珠没了主意，吃进的钱吐出来很难受。

冉然的决定让她喜出望外，她热情地邀请冉然出去宵夜。

阿珠是地道的广东客家人，生得又黑又瘦。没有从事过任何职业，刚刚三十岁就生了三个孩子，都是男孩，个个虎头虎脑，大的和二的在盐田的一个贵族学校上学，一星期回来一次。小的带在身边，平日有保姆照管。阿珠的老公常年在香港居住，深圳有几处房产出租，供养阿珠和三个孩子，很富足。阿珠平日的时间不知怎么打发，年复一年，日复一日地等待着老公的归来。

阿珠很自信，因为她有三个儿子。只要她照顾好他们，老公就不会抛弃她。眼前这个又黑又瘦不很起眼的女人有着非凡的坚韧和耐力。后来她才知道有许多广东女人这样活着。那些女强人认为她们活得很没尊严，很没有自我。冉然并不以为然，她感觉她们在用另一种形式维护着自己的尊严，只不过她们不会招摇过市摇旗呐喊，她们活得坦然活得很自己，她们就是她们，谁也替代不了。

冉然师范学院中文本科毕业后被分配到一个发电厂中学做语文教师，可是她早就腻味教师这个刻板的职业，她从小就被教师包围着，妈妈是教师，两个姨是教师，大哥是教师，娶个嫂子也是教师。她不喜欢他们那种惯于说教的职业症，统一的思维方式和牵强维系的为人师表的道德理念。她一想象在家拳脚相加、祖宗八代都被他们骂得淋漓尽致的哥嫂，站在讲台上教书育人就很可笑。所以她很难听得进去讲台上老师套用公式般的说教。有一次她顶撞振振有词教训她的老师说，你只能教我书本上的知识，在道德层面上我们应该是教学相长。比方说，我可以在公共汽车上给老人让座，而你不能。因为冉然曾在公共汽车上看到她怎样坐在那里坦然地面对一个站在她面前的老妪。

毕业时老师找到她说：冉然，你就要走上教师岗位了，但愿你能做一个真正为人师表的教师。

我想我做不到，但我可以选择不做教师。

老师冷笑了一声：你还年轻，路长着呢。

谢谢你的提醒，我们走着看吧！

她发誓不当教师，因为她做不到真正的为人师表，当孩子们喊她老师时，无法面对那些单纯善良清澈的眼睛。

冉然妈说：冉然，你把教师这个职业看得太过于神圣了。

冉然惊讶地看看母亲：妈，难道你不觉得神圣吗？你站在讲台上，那些孩子仰着头看着你，你就是他们心中无瑕的女神，妈，我做不到，我会很累。我害怕某一天他们用异样的目光看我的瑕疵。

母亲的目光变得暗淡，冉然很懊悔刺痛了母亲。

没有人再阻拦她辞职经商。

冉然给几家文化公司发去了简历，她觉得凭自己的中文功底和几年的经商经验，在文化公司还是大有可为的。

大哥来电话先埋怨冉然一通，然后给她一个电话，说这是他的一个铁哥们儿的电话，在一家上市公司做总经理，他已经给他打过电话了，让他帮忙给冉然找个工作。他叫施名义。

冉然带着大哥的温暖找到施名义，施名义果然不凡，让冉然在公司的大堂沙发上等了足足两个半小时，看到里面的人陆续拿着餐盒有说有笑地走向大堂的一边，她才发现已经到了中午，便条件反射地开始有些饥肠辘辘。她还是耐心地等来了施名义的召见。

施名义一看就是那种城府很深，带着拒人千里之外的微笑的成功人士。他正和一个年轻人交代着什么事情，那人恭敬地站在他的对面。见冉然进来，施名义点点头，示意她坐下。冉然想按照大哥的嘱咐叫他一声名义大哥，可是话到了嘴边又咕噜咽了回去。女秘书给她接了一杯水，就悄然退去了。

施名义的办公室足有五六十平米，豪华的老板台横亘在中央，他身后的背景墙上挂着整幅的书法，苏轼的《赤壁怀古》，气势磅礴。他左侧半面墙都是栗红色书柜，书摆放在那里很显高贵，成了另一种用途，原来书不仅仅是用来读的。

几分钟的时间，施名义打发走了年轻人，冉然还是感觉挨了很久。施名义抬起头看了一眼冉然：哦，饿了吧。

冉然不知道该如何回答他。

他好像并不要求她回答，站起来说：我带你吃饭去，喜欢吃什么？

冉然看看他说：随便，我吃什么都行。

冉然随着他走出办公室，一路上有人不断地和他打招呼：施总！顺便瞟她一眼，冉然不自觉地和他保持一定的距离。

他们来到公司不远处一个叫卡门的咖啡厅。施名义点了杯咖啡，然后把一个精致的本子递给冉然：喜欢吃什么，随便点，我和你哥是哥们儿，你不要客气。

冉然没有接，随口和服务员说：来杯卡布奇诺。

施名义用很异样的目光看她。似乎在说：你还知道卡布奇诺？

说说你能干什么？你，对不起，你有三十几岁了吧？他点燃一支烟，眯着眼睛看她。

冉然低头搅动着卡布奇诺，突然抬起头：对不起，施总我去下洗手间。

冉然来到洗手间，并没有上厕所，她打开水龙头把手伸在龙头下，让水惬意地流淌在上面。她抬起头冲着镜子里的自己淡然地一笑，甩甩手走出洗手间。

卡门，再见！

深圳深秋的阳光正好，行人在郁郁葱葱的街上看去清爽又舒服，冉然很快就走出了施名义带给她的那一小片阴霾。她坐到地摊的小板凳上要了一碗麻辣烫，吃得鼻涕一把泪一把，就像蜜蜂蜇到了神经似的那种无与伦比的痛态的快感。

她接到阿珠的电话后回到住处，见到了传说中的阿珠老公，他坐在冉然面前很无所用心，阿珠低眉看了冉然一眼，悄然退在一旁。冉然微微点点头，刚要说话，就被阿珠老公的手机铃声打断了，他说的是粤语夹杂着英语，冉然置若罔闻。

阿珠老公终于讲完电话，这才开口讲话：很对不起冉小姐，我来通知您，我们要定居澳门，房子我已经卖了，我违约在先，房租退给你再给你补偿一万元，但您必须在明天搬出去啦。

冉然突然有一种冰凉的感觉，她想说我要有时间找房子，但他冰冷的口气似乎把她的语言给冻结了。

您找不到房子可以住饭店，一万元钱足够您住几日啦，你还是赚啦。其余的事和阿珠交涉吧。他起身告辞了。

冉然望着他的背影，下意识地挺了挺胸，接过阿珠手中的一万八千元钱和简单的租房合同。

对不起啦！阿珠一脸的歉意没能掩饰住她骨子里悄悄洋溢出的幸福。她赢了，因为她的坚持，冉然想到这突然很想笑。

阿珠，你真棒！她很由衷。

她没有再犹豫，把老七装入她的行李箱离开了。

冉然拖着行李箱在暮色中的深南大道上有些不知所措，她索性坐到路边看匆匆从她眼前走过的路人，整整一个小时没有人看她一眼。却意外地接到了两个公司的面试通知，都是在上午八点。一个是东方时分旅游公司，一个是湘江家具城，她不记得给他们发过求职简历，天知道他们是怎么搞到她的求职简历的，深圳很神通。她顿然感到这是黎明前的黑暗，于是她决定去下沙。阿珠临走时悄悄告诉她：下沙的农民房很便宜。尽管她的话很刺痛她，冉然决定还是去下沙。

深圳似乎没人陪谁玩儿尊严和个性。

出租车司机听说冉然到下沙，上下打量了她：哦，下沙的钱好赚喔。

冉然很反感和出租司机搭讪，冷看他一眼，他立刻闭上了嘴巴。

下沙似乎是深圳的另一个世界，这里准确地叫下沙村，村里的楼房都是村民自己盖的，拥挤不堪，楼距很小，俗称"握手楼"。大多用来出租，一楼是一个挨一个玲珑的商铺，街道很窄，街上的人很慵懒，浓妆艳抹的女人一色穿得很少。楼门口有很多出租的小广告贴在上面，冉然没加思索就拨通了一个电话，接电话的是个女孩子。冉然在楼下等了她几分钟，她就穿着几乎透得遮不住什么的睡裙出来了。

我招合租，共两个房间，我住一间，还有一间出租，每月五百元，起租三个月，客厅和卫生间公用，水电费均摊，很划算的。

冉然跟着她走进了房间，房间很干净，什么都没有。但和女孩子合租在一起还是很安全的，女孩子看上去很不错，就是衣服穿得少点，但她似乎很耐冷。冉然交给她一千五百元钱，三个月的。

她拿着钱冲阳光看一下：叫我小鹿吧。我是四川人，你呢？

黑龙江人。冉然习惯说自己是黑龙江人，她不喜欢东北人的概念，涵盖得太大了，根本不是一回事。

冉然没有找到买床的铺面，小鹿说白天有卖二手家私的铺面，很便宜。

二手的家私？冉然反问。

二手家私有什么？人都几手不在乎啦。小鹿不以为然。

冉然琢磨了一会儿，感到小鹿的话很有味道。于是她就到报亭花十元钱买了一大摞报纸，回去铺了。她开始琢磨明天到哪个公司面试，这两个行业她都很陌生，想了半天也没想明白，索性做了两个纸阄，写上两个公司的名字，抓哪个就到哪个去面试，结果抓到了东方时分。

就东方时分吧。冉然对自己说。

夜里她不时被身子底下渗出的寒气冻醒，她只好用手给自己的腰捂着取暖。那一刻她真正领会了什么叫寒气逼人，中国的文字真了不起。

好不容易入睡的冉然突然被一阵吵闹声惊醒，她听到厅里男女的嬉闹。安静了片刻她又听到隔壁传来肆无忌惮的号叫和粗俗的喘息。

天亮了洗个澡再走吧。冉然把耳朵堵上这样想……

东方时分坐落在华强路的阳光饭店五至十层。阳光饭店是一家富丽堂皇的五星级酒店，这里和下沙形成了强烈的反差。冉然一下子就喜欢上了这里的办公环境。面试她的人是一个帅气的男人，冉然判断不出他的年龄，从相貌看，他也就二十几岁，但从他从容的谈吐和淡定的眼神看上去有三十几岁。他严谨的深蓝色西装上面挂个工作牌，名字叫梁世东，职务副总经理。

他们要招的职位是人事部经理，月薪三千五百元。冉然一头雾水：我没有做过人事工作。

梁世东一笑，露出洁白闪亮的牙齿：冉小姐你是我们这次招聘中唯一诚实地坦白自己没做过人事工作的人。真不愧是我们东北人。

冉然脸有些发热，她几乎险些告诉他，她的身份证是假的，话到嘴边她还是忍住了：你，你也是……

哈尔滨的。梁世东伸出手。

啊，老乡。冉然放松了许多。

我们所谓的人事工作其实很简单，主要是负责招聘员工和考勤工作，我们公司人员流动性大，每星期都要招聘一次，有点烦。不过你能胜任，能招来人我就轻松了。这样，我直接把你送到老板那里去，他需要一个成熟的人做这个职位。梁世东不容冉然多考虑，起身带她走进了老板的办公室。

老板姓王，梁世东称他王总。王总约有四十几岁，眼睛躲过宽宽的镜框看了看冉然，又拿起梁世东递给他的简历看看，低沉地说：你觉得行就行，反正是给你们招人，招不来人，业绩上不去也是你的事，你看着办吧。我要的是结果，过程不重要。

梁世东恭敬地点点头：王总我明白。

冉然就这么幸运地坐上了东方时分公司的人事部经理，她从老板的办公室出来，梁世东就安排他到了人事部，见了阿珍。阿珍恹恹地抬起头看了冉然一眼。

你给她办个入职手续，她今后就是你的主管，明天开始培训。我就要开场了！梁世东说完就匆匆离去。

阿珍埋下头看冉然的简历，冉然坐在了对面。看来这是我的位子了。她这样想。

扑哧。阿珍突然笑了。冉然不解其意没有贸然地询问，安静地看她。

梁世东假公济私啊，你不会是他什么表姐吧？阿珍说着递过一张表格。

冉然忙解释：你误会了，纯属巧合，我和梁总认识不到一小时。

别紧张，都是自己人，我是半个东北人。阿珍说着拿出一支卡必悠然地叼在嘴上，然后又抽出一支：玩玩？

冉然欣然接受。

东方时分是一家分时度假公司，分时度假发源于北美，公司购买一些旅游城市星级宾馆部分房间的经营权，再分时间把他们卖给顾客，这个顾客在某个城市某个酒店或度假村的某个房间就会拥有一天或几天、几年的使用权，在这一年中你可以在任何时间享用。如果你这一年不想到这里休假，想到另一个城市或另一个国家的某个城市，公司就会帮助你来交换，所花的费用都是一样的。这个浪漫的事物在国外已经流行了一百多年，九十年代才流传到深圳，但很快就被传得走了样儿。比如交换，我们的交换业务还不尽完善，我们各地的经济发展良莠不齐，服务水准达不到顾客的要求。还有到国外的交换，只能交换到一些附近的小国家，美国、英国、法国等大国家很难办到签证，交换的可能很小。但这恰恰是对顾客最有吸引力的。于是公司就招聘一些声音美妙、语言表达能力强，思维敏捷的年轻女孩子打电话，招揽顾客上门参加分时度假的说明会。说明会有免费的茶点和精美的礼物。他们打电话时会很技巧地打探出对方的收入、社会地位、兴趣爱好、婚姻状况……然后根据每个顾客的情况，对症下药，对应他们的人都是有备而来。比如，女顾客就让靓仔对付，男顾客就让靓女对付，年老的有钱女人梁世东就要亲自上，他是中老年妇女的职业杀手。说明会在会议室召开，会议室精心布置了一些世界各地的风光图片，伴随着音乐，窗帘徐徐落下，迎宾小姐走上前宣布：亲爱的来宾，为了使您在东方时分度过愉快而轻松的时光，也为了尊重我们的演讲者，请您暂时关闭您的手机，谢谢各位来宾！

梁世东等经理便带你进入一个美妙的世界，他们娓娓动情地向你讲述分时度假的起源与发展，然后介绍东方时分的服务项目和一些浪漫而美妙的交换的故事。他们又给顾客放些交换成功的录像，蓝色的多瑙河、美妙的塞班岛、神秘的金字塔……人们的情绪整个被控制在他们的故事情节中，然后他们就把顾客逐一交给负责销售的靓男靓女，进一步讲解煽动，他们有个名词——控制，控制顾客情绪、控制顾客欲望、控制顾客间交流；还有个词——激情消费，撩拨顾客的情绪，让他在一种冲动下立刻刷卡消费。哪怕他一走出这间屋子就会后悔，但悔之晚矣！

公司还有一个庞大的机构就是售后服务部，这个部门有十个接线小姐，声音甜美而有耐力，每天守着电话专门处理投诉和挨骂。她们统一有个口头禅：真的没骗您！放下电话后搞怪地嘟囔一句：才怪呢！

冉然所在的人事部负责招聘销售人员，因为销售人员底薪一千，然后按业绩5%提成，试用期一个月，一个月不出单立马走人。部门经理连续三个月不出单者立马走人。梁世东等高层是按总业绩10%提成。所以公司的业务人员就像走马灯似的，很残酷也很诱惑。梁世东他们最多一个月拿到二十万提成，他们都有房有车。

冉然要在众多的应聘者中挑选出适合这种富有挑战性工作的人，要凭她的三寸不烂之舌打消应聘者的顾虑，把有销售经验的人留下，输送给梁世东。

梁世东经常宴请冉然和阿珍，他说：你们姐儿俩招不来有用的人我就喂儿屁了。我每月也给你们提成，你们招来的人出单，我就给你们提成一个点，可以吗？

阿珍精致的鼻子抽抽：你总算承认了我们这个环节的重要了。你看，你要骗人，总得有人帮你骗哪，所以我们是这场骗局的至关重要的，没有人你什么也骗不来。

梁世东皱皱眉：话说得那么透就没味道了。

冉然赞许：话糙理不糙。

果然冉然慧眼识英雄，她不但招来了富有销售潜质的业务员，而且通过业务员之间还挖来别家公司的业务精英。顾客在有效的控制和刺激下放下戒备，失去理性地咔咔刷卡……

冉然和阿珍一星期有三天的时间都和应聘人员鼓噪得口干舌燥，心烦意乱。阿珍叫喊着：出人命了！该死的梁世东使劲开人，他就是一周扒皮！

冉然拍着梁世东刚送来的红包苦笑：有钱能使鬼推磨啊！

突然阿珍很神秘地凑过来：嘿，凯斯德公司的老板卷款跑了！

多少？冉然心一沉。

三千多万。公安都出动了，但好像没什么办法，抓了他们两个副总，当替罪羊了，老板是美籍。阿珍扔过一支卡必。

太卑鄙了！他们开业不到两个月啊！冉然愤然。

这年头谁在钱的面前谈高尚啊？三千多万，卑鄙一次还是值得。阿珍悠然地吐着烟圈儿。

你敢？冉然低吼。

我敢，但没机会。阿珍笑了。

死丫头，赶紧找人嫁了，别再想入非非。冉然给她扔过一袋雀巢咖啡：赶紧联系凯斯特的露丝，让她把人拉来。冉然把一张名片扔给阿珍。

阿珍点点头：梁世东可真有眼力，女周扒皮！

这叫拿人家手短哪。冉然又掂掂手里的红包，顺手放进口袋里。

刚抓起电话的阿珍定在那里不动，冉然冲她挥挥手：喂，魂儿哪？

阿珍突然问：我们老板不会跑吧？

冉然心一颤，半晌才说：不会吧，他往哪儿跑？法网恢恢疏而不漏。

他老婆是美国籍，据说他的钱都在美国银行。阿珍很神秘地说。

冉然无奈地摇摇头：我想这些嫌累。

我是怕梁世东做了替罪羊。阿珍变得有些忧郁。

冉然看看她：爱上他了吧？

阿珍摇摇头：就是在一起玩得很好，他不会娶我的，养不起我。

冉然不再说话，她不想知道更多，阿珍所说的玩，意义比较含混，深圳的玩不是谁都玩得起的。

那是冉然很心不在焉的一天，阿珍把一沓筛选过的简历交给她：挑不出几个。

她看也没看就交给了前台小姐：下午两点开始面试，按顺序叫。

麦地推门进来时冉然差点从椅子上掉下去。

怎么是你？！他们同时问对方。

阿珍抬起头看看他们：你们认识？

冉然拼命地使自己平静下来：哦，哦，是老乡。冉然感觉声音不是发自自己的体内。

麦地像燃起的干柴被泼了一盆冰水，立刻蔫了，勉强跟着敷衍：对，对，是老乡。

冉然突然觉得老天成心和她过不去，在她几乎把眼前这个男人在心里赶走的时候，他又幽灵一般地坐在她的面前。在这之前她没有想象过再次和他相逢的情景，但她无论如何也想象不到他突然出现在面前时自己会那么地反感，她感觉自己平静而有秩序的生活又一次被他打扰了。面前的麦地样子很猥琐，黑黑瘦瘦的脸没有一点生机，他穿着一身和农民工相差不多的牛仔装，嘴唇干干地起了白茧。

冉然还是起身给他接了一杯冰水，他欠欠身接过：谢谢！

不是在海南吗？冉然问。

是，我在一家杂志社做摄影编辑。后来，后来做得不开心就到深圳了，昨天刚到，看到你们的招聘广告就来试试，没想到碰到老乡，天地太小了。他苦笑着。

你可以试着做一个月，做不了再走，你老乡说了算。阿珍不怀好意地冲冉然眨眨眼。

冉然苦不堪言。

于情于理她都不能把他拒之门外。她说：你明天开始参加培训吧。下面还有人等着，不在意的话你就在楼下大厅等我下班，我请你吃饭。

麦地出去了，冉然的心情很糟糕，面试的时候很不耐烦。临下班，梁世东跑来问：今天招的人质量不高啊。

阿珍对着镜子回答：有能耐自己去招。

冉然坐在那里像没听见一样。梁世东作了个揖：姑奶奶们我惹不起。

阿珍临走拍拍冉然：别愁，一个月后把他打发了。

冉然拖到最后才下楼，也许他已经走了。她心存着一丝侥幸，但刚下电梯，麦地就迎了上来：下班啦，冉经理。他故作轻松地调侃。

想吃什么？冉然问，眼睛迅速向四处转了一圈儿，却惊奇地看到阿珍钻进了老板的车。

吃肉，我几个月都没沾荤腥了。麦地的喉结迅速地滚动了几下。

哦，那就小肥羊吧。冉然半天才缓过神。她感觉阿珍是个亦真亦幻的女孩子，不可小觑。

冉然看着仅仅离开了近一年的麦地，他的吃相更拉远了他们的距离，桌上的一盘盘羊肉被他不断地填进肚子，他足足埋头吃了一个多小时才抬起头，冉然给他递过一块雪白的方巾，他胡乱地擦了一把。

你怎么不吃？麦地缓口气问。

冉然嘴角略微动了一下，表示自己笑了。

麦地一拍脑门：操，忘了，你不吃羊肉。还是老婆好。

冉然冲服务员摆摆手：买单！

服务员走后她又数出一千元钱放到麦地面前：买身衣服，明天下午到公司就行，如果想得到这份工作，我们只能是老乡。我回去了，今天有点累，明天见。

麦地有些吃惊地望着她：你什么都不想说就走吗？

冉然望着他无语。

我住哪里？我这半年经历了什么？你真的就不想知道吗？你还是我爱的冉然吗？麦地的声音有些颤抖。

冉然的心很痛，但她努力克制着：我们都活得不容易。这是深圳，不需要同情和怜悯，你要是想要这些就回家吧。

麦地看着款款离开的冉然苦涩地笑了：老乡再见！

冉然停下来，片刻转过身冲他灿然一笑。

麦地竟然没有任何悬念地出了一单，而且是一惊人大单，五十万，一个老女人买了五年的波士顿高尔夫酒店的房间。

阿珍笑得现出了鱼尾纹：五年，这个老女人让麦地搞疯了，鬼知道五年后我们的公司在哪儿？

冉然瞪了一眼她：看你幸灾乐祸的，小心出褶子了没人给你出钱做美容。

哎，你的老乡真有一手，看上去不太起眼啊。藏得很深呢，原来是个师奶杀手。阿珍盯着冉然看。

我一点都不意外，他干这个很合适，他是搞摄影的，到处跑，撒谎从来不脸红。冉然摸出一支卡必扔给阿珍。

阿珍笑了：呵，开始买烟了？

冉然点着深深吸了一口：老蹭你的不好意思。

麦地晚上请客，他发了提成，让我转告你。阿珍也斜着眼睛看冉然的反应。

冉然沉默了半天：我晚上有约了。

阿珍叹口气：姐姐，你不大气。

冉然淡然一笑。

阿珍小心地磕了磕烟灰：你就不想和我说点什么？关于老麦。

说什么？老乡而已。冉然有些心虚。

切！他给我看了你们一家三口的照片，昨天我和梁世东和他一起吃午餐，他两杯酒下肚什么都招了。阿珍幸灾乐祸地看着冉然。

冉然脸就像被人抽了个耳光，又麻又辣：梁世东什么反应？

他不喜欢老麦，说他太自我，早晚要惹出事。他和老麦谈了，你俩只能留一个，他选择离开了，梁世东多给了他一个点的提成。梁世东不让我告诉你，我想来想去，觉得你会看开的，瞒着你没必要。阿珍一直盯着冉然。

冉然并没有感到有多意外，她了解麦地出卖自己的身份是早晚的事，只是没想到会这么快。她想了想：我走吧。我可不想欠谁的情。

你走？你走他也得走。姐姐，你在梁世东那里是什么分量，他才几斤几两？梁世东待咱不薄，你和钱有仇吗？老麦现在是一人吃饱全家不饿，你要养孩子的，少来你那不值钱的仗义啦！

冉然很懊恼。她不想欠梁世东的人情，也不领麦地的情，他是自找的，本想成全他在这里混俩饭钱，然后再找一个适合他干的工作，没想到他还是那个德行，不但混丢了自己的饭碗，还把自己弄得在梁世东面前有了什么短处似的。她知道阿珍的这些话是梁世东让她说的，毕竟她比他们多吃了几年盐。

拜托你转告梁世东，我休三天假，麦地找我就说我离职了。冉然换掉工作装走了。

阿珍望着冉然的背影做了个鬼脸，然后拿起了电话：喂，她休三天假……晚上到我家玩玩……

冉然回到住处，见小鹿还腻味在厅里的沙发上对着电视似睡非睡，茶桌上堆满了花花绿绿的零食。她早晨出门时小鹿就是这个样子，她回来还是这个样子，连个姿势都没变。冉然已经见怪不怪了，冲她笑一下算打招呼了。小鹿睁开眼睛抓起一张单子冲她扬扬，冉然接过来见是电费，她迅速算了一下，把钱递给她。

这么早？小鹿又从桌上找给她两毛钱问。

累了，休三天假。冉然边走边答。

过香港购物去吧？小鹿冲她喊。

没钱。不去！冉然愤然地想：真没长心，我的钱是辛苦赚来的，和你能比吗？

做美容去，我有卡。小鹿又说。

不去，我做给谁看。冉然没好气地回答。

给自己看不可以吗？小鹿蹦了起来。

我需要安静！谢谢你啦！冉然砰地把门关上。

拿着一罐果汁的小鹿刚好走到冉然的门前，她站了一会儿，讪讪地走开了。

冉然倒在床上开始有些懊悔对小鹿的态度，其实她也不容易，整天对付一些形形色色的男人。

记得她住进来不久的一个深夜，突然被一阵急促的敲门声惊醒。

姐姐，姐姐。小鹿在焦急地叫她。

冉然紧忙把门打开，小鹿浓妆艳抹地站在门口：有什么事吗？

姐姐，求求你，一会儿有个男人来，你帮忙出面把他打发走，你就说是我的姐姐，要带我回家了，我不做了。她惊慌得真像一只被猎人追赶的小鹿。冉然还没有来得及回答，外面就开始有人敲门，冉然犹豫地看着小鹿，事情来得突然，她来不及弄清事情的原委，也来不及思考是否该帮这个忙。

小鹿又是鞠躬又是作揖：姐姐，帮帮我，你不帮我，我今晚就死定了。

外面的人开始咣咣地踢门：妈的，烂鸡婆，出来！

冉然站在门口冷静了一下，猛地打开了里层的门，透过防盗门的栏杆，她看到了一张猥琐而惊慌的脸，一股恶臭的酒气随之扑面而来。

你干什么？冉然下意识地生出了厌恶。

那男人遭到了突然的袭击，愣了半天，看见冉然是个女人，又嚣张起来：让那个小鸡婆出来！她拿了我的钱！不让我干就跑了，妈的，臭婊子！耍老子。

冉然脑子有些乱，但她还是想起了小鹿教给她说的话：我是她姐，她明天就回老家了，不做了。

不做了？那把钱给我！妈的，我看你也是个烂货，帮她骗钱！男人又开始踹门。

你，你骂谁？冉然有些急。

骂你，婊子！男人的唾沫星子险些喷到冉然的脸上。

冉然终于被激怒了，她转身跑进厨房，抓起一把菜刀冲了出来，小鹿见状企图拦住她，她一把推开小鹿，哗啦打开门，男人嗷地一声就没影了。冉然站在门口突然感到浑身发软，小鹿一把抱住她：姐姐！

冉然一屁股坐在沙发上气急败坏地冲小鹿吼：你他妈的有手有脚干点什

么不好! 你,你为什么拿人家钱就跑? 你以后不要再往家跑,你死去吧!

他变态,他说他就喜欢边打边干,他给双倍钱。我以为他打几下我能忍,没想到他还真往死里打,他就一禽兽! 小鹿敞开怀,她白嫩嫩的胸上有几块血痕。

冉然的心就像被扎了一个眼儿的气球,渐渐地软了。

小鹿怯怯地望着她:姐姐,我以后再也不要你出来了,他们会以为你也是干这个的。

就不能干别的? 冉然问。

我会什么? 没文化,去当保姆吗? 我十七岁出来时就在一家当保姆,让那个猪一样的男主人给糟蹋了,女主人知道后给了我五千块钱就把我打发了。我哥哥就用这钱娶的媳妇,后来我就去了洗头房,后来就这样了。我要吃好穿好的,哪儿来钱? 忍忍,存够钱就回老家开个洗头房。现在我都存了五万多了! 原来住这里的一个姐妹就回老家开个洗脚屋呢。说到这里她笑了,笑得很凄美。

姐姐,如果你想搬走,我会退给你钱的。小鹿声音低得几乎听不见。

冉然没再说什么,她很懊恼自己稀里糊涂地和一个做皮肉生意的人住到了一起,多亏深圳是个整日拉着窗帘过日子的地方,没人稀罕窗帘里的内容,深圳人不在意那些没有经济效益的事情。她想:住满三个月再搬吧。

第二天冉然下班没见到小鹿,客厅、卫生间、厨房都收拾得干净利落,茶几上放了一只汤锅,旁边有张字迹扭歪的字条:姐姐我给你煲的银耳冰糖水,锅是新的。小鹿。

冉然的鼻子有些酸。

整整一个月每天如此,冉然知道小鹿在故意躲她,她不希望自己搬走。冉然开始有些怜惜她了,转眼就三个月了,是否搬走便成为冉然内心很纠结的事情,和阿珍闲聊时讲起了小鹿。阿珍听后冷笑一声:姐姐,常言讲戏子无情婊子无义。你要好自为之噢。

阿珍的说法让冉然感觉有些对不起小鹿,她不甘心把小鹿划到婊子的行列,她觉得婊子代表着卑鄙,该是那些表面打着贞节牌坊背地里龌龊的人。那天她下班买了只榴莲,连同三个月的房租放到了茶几上,也留了字条。小鹿:这是我的房租,出入要注意安全。姐姐。

……

冉然起身点燃了支烟，深深吸一口，冲着外面喊：明天你请我做美容，我请你到罗湖吃海鲜。

外面没有一点声息，冉然很纳闷，她推开门愣住了，小鹿趴在沙发上抽噎。冉然很内疚，走过去拍拍她：对不起，我心情不好，跟你没关系。

姐姐，你不用说对不起，我是高兴你看得起我。小鹿又笑了。

其实她还是个孩子。冉然这样想。

冉然再上班时，没有见到麦地，也没有人再提起他。冉然有些失落，麦地也很洒脱，竟然连个电话都没给她打。后来她想想自己好像没给过他电话，他也没向她要过。阿珍和梁世东像没事人儿似的，见了她就约了周六去大梅沙度假。冉然有些别扭，她尽量不使自己有和他们沆瀣一气的感觉，但这种味道还是在暗暗滋生。

我还是不去当那个灯泡吧？冉然说。

切，谁是谁的灯泡啊？姐姐，我带男朋友去，我们是两对好不好？阿珍一脸的诡秘。

啊，你竟然带俩敌人去？要血溅大梅沙啊？冉然明白阿珍又在跟她玩把戏，她不肯接招就开始装傻。

那里的房间有我们的剩余时间，不住白不住，都订好了，你可不要扫大家的兴啊。再说这可是梁世东为了让你散心才牺牲了两个说明会的。梁世东可没对哪个女人这么上心喔。我都嫉妒死了！我整个一坛山西老陈醋喔。阿珍说得像真的似的，冉然几乎被感动了。

扑哧。冉然笑了，她知道这一切都是游戏，但这个游戏还是充满诱惑的，尤其梁世东打出暧昧的王牌，哪个女人不甘心情愿利令智昏一次呢？

周五快下班时，冉然正打算去逛逛商场为自己做些准备，梁世东突然发来信息：泳装已替你备好。

冉然没有回信息，感觉游戏有点过了，但路过梁世东的办公室时听到他的声音不觉心情荡漾了一下。

梁世东的车停在下沙村口时，冉然穿了白休闲装，一身清爽地站在那里。

你住在这里？梁世东问。

我怎么不能住这里？冉然反问。

自己住？梁世东又问。

和一个做小姐的女孩子合租。冉然回答。

冉然不以为然的样子让梁世东很动心，他其实从阿珍那里知道了冉然和这女孩子的事情，他却没想到冉然竟毫不介意自己和一个小姐住在一起，他好久没有见到这么善良的女人了。

梁世东指了指身边的包：里面有早餐，趁热吃吧。

冉然感到了久违的温暖，她什么也没说，打开包，拿出一盒热腾腾的包子，和一杯热奶，就一份，显然是给冉然自己准备的。她犹豫是不是要客气一下。

我吃过了。梁世东说。

冉然习惯了梁世东在公司那种精明、警觉、滴水不漏、踌躇满志的职业状态，现在的梁世东的温存、体贴、随意让冉然很不适应，一路上他们变得不像平日那么随便。冉然一路都在琢磨，天下没有免费的午餐，他到底要干什么呢？她想了半天也没想明白，劫财？她是个穷打工的，没财可劫。劫色？对于梁世东和冉然来说，谁是色呢？谁劫谁呢？想到这里冉然不禁想笑，于是就盼望着快点到达目的地和阿珍会合。

阿珍早已在酒店等他们，和她同来的是一个东北大汉，叫老汤，冉然在公司见到过他，据说他曾经是阿珍做售楼小姐时的客户，阿珍卖给了他一套海景别墅后成了他的女朋友。大咧咧的老汤和冉然一见面就像久别重逢的老朋友，操着大嗓门喊：你们两口子咋才来，昨晚玩得太累了吧？

冉然一时不知如何回答，尴尬地站在那里恳切地看着阿珍求救。没想到阿珍竟然也古灵精怪地笑着：我看也是。

梁世东像没听见一样微笑着和老汤打招呼：嗨，对不起，久等了。

他们开了两间房，阿珍和老汤相拥着进到一个房间了，梁世东把其中一间的房卡交给冉然。冉然惊愕地望着他，梁世东笑笑：只有两间属于我们的，他俩不分开，我们只能……

玩笑有点开大了。冉然有一种被算计的感觉，她压低了声音说。

我让你很讨厌吗？梁世东轻轻搂住了她的腰，一股暖流迅速流遍她全身。她内心很想抗拒，但脚却不由自主地跟着他……

冉然换上了梁世东带给她的蓝黄相间的泳衣，她很意外，梁世东给她带来的泳衣竟是她昨天看到的一款很心仪的国际名牌泳衣，价格不菲，冉然隔着柜台看看，快快离去。

梁世东像变戏法一样从后备箱拿出了帐篷、救生圈、气垫床。阿珍和老汤在沙滩上肆无忌惮地纠缠着像两条扭曲的蛇，梁世东见怪不怪地冲冉然笑笑，他俩忙支起了帐篷。

喂！窝搭好了！梁世东冲阿珍他们喊。阿珍和老汤迫不及待地钻了进去。

冉然小声嘟囔着：世界末日要到了？

我们游泳去吧。梁世东很随便地拉起了冉然的手。

冉然看看风浪很大的海面，很为难：我不会游泳。

梁世东看看冉然笑了：那就只能洗澡了。

冉然也笑了，她发现梁世东很会幽默，幽默的男人很有魅力，尤其是很帅还很幽默的男人。梁世东把游泳圈套到冉然的脖子上，纵身一跃游入了大海，冉然有些痴迷地追寻着他的踪影。

梁世东游回来时阿珍和老汤也出来了，阿珍一身的骚劲还没散尽，老汤扯着大嗓门喊：吃点东西吧，我肚子都叫这小骚娘们儿掏空了！

梁世东拍拍他肩膀：你恨不得向全世界宣告你刚才很爽。他乜斜着看了阿珍一眼，阿珍有些不自在了。

海水有点酸？冉然看着他说。

你吗？梁世东暧昧地笑了。

冉然不置可否。

老汤问：你们知道有钱人的故事吗？然后就给他们讲了一个笑话：说有两夫妻带着儿子来到大梅沙，那天大梅沙风和日丽，沙滩上到处都是穿着花花绿绿泳装的男女，男孩子很稀奇地发现，有些男人的裆部比爸爸大，于是他就问爸爸：爸爸，为什么他们的鸡鸡比你的大？爸爸很尴尬，想想说：他们比爸爸有钱。然后爸爸就自己去游泳了，沙滩上留下了母子俩。爸爸游了一会儿回来时，见只有儿子独自在玩。于是就问：你妈妈呢？儿子回答：跟有钱人走了。爸爸很纳闷：你怎么知道他有钱啊。儿子指着爸爸的裆部说：他来时没有你有钱，但和妈妈说话时就变得越来越有钱，妈妈就和他走了……

阿珍蹦起来摇摇手里的啤酒瓶，冲着老汤狂滋：流氓！

冉然忍俊不禁：老汤你无药可救了！

梁世东似乎很想笑但没有笑出来，他对着酒瓶一口气吹了一半：妈的，有钱人！

冉然感到梁世东的反应有些怪异。

夜幕洒向大梅沙海滩时，星星点点的灯光预示着暧昧与神秘的夜开始了，阿珍和老汤不知什么时候已经溜走了，冉然和梁世东静静地坐着，看渐渐爬上的潮汐。

梁世东和冉然开始默默地收拾帐篷，然后又默默地回酒店。冉然从浴室出来时穿了一身俏丽舒服的家居服，梁世东有些意外地看她。

看什么？冉然梳理着长发。

我以为你会穿上盔甲呢。梁世东在浴室里面回答。

切，孤男寡女独处一室穿上盔甲给谁看呢？冉然从包里拿出了一瓶路易十三，这是小鹿昨晚送给她的，她说她是从客人那里敲诈来的。

路易十三！给我准备的？梁世东穿了一身蓝白真丝睡衣，人更显清爽。

应该是吧。冉然给他斟了一杯，两人坐到了宽大的窗台上，窗外是不平静的海。

他们静静地喝着，想着各自的心事。

是不是很想知道我为什么约你到这儿？梁世东的声音好像来自很远的地方。

想说就说，不说也行，就这样也很好，难得糊涂。冉然悠然地看着酒杯里的酒。

很简单，就是想找个人说说真心话。假话说得累了。梁世东看着远方。

在这里说和在别的地方说有什么不一样吗？冉然有些明知故问。

这里看不到写字楼，看不到车水马龙，看不到人来人往，这里可以穿得自在简单。梁世东像是在和自己说：其实如果倒退十年我们相识，我们会好好地谈一段恋爱，然后结婚，再生个孩子，过着稳定舒适清闲的日子。

冉然抱着双膝静静地看他，她在想：他十年前是什么样子？

真想和你谈恋爱。梁世东轻轻地说。

为什么是和我？冉然问。

对，是你，你很适合谈恋爱。梁世东把冉然揽在了怀中，冉然有些陶醉，女人是最喜欢恋爱的。

冉然喜欢这个游戏。

我曾经也有老婆,我是放弃了自己喜爱的事业和她一道来的。深圳就像老汤说的是美丽的沙滩,她就是那个女人,跟着有钱人走了。梁世东明净的脸爬满了忧伤,他拿出了烟,点燃了。冉然第一次看见他抽烟,他抽烟时看上去老了十岁。

干嘛那么悲观,你一钻石王老五啊。冉然不想再沉重就调侃他。

我比你大两岁。梁世东叹口气。

我身份证是假的。冉然说。

我早知道,老麦出卖你了。梁世东笑了。

冉然释然了。

冉然和他谈了自己的婚姻,谈了老七,但她没有谈巴重,她觉得谈他太复杂了,自己都捋不清楚。那一夜,冉然决定放纵自己,她和梁世东不但把路易十三喝了,打电话又要了一瓶 XO。梁世东哭了,冉然也哭了,清晨醒来时他们竟然东一个西一个睡在地上。

酒真是个好东西。冉然暗暗想。

梁世东坐起来说了声:对不起!他迅速恢复了常态。冉然有些失落,她想:游戏结束了。

阿珍和老汤一副余兴未消的样子问:你们很好吗?

梁世东很正经地回答说:我们很好!

阿珍酸酸地说:是吗?

冉然欣然回答:是的。

回去的路上梁世东似乎很随意地说:我们到公司去一趟,把公司入职人员的档案都给我。

冉然的心有些异样:这也许是他此行的真正目的。

冉然把一摞档案交给梁世东时,他深深地看她一眼:把办公室钥匙交给我,你等我通知再来上班吧。如果不是我亲自通知你,你不要再到公司来,必要时把手机卡换掉。

冉然预感到有什么事情要发生,但她什么也没问。

保重!梁世东走了,他走得没有平日从容。

三天后的深夜阿珍打来电话,她哭喊着:梁世东这个骗子,他把老板出卖了,老板给抓起来了!

你怎么知道?冉然感到有些发冷。

从我被窝里抓走的，梁世东在报复老板，他老婆把他甩了，跟老板了，他利用他老婆搞到了一千多万，移民到南非了……喂，你怎么一点不吃惊？你是不是知道……阿珍急赤白脸地问。

有什么意外的？老板在你被窝抓走我都不意外。好自为之吧！冉然挂断了电话，立刻关机了。她迅速地冷静下来，回忆了一下和梁世东最后的细节，她突然明白梁世东为什么拿走了所有人的档案，他一定是销毁了，或许是为自己，或许是为别人。

冉然到报刊亭买了张新卡，换卡之前她还是把手机打开给露丝挂了电话：露丝，明天不要上班了，公司出事了！

作者简介

苍虹，女，黑龙江齐齐哈尔人，生于二十世纪六十年代。毕业于齐齐哈尔师范学院中文系，曾在客运公司技术科工作，后在深圳某企业做高管，《深圳健康周刊》任主编。2004 年定居北京，任《青年文学家》副主编。八十年代末开始小说、散文创作，九十年代初小说《奶奶的后院》获全国小小说优秀奖，转载于《小小说选刊》《小小说十五年获奖优秀作品精选》，散文《辉煌的母亲》被《中外散文精粹》和多家网站杂志转载。近年在《小说林》《黄河文学》《飞天》《阳光》发表多篇中短篇小说、散文，小说《黑姑白姑》发表在《十月》（2010 年第 5 期），并转载于《北京文学·中篇小说月报》（第 10 期），收入《小说月报未选稿》丛书。

秦美丽是一名房奴，爱人不幸身患绝症，婆婆胡搅蛮缠，哥哥生意失败，生活陷入万劫不复之中。危难之际，亲情遭遇挑战。有钱又有品位的画家进入了她的生活，是一段乱世畸恋，还是人间真情？

走一步，退一步

郝炜华

1

从银行出来，秦美丽直接去了"心远"茶行。上个月这家店子还在装修，这个月就开门迎客了。秦美丽进门，两名年轻的服务员立刻迎上来，她们向秦美丽介绍店里的主打产品武夷山"大红袍"。这些每斤价格在六百元以上的茶叶盛在圆形、方形、扁平的铁盒子内，按照不规则的图形摆在深黄色的木头格子里。秦美丽一格一格看下去，层层叠叠的茶叶里看到几套做工精美的茶具。秦美丽居住的城市以制作瓷器闻名，其中不乏技艺精湛的上等茶具，但是因为地处北方，所有的茶具都包含着奔放、粗犷之风。眼前的茶具与平常所见不同，小巧、雅致、精细，宛若拿着团扇，化着淡妆，倚在雕花红木门框上，对着荷花、对着垂柳咿咿呀呀哼唱的女子。秦美丽禁不住蹲下身细细端详，并且将其中的一只茶杯端在手里。服务员立即打开木格子上的灯，乳白色的光线洒下来，茶具宛若浸泡在水中一般。秦美丽心里"呀"的一声，手却将茶杯放回了原处。服务员已经开始介绍：店中摆的茶具全是浙江龙泉青瓷，龙泉青瓷是中国的青瓷史，已被联合国教科文组织批准列入《人类非物质文化遗产代表作名录》。它具有"温润如美玉，晶莹如翡翠"的特点。这点知识秦美丽还是知道的。宋代，浙江龙泉出了两个著名的陶瓷艺人，一个叫章生一，一个叫章生二，两人是亲兄弟，最初合造一窑，叫做琉田窑。后来兄弟分造，章生一的窑称为哥窑，章生二的窑称为龙泉窑。哥窑是宋代五大名窑——官、哥、汝、定、钧之一，出品因土质奇润，呈现一种鱼子般的纹路。龙泉窑没有这种纹路，但是色彩优异、釉色葱翠、光泽柔和、温润如玉，誉为"瓷器之花"。秦美丽刚刚看的这套壶，名叫"梅青竹节提梁壶"，它"青如玉、明如镜、声如磬"，具有较高的收藏价值。相比于深厚的历史和深远的背景，这套茶具的价格不算贵的，三百八十元，可是这三百八十元，秦美丽也是舍不得拿出来的。服务员叫她到桌前品茶，说："尝尝我们的红茶，看看是否入口？"

秦美丽看到服务员在一张明清式样的木桌前坐下，茶具依次摆开，十指微动，沏出一壶香艳的茶来。

秦美丽曾经是名茶客，贷款买房之前，她一直喝每斤五百元左右的安溪铁观音，她尝得出茶叶的好坏。茶香顺着空气沁入她的肺腑，秦美丽的脚步就挪不动了。

秦美丽坐到桌子前，服务员斟了小小的三杯，一杯摆到秦美丽的面前，秦美丽端起来，先放在鼻下闻了，美艳的香味令她身骨俱松，慢慢地含了一口，在唇齿间停留片刻，缓缓咽进肚里，味道却不及闻起来香，喉间的劲道也明显不足。秦美丽知道自己喝惯了铁观音，喜欢那种浓烈的芳香，不再接受这种淡一点的味道。但是她还是坐着慢慢喝了三杯，一边喝一边想：只喝不买，不知道如何给服务员交代。她摸了一下口袋，里面还有五十元钱，先买一两，不知道服务员会不会笑话她。服务员仿佛看出她的心思，说："品茶的目的是看茶叶是否喜欢，味道是否适合，不是品了就必须买，如果不喜欢可以不买。"

被人说中心思，秦美丽的脸一下子红了，说："我从前一直喝铁观音，习惯了它的味道，不习惯大红袍。"服务员说："我再沏一壶铁观音，我们还有铁观音。"

秦美丽急忙摆手："今天不买，我爱人也喜欢铁观音，下一次带他一起来尝你们的铁观音。"

秦美丽终究过意不去，她认为服务员给她沏了茶，她应该买一点东西，看了两圈，相中一只沏茶的玻璃杯子。服务员一再强调："如果需要你就买，如果因为过意不去，就不要买。"茶杯三十元，秦美丽拿在手里，端详了半天，终究没有买。服务员将她送到店子门口，秦美丽感觉后背布满针葵，走了半天，头都没敢回。

2

秦美丽居住在紫荆花园。表面看来，居住在这个小区的都是有钱人。秦美丽的邻居也确实是些有钱的人，他们有的买了几部汽车，有的拥有几处房产，并且很多人生了两个孩子。秦美丽是他们中的穷人，秦美丽常常怀疑他们的钱是哪儿来的，因为他们也是一个脑袋、两条胳膊、两条腿，他们与秦美丽一样早上出门，晚上回家，甚至他们比秦美丽出门晚，回家早。他们的钱却挣得不知道比秦美丽多多少倍。秦美丽与爱人都在工厂上班，她是办公室的普通职员，爱人就是一线工人，穿着肮脏的工作服，在生产一线出大力流大汗。1907年，他们买房时的共同收入是五千元，三十万元的房款，在银行贷了二十万元，三年的时间过去，厂子效益不好，两人的共同收入由五千元变成三千元，每月还房贷一千六百元，电梯费、物业费、水电费三百元，剩下的一千一百元用来维持一家四口的日常生活，日子一下子就进入了穷人的行列。这三年最大的变化就是房价翻一番，她的房子由三十万元涨到了六十万元，住在这样的房子里就是住在一堆白花花的银子上面。夜深人静的时候，秦美丽常常感觉一大堆钱环绕着自己，她就是一个富翁，左手抓来是钱，右手抓来也是钱。可是这些钱毕竟是虚幻的，是假想的富裕，是自欺欺人的心理安慰。房子不卖，等于一分钱没有，即使卖了房子，以六十万元的价格也再买不到好房子了。

一家四口里面包括秦美丽的婆婆。秦美丽的孩子出生，婆婆就住到她家里来。最初是看孩子，孩子长到三岁，就成秦美丽与爱人养活婆婆了。

从茶行出来，秦美丽又到菜市场转了一圈，她什么都不买，只是在拖延回家的时间。爱人的大弟到家里来了，每次来都要炒几个菜，买啤酒招待他，他走之后，她家的日子又要更加紧张。没买房子的时候，秦美丽是个称职的大嫂。爱人兄弟姐妹六个，他是老大，也只有他与秦美丽有单位有正式工作，其他的全在社会上做着赖以谋生的小生意。那个时候，秦美丽非常欢迎他们来，他们来时总是到饭店吃饭，走的时候又是大包小包的东西提着。过年过节，孩子的新衣服与新鞋子必不可少。买了房子之后，情形完全不同，秦美丽不仅反对他们到家里来，他们走时也不再送东西，孩子过年过节时的新衣服全免了，甚至连压岁钱都想寻个理由不给。

爱人的兄弟姐妹却没有觉出他们的窘迫，他们依旧按照原来的认识热热闹闹地来，他们一直认为大哥大嫂的日子过得比他们好，因此来的时候总是空着两只手。爱人不想在兄弟姐妹面前丢掉自尊，硬撑着架子招待他们，这次大弟来不仅买了鱼、肉、鸡，甚至扬言要去买螃蟹。秦美丽一巴掌打了过去："还买螃蟹，我看你就是个螃蟹。"

挨到中午一点，秦美丽回了家，爱人做好了饭菜等着她。这叫秦美丽生出内疚来，一边换鞋一边说："你们先吃就行，干嘛等我。"

爱人说："当家的不回来，我们不敢吃。"

一边吃饭一边说话，说到婆婆在老家镇子上的房子。其实那不是婆婆的房子，是公公单位分的三间小平房。公公过世后，房子一直没收回去，别的单位都进行了房改，能卖给个人的都卖给个人了，公公的单位却坚持不改，房子一直以出租的方式供他们居住，过去的房租是一月一百，现在涨成了一月一百二。婆婆的房子租给了一对小夫妻，小夫妻一月只给八十元房租，婆婆凭空赔了四十，就想把房子退给单位。

秦美丽一听就咳嗽起来，爱人一边拍她的后背一边问怎么了。秦美丽摇着头说不出话来，跑到厕所趴在马桶上哇哇地吐了几口，然后捂着肚子躺到了床上。

好不容易等到爱人的大弟走了。秦美丽将爱人叫进卧室，问婆婆是不是真的要退掉房子。

爱人说是。

秦美丽的火一下子上来，说："房子退掉，妈这辈子就跟定咱们了。你说房子退掉了，她还有什么，过了一辈子，只剩下这么个人。"

爱人说："留着也不是自己的。"

秦美丽说："不管怎么说是个精神安慰，觉得她还有套房子，将来有一天她可以回她自己的房子住。房子退了，她就什么也没有了，就只能把咱这儿当她家了。"

爱人说："反正妈在咱家住十几年了。她年龄也大了，总不能叫她回去吧。"

秦美丽更加生起气来，声音却是压低了，说："不说这事我还不生气，你们兄弟姐妹六个，没有一个提出将妈接去住几天，谁家不是轮换着养老，就咱们家把这活儿全包了。"

爱人说："咱妈不是给咱看孩子了吗？我们兄弟姐妹六个，只给咱看了孩子。"

秦美丽说："你们两个兄弟媳妇都没有工作，妈妈没有给她们看孩子的必要，难道要妈妈给她们看孩子，叫她们出去玩吗？再说，即使咱妈给咱看了三年孩子，为了这三年我们都伺候她九年了，九年还不够吗？从今年开始，三个兄弟轮流着伺候也行。"

爱人将手放在她的肩膀上，一下一下地揉，说："他们不提这件事，我也没有办法。我一个当大哥的，怎么能主动将妈妈推出门去。"

随着爱人的动作，秦美丽的心柔软起来。她将头扭到一边，叹了口气，虽然生活艰难，爱人对她还是很好的，不仅一心一意地爱，还想尽了办法疼爱、呵护。秦美丽的眼泪流了出来，爱人没有好的出身，没有好的工作，没有好的收入，四十五岁了，还跟着她一同为了房贷去俭省、去辛苦、去奋斗，生活的内容仅仅剩下工作、睡觉和一日三餐，他跟她一样感受不到生活的乐趣。就是为了让他高兴，也委屈着自己这样过吧。

3

秦美丽做的是绘图工作，拥有一间单独的办公室。这使她上班时间有了一点自己的空间，关上门，再按下锁，就能做自己想做的事情。

秦美丽想做的事情就是写稿子，她曾经是个文学爱好者，也曾经在市晚报发过随笔、散文什么的。结婚之后，滚滚的生活潮流使她放下了这一爱好。买房子之前，她与爱人的经济还算宽裕，她跟大多数城市的女人一样买衣服、做发型、美容、练瑜伽、旅行，并且她还喜欢喝上等的铁观音茶。那个时候，她从来没有想过写稿子，热热闹闹的生活哪容得她坐到电脑前，静心静脑地想一些事情，写一些文字。但是买房子之后不一样了，经济的窘迫使得秦美丽想挣点外快，这个外快必须不影响当前的工作，想来想去，就想起了写稿子。虽然搁下十几年了，但是写作的功底还在，秦美丽投了十几次稿后，就有一篇散文发表出来，一个月后报社寄来了五十元稿费。五十元稿费能抵她家一天半的生活费，这不亚于漫漫冬夜的一缕春风，秦美丽的眼睛一下子亮了，脸庞一下子艳丽了，写稿子的劲头也更足了。

最近，秦美丽在写一个"红颜哲妇"的系列。"红颜哲妇"缘于"红颜误国"、"哲妇倾城"这两句成语，文中的女子都是具备倾国倾城美貌，却又害了君王，误了国家的皇后、妃子。这些皇后、妃子取自柏杨先生的《中国人史纲》，妺喜、赵姬、冯小怜……秦美丽将她们记在一个蓝皮笔记本上，网上查阅了详细资料，加上自己的见解，就成为一篇文章。这样的文章在晚报已经登了六期，秦美丽准备登上它五十期，成为一个不是专栏的"非著名"专栏。

闭了办公室的门，秦美丽打开《中国人史纲》。这一次入眼的是隋朝开国皇帝的妻子独孤皇后，她的错误是选错了太子，导致隋朝灭国。刚刚三行字看进去，手机嘀的一声响了，是爱人的短信：家里来客人了。

秦美丽回复：谁？

爱人：二弟一家三口。

秦美丽的头嗡地一声大了，手指翻动，快速地打字：你大弟刚刚走，又来了二弟，咱们的家还算是家吗？

爱人：他们是来看妈妈的。

秦美丽：既然这样孝顺，为什么不把妈妈接到他们家里住？

爱人：谁叫我是老大。

秦美丽：早知道这样，当初不嫁给你了。

短信发出去，秦美丽就将手机丢进了抽屉，拿起书继续读，却是一个字也读不进去。半个小时过去，手机又嘀的响了一声，还是爱人短信：如果你真想走，我也不拦你。

秦美丽气得手都哆嗦起来，手指舞动了半天，一个字也打不出来，她将手机丢到桌子上，怒气冲冲地去生产现场找爱人。

生产现场一片嘈杂，天车、叉车在天上、地上驶来驶去，电焊、气焊散发出耀眼的光线，空气沉重、污浊，穿着肮脏工作服的工人拿着各种铁制配件来回穿梭。

看到这个情景，秦美丽的心先软了，等到爱人拿着一块铁片，弯着背，脸上一道灰一道黑地站到她面前时，秦美丽一句抱怨的话也说不出来了。

爱人冲她讨好地笑，问："什么事？"

秦美丽咽了口唾沫，说："想你了，来看看你。"

晚上回家，又是好菜好饭地伺候弟弟一家三口。弟弟在菜市卖咸菜，弟媳没有工作，他们一边吃饭，一边抱怨挣的钱不够花的。秦美丽一句也听不进去，她只看着盘里的那些牛肉，一片一片不断地减少，放进女儿与她肚里的却没有几片，爱人更是一片没吃。

临睡前，秦美丽数了数钱包里的钱，只剩下三百元，两个弟弟的来访，打破了她家的正常生活规律，剩下的时间，一家四口恐怕要吃咸菜了。秦美丽悄悄问爱人："他们什么时候走？"

爱人说："不知道。"

秦美丽说："他们住上一个星期的话，咱家就连饭也吃不上了。"

爱人说："我又不能撵他们。"

大卧室让给弟弟一家三口住，秦美丽睡到女儿的房间，爱人睡客厅的沙发。

半夜时分，秦美丽被爱人的呻吟惊醒，来到客厅，看到爱人捂着肚子蜷缩在沙发上。秦美丽扳住他的肩，一迭声地问："怎么了？怎么了？"

爱人一句话说不出来，秦美丽急忙叫醒弟弟，两个人把爱人送进医院。医生诊断是急性盲肠炎，需要住院手术。

住院押金三千元，秦美丽口袋里只有三百元，并且是家中仅有的现金。她问弟弟是否带钱，弟弟摇摇头说："嫂子，我比你还穷，你还有好房子，我连好房子都没有。"

秦美丽气结，可是现在不是与弟弟生气的时候，她好说歹说，医生答应先手术，明天补交住院押金。

第二天一早，秦美丽将女儿打发上学，对弟弟说："我没时间伺候你们了，你们自己弄点饭吃吧。"

这个时候，她不盼望他们走了，爱人住院、女儿上学、婆婆身体不好，她倒愿意他们多住几天，帮忙照顾一下爱人。

银行有五千元存款，秦美丽将它们取出来，现在她与爱人彻底成了只有欠款，没有存款的人了。走到"心远"茶行，秦美丽看到上次送她的服务员站在门口，服务员冲她堆起盈盈笑容，秦美丽想起未买的那个茶杯，心中顿生羞愧之情。她想到两个弟弟先后到来的花费，想到爱人的这次手术，心一下子狠起来，钱省来省去都给别人花了，都给医院送了，凭什么呀？凭什么只为别人奉献，只叫别人享受，凭什么非要委屈了自己呀？她进了茶行，指着那只杯子，说："我买这个杯子。"

除了服务员，店里还坐着一位中年男子，闻声抬起头来看秦美丽。服务员说："大姐，我认识你的，你如果不需要真的不用买。"

秦美丽气狠狠地道："我需要，谁说我不需要？你是不是看我没有钱？我有钱。"

她从口袋里掏钱，掏出几张一百元的，气急败坏地摆到店子中间的桌子上，她说："你们看，我有钱。"

钱在桌子上散落开来，有一张跑到报纸上面，是中年男子正在读的晚报，秦美丽看到了自己的照片，照片的旁边是"秦美丽"三字，那张钱正好落到了"红颜哲妇"的上面。

男子诧异地抬头看她。秦美丽只觉得一记耳光打到脸上。上周编辑打电话向她要照片，她没想到这么快就登在了报纸上，她也没想到自己会以这样的方式与这张照片见面。

报纸上的秦美丽应该是个温润婉约的女人，报纸中的秦美丽哪能是她这般歇斯底里、丧心病狂的样子。

秦美丽迅速将钱收起来，将其中的一张给了服务员，服务员仍旧是很为难的样子，说："大姐，真的不用的，今天你又没有品茶。"

秦美丽的眼泪几乎要掉下来，她只觉得层层叠叠的茶叶向她压迫过来，各种各样的茶香，浓烈的、香艳的、清淡的，如同蛇一样，团团绕绕缠满了她的身体。服务员再不卖杯子给她，她就要夺路而逃了。

中年男子冲服务员点了一下头，服务员收了她的钱，找了零，拿了茶杯给她。秦美丽拿着茶杯，低着头快步走出茶行。

站到公交车站上，秦美丽的心才平定下来。晚报的销路非常好，这个城市应该有很多人读过她的文章，照片登出来，城市就会有很多陌生人看过她的照片，坐在公交车上、走在马路上，就会有很多人认出她来，他们会说：看，这就是"红颜哲妇"的作者。她是不是应该精心装扮、细心化妆，弄得干净、细致、美丽，如此才会对得起"作者"这个名字。可是做这些事情，需要钱的，钱，钱，她哪里来的多余的钱。

胡思乱想之际，就看一辆银灰色汽车停在面前，车窗摇下来，是茶行的男子，他说："秦美丽，你到哪儿？我送你。"

他认出她来了。秦美丽一阵绝望，绯红从脑门一直排到脖际，她将头扭到一边装作没有听见。

男子下车，拉开一侧的车门，说："我是你的读者，我老早就想认识你。"

其他候车的男女诧异地看着男子与秦美丽，秦美丽一阵发窘，抓住车门，上了车。

车厢里放着音乐，是委婉流畅的古琴曲——《平沙落雁》，曲子一节一节下来，秦美丽的心都要融化了。她想到了笔下的那些皇后、妃子，她们美艳无比，她们衣食无忧，她们集万千宠爱于一身，她们想要月亮有月亮，想要星星有星星。她们的夫君，宁愿负了朝廷，负了国家，也不肯负了她们的一腔柔情。而她有什么，她除了有套房子，什么都没有，她真是一贫如洗。

汽车慢慢驶过一个十字路口，男子问她："到什么地方？"

秦美丽说："人民医院。"

到达人民医院，男子递给她一张名片，说："喜欢你的文章，希望能够看到你更多的文章。"

秦美丽收了名片，往住院部走去。一下汽车，音乐戛然而止，纷纷扰扰的生活包绕过来，她又变成一个只食人间烟火的世俗女子了。交了住院押金，来到病房，爱人已经睡了。半夜的疼痛折磨，使他明显消瘦下去。秦美丽摸摸爱人的脑门，凉飕飕一片，心稍微地安定下来。

她从口袋里摸出男子的名片，上面写着：书法家丁龙一。名片的后面是幅手绘工笔画。一名珠圆玉润的女子闲闲地坐在窗台底下，窗外是锦簇的菊花。女子手中拿着一把团扇，穗子上坠着碧绿色的珠子。女子穿着淡紫色的旗袍，旗袍绣着金黄色的菊花，一朵一朵又一朵的菊花，没有规则地层层铺开，铺出一层一层的富贵，铺出一层一层的优雅。

画面上有一排小字，应该是刚刚写上的，墨迹依旧黑得吓人：秦美丽，这是我想象中的你的模样。

4

中午，爱人的弟弟送饭过来，告诉秦美丽下午回自己家。秦美丽要他再住几天，帮忙照顾一下爱人。弟弟却说要卖咸菜，少卖一天就少挣一天的钱。秦美丽一股气上来，前几个月，他们一家三口在她家住了一个星期，好菜好饭地伺候着，他们也不说要卖咸菜；现在爱人病了，没有人做饭了，他们立马就要抽身走人。这个弟弟……秦美丽摆了摆手，说："愿意回去就回去吧。"

下午，弟弟却打来电话，说婆婆下楼时扭着脚了。秦美丽气得差点把电话扔到地上，说："这个时候添什么乱！"

弟弟说："妈妈要去医院看大哥，心里急，从楼梯上摔了下来。"

秦美丽要弟弟将婆婆送到医院，她陪着找医生看脚。医生要求拍片子，秦美丽用自己的医保卡划价拍片子。她陪着婆婆坐在走廊的椅子上等待片子出来，弟弟说去看哥哥。等到秦美丽陪婆婆将脚看完，回到病房，早不见了弟弟的身影。

秦美丽给弟弟打电话，听到嘈杂的人声，弟弟他们一家三口已经坐在回家的公交车上。

秦美丽将电话一下摔到床上，她的火气再也无法压制了，她对着婆婆说："妈，现在怎么办？他病了，你的脚扭了，孩子上学，怎么办？"

婆婆脸拉下来，说："那也不能摔电话，你摔电话不是在摔我吗？你不能给我脸色看，我这么大年纪了，我凭什么看你的脸色。"

秦美丽大叫起来，她终于将心里话喊出来，她说："你有六个孩子，你不只养活了你大儿子，他们也该轮换着养你了。"

婆婆的声音也大起来，说："我哪里也不去，死，我也要死在你家里。"

爱人拍着床说："求求你们，叫我多活两天好不好。"

三个人你瞪我、我瞪你看了半晌，婆婆说："我不用你们伺候，我有拐杖，你伺候好我儿子就行。"

不管怎么说，秦美丽还是将婆婆送回了自己家。女儿已经放学回家，秦美丽将当前的严峻形势告诉了女儿，女儿说："妈妈，你不要犯愁，你伺候爸爸，我伺候奶奶。小区门口就有卖馄饨的，我天天买馄饨给奶奶吃。"

秦美丽的眼泪差点掉下来，她摸着女儿的头，说："真是妈的好孩子。"

盲肠炎通常一个星期就能出院，但是一个星期过去，医生丝毫没有叫爱人出院的意思。秦美丽询问主治医生，主治医生说："你爱人的身体极度虚弱，可能患有其他疾病。"

秦美丽叫起来："不可能。"

医生说："不是不可能，而是很可能。我们今天就给他做全面检查。"

秦美丽只认为是医院寻了机会挣钱，在电视、报纸上她没少看医生设立各种名目挣钱的报道。虽说她与爱人都参加了医保，治病花不了自己多少钱，但是也不能任凭医生随意搜刮。

回到病房，她问爱人感觉怎么样了。爱人说："挺好的，已经康复了。"

秦美丽说："既然这样，咱们就出院。"

爱人说："可是医生没叫出院。"

秦美丽说："管他让不让，咱们觉得好了咱们就出院。"

两人正在收拾东西，主治医生领着几个护士进了病房，他们要爱人去做全面检查，秦美丽与爱人都不同意。医生说："你们走医保又花不了多少钱，即使没有病，做个检查也是好的。"

听医生这样说，秦美丽也觉得有道理，就拿着医生开具的单子，依次检查。检查结果第二日才能出来，于是在医院里又住了一天。第二天，主治医生将秦美丽叫进了办公室，他的表情是从未有过的严肃，他说："检查结果证实了我们的诊断，你爱人患了胃癌，幸好不是晚期。"

秦美丽只觉得天旋地转，她抓住了桌子角，说："我们来治盲肠炎的，怎么治出了胃癌？"

秦美丽不相信医生的诊断，她带着爱人偷偷去了省医院，诊断结果同样是胃癌。

这一次天也不旋了，地也不转了，秦美丽捏着那张薄薄的诊断书，落魄地坐在医院的台阶上。此时是盛夏的一个上午，烈日高悬，炎热如火，秦美丽的身上却没有一点点汗，一层又一层的冷铺满全身，她感觉自己连同自己的生活彻底地掉进了冰窖之中。

这时，手机叮铃铃响了，接听，是报社编辑的电话，询问"红颜哲妇"的稿子什么时候交给她。秦美丽有气无力地说："我家里出事了，我没有精力再写稿子了。"

5

即使天塌下来，只要腔子里的这口气还在，日子就得过下去。秦美丽的工资加上爱人病休工资总计两千四百元，已经不能支持还贷和一家四口的生活了。爱人治病需要医药费，这笔医药费又不是一万两万能够解决的，从开刀到化疗，起码要十几万。总之来说，当前面临的最大困难就是一个钱字，唯一的办法也是一个字："借"。

秦美丽打电话将爱人的弟弟、妹妹叫到家里，她跟他们提出借钱的要求。他们都说自己没有钱，秦美丽气得眼泪掉下来："你大哥不疼你们不亲你们吗？他现在病了，你们就眼看着他死吗？"

秦美丽的的眼泪似乎打动了他们，最后商量一家出一千，凑五千元给秦美丽，并且还要秦美丽给他们打借条。

"好，好。"秦美丽咬牙切齿道。钱还没借到手，先打了五张借条塞进他们手里。

然后商量赡养婆婆的事，秦美丽说："婆婆虽说给我看了几年孩子，但是在我家也住了近十年，这十年我与你大哥出的力抵得上看孩子的三年了。现在你们大哥病了，我实在没有精力再照顾妈妈，你们五个轮换着照料她吧。"

此言一出，五个兄弟姐妹全部反对，大弟弟说："我离婚了，孩子都管不了，七八年没见孩子了，七八年没给他一分钱了，我自己都养活不了自己，哪有本事养活咱妈。"

小弟弟说："我一个人卖咸菜养活老婆、孩子，日子够紧张了，咱妈到我那儿，我就得吃不上饭。"

三个妹妹，一个说家住七楼，婆婆爬不上去。一个说爱人不同意。一个说伺候着自己的婆婆。

秦美丽只寻思他们是因为婆婆没给他们看孩子，他们才不照顾她，心里一急一气就喊起来："咱妈的作用就是看孙子、孙女吗？咱妈没有生你们没有养你们吗？"

这个时候，婆婆稀里哗啦地哭起来，她说："我知道你们为什么嫌我，你们因为我穷，如果我一个月有一千五百元退休金，如果我有一套自己的房子，如果我有一笔存款，你们都会争着抢着养我。"

最后小妹妹答应将婆婆接到她家。秦美丽的眼泪掉下来，说："妹妹，我不是嫌咱妈，是我家现在太困难了，等你哥出了院，我立即把妈妈接回来。"

谁知婆婆不愿意到女儿家里去，她说："我哪儿也不去，我就在你大哥家里，我死也死在你大哥家里。"

秦美丽说："妈，你在我家，饭都会吃不上的。"

婆婆说："就是吃不上饭，我也要在你家。"

婆婆家依靠不上，秦美丽就来到娘家。她觉得快四十岁了，跑到娘家借钱是件很丢人的事情。可是爸爸妈妈立即拿了三万元钱给她，又给两个哥哥打电话，两个哥哥分别借给她五万。秦美丽给爸爸妈妈写了张借条，爸爸一下子撕了，说："我的钱还不是给你们存的，孩子你不要愁，爸爸妈妈帮你渡过难关，爸爸妈妈还有房子，钱不够，我们就卖房子。"

秦美丽再也忍不住了，叫了声"爸爸、妈妈"，扑到沙发上号啕大哭。

6

又到了还贷款的日子，秦美丽拿着工资存折来到银行，一千六百元还贷款，剩下的八百元取出来作为生活费。物业管理费、水电费等等只能从借款里出。有名男子在秦美丽邻近的窗口办取款业务，取了二十万元，一沓一沓又一沓码进皮质密码箱里，拎着进了一辆白色的商务车。秦美丽的眼睛都看直了，她想不明白那人为什么会这么有钱，而她为什么会这么没钱。

"心远"茶行的服务员依旧站在门口，她好像认出了秦美丽，转头向屋内说了句什么，又回头笑盈盈地看着秦美丽。秦美丽只后悔来到这家银行，更后悔没戴个帽子或是围个头巾什么的。她现在的样子，头发蓬乱，满脸憔悴，一副被烟熏火燎的模样，怎能配得上晚报上的那个秦美丽，哪里有资格对古代的美人评头论足？无边无际的羞愧与自卑向秦美丽漫漫袭来，她低了头，只装作没看到服务员的笑容，步履匆匆地从茶行前面走过。

手机嘀的一声响了，秦美丽打开，是个陌生的号码："为何行色匆匆，慢一点，会看到路边的花开了，会看到天上的云白了。如果喜欢海，闭上眼睛会听到海浪拍岸的声音。"

秦美丽只寻思是移动公司发的群发短信，手机放在口袋里，呆一会儿，又嘀的一声响了。"对任何事情都失去好奇心了吗？比如一段音乐，比如一杯香茶。"

秦美丽才知道短信是专门发给她的，回复：请问您是哪位？

回复：猜猜。

秦美丽哪有心思做这种游戏，她皱着眉头将手机放进口袋，稍许，短信又来：我是丁龙一，不要坐公交车，我送你。

几分钟的时间，丁龙一开着汽车过来，车门打开，音乐立刻溢了出来，这一次是古琴演奏的《乃》。"渔翁夜傍西岩宿，晓汲清湘燃楚竹。烟消日出不见人，乃一声山水绿。"音乐飘进秦美丽的耳朵，秦美丽的心先醉了，丁龙一冲她扬了一下下巴，秦美丽就坐了进来。

丁龙一问她："还到人民医院吗？"

秦美丽点点头，只觉得眼泪要掉下来。丁龙一慢慢地开车，等待红灯的时候才问："爱人的病严重吗？"

这一下子秦美丽的眼泪真的掉了下来，她将爱人得病的前前后后说了一遍，说到跟他的兄弟姐妹借钱，说到婆婆无论如何也要住在她的家里。委屈转换成愤恨，眼泪一下子干了，眼里几乎要冒出火来。

丁龙一的手指在方向盘上一下一下地敲打，说："没想到你的生活是这个样子的。看了你的文字，觉得一个喜欢历史的女人，一个文笔优美的女人，应该是衣食无忧，性情淡雅，不被人间烟火浸染的。"

秦美丽说："对不起。"说完又后悔，凭什么要跟他说对不起呀，她的生活妨碍他什么了吗？她的生活与他有什么关系？

车子快进人民医院的时候，秦美丽说："虽然你是我第一个接触的读者，谢谢你喜欢我的文章，但是以后，希望不要再见面。我跟你说得太多了，请允许我保留一些自尊。"

丁龙一看着秦美丽，不说好，也不说不好。秦美丽只觉得一支箭射进了心里，什么话都说不出来。

7

爱人做了胃切除手术，医生要求继续进行化疗。秦美丽悄悄问医生：爱人的生命能维持多久？医生笑了，说："胃癌不是可怕的疾病，保养得好，活二十年不成问题。"秦美丽迅速计算起来，爱人今年四十五岁，二十年后六十五岁，二十年后女儿三十一岁，他家的大事几乎完成了，那个时候告别世界没有什么遗憾的。秦美丽一下子轻松起来，笑容随即出现在脸上。回到病房，爱人都看出她高兴来，问她什么事乐成这样。秦美丽不说话，趴在爱人脸上亲了一下。

出院后，爱人在家休起了病假。秦美丽家的月收入仍旧是两千四百元。这个时候，银行又上调了贷款利息，也就是说从明年一月开始，秦美丽每月还的房贷要超过一千六百元。这对于秦美丽是个雪上加霜的消息，她不敢告诉爱人，只能一个人在厨房偷偷掉泪。

跟爸爸、哥哥借的钱，支付住院费后还剩下几万，这些钱，秦美丽一分不敢动，预备着给爱人作化疗。医保报销要几个月后才能下来，秦美丽对当下的生活一筹莫展。幸好单位给了五百元救济，秦美丽马上用它交了物业费和水电费。一个月后，医生帮秦美丽联系了省肿瘤医院，那里的化疗效果好，但是费用也高，四个疗程下来，秦美丽所有借款都要送给医院。即便如此，化疗还要去做。秦美丽跟单位请了假，将女儿托付给父母。她要婆婆住到爱人的弟弟或是妹妹家里去，婆婆一口拒绝。秦美丽忍不住冲婆婆大叫起来："我这里有什么好，你非在这儿死活不走！"

婆婆说："我在这儿住十几年了，我住惯了。"

秦美丽说："家里没有人照顾你，出事怎么办？"

婆婆说："出事怨我命不好。"

秦美丽咬牙切齿道："好，好，你就住在这里吧。"

回到卧室，秦美丽脸上的余火未消，爱人小心翼翼地看着她说："对我妈好点行吗？"他都不说"咱妈"了。

秦美丽说："咱家都成这样了，她还在这儿添乱。"

爱人说："这些事又不是我妈造成的。你看我弟弟、我妹妹，哪一个会对她好。"

秦美丽叹了口气，说："为了叫你高兴，我就改改脾气，委屈自己吧。"

第二天，收拾了东西陪爱人到省肿瘤医院，出门前，秦美丽跟婆婆打招呼，婆婆虎着脸不理她。秦美丽说："妈，我们半个月不回家，你照顾好自己。"

婆婆说："我一直以为你是个好人，我现在想明白了，你跟他们没有两样。如果我有几万元存款，如果我有房产，你还会老撵我？你就是嫌我穷，嫌我没有钱。"

秦美丽气结，说："哪有这样的事，家里不是出事了吗？"

婆婆说："是出事了，但是我给你添麻烦了吗？我一个老太太能吃多少饭，况且我又不吃肉，有时候我还帮你做饭，我一点麻烦都不给你添，你还老撵我走。为什么？就是因为我没有钱。"婆婆竟然掉出眼泪。

秦美丽几乎说不出话，爱人拉拉她的衣袖，她才一口气从腔子里飘出来说："好好，你这样认为我也没有办法。你就在这儿住着吧。从今往后我再不说不叫你住的话了。"

在火车站，秦美丽意外地遇到丁龙一。丁龙一到省城参加一个书法作品拍卖会，他看秦美丽买的是二等车厢的车票，立即到售票处买了两张一等车厢的票塞进了秦美丽的手里。秦美丽拿了钱给他，他不收，说："这点钱，对于我不算什么的。"

坐在车厢里，相对无言。丁龙一一直偷偷地看秦美丽的丈夫。秦美丽觉得脸上有东西一层一层掉下来，她就索性将它们一下子扒了下来，她一会儿摇晃腿，一会儿摇晃头，做出种种她认为恶俗的动作。火车到达省城，丁龙一悄悄对她说："你何苦如此糟蹋自己？"

出了车站，丁龙一将他们带到一辆汽车面前，丁龙一说："省肿瘤医院很远的，我和朋友送你过去。"

秦美丽有种破罐子破摔的感觉，丁龙一既然愿意帮忙，她就有理由不拒绝，她拉着爱人进了汽车。丁龙一的朋友跟医院很熟悉，帮他们联系了医生，办理了住院手续，丁龙一提出请医生吃饭，他立刻联系了酒店。

爱人要秦美丽陪着一同吃饭，丁龙一也说："你是病人家属，应该陪医生吃饭的。"秦美丽安顿好爱人，跟着一同去了酒店。

酒桌上的医生都说爱人的病没有问题，他们坚信化疗的效果，将爱人的生命又延长了十年。秦美丽又快速地计算了一下，三十年后爱人七十五岁，就是不生病的人活到七十五也不容易。秦美丽当即心花怒放，端起酒杯说："敬亲爱的医生们一杯。"

饭一直吃到晚上十点，丁龙一的朋友将医生一一送回家，最后又送秦美丽，丁龙一说："我借你的车，我送她。"

朋友将车子给了丁龙一，秦美丽坐在副驾驶座上，她觉得丁龙一要做出点什么，然而一直到医院，丁龙一没有说一句话，没有一点不合适的动作。

秦美丽问他："为什么对我这么好？"

丁龙一说："因为你是我的一个梦。"

秦美丽说："你说话太文明了，离我的生活太远。"

丁龙一说："难道你不是文人吗？"

秦美丽说："你将我看得过于美好了，谢谢你喜欢我的文章。你是我见过的第一个读者。可是我写作的目的……说出来，你会失望，我写作的目的，是挣点钱。"

丁龙一一下子笑了，说："你有才华的，你可以只为了你的才华写作。"

8

回到病房，爱人在看电视，秦美丽只寻思他会问丁龙一是谁。但是丈夫什么都没有问。倒是秦美丽沉不住气了，说："你第一次见丁龙一，你就这样放心我跟着他出去？"

爱人说："我相信你。"

第二天查完身体后，作化疗。医生在爱人身上切了个口子，插入一条细管子，管子的一端连着一个小机器，像书包一样背在身上，日夜不停地往身体里面输送化学药品。化疗的反应比较痛苦，爱人的脸色开始变得难看，午饭时嫌饭不好吃，没有味道。下午想吃一种"荷香鸡"。秦美丽第一次听说"荷香鸡"这个名称，问爱人什么地方有卖的。爱人说不知道哪里有卖的，只记得十年前在省城吃过，味道鲜美，语言无法形容。秦美丽就出去买荷香鸡，在医院门口看到一名年轻男子蹲在汽车的旁边痛哭，敞开盖的后备箱里放着成卷的卫生纸和女人的衣服。秦美丽不禁悲从心起，到肿瘤医院治病的十之八九是癌症，幸好爱人的病轻之又轻。

医院门口有无数小饭店，却没有卖荷香鸡的，有人说市中心的大饭店有卖的。秦美丽打了出租车到市中心，出租车司机又给提供了几个地方，依然没有卖荷香鸡的。省城里人山人海，即便是一个偏僻的角落，也有成堆的人群，这些人群散布在数不清的大街小巷，却没有人告诉她哪里有荷香鸡，偌大的省城竟然没有一个可以依靠的人。

秦美丽眼泪盈盈欲落，这个时候，她想到了丁龙一。丁龙一在省城的，丁龙一有省城的朋友，秦美丽立刻给丁龙一打电话，丁龙一悄悄地说："稍等一下，电台有这方面的节目，我打听一下。"

稍许电话打来，丁龙一告诉秦美丽一个地方，并且嘱咐秦美丽看晚上六点半的电视新闻。秦美丽将地址告诉了出租车司机，汽车穿越数条巷子，来到一个微山湖饭店。秦美丽恍然醒悟，微山湖有着无数的荷花、荷叶，荷香鸡应该就是荷叶包裹的鸡。

饭店内果然有荷香鸡，服务员很得意地告诉她：整个省城只有他们一家卖荷香鸡。秦美丽买了两只，苦笑道："就因为只你们一家卖，这两只鸡我花了两百元钱。"

将鸡拿回医院，爱人一吃，满脸高兴，说："就是以前的味道。"他叫秦美丽也吃，秦美丽却不舍得，这两百元花得她的心头肉痛，她要把这钱彻彻底底花在刀刃上，所有鸡只能够爱人一个人吃。

秦美丽到医院门口的小饭馆买了两个火烧，在树底下吞进肚里。看手表，差不多到了六点半，回病房打开电视，调出新闻频道，先是领导开会、视察工作的镜头，再是企业发展的镜头，然后是文化新闻，省书法家作品拍卖会，电视上出现丁龙一的身影，他的作品也被拍卖，虽然价格在拍卖会上并不突出，但是一幅作品也拍卖出十万元的价格。

秦美丽的下巴子都要掉下来了，她说："他们挣钱怎么这样简单！"

秦美丽十指飞动，给丁龙一发短信：谢谢你提供的信息，荷香鸡很好吃。丁龙一立即回复：幸福离你只是一步之遥。

秦美丽：我看了新闻。

丁龙一：拍卖会就是变相的欺骗，但不如此就没有生活的来源。只有好的生活基础才能有好的艺术作品。

秦美丽：你的话与生活相距非常遥远。

丁龙一：我可以帮你。

秦美丽：为什么？

丁龙一：只想叫你恢复本来的面目，或是使你成为我心目中的你。

秦美丽：为什么？

丁龙一：也许是有钱了，也许是生活有些无聊了。

9

医院里到处都是病情严重的人，有人甚至租了医院的家属宿舍进行长期化疗。秦美丽与爱人经常去那里玩，太阳好的时候，就陪着他们坐在太阳底下聊天。病人们都有一个共同特点——乐观。他们戴着各式各样的帽子，遮挡化疗后掉光头发的脑袋，他们戏称自己是判了无期徒刑的人，等待的最终结果就是死亡。

活着，是他们当下最最重要的愿望，所以他们将每一天都活得开开心心的。秦美丽的心呼地撞到墙上，又呼地撞回来。是的，活着，是最终的目的。活着的方式多种多样，而她与爱人的"活着"竟是如此的辛苦。

一个疗程结束，秦美丽与爱人离开医院回家。这一次没有丁龙一的帮助，他们坐三轮车、公交车、火车一路颠簸回到家里。秦美丽看着爱人焦黄的面孔，心疼得像锥子扎，但是为了省钱，她就是不肯打出租车。家中一团糟，地板上、桌子上、窗台上堆积着厚厚的灰尘。厨房里还堆着没洗干净的碗。秦美丽一边打扫卫生，一边问婆婆这段日子怎么过的。婆婆大声道："怎么过，没死就算不错了。"

秦美丽问她怎么了，她又虎着脸不说话。问她其他孩子有没有来看望她，婆婆说："哪有来的，我一个穷老太太，谁看见我谁不害怕？"

秦美丽气得几乎要打哆嗦，婆婆这是明摆着要与她吵架。难道她问候她是错的吗？难道她不该问她吗？再或者是她不应该回家吗？

到楼下倒垃圾，遇到邻居，秦美丽才知道这期间婆婆患了肠炎，给几个孩子打电话，没有一个过来，是邻居将她送进医院，并且支付了九百元医疗费。

秦美丽慌忙回家拿钱给邻居，婆婆看她手握着钞票，坐在沙发上大哭起来，说："我这样的人还不如死了算了，活着有什么用，又穷又有病。"

秦美丽一下子少了九张百元大钞，想到与爱人连个出租车都不舍得打，这整齐的票子一下子就送给人家，疼得心头肉都哆嗦。她对婆婆说："你还是跟别的孩子商量一下，住他们家里吧。我一个人真的养不了你。"

婆婆一拍大腿说："我这是住儿子家，不是住你家。"

爱人从卧房出来，说："妈，美丽够不容易了，你别闹了好不好？"

"我是闹了？我是闹了？"婆婆大叫起来，头往墙上撞："我还是死了算了，死了算了。"

秦美丽去拉婆婆，两人一齐跌到地上。爱人大叫："你们都别死，我先死，我才是应该死的人。"

秦美丽看到眼泪从爱人的眼里流了出来，她唯恐爱人做出什么吓人的举动，两眼死死盯着他，手撑在地板上，随时准备一跃而起，爱人却一动没有动。秦美丽知道他这是替她跟婆婆争气，心头一热，眼泪就要下来。

爱人说："美丽，咱们这是过的什么日子！虽然住着大房子，表面看来阔气、富贵，可是咱这是过的什么日子！"

到娘家接孩子，爸爸妈妈告诉秦美丽，他们要卖掉房子，搬到哥哥家里去。

秦美丽吃惊道："为什么？儿媳妇都是不孝顺的，你们跟嫂子处不好怎么办？"

爸爸说："你大哥做生意，赔了十几万，我们卖掉房子帮你大哥渡过难关。等有了钱了，再买房子。"

爸爸妈妈居住在老生活区，他们的房子顶多卖十三万元，可是房子卖掉之后再买就难了。

秦美丽说："爸爸，先别走那步，再想想别的办法。"

爸爸说："我跟你妈就这一个办法。"

秦美丽说："再等等，再等等。"

再等等就有办法吗？她还欠着哥哥五万元钱呢，照她现在的收入水平，恐怕这辈子都还不上哥哥的钱了。可是就眼看着父母卖房子吗？秦美丽领着女儿回家，路上，她突然冒出一个念头，她被这个念头吓了一跳，慌忙将它打消了。

10

为了不遇到丁龙一，秦美丽换了一家银行还房贷，可是巧得很，在银行大厅她竟然遇到了丁龙一。丁龙一看着她说："你瘦了。"

秦美丽打了个哈欠："遇到这些事，能不瘦吗？"

丁龙一从银行取了十万元现金，秦美丽用她的两张工资存折还了房贷，取出剩余的八百元作这个月的生活费。水电费、物业费、电梯费就要从借款里出了，秦美丽的眉头一下子皱起来。

丁龙一提出送秦美丽回家。秦美丽一口答应下来。他妈的，日子都过成这样了，什么女人，什么矜持，什么都不要了，有一点便宜就占一点便宜吧。

丁龙一却没送秦美丽回家，他将车子开进本市最大的购物商场，这家商场以卖高档商品闻名的。他说："挑几件适合你的衣服。"

他带着秦美丽去了女装部，亲自挑了三套衣服，秦美丽从换衣间出来，立刻被镜中的自己震呆了，美丽、优雅、温润，她从未想到自己是这个样子。

丁龙一说："这是真正的你，这是内在的你。"

他吩咐服务员将衣服包好，然后到收款台刷了卡。三套衣服将近一万元，秦美丽急忙拒绝。丁龙一说："给我个机会，给我机会。"

给他个机会做什么？秦美丽内心忐忑不安。她提着衣服坐到丁龙一的汽车里，丁龙一依旧没送她回家，车子东走西走，来到了郊外的一栋别墅。丁龙一打开屋门，房屋的装饰令秦美丽张大了嘴巴，这样的房屋，电影、电视中都很少看到。丁龙一领她坐到落地窗前面，端上一套茶具，十指微动，浅浅的一杯茶端到秦美丽面前，是她喜欢喝的铁观音。

丁龙一没有说话，秦美丽更不知道说什么好，俩人沉默地品茶。面前是绿油油的草地，透明的洁净的阳光，湛蓝如洗的天空点缀着鱼鳞状的白云，那云离人很近，感觉伸手就可以抓下来。秦美丽的内心潮动，眼睛微微湿润起来。她不记得有多久没有感受到生活的美好了，不记得有多久没有看到蓝天、绿草、清亮的阳光了。买了房子之后，她的所有任务就是节约、还贷，爱人生病后又是借钱、治病。她如同一只蚂蚁，背负着丁点儿的粮食，时时刻刻亡命奔跑。品茶、美容、没有任何心理负担地闲坐，是几年没有发生的事情了。

茶喝淡了，太阳也偏西了。丁龙一说："穿上新衣服，我送你回家吧。"

秦美丽到一个房间换上一套碧绿色的衣服，走出房间，看到丁龙一的眼睛有些直了，丁龙一说："你就像一件精美的瓷器。前生的你应该是个妃子，而我是那个宁肯误国也不肯误你的君王。"

秦美丽低下头，说："你说话文绉绉的，我不太习惯。"

丁龙一送秦美丽回家，到小区门口，丁龙一打开后备箱拎出一个袋子，说："送你的礼物。"

秦美丽拒绝，丁龙一又说："给我个机会。"就这一句话，秦美丽的心软了，将袋子接在了手里。她静静地立在小区门口，看着丁龙一开车离开。转过身来，看到往日对她视而不见的邻居都在看她，他们说："你今天真漂亮。"

一进门，婆婆与爱人就张大了嘴巴。爱人的嘴巴率先合上，说："美丽，跟你在一起这么多年了，不知道你竟然这么漂亮。"

婆婆的嘴却抿成长长的不屑的一条。

晚上，婆婆与爱人睡着之后，秦美丽又悄悄爬起来。她打开丁龙一送她的袋子。袋子里是一个方盒，盒子打开，是她曾经看过的"梅青竹节提梁壶"。秦美丽的心底溢起一片暖流。她将茶具洗了，泡上一壶单位发的绿茶。碧绿色的茶水倒进碧绿的杯子，没待入口，便觉出与往日不同的味道来。

屋门响动，婆婆竟然从卧房走了出来。秦美丽寻思她要上厕所，哪知她径直走过来，一屁股坐到了沙发上。

秦美丽的好心情全被破坏了，她将茶慢慢喝进肚里，不说话，只等待婆婆离开。可是婆婆就是不走，她眨巴着眼睛看着秦美丽喝茶。半个小时的时间过去，秦美丽终于忍不住了，说："妈，能不能给我一点自己的时间？"

婆婆冷笑起来说："正经比自己的时间更重要。"

婆婆又说："一个女人顶顶关键的是廉耻，顶顶关键的是能够抵得住诱惑。"

秦美丽将杯子重重地放到桌子上，说："你是在批评我？"

婆婆说："我没有批评你。我还住你的房子，我哪敢批评你！"说罢，起身回房了。

秦美丽已经没有喝茶的心情了，她将茶具清洗了，重新放回盒子。这个时候她发现盒子里放着一个白色的信封，打开来，倒出一张银行卡和一张纸片，纸片上写着银行卡的密码。

11

秦美丽将银行卡放到自动取款机上。上面显示的数字是：200000。天呀，秦美丽将数字整整数了五遍，"2"后面是五个美丽的"0"。秦美丽的嘴张大了，她除了贷款时看过这组数字，此后再没有看过这组数字。这一次与它重逢，意义却绝对不同，上一次是欠银行二十万，这一次是她拥有了二十万。秦美丽给丁龙一发短信，手指哆里哆嗦，半天按不出不一个字来，她给他打电话，号码拨出去，又挂断了。打通之后，说什么，说什么呀。

一会儿，丁龙一的短信进来：对于你，它也许是一笔大数目，对于我只是两幅书法作品。

秦美丽好不容易按出一段话：这样对我，想达到什么目的？包养我？做你的情人？

丁龙一的短信：是消遣的另一种方式吧。开茶行、给你钱，都是我打发时间的一种方式。文字的后面是一张笑脸。

秦美丽都要晕了。是的，给她钱有什么利可图呢？论工作，她只是一个国营单位的绘图员，办不了任何事情；论相貌，她是一把扔进人群，很难一眼找出来的人；论年龄，虽然比爱人年轻八岁，但也是三十七岁的女人了，并且生了孩子，无论色与其他，都不能够对丁龙一构成诱惑的。更何况，他与她两次单独相处，他没有动她一个手指头。

乱纷纷瞎想的时刻，爸爸打来电话，说有人要看房子，要秦美丽帮忙招呼一下。秦美丽脱口而出："爸，不要卖房子。"

爸爸说："不卖怎么办？"

秦美丽说："爸，我有钱了。"

然而，秦美丽还是帮爸爸接待了看房子的人，那人没相中房子，秦美丽暗自松了口气。

晚上睡觉，秦美丽做了很多莫名其妙的梦，有人给了她一副手铐；给人在地上挖了个坑，她一下掉进去了；有一对男女在小树林里拥抱……梦着梦着，秦美丽一下子醒过来，她知道是丁龙一的二十万给她带来了心理负担。收下，很害怕；还给他，又心不甘，毕竟他那么有钱，而她又是这样缺钱。

秦美丽打开电脑，在网上乱七八糟地看新闻，她看到一名富翁将90%的财产捐给了穷人。她想到了丁龙一，丁龙一是不是在学习这位富翁，他们有钱，自觉不自觉地将自己置于救世主的位置，将自己当成"社会财富的保管者"，努力地去帮助，去救助那些穷人。他们不仅有钱，他们还是精神上的贵族。秦美丽记得小时候她家长期受到一位亲戚的资助，那亲戚将孩子穿旧的衣服、鞋子全部送到她家里来，她与两个哥哥欢天喜地地穿到身上，并且对那位亲戚心怀感激。时光过去二十年，她年近四十，依然是个被人怜悯、受人资助的角色。一位电影明星曾经说过：幸福是帮助别人，而不是受到别人的帮助。按照这种观点，现在的她是个顶顶不幸福的人。

转眼又到了爱人做化疗的时间，有这二十万元垫底，秦美丽很潇洒地打了辆出租车，将爱人与自己载到了火车站。娘家的房子还没有卖掉，孩子依然送到了娘家，并且秦美丽给婆婆留下一千元钱。婆婆的脸一下子舒展了，秦美丽说："妈，我不是个不孝顺的人，我就是穷。因为穷，所以显得不孝顺。"

化疗期间，秦美丽依旧陪爱人到宿舍区找那些长期化疗的人聊天，人群里消失了很多老面孔，增添了很多新面孔，那新面孔里还有七八岁的孩子。那些消失了的，都是死亡了的。新增的都是新患病的。秦美丽的心情无比沉重，生命看起来无比重要，如若消失，也是无比简单。爱人现在的病也许没有大问题，可是难保以后不出问题。就是她自己，今天好好的，明天说不定就会遇到车祸死去。如果他们就此死去，回顾短暂的一生，除了还贷、就是节衣缩食，工作、挣钱、还贷、一日三餐，是全部的生活内容，这样的人生有何乐趣可言？

幸好有这二十万元，十三万还爸爸、哥哥，七万还银行贷款，剩下来的人生应该有一些乐趣的。可是这二十万是她的吗？她能花吗？

那个念头又在脑海中闪现出来。秦美丽摇摇头，将它快速地摇走。

化疗结束，回到家里，秦美丽看到丁龙一给她买的衣服被剪碎了丢在沙发上。秦美丽大叫起来："谁干的？谁剪的？"

家里边只有婆婆，除了她还有谁。可是婆婆说："不是我，我不知道。"

秦美丽泪眼婆娑，冲着婆婆大喊："你能叫我开开心心过两天日子吗？"

婆婆说："一个女人顶顶关键的是廉耻。"

秦美丽逼到婆婆的脸前，说："我从来没有做过对不起你儿子的事，从来没有嫌弃过你儿子。"

婆婆说："天上哪有掉馅饼的。你不做丢人的事，那男人凭什么给你买这么贵的衣服，还送你到小区门口？你别以为我老太太是瞎子。"

"你这个老太婆。"秦美丽用手抓着头，"你什么都不懂。"

婆婆指着秦美丽的脸大叫："秦美丽，我告诉你，你一天是我家的儿媳妇，一天就要遵守妇道。我们家祖祖辈辈没有出过丢人现眼的事情。"

秦美丽跌倒在沙发上，有一种心神俱焚的感觉，她盼望这个世界快快爆炸，盼望着这座楼快快倒掉，盼望着所有的人包括她自己快快地死去。

爱人手放在她的肩头，爱人说："美丽，我相信你。"

秦美丽的眼泪呼地一下子出来，说："你相信我有什么用，光我们夫妻感情好有什么用？回家的路上，我已经算账了，剩下的钱不能支撑以后的化疗了，还要还贷款，还要过日子。我哥做生意赔了，我爸要卖房子替我哥还钱。我借我爸、我哥十三万元钱，我哪辈子还得上？"

爱人说："美丽，不哭，美丽，都怨我。"

"要不，"秦美丽扬起脸来大声道，"我爸都卖房子了，要不我们也卖房子吧。"

爱人的脸都白了，说："美丽，那怎么行。我们什么都没有，只有这一套房子，将来能够留给女儿的也仅仅是这套房子。"

"你们是在挖苦我，是不是？"婆婆道："你们嫌我没有房子卖，你们嫌我什么都不能留给你们是不是？"

12

那个念头说出来，便成为必须付诸行动的事实了。秦美丽与爱人进行了一番长谈。她先将茶具与银行卡拿给爱人看，告诉他与丁龙一交往的始末，秦美丽说："你绝对要相信我，我没有做任何对不起你的事情。"

爱人说："我肯定相信你。我知道艺术家都很怪的，我曾经在报纸上看到一个艺术家整天在家里打着伞，还有个艺术家十几年不跟外人说话，还有一个艺术家喝自己的尿，还有个艺术家天天搂着猪睡觉，说是什么行为艺术。"

秦美丽"扑哧"一声笑了，说："我就知道这个世界最了解我的人是你。"她又说起卖房子的打算，她们现在的房子市场价六十万元，银行的房贷还有十六万，他们卖了房子，还上房贷，还上借的爸爸、哥哥的钱，然后留下治病的钱，剩下的二十几万在市郊买一处小一点房子，她到网上查了，二十几万能买上房子的。

爱人叹口气说："如果房子卖了，这几年的苦咱们就白吃了。"

秦美丽说："哪能是白吃。这几年房价翻了一倍，不吃这些苦，哪能凭空得这三十万元。"

爱人说："得病后，我经常想，如果不买这房子，我兴许不会得这个病。买了房子之后，天天感觉很大压力，不敢休班、身体不舒服了不敢去医院，不给你买新衣服，不领孩子出去玩，吃的除了青菜还是青菜。就是因为这些压力才得这个病的。可好，一下子十几万又没有了。"

秦美丽说："医保不是能报销吗？单位也能报销一部分，治病花不了多少钱的。再说，事情已经发生了，就不要多想了。"

爱人说："只是给孩子留不下什么了。"

"谁说留不下什么，等孩子长大后，那套二十几万的房子可能就四十几万了。"

主意一定，生活又展现出希望。秦美丽只后悔早没有想到这个，白白地受了几个月的煎熬。她先将银行卡还给丁龙一，并且给了丁龙一一张一万元的欠条。丁龙一将欠条撕得粉碎，说："是我主动给你买的衣服，又不是你跟我要的。"他又把银行卡往秦美丽手里塞，秦美丽说："给我点自尊好不好？"

丁龙一说："这才像你说的话。这才是一个作家说的话。"

秦美丽十指轻轻跷起，轻轻缓缓地说："谢谢你喜欢我的文章，不久，你又会看到我的文章。"

接下来就找卖房子的广告，看房子。要买的房子没有相中，来买她家房子的却络绎不绝。秦美丽家的房子临近市重点学校，好卖得不得了，有人直接拿了六十万元的支票到她家看房。可是没待秦美丽将支票接到手里，婆婆就大声嚷道："不卖，不卖，我们的房子不卖。"

秦美丽说："妈，我都跟你儿子商量好了，不卖房子，家里就没法过了。"

婆婆说："我不管，我还想死在这里呢。你想卖房子，除非我现在就死。"说完，婆婆竟然躺到地板上。

秦美丽只好将那人打发走，那人还给秦美丽留下手机号码，说："主意改变后及时通知我。"

秦美丽转身回家，地板上早不见了婆婆的踪影。她心里的气别提了，打婆婆一巴掌的心都有了。

婆婆拿着个小包从卧室出来，她到沙发上坐下，叫秦美丽与爱人过去："给你们看样东西。"

秦美丽不过去。爱人硬将她拉了过去。婆婆将小包打开，小包里是个锦缎盒子，她又将盒子打开，一对玉镯出现在两人面前。

婆婆说："我本来想死后再给你们的。现在看你们困难，就提前拿出来了。"

婆婆告诉秦美丽，她的祖上是满族，曾在皇宫当过差，家里有几件宫里带来的东西。她手上的这副玉镯是妈妈的妈妈的妈妈……传下来的，是正经八百的古董。

婆婆说："把它卖了吧。不用卖房子了。"

秦美丽与爱人都呆住了。爱人说："怎么没听你说过？"

婆婆说："我就想看看你们兄弟几个谁孝顺，谁孝顺我就给谁。"

秦美丽说："妈，我也不孝顺的。"

婆婆说："你底子是好的，是孝顺的，就是买房子买穷了，买房子前你对我很好的。"

爱人说："妈，照这规矩，玉镯应该给我妹妹的。"

婆婆说："不给她。她们都不肯叫我到家里住的。上次美丽给我一千元钱的时候，我就想给你们了。"

秦美丽将玉镯子接在手里，两口子高兴得一晚上没睡着觉。

第二天秦美丽给丁龙一打电话，请他帮忙估一下玉镯的价格。丁龙一带秦美丽去了一家古董行，老板将玉镯细细地看了，兴奋地说："这是一件好东西。"

老板出价四十五万。丁龙一要他再加五万，一会儿的工夫，五十五万元的支票到了秦美丽的手里。秦美丽感觉整个人飘了起来，她立刻要丁龙一带她去银行，将钱取出来存在自己的名下，然后就写了提前还贷申请。接下来将十三万元还给了爸爸、哥哥。一天时间内，所有的事情办完，秦美丽成了一个没有欠款的轻松人、自由人。秦美丽大声地唱起歌来。

丁龙一说："好了好了，别唱了，唱得太难听。"他送秦美丽回家，打开了车厢的音响，这一次不再是古筝、古琴曲，而是一首现代歌曲：高板凳矮板凳都是木头，他大舅他二舅都是他舅，走一步退一步等于没走……

秦美丽按住音响，说："什么，他唱什么？"

丁龙一说："走一步退一步等于没走。这世上有多少人走一步又退一步。你收了我的银行卡，又退了我的银行卡，不就是走一步，退一步？"

秦美丽说："退一步，也许更好。"

回到家，将事情全部告诉了婆婆，并且将剩下的钱给了婆婆，婆婆说："我一个老太太要那么多钱干什么，你留着给我儿子治病吧。"

秦美丽说："你儿子治病花不了这么多钱的。"

婆婆说："那你就替我保管。假如那些孩子孝顺，我死后你替我分两个给他们；假如他们不孝顺，这些钱全部是你的。"

秦美丽搂住了婆婆，亲亲热热地喊了声妈："您真是我的亲妈。"

作者简介

郝炜华，女，二十世纪七十年代生人，山东省作家协会会员，山东省散文家协会会员，中国铁路作家协会会员。在《山东文学》《飞天》《青春》《山花》《佛山文艺》《中国铁路文艺》《当代小说》等刊物发表小说四十万字。出版短篇小说集《向南向北》。

一对优秀的夫妻离婚了，离婚时，男人对女人承诺要等到儿子考上重点大学，他才会再婚。这一等就是十多年。儿子终于要考大学了，这男人与女人生活可以重新开始了吗？

誓　言

傒　晗

　　许尤佳守着婚姻这个城池，整整打了四年的保卫战，终因力量悬殊，城破而败。离婚那天，南城街头落满了枯黄的梧桐叶，就像给马路盖了一条硕大的破毯。这个城市里到处都是梧桐树，一到深秋，就哗啦啦落个不停，厚厚的一层，直到把人的脚背也盖住。每天晨起，不等环卫工人把它们清走，新的落叶就重新覆了上来，赴死一般，义无反顾。许尤佳看着这一景象，眼泪不禁夺眶而出。

　　去民政局的路上，许尤佳问郑文涛："儿子跟着你，能行吗？"

　　郑文涛看着许尤佳那隐含着悲情的眼神，突然动了恻隐之心，他说："尤佳你放心，不把小涛送进重点大学，我是不会结婚的。"

　　许尤佳眼睛微微一亮，立刻在心里做了一下盘算。

　　"你说的是真的？"许尤佳口气有些阴鸷地问。

　　"当然是真的。"

　　"你……发誓！"

　　郑文涛犹豫了一下，发狠道："我发誓！"

　　许尤佳说："你把这一条写进协议里。"

　　郑文涛站住了，他震惊地看着许尤佳："尤佳，你不相信我？"

　　许尤佳也愣住了。她知道他是个守信的人，从不刺破自己的誓言。

　　许尤佳说："好吧，我相信你。"

　　郑文涛摇摇头，说："如果你担心我不信守承诺，就把这条加进去吧，再签一个补充协议也行。"

　　"算了。"许尤佳内心的悲哀忽然不那么重了。她看着郑文涛，一字一顿地说："我希望你能遵守今天的诺言，在小涛考上重点大学之前，只要你再婚，我就向法院申请小涛的监护权！"

郑文涛说："我说话算数，你就不用再怀疑我了，这么多年，我的性格你也了解。"

心头的痛，又烈了几分，许尤佳想：我当然了解，我太了解了！早知今日，何必当初？眼泪不争气地从她的眼中滚落下来，她说："我现在是一无所有了，容貌，青春，爱情，婚姻，儿子……郑文涛，你好狠！"

郑文涛无言。他从口袋里掏出一片纸巾递给许尤佳。许尤佳没接。她用手抹了抹，似乎触到了脸上的皱纹。即使不照镜子，她也知道自己的眼睑有些浮肿，发青，眼角的两端，有一些细小的褶痕。这褶痕与其说是时间留下的，毋宁说是她自己留下的。人的每一个表情，笑、恼、怒，哪一次不在脸上折两下？折两下，打开，再折，那褶子就留下来，越来越深，终于清晰无比，刀刻一般，镌了下来。

从民政局出来，他们每人手里已经攥了一个绿本本。

许尤佳看了看手里的绿本本，有些凄凉地笑着，说："郑文涛，如果我现在还年轻，像你认识我时那么年轻，我一定会重新选择——去抢人家的老公，那样一定很有胜利感，成就感，快感！"

郑文涛有些不快。他说："尤佳，我已经说过几千遍了，我再说一次：我们离婚，与秦小慧无关。我们是真的……不合适。"

许尤佳冷笑："我们婚后的头两年，你怎么不这样说呢？"

郑文涛有些理亏。他嗫嚅着说："尤佳，我们既然已离婚了，我希望你能心平气和些。"他放缓了语气，努力显出自己的真诚，"你还不到四十岁，专业水平又高，人也……说实话，挺优秀的，再找个人，肯定比我强。"

许尤佳没有说话。她想，这多么像打发乞丐！把不想要的给对方，再说它是多么好的赠予——既然认为"挺优秀的"，你为什么要像甩一只烂鞋子一样甩掉我呢？她紧了紧喉咙，忍住了再说下去的欲望。是的，战争已经结束，她没有必要再和眼前这个男人干仗。只是，悲痛却像一口烈酒，一直烧到许尤佳的心里。所到之处，尽是热痛。她想，如果你早点告诉我，我们不合适该有多好，至少，那时我还年轻，还有补救的机会，还可以重新选择，不至于像眼下这样张皇失措、无力回天啊！

她低头看看自己那双挽救过无数生命的手，那双职业医生的手，突然觉得自己才是个病入膏肓、无药可救的病人。悲怆感再度袭来，许尤佳望着城市上空那片铅色的天，使劲地将重新涌来的一股热潮逼了回去。

许尤佳第一次见到秦小慧，是在郑文涛病房里。当时，秦小慧正把一只剥了皮的香蕉往郑文涛的嘴里送。许尤佳一看就火了，她说："他没有手吗？让他自己吃！"

秦小慧回头看见同院的许医生，对方正用一双漂亮的丹凤眼凌厉地盯视着自己，她不觉紧张了一下，握香蕉的手抖了抖，嗓子不稳地笑了。她说："许医生，郑教授刚做完手术，胸口还疼，想吃根香蕉，怕他费劲，我帮他一下。"

许尤佳冷冷地道："你出去吧，我来喂。"许尤佳把一个"喂"字咬得格外重。

秦小慧像吃了一颗冷弹，仓皇地走了。临出门，又回头看一眼郑文涛，叮嘱道："郑教授，你有需要就叫我，我听到铃响就会过来。"

郑文涛说："谢谢你，小秦。"并歉意地递去一个温和的眼神。这个眼神刺激了许尤佳。她从中看出些许不妙，她帮丈夫掖了掖被子，态度坚决地说："文涛，我给王护说一下，马上给你换个护士。这丫头刚来，护理经验恐怕不行。"

郑文涛说："一个医院的同事，你这不是明摆着得罪人家小秦吗？我看她挺好的，你就别折腾了。"

许尤佳没再坚持，但丈夫的话，却加深了她心里的不快——她心里本来已经很不快了：郑文涛在她评职称的重要关口，突然生病住院。而她在科室里的重要对手夏青，却在丈夫的积极运作下，正以越来越明显的优势，博取她们科室唯一的一个副高指标。在许尤佳看来，她的对手远不如她，无论是专业能力，还是学历背景，可对方却比她更有人缘。最重要的是，夏青有一个全力以赴支持她的丈夫。夏青的丈夫是个民营企业家，专营医疗器械，据说这些年很赚了些钱，上上下下都有人脉。但这些在她看来都只是软件，她更看重自己的硬件——能力与学历。她不相信，院领导与同事们不看重这一点。她想，如果把她和夏青的优势，分别摆放在一架天平两边的托盘里，两个人的筹码，应该大致相当。也许，她这一头还应该重一点。可背后的事，谁又能说得准呢？偏巧，郑文涛在这个关口住进她们医院，不仅帮不了她什么，还给她添了不少麻烦。这么一想，她就觉得自己的这一头，已经翘了上去。

其实，郑文涛也是一名医生，一名胸外科医生，但与妻子不在同一家医院。他是南城医科大学第一附院最年轻的心脏病专家。遗憾的是，他自己却患有心脏病。这看上去多少有些荒谬。

郑文涛此次住院，正是因为他的心脏。他在为病人做完一台高强度的心脏手术后，骤发心脏病，晕倒在手术台边。郑文涛在本院被抢救过来后，不得不为自己选择手术。出于谨慎的考虑，郑文涛选择了妻子所在的医院。术后，郑文涛住进了住院部的特护病房。

秦小慧便是医院安排给他的特护。

秦小慧卫校毕业，刚分来不久，年龄未满十八岁。住院部的王护士长说，这姑娘温柔细心，推荐了她，许尤佳想也没想就答应了。及至见到秦小慧本人，又见到她心细得往自己丈夫嘴里喂香蕉，心里就很有些不是滋味。

许尤佳一贯自视清高，因医术高明，深得病人信任。在一般同事面前，她有些清高。这正是她的致命伤。因这清高，她不知得罪了多少人。许尤佳还有个致命伤，就是说话和做事都不肯绕弯子。这种人，说穿了就是IQ高，EQ不高。这一点，郑文涛没少帮她指明，可许尤佳并不以为然。

她说："只有那些没真本事的人，才会削尖脑袋去巴结领导，想方设法与人搞关系。你看那些挖空心思想当官的人，有几个是专业过硬的人？"

他说服不了她，只好由着她。人说江山易改，本性难移，许尤佳要是改得了她的个性，就不是许尤佳了。好歹她有两把硬刷子，专业过硬，院里也还是重用她的。平日在家，郑文涛也总是让着她，毕竟关起门来是一家人。他一开始就让着她，从恋爱起就这么让过来了，也并未有何不适。而郑文涛想不到，许尤佳会对一个柔弱无能的小护士如此过分，这已经不是个性问题，而是修养问题了！

那天，许尤佳进来时，秦小慧正准备给郑文涛输液，不知为什么，秦小慧一见许尤佳，心里就紧张了。她给郑文涛打输液针时，许尤佳就立在一旁看着。许尤佳的影子像条阴森的廊柱，压得秦小慧呼吸困难。她在郑文涛手肘上一连扎了三次，也没找对血管，急得她的手直抖。此前，秦小慧每次给郑文涛打针，都是一针成功，这次偏怪了。许尤佳立在一旁，禁不住冷笑，她说："我真想不出你这样的人，是怎么混进我们这种三甲医院来的！"

秦小慧的眼泪当即掉下来，她忍无可忍地说："许医生，请你说话不要这么……刻薄！"

许尤佳说："我刻薄吗？我这叫客气，换了我是院长，立马就把你给开了！说实话，你这水平，给赤脚医生打下手都不够格。"说着，顺手一拨，就将秦小慧拨到了一边，夺过针头，一下就找准了郑文涛手臂上的静脉。许尤佳手指轻捏一下输液管，针头那端立即回血。

秦小慧又羞又气，嘴唇颤动着，一句话也说不出来。只有眼泪像失去控制的泉涌，在她那抽动不已的白胖脸颊上乱云飞渡。郑文涛看不过去了，说："许尤佳，你太过分了！你不在时，人家小秦打针打得挺好的，一次没打好，你至于这样吗？"

许尤佳见郑文涛帮对方说话，火气更大了，她失控道："我就是看不惯这种不学无术之人，一个针都打不好，当什么护士？"

秦小慧突然把一只玻璃盐水瓶砸向地面，哭着冲了出去。

盐水瓶在地面上爆开，盐水与碎玻璃洒了一地，许尤佳和郑文涛都愣住了。等许尤佳反应过来时，她的脸都气白了。她说："一个小护士，竟敢跟我摔盐水瓶，我要让她还在这个医院里待下去，我就不姓许！"

郑文涛终于忍无可忍，生气道："许尤佳，护士也是人，也有尊严，我现在才知道，你比街上那些泼妇还不如！"他的伤口剧疼起来，似有岩浆在那里挣扎着向外涌。原以为许尤佳只是在家里对他和儿子无理，想不到她在外面对同事也是如此。

可此刻，许尤佳心里正怀着一腔怨愤。她自知对秦小慧过了头，但在郑文涛面前却不想服软。她有些讥讽地说："你蛮爱护她的嘛！这才护理了你几天，就跟你护出感情来了？"

郑文涛闭上眼睛，心里油然生出一股厌恨来。他有些恶意地说："许尤佳，就你这个样子，如果你们科有多余的副高指标，你也拿不到。"

就像被人踩痛了脚趾，许尤佳禁不住冲丈夫气急败坏地吼叫起来。她说："郑文涛，你什么意思？我拿不到副高你高兴，是吗？"

许尤佳终于忍不住，伤心地哭起来——此前，她刚刚得到职称评定的准确消息：科里的副高给了夏青。她本想来他这里发泄一下，正赶上秦小慧给他输液。看着对方一连三针都找不准位置，她心里的邪火就嗖嗖地冒出来，挡也挡不住，烧向了秦小慧。她想不到这种时候，郑文涛会拣她的痛处捏——他还是她的丈夫吗？

许尤佳望着一地的碎玻璃片，望着脸色发青的丈夫，一气之下冲出了病房。等她独自将心中的怨怒平息下来，重新回到丈夫的病房时，地上的碎盐水瓶碴已不知去向，病房里空无一人。事后，她才知道，郑文涛在不通知她的情况下，已经办理转院手续，转入他自己所在的医院休养。

这件事后，许尤佳也很后悔，并试图找秦小慧道歉。让她想不到的是，事发当天，秦小慧就辞职了。这件事使许尤佳付出了代价。

得知秦小慧辞职的消息后，郑文涛决定再也不原谅许尤佳的跋扈。同时，他也在竭尽全力地打听秦小慧的下落——他觉得太对不起这个柔弱善良的女孩子了，她还那么年轻，只因负气就放弃了赖以生存的工作，将来的日子怎么办呢？许尤佳的一次伤害，会不会给这个女孩子带来一生的不幸？

通过他的主刀医生的帮助，郑文涛很快联系到了秦小慧。他认为，帮助秦小慧，已是他义不容辞的责任。他拖着大病未愈的躯体去找了他们附院的院长，将事情的来龙去脉，作了详尽的说明和解释，恳求院长帮忙解决秦小慧的工作问题。

"她是正规卫校毕业的，完全可以胜任护士的工作。"

这是郑文涛第一次厚着脸皮找院长说情——以往，郑文涛从不为自己的私事向院长说情。足见这件事对他有多么重要。院长点头同意了。

秦小慧进了郑文涛所在的南城医大第一附院。此外，郑文涛还通过一位在南城职工医学院任副校长的同学帮忙，把秦小慧招进了这家医学院读医专。这就是说，秦小慧的未来，将有可能是一名医生，而不再是一名护士——对一名从卫校毕业、可能一生都只能当护士的年轻姑娘来说，这样的帮助，已经不是一次对过错的补偿，差不多是一个恩惠，一次拯救了。

郑文涛伤愈后，就不肯回家住了。他决定先和许尤佳分居一段时间，以反省一下他们的婚姻。他在医院附近租了一个单间，对许尤佳隐瞒了这个地方。每次许尤佳打电话来问询，或者约他出去谈一谈，他都以身体不适或加班为由，拒绝了她。许尤佳觉得自己的自尊心受了伤害，不再主动与丈夫沟通。她想，难道还要让我向你下跪不成？为了一个小护士，你至于吗？

然而，正是在这一段时间里，秦小慧毫不犹豫地走向了郑文涛。起初，只是出于感激，钦佩和景仰。后来，就有了更多、更深的意思。秦小慧无数次担负起了病床前一个妻子应尽的义务，把药和热水递到他手里，为他煮饭，炖汤，洗烫衣服，打扫卫生。等郑文涛身体完全恢复时，他的心里已经喜欢上这个叫秦小慧的姑娘了。

秦小慧生着一张满月脸，肤色白里透红，两弯细眉，一看就是经过了加工，修过，或者拔过，齐整得像花坛边修剪过的围栏。这些都没什么特点，让人记住的是她的一双眼睛：细细的，长长的，黑黑的，亮亮的。配合着一对恰到好处的酒窝，不笑时，也仿佛在笑。在男人看来，这是一种温柔；在女人看来，这却是媚。另外，秦小慧的肤色奇白。是一种奶白，仿佛一挤就能渗出奶汁来。虽然身材有些偏胖，但肉质嫩——这是许尤佳后来的分析。

那天，许尤佳走后，秦小慧就回到了郑文涛的病房。女性的直觉让她有种天生的敏感，她觉得许医生对她的敌意，是一种居高临下、带有歧视性的敌意。自从她做了护士，就感到医生与护士间的不平等，好像她们天生就是卑贱的，就该被对方支来使去。

秦小慧是个内心要强的女孩子。她还只有十八岁，她就不相信自己这辈子除了做护士，就再没别的本事。这样的工作不要也罢！

秦小慧就是带着这种负气的心态去找护士长的。她递交了辞呈，并哭着把许尤佳对她的态度复述了一遍。护士长觉得她太冲动，劝她不要草率行事。但秦小慧去意坚决，第二天就从医院里消失了。

事情很快就传开了——和秦小慧设想的情形一样，她就是要让许尤佳难堪。

说实话，护理郑文涛，她是乐意的。她事先已从护士长那里知道，他是儿科许医生的丈夫，是南城医大第一附院有名的胸外科专家、教授。她觉得他不像有些专家那样自以为是，为人冷漠。他是平常的，谦和的，懂得尊重人的。秦小慧毫不掩饰地跟他说了她当护士的苦恼、委屈、愿望，并向他打听报考医学专科的具体程序和相关信息。

郑文涛——为她作了指明。

有了更多的沟通后，秦小慧就越发喜欢呆在郑文涛的病房里了。

许尤佳的每一次出现，都让秦小慧紧张。她不喜欢这个高傲的女人，还有些怕她。怕她，除了因她是本院的医生外，还因她是郑文涛的妻子——她承认自己对他有些动心。这时期的郑文涛，也就是三十七八岁，正是男人最焕发光彩的时期。他的学识、身份、资历、成熟与稳健等魅力指数，在她眼里，无疑都是五星级的。但这些好感是隐藏在她心里的，许尤佳凭什么如此这般地羞辱她？

砸完盐水瓶后，她躲在洗手间了哭了一会儿，很快冷静下来：跟许尤佳干一场，看她能把她怎么办！她倒要看看，她俩到底谁占上风？她在水笼头下鞠了一捧水，洗净脸，就像什么事都没发生过似的，重新回到郑文涛的病房。此时，许尤佳已离开，郑文涛正躺在床上生闷气——他觉得自己做了手术的心脏就像要爆裂开来。秦小慧走进来，笑微微地看着他，眯着一对黑亮的细长眼。她的样子如此温柔友善，郑文涛的怒气立即平息下来。他代表妻子一个劲地向秦小慧道歉，秦小慧却大胆地捂住了他的嘴，说是自己无礼，并诚恳地表示歉意。随后，她拿起扫帚，小心地扫去地面上的碎玻璃，又用拖布把地面上的残液擦拭得干干净净。

郑文涛心里涌起巨大的感动。就是这一刻，他决定转院。

他说："小秦，我要离开这里。你马上代我去办理出院手续！"

秦小慧愣了，她可怜巴巴地说："郑教授，是我不好。你就不能原谅我吗？"

"你有什么不好？是我们不好！"郑文涛说，"小秦，你是个好姑娘。为这件事感到内疚的，不应该是你，而应是我和许尤佳。我要离开这里，不能再连累你了！"

他坚持让秦小慧叫来他的主治医生。出院的手续办得很顺利。他联系了自己所在的医院，对方立即派来了接他回去的车。就在他被人抬上车时，秦小慧赶来了。

秦小慧坚持要上对方派来的车。她说："这些天郑教授都是我护理的，他的情况我比别人了解，我也一起过去吧，有些情况我可以和那边的护士交代一下。"她语气中的恳切，让在场的所有人都无法拒绝。

郑文涛笑了，他说："好吧，小秦，你也送我一下。"

秦小慧的满月脸上立即透出兴奋的红晕，一双细长的眼睛也顿时流溢出黑亮的光彩，两个小酒窝情不自禁地随着笑容闪烁开来——羞涩里透着几分天真。同来的几个医生都笑起来。

其中一个医生说："小秦，你一看就是个好护士。"

秦小慧说："是吗？可是……"她看了一眼担架上的郑文涛，咽下了后面的话。许尤佳怎么说她的？说她给赤脚医生打下手都不够格！哼，这话，她要记一辈子。她记对方一辈子，也要让对方记她一辈子。带着一丝痛快，也带着一些恨意——她知道同事们一定会把这一刻的情景描述给许尤佳听！

她不是他的妻子吗？她怎么会不知道丈夫在这一刻出院了呢？陪在他身边的那个女人怎么不是她呢？秦小慧带着些许的恶意想。同时，她还想好了下一步的计划：辞职。对，制造出一点动静给她看看，让她明白一个小护士也不是那么好欺负的！

她决定辞职，还有另外一层动机：辞职前，她特意把自己的联系方式留给了护士长和郑文涛的主刀医生。她想，如果他在意她，在意他妻子对她的伤害，他一定会来找她的。那时，她就有理由跟他接近，并获得打击许尤佳的最佳机会。

从那边医院一回来，秦小慧就把路上想好的辞职报告写了出来。在她的辞职报告里，她将当日发生的事，以及她辞职的原因，绘声绘色地作了描绘——与其说这是一封辞职信，不如说是一封告状书。

果然，医院的主管领导把许尤佳找去谈了话，批评她对待护士的恶劣态度，并提醒她搞好群众关系。

"一个人的专业能力固然重要，但工作中的合作精神与合作态度更重要。明年还会有职称评定，希望你再不要错失机会。"领导的话既无情，又有力，令许尤佳无地自容。

这等于是秦小慧向她甩过来的一记有力的耳光！许尤佳想不到的是，秦小慧这样的耳光还将会不断地甩向她，直至她头晕眼花，并最终招架不住。

秦小慧向许尤佳亮出的最有力武器就是青春。在郑文涛面前，秦小慧把这种武器的大方、美观、体贴、温驯与柔韧展现得淋漓尽致。就像一把好使的手术刀，一把宜舞的亮剑，每一招都指向许尤佳的死穴。

这一年，许尤佳和郑文涛结婚八年，他们有一个六岁的儿子，名叫郑小涛。许尤佳不相信郑文涛真的会看上秦小慧。秦小慧有哪一点比她强？除了比她年轻十几岁。她就没有年轻过吗？她十八岁的时候，秦小慧不仅外貌跟她没法比，处境，前途，哪一样都没法比。那时，她在南城医科大学读书，读大二，医科大学里没有多少女生，漂亮女生就更是凤毛麟角。而许尤佳就是这少数的凤麟之一，身后永远跟着一群摩拳擦掌的男生。秦小慧不过是个中专毕业的小护士，凭什么该由这样一个女孩子来打败她？要当对手，也应该是南城医大里那些条件与她平行的女生——郑文涛身边不乏这样的女生。

可他为什么要找秦小慧呢？这个她羞辱过、也羞辱过她的劣质女性——一个连打三针都找不准病人血管的小护士，在她眼中就是个劣质女性。

正因为这样，许尤佳才在整整四年里都不肯放弃。这四年里，她已经获得了副高的职称，从一名儿科主治医师变成了副主任医师，并顺理成章地当上了儿科的副主任，每周一三五坐专家门诊——婚姻失利后的许尤佳，几乎成了一名工作狂。除了儿子，她不再关心工作以外的任何事。她不能去想，否则，她会发疯。整个医疗系统，凡认识他们的人，谁不知道他们的事？谁不知道她的丈夫公开和一个叫秦小慧的小护士住在一起？

她不甘心输给秦小慧。于是，他们只好维持这样一种尴尬的现状：她和儿子住在一起，丈夫和秦小慧住在一起。儿子不想失去父亲，也不想失去母亲，只好在他们两人间，不，是三人间游走。为了打赢他们两个，许尤佳不仅联合儿子、亲友，甚至动用了她历来所不以为意的"组织"的力量。她向自己的院领导反映，向郑文涛所在的南城医大第一附院的领导反映，希望借助组织的干预，来阻止郑文涛与秦小慧的关系。她的努力的确收到了一些效果，郑文涛受到了警告，甚至"主动"失去了他的教授职位。他辞去了原来的工作，但很快就被南城一家民营医院高薪聘用了，并得到了比原来更好的发展。如今，他已经成为那家医院的口碑与品牌——这家医院因为他而获得了比原来更多的竞争力。而她，也获得了一些同情：职称与晋升，都比原来更顺利。

但是，她仍然是一个失败者。丈夫宁可放弃一切，也不肯回到她的身边。

许尤佳最终认为，她输给秦小慧，是因为她的年龄。四年过去了，秦小慧仍然不过是个二十二岁的小姑娘。而她呢？硬生生地把自己变成了一个临近不惑的老女人。一个女人到了四十，还有什么？除了一个用爱与时光垒积起来的家。可眼下，她的家还像家么？

许尤佳是在突然之间想明白的。她给郑文涛打电话，说她同意在离婚协议上签字。郑文涛有些不敢相信。说实话，他已不指望有这一天了。整整四年了，他与许尤佳一直在打一场攻坚战。他已经筋疲力尽，不抱希望。

现在，交战的一方突然弃盔卸甲。郑文涛终于松了一口气。

八年的时光转瞬即逝。八年竟然这么快就过去了，远比许尤佳想象的要快。随着儿子高考的临近，许尤佳的心情一下子就陷入了慌乱。

八年里，她从没忘记过郑文涛当初许下的诺言，并不时地提醒他，见面时，或者在电话里——

"别忘了你发的誓！"

郑文涛无需这样的提醒，他从来没有打算在儿子上大学之前和秦小慧结婚。在他看来，和秦小慧结婚，只是早一天与晚一天的事。他早已将秦小慧视作自己的妻子，登不登记只是一种形式。

但是，情况有一天发生了改观。秦小慧三十岁生日那一天，终于失去了耐心，她开始催他了。

"我们什么时候结婚？"秦小慧问，不再掩饰她的焦急。

"快了，等儿子参加完高考。"

"你总是说快了，快了，可我已经都三十岁了。"

"不是说好等儿子考上重点大学吗？他马上就要高考了，你再等一等。"

"儿子总要高考的，难道我们就不能先结婚？你倒是已经有了自己的儿子，可我呢？我已经三十岁了，为你做过五次人流了！难道我就不能有一个自己的儿子？"

"当然，我们很快就会有的。我们一结婚，你就立即怀孕，怎样？"郑文涛笑着安抚道。看着秦小慧那张慢慢有了岁月痕迹的脸，他的心有些触动。他为难地说："你知道，我对许尤佳发过誓，我不能违背。"

秦小慧生气道："发誓发誓，你的誓言就那么重要？我十二年的青春就不重要？"委屈的泪水从秦小慧依然细长、却不再黑亮的眼睛里涌出，她忍不住用力搡了一把，郑文涛当即倒地，桌上的生日蛋糕与红酒顿时洒了一地。

这裹挟了愤怒、抗争与忍耐已极的胳膊，竟然如此有力！郑文涛愣住了。一向温柔顺从的她，竟然向他动手了！他呆呆地看着秦小慧，这才意识到他们之间隔了整整二十年的岁月——他已是一个五十岁的男人了。秦小慧还有多少时间可以等待呢？

"要么，我们先要个孩子吧！等你儿子考上了重点大学，我们再领结婚证也行啊！"秦小慧蹲下来，一把抱住郑文涛，可怜巴巴地恳求。眼泪在她的眼里滚动，让郑文涛很是心痛。可是，眼下他的儿子就要高考，他怎么能考虑再婚生孩子的事呢？

离婚，与别的女人同居，已经让他觉得对不起儿子，他怎么能在这节骨眼上考虑这些事！郑文涛推开了秦小慧，坚决地说："不行，一切都得等郑小涛考上重点大学后再谈！结婚，生孩子，都得在这之后考虑。"

秦小慧绝望了。她知道郑文涛不会妥协的。她只有再等下去。

作为安抚，也是作为一种保证，郑文涛提出他们可以先照结婚照。

"不过，我们可以先拍婚纱照。到南城最好的影楼去拍，怎么样？"他轻轻地抚摸着秦小慧的脸，口气缓和地说。

秦小慧还能说什么呢？她点点头，叹了口气，心里说：等吧，反正十二年都等过来了，反正郑小涛只有几个月就参加高考了！

她暗自祈祷，希望郑小涛考上一所重点大学。只有这样，她和郑文涛才能顺利结婚。她十二年的等待，才不会付诸东流。十二年啊，人的一生中有几个十二年？她把自己一生中最好的年华都给等掉了。为此，秦小慧专门去了南城的一所寺院里，花重金买了一把手指粗的状元香。她跪在佛像前，嘴里念念有词，不停祷告：佛祖保佑！保佑郑小涛考上重点大学……

儿子高考前，许尤佳开始变得比以往任何时候都更焦虑和烦躁。

近八年的时间里，郑文涛显然是一个誓言的信守者。她甚至想，如果他执意要在儿子读大学前与秦小慧结婚，她也拿他毫无办法——她能有什么办法呢？他们早就已经离婚。他有再婚的自由与权利，并且受到法律的保护。可他偏偏是个守信的人——决不刺破自己的誓言，他一生都是如此。

现在，她开始感到忧惧。他们约定的期限即将届满，那时，对方将无需再信守那个承诺。儿子奔赴自己的前程，父亲奔赴自己的幸福。自然，坦荡，天经地义。可是她呢？

她即将满四十八岁。作为医生，她清楚地知道自己已进入更年期：她的月经变得紊乱，脾气更加易怒，情绪常陷入某种莫可名状的焦虑与烦躁之中。她身上的皮肤开始干燥起皱，乳房也在悄悄萎缩——她的乳房曾经是她的骄傲。现在，它们正在变小，失去弹性与光泽。这些是看得见的。看不见的呢？卵巢在萎缩，失去功能。她将失去女性的性征，逐渐变为中性。在她看来，只有孩子和老人才是中性的，难道她就要成为一个老人了吗？

多么可怕！可这是她不得不面对的命运，衰老，就在明天的路口等她。

八年中，她最对不起的，就是她自己的身体。她耽误了自己最后的女性时光，耽误了她的性爱。没有婚姻，她最起码应该拥有充足的性爱，只可惜这样的时候太少了。留下的美好记忆也不多。她曾经与前儿科主任有过一次（现在的儿科主任是她），与院党委书记也有过几次。她把这视为一种报答，一种对她已获得的职位和将要获得的职位的报答。尽管他们并不这样看，他们认为她离婚了，她的生活中缺少性爱，将身体闲置起来，是一种浪费。于是他们向她提出了这样的小要求，既是一种资源利用，也是一种扶困，一种给予与帮助。

但是，他们都明白，这种上下级之间的冒险游戏不能多玩，只能浅尝辄止。何况她是一个离婚女人，离婚女人的私生活最容易受到关注。他们都懂得隐蔽自己，把握分寸。所以，这样的身体游戏只有不多的几次，她并未从中获得享乐，也没留下什么有意思的回忆。

只有一个人是令她难以忘怀的。他是一个泳场的游泳教练，她是带儿子去游泳时认识他的，他们一见如故，互相交换了名片。他很快就约会她了，在一个周末，儿子去了父亲那里，她正好一人在家，接到他的电话，他问自己可不可以来看她？她想也没想，就把自己的住址告诉了他。放下电话，她特意冲了个澡，洗了头发，带着淡淡的浴液与洗发香波的混合芳香，湿漉漉地下了楼。她在楼下等他，初夏凉爽的风吹过来，她感到一种从未有过的神清气爽。

他骑着一辆豪华的摩托车来了，她印象中，这是一种品质高档的赛车。她想，他也许还是个赛车手，一个力量型的男人。他在她身边划了个漂亮的弧线，停下，摘下头盔，露出微笑。那一刻，她觉得自己已经被他打动了。

他跟着她上了楼，她的房子宽大，是单位分的福利房，足有一百五十平米。他跟在她身后参观了她的房子：她宽敞舒适的卧室令他眼前一亮，但他很快就把目光移开了，并在她的书房停留了一会儿，看了看她书架上的书，大都是些医学书，他不懂，也没有兴趣。

然后，他们开始坐在客厅里聊天。她的家洁净、整齐，没有一点多余的东西。看得出孩子的影子，但看不出男人的痕迹。这与他的想象有些距离。他以为一个离婚女人是自由的，不缺少男人的，何况她看起来还很出色。

他们随心所欲地聊着，距离很快就被拉近。一种暧昧的气息在客厅里悄然形成，聚集，弥散，越来越浓郁地在他们周围流淌。她感受到了它的浓度，沉醉在其中，嗅到了一种久违的，迷人的荷尔蒙的气息。双方的气息默默地在体外的空间里进行着交换，融合。她感到了自己的湿润。他从她的嘴唇与眼神里捕捉到了这种湿润——他们停止了谈话，转向了另一种语言：他的手在她的身体上游走，她感受到他指尖的激情，琴键一般发出战栗的回应。终于，他牵起她的手，带她走向爱的"泳池"。他不愧是一个出色的游泳教练，他托起她的身体，用眼神向她下达温柔的口令：仰卧、吸气、放松、游、放松、再游……她感到自己正与水融为一体，成为水的一部分。她任他在她的身体里畅游，一直游到幸福的彼岸。任他把她的内部变成另一个泳池，一个精子的泳池。

整个过程中，她是陶醉的，忘形的，甚至发出了醉心的叫喊。他的畅游不仅显示着力量的完美，而且包含技巧，富于经验。

他们的关系差不多持续了一整年。几乎每个周末，他都会过来陪她一起度过，他有着旺盛的精力，他们聊天，吃饭，嬉戏，做爱，既像恋人，又像夫妻。这种水乳交融的感觉，甚至使她产生了爱情的幻觉——试想，如果没有爱情，他们之间又怎么可能达到如此极致的和谐与统一呢？

她知道他有一个漂亮的妻子，是文化宫的一名舞蹈老师，他们也有一个孩子，是个女儿，比她的儿子要小一点，漂亮得像一个小妖精。她从他的手机视频里看过她的照片。他如此地钟爱自己，她以为他会和他的妻子离婚，和她结婚。她不知道的是，他的妻子每个周末都去舞场兼职做舞蹈教练。周末准时来陪她，只是因为他的妻子不在家。他并非不爱他的妻子，更未想过离婚的事。

这一年里，她是幸福的，身体也享受到了充足的性爱。为了能和他一起度过周末，她拒绝所有的周末加班，而且每到周五晚上，就想着先把儿子送到他的父亲那里去——她甚至忘了郑文涛发过的誓言，忘了她的对手秦小慧。她心里装满了对爱情和婚姻的美好期待。

有一天，她认真地向游泳教练说出了她的想法和要求。

她赞赏地望着他完美的胸肌与背肌，向往地说："我们相爱有一年了吧？我现在一天都离不开你了。我想天天都和你在一起。和我结婚，好吗？"她拉起他的手，眼里满怀期望与热情。

他望着她笑了笑，未作回答。第二天，他就在她的生活中消失了。消失得干干净净，就像他从未出现过一样。他留下的精液还在她的身体里，在她的床上散发着淡淡的甜腥味。可他的手机号变成了空号，她再也联系不上他了。

她去他工作的泳场找他，人家说他辞工了。她问泳场的工作人员："他去了哪里？"

"也许去了别的游泳馆吧，南城这么大，谁知道呢？"

显然，他在逃避她。既然他不想再见她，找到他又有什么意义呢？她不是乞丐，不会向别人乞求爱情与婚姻。这段经历使她明白：一个年过四十岁的离婚女人，想要一段美满的婚姻，无疑是做白日梦。

她似乎看到了她那不明朗的未来。比她差的，她看不上；比她强的，也看不上她。那些条件好又离异的男人，好不容易才从一个黄脸婆那里挣出一个自由身，又怎么会再陷入另一个黄脸婆的囹圄呢？她已经年过四十，是一个十足的黄脸婆。她不再对自己的再婚抱有奢望。

此后，经人介绍，许尤佳又遇到过一个丧偶者，条件与她还算相当。第一次见面，是在这个男人家。对方的房子与她的差不多宽大，有一个在外地上大学的孩子。遗憾的是，从他们一开始见面，这个人就对她的话题显得心不在焉，他的注意力似乎都在别的地方。准确地说，是在她的身体上。果然，他们还毫不了解，他就向她提出了性要求——这是一个患了性饥渴的男人，她想，他应该被送到动物园去。

她打定主意不再结婚。她的注意力又开始重新回到郑文涛与秦小慧身上，是他们毁了她的生活，毁了她的幸福。她原以为她已经忘掉了对他们的仇恨，其实不，它一直就在那里，在她的心里。她只是把它暂时锁了起来。现在她又想起它来了，于是把它重新取出来，翻看，把玩，像翻阅一本内容熟悉的日记。每读到那些刻骨铭心的章节，她都会忍不住血流加快，内心悸动。

郑文涛对儿子的高考是完全有信心的。读高中后，郑小涛的成绩就一直排在年级前三十以内，高三时曾一度冲进年级前十，他所在的学校又是南城最好的中学之一，每年的高考，前三十名的学生无不考入国内最靠前的几所大学。

胜利只是短时期内的事。为了儿子的学习，郑文涛甚至重新拿起了高中的课本与复习资料，与儿子一起备战。

为了他的一句誓言，秦小慧已经等了他八年。他觉得对不起秦小慧。离婚的那天，他就对秦小慧说过："如果你不愿意，可以随时离开我。"

可秦小慧说："我不是为了和你结婚才和你在一起的。"

"那是为什么？"

"为了爱你，也为了得到你的爱。"

她的语气轻松，表情十分认真，不像是假话。

他相信了，并且善意地提醒她："可你现在还年轻，有一天，你也许会改变想法的。"

"那就等想改变的时候再离开你。"

"你难道不在乎婚姻？据我了解，没有一个女孩子不想让自己所爱的人娶她。"

"在乎啊。可我更在乎你爱不爱我。"

"爱你和娶你，你愿意选择哪一种？"

"都愿意。但是，如果在爱我和娶我之间只能有一种选择，那么我选择让你爱我。"她笑着，努力做出不遗憾的表情，但实际上眼神里有遗憾，他读出了这种遗憾，并为此感到内疚。他抱住她："没办法，小慧，我对许尤佳发了誓，不把儿子送进一所好大学，我不会再婚。请原谅我现在不能娶你，但是，有一天我一定会娶你。只要你能……"他松开她，看着她的眼睛，那双细细的、长长的、黑黑的、亮亮的、还透着少许少女单纯的眼睛，咽下了那个"等"字，说："这个时间至少是八年。八年，可不是一段很短的时间，你真的能等吗？"

"能。"她点点头，故意用一种轻松的口气道："不就八年吗？八年我也才三十。这年头，三十岁没有嫁出去的老姑娘多的是。"

她真的等了他八年。用她的顺从、无声和不可思议的耐心，等他。在这漫长的等待里，消耗着她的青春，与他一起消耗，也与时间一起消耗。直到她的眼角终于现出了细小的纹路——当她微笑时，它们会悄然泛起，然后清晰地在她的眼角拉长，漾开，聚拢，逃窜。它们是跳荡的，和她的笑容一起，在她的脸上跳荡。于是，他看到了时光的无情，看到了自己内心的无情。他所能做的，就是对她好，全心全意地好，像父亲对女儿，也像丈夫对妻子——他其实已把她当成自己的妻子。

三十岁的生日过后，她终于急了。谁能不急呢？别说她急，他也急，他知道她想要一个自己的孩子，他们已经流掉过五个孩子了（他们只是胚胎，但他愿意把他们叫做孩子）。他们都是学医的，她医专毕业后，又自考了本科，如今她也已是一名有经验的内科医生。他们并非不懂得避孕。相反，他们太懂了，可她仍然怀了好几次孕——那种时候，她总是像个贪嘴的吃不饱的孩子，总是让他狼狈不堪就办下了坏事。谁让她比他小了整整二十岁！她那白嫩得似掐得出奶汁来的肌肤，那孩子气的一张满月脸，她还会冲他孩子气地撒娇——这一点，许尤佳永远都不会，也不屑。可秦小慧会，她会把一张年轻的、朝气蓬勃的脸埋进他的怀中，像个调皮的孩子一样往里拱，一直拱到他心动，心软，心颤为止。这个胖乎乎的小肉身子，比任何有经验的女性都更懂男人，更懂他。他总是一次次地败下阵来，心甘情愿地做她的俘虏。于是，想让她不怀孕都是不可能的。

怀孕，对一个女性身体的伤害是不可估量的。如果正常的怀孕总是被非正常地终止，这种伤害就更加可怕。因为没有结婚，他们不得不几次对那个想要来到他们身边的小生命下毒手。他们真是天底下最残暴无情的狙击手，整整五个啊，说出去谁能相信呢？有时想起这些事，他为自己所受的教育感到羞愧。

他想，幸亏他们都不是基督徒。否则，他们真的会下地狱！所幸，这一切就快要结束了。现在，他心里存不下任何人，也存不下任何事，只有儿子郑小涛和他的高考。为了让儿子平静地迎接高考，郑文涛特意带他到他们医院作了一次体检，查验了他身体的各项指标与健康状况：一切正常。同时，他还为儿子专门列了一个膳食计划，让秦小慧严格按照这个食谱执行。考前半个月，他又特意向医院告了半个月假，在家里陪伴儿子，并亲手照料他的起居。

他用过来人的身份提醒儿子考前的注意事项，为他提供一些考试经验，并把近十年的高考试题都认真看了一遍，帮儿子分析了各种可能性。为了不让郑小涛有压力，他每天在晚饭后陪他出去散步二十分钟左右，用轻松的语气和儿子聊天。

儿子长得越来越像他了。这种像，与其说是外貌上的，毋宁说是气质与神韵上的。郑小涛身上有一种安静的气质，有一种这个年龄的男孩子所不具备的定力：上网，却基本不聊天，也极少玩游戏；看娱乐节目，但不会因兴奋失控；关注网络上的热门事件，谈过后便付之一笑。儿子的种种表现，既让他高兴，又让他担忧——早熟？抑郁？创伤性人格？但他很快就否定了自己，儿子的眼神是明朗的，健康的，袒露着一个男孩洁净的内心。

郑小涛也感受到了父亲的爱、温暖与力量。他心情平静，对即将到来的高考充满自信。散步时，他甚至和父亲谈到了母亲。他说，他不知道父母之间发生了什么，为什么离婚，但他理解他们。他说他已经长大了，知道感情的事很复杂，也许父亲在这件事上并没有太大的过错，但母亲毕竟是这桩婚姻的牺牲品。

"人到中年，被丈夫遗弃是很可怜的。妈妈很可怜，她也曾经是你的妻子，如果我去外地上大学，请你帮我照顾她。"

看着儿子发红的眼睛，郑文涛的内心震颤了。儿子用的词竟然是"遗弃"。也许在一个长大的儿子眼里，母亲才是真正的弱者。他忽然明白了儿子与母亲之间的感情：儿子生命的那一端，连着母亲的子宫，世界上还有什么感情可以超越它的强大？一个生命，从母亲的子宫诞下，他只是在身体上脱离了它。精神上，情感上，决不可能脱离它。母亲，正是子宫的隐喻，一个孕育生命、并诞生生命的子宫的隐喻。否则，它就只能代表性别。

郑文涛的眼睛湿了。他说："小涛，爸爸不是遗弃你妈妈，不是。而是因为，因为……"他寻找着准确的词语，可是，他找不到，没有一个词语可以帮他来表达。于是，他只好叙述了十二年前发生在病房里的那一幕：那个被砸碎的盐水瓶，以及后来发生的一切。

他说："小涛，请理解和原谅爸爸，如果你妈妈是个没有受过教育的人，如果她只是在家里对我这样，我可以忍受。可那是在单位，对别人，对比她更弱小的同事。爸爸发誓，当时我和秦小慧只是一种纯粹的护理关系。那个场景，让我从你妈妈身上看到我平常看不到的那一面——这让我对我们的婚姻感到害怕。"

"可是，我妈妈当时只是因为心情不好，你不是说她没能评上职称吗？"郑小涛有些无力地为母亲辩护道。

"是的。但是，一个人不管心情多么不好，都不能把自己的不快发泄在无辜者的头上，尤其对一个弱者。更不能使用羞辱的语言。要知道，这是一种人格缺失！小涛，有一天，你也会恋爱，结婚，会有一个与你朝夕相处的女人，爸爸希望你能从她身上看到一种美德，教养，并从中获得一种满足感与幸福感。"

郑小涛想起了自己的童年。回忆起母亲的一些往事，她的确有着让人不快的坏脾气。每当她在外面遇到不顺心的事，回家后总会借故找他发泄，骂他不是个听话懂事的孩子，有时还动手打他，只因为任何一个小孩都可能犯的小过错。那时，他也觉得无辜，觉得愤怒，但他没法反抗。因为在母亲面前，他是个弱小者。于是，他找到了比他更弱小的目标：邻居家的一只猫。一有空他就虐待它。只要哪天受了妈妈的气，他一定会找机会向它发泄一下。

的确，和母亲在一起，他是紧张的，警惕的，有时，甚至是惊慌的——不知道母亲的恼怒什么时候会降临到他头上。在他进入青春期，开始更像一个大人之后，他仍然摆脱不掉这种紧张，虽然，母亲决不会再向他动手。

而父亲却不同。在父亲的身边，他从来感受不到那种紧张。父亲的身上有一种与生俱来的安静的气质：平和，宽容，克制，从不对任何事情流露出惊诧。他不认为这与受教育有关——母亲难道没有受过同样的教育？

他更愿意相信这是一个人与生俱来的性情。但是，母亲是爱他的，她把全部的爱都给了他。因为爱他，她至今没有改嫁（他认为这是母亲没有改嫁的原因），他知道一点那个游泳教练的事，这是记忆中母亲离婚后唯一的一段异性交往。他们最终分手了，妈妈并没有嫁给那个男人。而父亲却不同，从离婚前他就和秦小慧在一起，直到今天，他们仍像真正的夫妻一样生活在一起。在郑小涛看来，这和结婚没有两样。虽然秦小慧对他不错，但他不喜欢她，她如此年轻，他没法把她和人到中年的父亲看成一个整体。

他说："过去的事，已经过去了，妈妈就算有一点不是，但不是原则上的问题。"

不是原则上的问题？郑文涛异常震惊地看着儿子。那么，什么才是原则上的问题？在他看来，许尤佳那天的作为，恰恰是原则问题！

他没再向儿子作辩解，也没和儿子理论。他想，每个人看问题的方式都不一样，感受痛苦的方向也不一样。这正是不同的原则。

郑小涛高考的前三天，郑文涛接到许尤佳的电话，说考前这三天，想让儿子住到她身边去。

"看不见儿子，我都连着几夜睡不着了，今天还差点给病人开错了药。"

"不是说好，考前半个月，让儿子住在我这里，我好好辅导辅导他？我特意请了半个月假照顾他，你还有什么不放心的呢？"

"我没有对你不放心。不知为什么，可能是担心儿子的考试，我就是睡不着。"许尤佳语气沉郁地说。

"尤佳，你太紧张了。我们的儿子成绩那样好，他高考不会有问题的，你要有信心。"郑文涛安慰道，还特意使用了"我们的儿子"这样亲近的语气。自从离婚后，他们就都没有再用过这样显示"共同"的字眼。提到郑小涛时，他们不是用"儿子"，就是直接用他的名字来称呼。

许尤佳听出来了，她的内心出现了瞬间的柔软，但很快，就被另一种更理性的情绪取代了。她说："郑文涛，我就是想儿子，这三天，你就让他住到我这里来吧，我也可以请假。我是他妈妈，会照顾好他的。"

郑文涛犹豫了一会儿，答应了："好吧！有什么需要，给我打电话。"

"我会的。"许尤佳道，心里松了一口气。

"那……等儿子放学后，我让他收拾一下，把他送去你那里？"郑文涛问。

"好的，我在家等他。待会儿我就去请假。"

郑文涛没再说什么。他想，考前让儿子和母亲住在一起也没什么不好，天下哪有母亲不牵挂自己的儿子呢？何况在这么重要的时候。

儿子的到来，使许尤佳异常欣喜。她请了一周的假，准备一直陪儿子考完试。这期间，郑文涛和她的联系前所未有地频密起来，他们时常交换对儿子饮食、起居方面的意见——为了不影响儿子的学习，许尤佳还拔掉了家里的电话线，手机也设置成了振动模式，并将与郑文涛的交流方式改成了手机短信。

这一点，郑文涛完全赞成。一有时间，他们就坐下来发短信。谈的都是关于郑小涛的种种。但郑文涛还是坚持每天晚上与儿子通一次电话。为了不让儿子感到紧张，他总是努力把他的镇定与平和传达给儿子，有时还和儿子来点小幽默。他相信这样做会有好处。不仅如此，他还总给许尤佳发短信，叮嘱她千万不要有紧张的情绪："你的情绪会感染给他。"

许尤佳觉得他操心得有些过头了。她想，你真的如此希望儿子考一所好大学吗？她想，如果我不希望呢？

从母亲的角度出发，她当然希望儿子考上一所好大学。可是，她不止是一个母亲，更是一个被遗弃的妻子，一个与自己的前夫有着某种特殊约定的前妻，一个心里盛满了不甘与仇恨的女人。这不甘与仇恨，时常烧灼着她的心，令她想起自己的羞耻与不幸。她怎么能忘记呢？她的对手不是一个，而是两个，是郑文涛与秦小慧。在这场旷日持久的博弈中，她眼看就要败北。现在，她唯一的武器就是那个约定。就像一场力量不均等的拔河，输掉是肯定的，但她要尽量拖延自己输掉的时间——儿子还年轻，还有机会，可她却没有多少时间和机会了。她必须最后再拼一把：死前也要咬上一口。是的，动物们都会这样做。她不求能赢，但拖住他们，就是胜利。她在心里对儿子说，妈妈只有对不起你了，请原谅妈妈的自私……

无疑，许尤佳是一个医术高明的医生。她在利尿类、抗胆碱类、平喘类、甙类几种药物中反复进行着选择（主要是考虑它们的毒副作用），但她最终选择了一种最无害却最有效的药：吡烷酮醋胺。这种俗称脑复康的药，具有激活、保护和修复脑细胞的作用，能提高学习记忆及思维活动的能力。这种药主要针对那些脑动脉硬化、脑血管意外所致的记忆及思维功能减退、一氧化碳中毒病人及低能儿童。但晚间服用会引起烦躁而进入兴奋状态。儿子每天睡前都会喝一杯热牛奶，这是从小就被她和郑文涛培养出来的习惯。

六月六日晚，郑小涛临睡前喝了妈妈递过来的热牛奶，像往常一样躺下，准备安静地进入睡眠。

但是，他惊讶地发现自己竟然无法入睡。他想，难道是自己紧张了？可他没有理由紧张呀，他的准备是那么充分，并不为明天的高考担心——他完全相信自己有能力闯过这一关。他尝试用各种方法让自己入睡，数数，背口令，一切都不管用。午夜时分，他起床小便，又摸到客厅里去喝了一杯水，怕吵醒母亲，他做这一切都是小心翼翼的。但是，母亲还是从卧室里探出了头，用担心的口吻问他："小涛，你还没睡吗？"

他赶紧撒谎："哦，早睡了，起来上个厕所。"

回到床上躺下后，他感到了一种莫名的烦躁，因为无论他怎样努力，他都睡不着，且随着时间的延后，这种感觉越来越强烈，到后来，他简直对自己感到愤怒了。他不停地揪自己的头发，真想一拳把自己打昏，这样他就可以入睡了。

大约在凌晨四点左右，郑小涛又起床小便了一次，这一次躺下后，他才慢慢感到了一点睡意。当睡眠真的开始向他袭来时，他依稀记得窗外的天空已露出了淡淡的曙色。他朦胧地想，天都亮了，也许已经五点了……然后，他就不管不顾地沉入了睡眠中，像一只吸饱了水的棉球，终于坠入到容器的底部。

许尤佳七点时分准时叫醒了儿子——这个时间是儿子、她和郑文涛共同商定的叫醒时间。

郑小涛被母亲叫醒时，只觉得头上就像被人打了一闷棍，又累又乏。他感到自己的睡眠时间似乎比一个午觉还要短，想起昨夜的糟糕情形，他的心里顿时涌上一团阴影。但他没流露出来，他不想母亲为他担心。

洗漱完后，郑小涛强打起精神吃了母亲做的早餐，有牛奶、两个煎得很嫩的鸡蛋、一碗放了瑶柱的菜粥。早餐很有营养，看起来也很可口。但他吃进嘴里时却味同嚼蜡。这些早餐都是他平时爱吃的，可以想见，为了给他准备早餐，妈妈很早就起床了，这让他的心里更加感到难过：他的身体太不争气了，居然在考前几乎失了一整夜眠。

八点时分，郑文涛已经开车在楼下等他们。上午考语文，下午考数学。他打电话给许尤佳，提醒她千万别忘了带儿子的准考证（这样的事在历年的高考中都有发生），带两支以上灌满蓝黑墨水的钢笔，一些必要的文具：削好的铅笔、橡皮、尺规（为了稳当起见，他在车里又另外备了一套）。许尤佳微笑着一一答应。为了不把当日中午的时间浪费在路途上，郑文涛提前几天已在考场附近的一家酒店预订了一个房间，打算让儿子考完语文后，在那里午休一下，顺便为下午的数学考试作点准备。

几乎所有的一切，郑文涛都考虑到了。当儿子和许尤佳出现在他的眼前时，他还是从儿子的眼里读到了一丝不易察觉的惊慌，这让他的心里有种不祥的感觉。出于一个医生的敏感，他开口问儿子道："昨晚睡得好吗？"

郑小涛勉强地点点头。

郑文涛用充满信任的目光看着儿子，微笑着说："别太在意，像平常那样考就是了，爸爸相信你。"

父亲的话让郑小涛的情绪好了一点，他也笑着说："我知道，都考了多少次了，还怕这次考？"

郑文涛点点头，爱抚地搂了一下儿子的肩，就钻进车里，把车发动了。这是许尤佳第一次坐郑文涛的车。她与儿子一起坐在后座。一路上，她看着前面郑文涛的背影，心想，他们多么像一家三口！他们原本是一家三口的，现在却不是了。他们三个人今天所以能这样坐在一起，只是因为郑小涛的高考。

悲哀从心底卷上来，黄尘一样拂满她的胸腔。她想，她昨晚所为，对儿子也许是一场犯罪，但对郑文涛却不是：它只是一次正义的惩罚！对，这个男人欠她太多了，他不应该在她付出了青春后，把她像一只烂鞋子一样扔掉！她想，尽管你考虑得万无一失，但你还是有一样没有考虑到。

把儿子送进考场后，许尤佳和郑文涛就分头走开了。郑文涛把车开到那家酒店的停车场，在给儿子订的房间里躺了一上午。事实上，他前一夜也失眠了，因为担心儿子的考试，生怕有什么考虑不到的事，他几次起来上网，查阅各种信息，并作了详细的考前备忘录。

此时，他可以放心地睡上一觉了。他设置好了手机闹铃，然后十分香甜地睡了。十一点十五分，铃声准时叫醒了他。他打电话给许尤佳，问她在哪里，要不要开车来接她。许尤佳说不了，她就在考场附近的公园里，走过去不到五分钟。

郑文涛说："那好吧，我们在考场门口见，把儿子接出来后，我们一起吃饭。"

许尤佳未置可否。儿子进考场后，她就进了附近这个公园。今天，公园里的"游客"格外多，他们都是考生的家长。显然，进来的人谁也没有心情游览公园的景色，他们的脸上几乎都是同一种表情：凝重中略带些忧郁。尽管公园里的树木很多，但可以坐又可以蔽日的地方却并不多。他们大都选定一个地方，长时间地站着或坐着，姿势固定。夏日酷烈的阳光打在他们的脸上，增强了他们脸上的庄严感。这些家长们充满一致的表情和姿势，令许尤佳稍稍感到了不安，想到自己行为的卑劣与不端，她不觉感到羞愧：她还像个母亲吗？有她这样做母亲的吗？如果儿子知道是自己的妈妈对他做了手脚，他会不会恨死了她？可是一想到郑文涛和秦小慧，她就把自己的责任推到他们身上：不是我要这么干的，是你们俩逼的！对儿子犯罪的不是我，是你们！

她内心的情绪矛盾而复杂，阳光把她的额头晒出了汗。她的手绵软无力，头也有些晕眩和发胀。她想起自己也是一夜未眠，又想起自己一大早起来为儿子准备早餐，她自己却忘了吃。她想，她这是怎么了？疯了吗？

许尤佳在内心里反反复复地问自己，终于一阵困倦袭来，她睡着了，直到她被自己的手机铃声惊醒：是郑文涛打来的。儿子上午的考试就要结束了，他们得去考场前汇合。

十一点半后，儿子从考场出来了。郑文涛一见到他，早上那种不祥的阴影又浮了上来，儿子那双明朗的眼睛从来不懂得欺骗。他尽量装出轻松的样子朝儿子挥了挥手，闭口不问儿子的考试。许尤佳却不一样，正如她一贯不善掩饰的性情，她一见面就问儿子考得怎样。

郑小涛摇摇头，说："不怎么样。"

"不怎么样？"许尤佳着急道。

郑文涛从后面拉住许尤佳的手，在她的中指上用了一下力。

他说："尤佳，我们先去吃饭。"然后又赶上一步，揽住儿子的肩，说："爸爸的经验是，考完一门就忘掉它，一心一意地对付下一门。"

郑小涛点点头，一种委屈漫上来，他觉得自己就要哭了，他不明白自己考试时是怎么了，脑子到现在还是混沌的，都不记得自己做了些什么题。作文也一塌糊涂。考试时他根本没法集中精力，只觉得困，想睡觉。他强忍住眼泪，没有告诉父母他前一夜失眠的事。他想，中午他一定要好好睡上一觉，把上午的失利补回来，毕竟数学是他的强项。

午饭郑小涛只胡乱吃了一点，就回父亲预订的房间睡了。看着郑小涛沉睡的模样，郑文涛想，幸亏自己英明，提前订了这个房间。他想，儿子一定是考前太紧张，昨夜没睡好。

中午补过一觉后，郑小涛洗了个冷水脸，又喝了一杯加冰的可乐，就上了考场。果然，他下午头脑清醒，试题做得异常顺利，数学考得好极了！见到父母时，他脸上露出了开心的笑，郑文涛立即明白儿子的数学考得不错。

这一刻，许尤佳也感到了某种庆幸：儿子没全考砸。但是，一种恐慌感很快就袭击了她：儿子如果走了，去外地上大学了，她该怎么办呢？郑文涛马上就可以圆他的再婚梦，可她呢？

她不禁悲愤地想：郑文涛，你别高兴得太早，我是不会成全你和秦小慧的！

同样的事又发生了一次。郑小涛的好心情没有延续到这个晚上的十二点。他又失眠了，情形与前一天晚上一模一样。

可以想象第二天上午的理科综合考试是个什么样的结局。因为对连续两夜失眠后的担心与恐慌情绪，加上困倦与思维迟滞，郑小涛在物理和化学这两门强项上又考失利了。这个打击对他是致命的——下午的英语，即使他尽全力去补救，也将于事无补了。这是肯定的：他将与愿望中的好大学失之交臂。

全部的科目都考完后，郑小涛才哭着告诉父亲他连续两个晚上失眠的事。郑文涛异常震惊，他责问儿子为什么不早点把这个情况告诉他——他是医生，知道怎样用药物的方式帮儿子调节睡眠。

"至少，你应该告诉你妈，她也是医生。"

"可我怕你们担心。"郑小涛痛苦地说。

郑文涛无法说出自己的心痛——儿子是多么优秀啊，他本来应该有很好的前途！可他却考砸了！

"你是不是太紧张了？还是有什么其他原因？"

郑小涛摇摇头："我根本就不紧张，但不知为什么，就是睡不着，连着两个晚上都是如此。"

"那，是你妈妈太紧张了？是她把这种紧张传递给了你？"

"也不是，妈妈把我照顾得很好，她也没有给我压力。"郑小涛继续摇头。

"考试前，爸爸给你检查过身体，你身体的一切指标都完全正常。连续两夜失眠，只能与你的精神状态有关。也许考试的结果并不像你预料的那样悲观，等分数出来后再说吧，实在不行，我们明年再考。"郑文涛安慰道。

一个月后，儿子的分数出来了。事实给了他们残酷的打击：郑小涛的分数刚够二类本科线。而他的志愿里根本就没有填一所这样的大学。这就是说，弄不好，他可能连二本也上不了。

这样的结果令他们每个人都感到很悲伤，包括秦小慧。郑文涛说了，他们结婚的事恐怕还要再往后推一年，他必须把儿子送进一所好大学。

"他完全有能力上一所好大学！"

这样的宣布，令秦小慧感到愤怒："我们结婚，与郑小涛的高考有什么关系？你想成心拿这件事作为不娶我的借口吗？郑文涛，你以为我非要嫁给你不可吗？"

"你冷静点，小慧。小涛这次考砸了，我们不能再让他受打击了。结婚的事，再缓一缓，好吗？就一年，一年后，不管小涛考得怎么样，我们都结婚！我发誓！"

秦小慧冷笑道："发誓？把你的誓言留到许尤佳那里去发吧！别以为我

会和那个泼妇一样，拿你的狗屁誓言当回事！"

秦小慧已经三十一岁了，她再也无法保持三十岁以前的冷静。

"小慧，你也不讲道理了吗？"郑文涛冷静地问。

秦小慧镇定下来——她感受到了郑文涛话里的力量。她这副样子，与当初的许尤佳有什么两样呢？她不知道郑文涛最看重的是什么？

秦小慧伤心地哭了，委屈地，也是无奈地，她把头埋进郑文涛的怀里，一直哭得心脏都紧缩成了一团，她甚至感到它疼痛的痉挛。

悲伤的还有许尤佳。她的悲伤是由衷的——她付出的代价太大了，大到牺牲儿子的前途。儿子的考分出来后，她哭得差点闭过气去，她的痛苦那样真实：肝肠寸断，撕心裂肺。那一刻，她感到了痛，与儿子的心连在一起的痛。她深深地知道，她是儿子的罪人。对儿子的愧疚，强化了她对郑文涛与秦小慧的仇恨——如果不是他们，又怎会有今天的一切？

第二年高考来临前，郑文涛没有同意许尤佳让儿子住过去的请求。

这一次再不能有误了。他必须亲自跟随儿子的起居，掌握和了解儿子的全部状况。

"尤佳你就放心吧，儿子我会照顾好的。今年肯定不会再有问题了。"他在电话里安慰道。

许尤佳意识到，这一天迟早要来临。还能有什么办法阻止这一天的到来呢？秦小慧已经三十二了，她那么有耐心，看起来她还有耐心等下去。她仍然不急不躁，似乎她依然只有十八岁。许尤佳决定放弃了，她必须学会面对。况且她是母亲，从内心里，她希望儿子有个好前途。

许尤佳说："那……你明天送儿子去考场？"

郑文涛说："是的，我亲自送，你放心。儿子会考好的，你……别太着急，啊？"他和许尤佳之间已以好多年不用这种语气了，不知为什么，这一刻那个"啊"字竟然脱口而出。

许尤佳说："那好吧，我明天就不去了。"许尤佳的脸颊上出现了一丝痒痒的感觉，她用手摸了一下，是一颗泪。

晚上，她和儿子通了电话，心情平静地睡了。她睡得那样沉，有一种垂死的感觉。第二天一早，她准时起了床，给郑文涛发短信。郑文涛回复她，儿子昨晚睡得很好，早上起来精神饱满，已经吃了早餐。

他说：我们马上就要出发了。你别担心。

她也回复：好吧，愿儿子考试顺利。

他用手机上的标点给她复来一张笑脸。

许尤佳合上手机盖，想起了去年的今天。她想，她当时真是疯了，怎么敢对儿子做那样的手脚呢？她可是儿子的妈妈啊！既然这是一场打不赢的仗，她何苦还要打下去呢？用一个人的誓言去遏制对方的行为，是不是太卑鄙了？

她草草地吃了早餐，决定还是去儿子的考场看看，即使她不能给儿子什么帮助，去看看也好，像其他那些有子女参加高考的家长一样，在考场的外面等候一下也好。她还记得公园里那些家长们的表情，他们脸上的凝重与庄严。她今天也会是这个表情吧？也许还多一点轻松，因为她觉得她的心终于有一点释然了。

她打了一辆的士上路了，一路上车辆很少，通往考场的路段都实行了管制，为了孩子们的高考，如今的城市有了更多的人性化之举。她很容易就到了儿子的考场前。考场外面，人头攒动，送孩子来考试的家长们挤成了一团，又很快被巡警们分流开来：拿着准考证的考生们被分成了一队，家长们则被分成另一队。一队向前，另一队往后。许尤佳没有挤进人流中，而是站在远处的马路边观看，她的目光在人群中搜寻，希望看见儿子的身影。她找了一会儿，没有看见儿子。她拿出手机，想给郑文涛打电话，想了想，又放弃了。

就在她回头准备往外走的时候，她看见了他们：郑文涛，儿子和秦小慧。他们三人有说有笑地往队伍里走来，许尤佳的血液凝住了：秦小慧来干什么？她凭什么送她的儿子参加高考？她有什么资格来送他？

许尤佳的呼吸变得粗重起来，突然，她看见秦小慧捂紧了口鼻，皱起眉，脖子一缩，身子往前一拱——吐出一口酸水。她掩饰似的，立即把一团纸巾堵在了嘴边。郑文涛迅速地揽住她，只见她脸色发白，全身无力地靠在他的怀里。

孕吐！

凭着女性与医生的本能，许尤佳立即得出了结论。秦小慧怀孕了！儿子高考还没开始，她就迫不及待地怀孕了？就在他们的儿子为高考而战时，他和秦小慧却在为未来的新生命而战？为什么上天待她如此不公，她已经绝经了，秦小慧却在怀孕？凭借医学的想象，她看见郑文涛的精子前呼后拥地穿过那条狭长的通道，肆无忌惮地占领秦小慧那片阴暗的、潮湿的、潺热的盆地，其中的一颗，无耻地钻入那巨卵的壳，在那里生根、发芽……而她那曾经水草丰茂的湿地，如今却已经是一片荒芜的戈壁！

愤怒的心跳，伴着强悍的耻辱，涌进她的眼眶，她的视线模糊了。她听到内心里有一个声音在疯狂地呐喊：别让他们得逞！

你们休想得逞。许尤佳悄然转身，含着泪离去了。

对秦小慧此次怀孕，郑文涛没有像以往一样提出异议。

秦小慧是故意的，郑文涛很清楚。就算内心清楚，他也无话可说，就像花儿要开花一样，他也不能阻止秦小慧怀孕。老实说，他对郑小涛无微不至的关爱，引起了秦小慧的嫉妒。她也要这样一个儿子，一个郑文涛种下的儿子，一个郑文涛用爱呵护的儿子。

她不相信，她就不能有一个他的儿子。她在她们医院仔细检查过了，她的身体还没有大的毛病：一侧的输卵管有少量积液，但另一侧依然畅通；子宫内有一个两厘米左右的肌瘤，但不影响着床与受孕；宫腔的一侧有少量阴影（人流后遗症），但肌层回声均匀，双侧附件未见明显占位性病变。虽然此前做过五次人流，一次比一次带来更严重的损害，但只要她好好爱护它（她无比怜惜地想到她那受难的子宫），再怀一个孩子完全可以。

她想，只要怀上了，她无论如何也要把他生下来——难道郑文涛还要再当一次杀人凶手不成？上帝果然垂怜她，她真的怀上了，就在两个月前。想到腹中的孩子，她对郑小涛也多了几分关爱——他是她孩子的哥哥，他们有共同的父亲。她为郑小涛煲汤，做饭，做最清淡却最有营养的饭菜，像母亲一样在每晚把一杯温热的牛奶送进他的房间。她从他的眼神里看到的是客气和冷淡，但她不管。她只管付出，不求回报。

她想，她何必计较郑小涛对她的态度呢？要不了多久，她就将有自己的亲生儿子了（她想当然地认为他是儿子）。到那个时候，她的儿子自然会爱她，像郑小涛爱许尤佳一样。

那天早上送郑小涛去高考，是秦小慧自己要求的。她说："我跟你们一起去，我也想送小涛去高考。"她心里想的是她腹中的BB，BB送他的哥哥去高考。

郑文涛看了看她的小腹，她最近孕吐厉害，跟着去干什么？

"小涛，我也去送你，行么？"她可怜巴巴地看着郑小涛问。

"那就都去吧。"郑小涛轻描淡写道。这一刻，他想到了自己的妈妈，他多么希望此时是妈妈站在他的身边，陪他一起去的是许尤佳，而不是秦小慧。

郑文涛不再反对。于是，"一家三口"上路了。秦小慧抚着自己的小腹想：我们现在是"一家四口"了，她是多么幸福呀！

郑小涛进入考场后，郑文涛就带着秦小慧去了他们预订的酒店，他像去年一样，为儿子订了一个房间。他们在那里休息。这一次，郑文涛一点也不担心儿子的考试。他昨夜也睡得不错，儿子早上的神情已告诉他，这一次肯定胜券在握。此刻，他心情轻松，看秦小慧的眼神里也有了格外的温情——他突然想和秦小慧做一场爱。

他把她扑进怀里，她咯咯地笑着，骂他："你疯了！这一次你别想，我们的 BB 要重点保护。"她的意志坚决，动作与眼神都不给他半点余地。

他放弃了，悻悻地说："你想让我当和尚啊？想憋死我啊？"

她笑了，说："对，你这次必须当和尚，你必须憋下去，憋到我们的 BB 和你见面为止。"

他笑着说："见面时恐怕还不行，你那时还在产床上坐月子呢。我得爱护产妇。"

秦小慧美美地笑了："就是，不到满月，你别想尝到荤。"

他故意逗她："去别的地方尝尝也不行吗？"

她举起一只肉乎乎的胖拳头，说："你敢！难道你还想去许尤佳那个老女人那里尝荤？"

他觉得她那"老女人"的字眼有些难听，于是收起了脸上的笑容，说："不要对别人那么残酷，有一天你也会老的。"他想起许尤佳，觉得应该给她打个电话，告诉她儿子已经进考场了，考前的状态不错。

他掏出手机，打给许尤佳："尤佳吗？"

电话那头没有声音，只有一声粗重的呼吸，然后就挂断了。他没有多想，认为她也许不方便接电话，也许是不想接他的电话——她以前也经常挂断他的电话，只要她不想听的时候。

秦小慧一直拿着遥控器不时地换台，只要是关于婴幼儿的节目，她就停下来，连婴幼儿做的广告也不放过。郑文涛想，一个想当妈妈的女人，真傻得有些天真，智商好像突然回到了自己的婴孩时代，似乎是为了和肚子里的胎儿走得更近。

他心不在焉地看了一会儿电视，等着儿子考试的时间过去。两个半小时终于过去了，他到考场前与儿子会合，儿子的眼神愉快而轻松——他知道他已经顺利地考完了第一科。语文尚且如此，数学就更不用担心了，它一直就是儿子的强项。在去年那场糟糕的考试中，他的数学仍然取得了出奇的好成绩，如果不是理化失败，他完全可以上一所最好的理工大学。

他们开心地吃了午饭。然后把儿子留在房间里休息。郑文涛给许尤佳发了一条短信：儿子上午考得不错。

许尤佳没有回话。

郑文涛没有理会，和秦小慧在酒店大堂里坐了一会儿。正午的太阳光很烈，今年夏天似乎比去年更热。郑文涛带着秦小慧在附近的一家商场逛了逛，主要是为了享受里面的冷气。怕秦小慧累着，他把她又带回到酒店的大堂，只等时间一到，就回房间叫醒儿子。

但没等他们回房间，许尤佳就打来了电话。她说她也赶过来了，就在考场外面候着。郑文涛说："天这么热，你干嘛还赶来呢？"

许尤佳说："别忘了我是郑小涛的妈妈。"

郑文涛没说话，他怕许尤佳敏感，以为他不要她来见儿子。

许尤佳说："你待会儿带儿子过来，我跟他说几句话。"

郑文涛说："好，你在考场入口处的那家 SEVEN-ELEVEN 店门口等着，我带小涛过来。"

电话挂断，秦小慧问："许尤佳来了？"

郑文涛点点头："她肯定是担心儿子。也是，哪个妈妈今天不在考场外候着呢？"

秦小慧知趣地说："那我下午不跟你们去了，我在房间里等你们。"

叫醒儿子后，郑文涛又检查了儿子的准考证、数学科所需的各种尺规与文具，一切都准备好后，就送儿子去了考场。他想，许尤佳看到儿子的神情如此轻松，应该不会再担忧了吧？

看到烈日下等他的妈妈，郑小涛跑过去抱了抱她。看着妈妈鼻尖上冒出的汗粒，他心疼地责怪道："妈，天这么热，你来干什么？"

"妈来看看你呀，来给你鼓鼓劲。"说完，微笑着把一杯冰豆浆递到儿子手上。豆浆杯子里早已插好了吸管。郑小涛感动地接过来，幸福地一饮而尽。然后和妈妈挥挥手，带着自信走进了考场。

郑文涛目送着儿子矫健的背影，回想他刚才与许尤佳拥抱的情形，心里充满了感动。他替许尤佳感到欣慰。

但是，郑文涛怎么也想不到，儿子在考试开始后的半小时睡着了。他的试卷只做了不到三分之一，困意就排山倒海地向他袭来，他的脑子像一团糨糊，很快就趴在桌上睡着了。监考老师两次叫醒他，但是没有用，他意识模糊，根本就不知道自己在哪里，在干什么。

郑小涛的数学试卷只完成了三分之一。当他头脑不清、神情木讷地随着人流走到父亲的身边时，郑文涛忽然有了一个恐怖的念头——联想到儿子去年在考场上的情形，想起许尤佳给他的那杯冰豆浆，他的头脑顿时一炸：医生的本能，使他立即意识到发生了什么事。他的血流朝心脏一阵狂涌，那做过手术的心脏猛地一阵痉挛，他嘴里情不自禁发出了一声痛苦的呻吟。他绝望地仰头向天，差点吼叫出来！

许尤佳呀，你是怎样一个女人？虎毒还不食子啊，你怎么可以如此拿儿子的前途开玩笑！

郑文涛阴沉着脸，把儿子带回医院做了尿检，果然，他从儿子的尿液里检出了高浓度的安定！

拿起儿子的尿检报告，郑文涛疯了一般地往许尤佳家赶去。此刻，如果许尤佳就在跟前，他真想将她撕碎，撕成一个个血腥的肉块！途中，他冷静下来，儿子的考试还没有结束，他要把许尤佳怎样？他真要把她怎样吗？把她怎样又能改变儿子下午的考试结果吗？他把车速放慢下来，坐在路边喘了几口气，禁不住趴在方向盘上失声痛哭起来！有一刻，他被自己的恸哭声吓住了，不觉愣怔了一会儿，又继续痛哭。

郑文涛不知道自己哭了多久，他的心脏开始剧痛起来。手术这么多年，他的心脏头一次出现这样的巨痛，他本能地觉得它又要出问题了，如果他再不控制自己的情绪。他蜷曲着身子，从备用药箱里取出救急的药——这些年来，他以为他已不需要这些药了。

他在路边坚持了一会儿，决定不去见许尤佳了。他怕自己干出冲动的蠢事。儿子明天还要考试，他必须全力以赴。否则，他将一辈子都无法原谅自己。

他努力让自己的呼吸平息了一会儿，直到心脏不那么疼了。

他拿出手机，拨通了许尤佳的电话：

"许尤佳，告诉你，下午……儿子的数学试卷、做了不到三分之一。你如果不想儿子今后恨你，请你……在他高考完毕前，不要、再在他的眼前出现。"

许尤佳怔住了。她心虚地问："你怀疑我？"

"你在那杯冰豆浆里放了什么，你不知道吗？我从他的尿液里，检出了高浓度的安定。尿检结果……就在……我手里。"他的语速越来越慢。

许尤佳小声地辩解道："可那杯豆浆，我是买的呀。"她意识到自己的辩解有些无力。

"你不想我告诉儿子吧？我现在终于明白，儿子去年高考、为什么会出问题。许尤佳，你是个疯子！魔……鬼！变……态！你这个……烂……女人！你会……遭天谴的！"他吃力地用这一辈子从未使用过的脏话骂。

电话那边没有声息，但也没有挂断。显然，许尤佳已默认一切。

"你不就是……想看我……结不成……婚吗？我真……蠢啊，怎么会对你……这样的人，信守誓言？告诉你，儿子……一考完，我就和……秦小慧结婚。结婚！"他的声音越来越低，他听到了自己语气中的呻吟。

许尤佳挂断了电话。

第二天的考试，郑小涛并没有发挥出他的水平——他似乎已意识到了什么。他眼神里的忧郁说明了这一点。

郑文涛绝望地想，如果儿子自己都不想好好考了，他还能有什么办法？就算再给他一年时间，经历了这样的挫折——他没有把真相告诉儿子，但儿子显然已知道真相。

儿子的无言与沉默，已经说明一切。郑文涛想：是我毁了这一切，毁了儿子的前途。

高考的结果出来后，郑文涛有种心死如灰的感觉。郑小涛的分数比前一年更糟：只够专科的分数线。这就是说，第二天的考试，他根本就没有认真考。以他的水平，就算数学考零分，也不该是这个成绩。可见儿子受到了怎样的打击！

郑文涛还没来得及和儿子深谈，他已经想好，要和儿子好好谈一次，也和许尤佳好好谈一次，和秦小慧好好谈一次——他对自己的心脏很了解，它现在的状态，没有人比他更清楚。但郑小涛没给他机会。得知分数的当晚，他就从南城消失了。之后，他给他们每人来了一封信——信是通过电子邮件寄达的，他找人查了发送的 IP，是南方一个沿海城市。

在给父亲的信里，他说他不想成为他和母亲之间互相仇恨的牺牲品。他说，既然他考不上好大学是妈妈的愿望，那么他决定帮她实现它。因为他爱她，不管她怎样伤害他，他都是她最爱的儿子，也永远是最爱她的儿子！

在信的最后一段，他这样写道：对一个人仇恨的强度，是由她受到伤害的深度决定的——足见你对妈妈的伤害有多深。没有一个母亲会用自己儿子的前途去祭仇，想想吧，我的妈妈为什么会这样做！因为我深深地知道，她有多么爱我！爸爸，请原谅妈妈，不管她对我做了什么，请别去惩罚她！千万！请答应儿子的请求。爱你们的儿子。

读完信，郑文涛泪流满面……

在给母亲的信里，只有短短的两句话：

我愿意暂时离开你们，以消解你们之间的仇恨。妈妈，我爱你，请为我好好地活着！一定！请耐心地等待那一天，儿子会把你接来身边，再也不离开你！

看到这封信，许尤佳晕了过去。

我死有余辜。许尤佳苏醒过来后想。可我不能死，为了儿子的爱，为了报答这伟大的爱，我不能死！她必须活着来接受命运的惩罚。此后，她患上了严重的抑郁症，必须依靠药物才能获得平静。

秦小慧是在抢救郑文涛时出事的。那一天，郑文涛突发心衰，她急着去找药，不小心就撞到了桌子角上，不偏不倚，正好撞在她的小腹上。当一股热流从她的身体里涌出时，她惊恐地睁大了那双细长的黑眼睛，她想：这是报应。

她失去了腹中的婴儿，不仅失去了婴儿，还失去了子宫，那诞生生命的宫殿。术后，她又去了南城的那家寺院，再次花重金买了一把手指粗的"赎罪香"——这是她取的名字。事实上，那就是一束状元香。她跪在那个表情严厉的老尼面前，诉说了这十三年里发生在她、郑文涛和许尤佳之间的事情。她恳求老尼收她为徒，老尼长叹一声，点头同意了。老尼说，人心里有了仇恨，就比妖孽还可怕。秦小慧深以为是，决定从此摆脱尘世的妖孽。

秦小慧离去后，郑文涛又带着那颗衰弱不堪的心脏活了几个月。临终前，他无比遗憾地看着他和秦小慧的婚纱照——那是在南城最好的影楼拍的。照片上的秦小慧幸福地依偎在他的怀里，笑得十分开心。他想：她到底没有做成他的妻子。自始至终，他们没有领结婚证。儿子出走后，他突发心衰，为了抢救他，秦小慧失掉了他们的孩子。那个天使一般的婴儿，它最终没有降临人间。

一个永远的天使。

作者简介

徯晗，女，二十世纪七十年代生，现居广州。迄今已在《收获》等刊发表文学作品近三百万字。小说多次入选《小说选刊》《小说月报》《中篇文学选刊》《中篇小说选刊》等各类选刊及《21世纪年度小说选》等各种年选。

她希望挣脱平淡生活，却又深陷平淡中。拥挤的小房间，丈夫收藏的古代花窗，淹没了她的一切。在一个连绵淫雨的日子，她发出了最后的叹息……

冬 黄 梅

朱宏梅

一

鹃鹃酸酸软软的，一点也动不了。女医生说，你的骨头是酥的，血管也有问题，你的大脑血管特别粗，血冲过来就像发大水。你一定织过毛衣的，比方说，流到胳臂时，血管是十二号针；流到大腿时，是九号针；流到脑袋时就是一号针了。知道一号针吧？那是棒针。街上买的棒针衫就是一号针织的。女医生没戴口罩，但是鹃鹃看不到她的脸，她也没想去看她。她安静地躺着，心里也安静，仿佛一针麻醉打在了心上。女医生扶着床，缓缓地往前走。这是一张有轮子的单人床，铺着白床单，她躺在被单里，就像盖着雪白羽毛。越往前，她的脑袋越迷糊，身体也越发地软。她的左手一直平放在身边，接着，右手也垂了下来，手里的一双筷子，却是没掉下来。身上的酸痛好多了，真舒服，安乐死真是舒服死了。她终于死了。从此，她不必惧怕死亡——一个人只能死一回呀。

直到吃早饭，鹃鹃还是浑身没劲，连一小碗豆浆都端不住，洒了小半。好像还在梦里。原地转了两个圈，才想起来，擦地的布是晾了出去的，在阳台的"节节高"上。作孽，晾和不晾没什么区别，屋里屋外一样的冰冷潮湿。

所谓"节节高"，其实是一段细竹，高约一米左右。细的一头，绑上弯成一个钩的细铁丝，便于悬挂。一节一节的短枝丫，可以挂袜子、抹布，特别是晒布鞋，一个枝丫上套一只，鞋底朝外，阳光直直地晒着。那叫好用呢。现在的年轻人都没见过这东西。这是鹃鹃的古董。而老何呢，明清花窗就是他的古董，整整一房间。

水池里，已经有了一只碗和一双竹筷，这是何卫国的。她和他，就像太阳和月亮，她睡了，他才回来；她醒了，他走了。因此她常常对着一双袜子说，喂，何卫国，你真龌龊。对一副手套说，何卫国，你今天去哪里了？

今天去哪里了？鹃鹃停止洗碗，茫然地望着窗外。

窗外依旧是雨，冰凉冰凉的雨。二月十三日起，落了三个星期了。中间只停了两天。迟迟不见春暖，海棠、玉兰、山茶、杏花，瑟缩着不肯开放。报纸上说，这是"冬黄梅"。可阳历交三月了呀，接下来是桃花水，接下来是一年一度的黄梅天，这雨呀，怕是要二月下到八月呢，叫人怎么活？

厨房的窗对着小巷，偶尔一个人路过，鹃鹃也只能看见上半身——她家地势低，跨进门槛，还要下两级台阶呢。后门口的小河水离岸只有一寸了，不用倾盆大雨，只要润物细无声十天半月，她家就危险了。水漫金山，死的是虾兵蟹将。水淹花窗，会要了何卫国的命。记得有一次，她忘了煤气炉上的开水，等他回来只剩小半铫子了。平时温吞水似的他，差点没把她开膛破肚。哦，他今天到文物局去了，大概是争取什么政策，或是呼吁保护文物吧。这人常常自言自语，糟蹋花窗就是糟蹋文化遗产，就是对历史的犯罪。犯罪？帽子也太大了吧？这是啥地方？苏州呀。文物多得吓煞人，怎么也轮不到那些破窗。不就是民间收藏吗？老百姓藏几个宝贝国家都要管？管得过来吗？不过，还真是要政府帮助了，别说水淹潮湿什么的，东西越来越多，小房间满了，换到大房间。再弄进来，往哪里放？

她住小房间，它们住大房间，仿佛她是偏房，它们才是正室！

一九七六年的时候，国家有政策，回城知青可以顶替父母工作。鹃鹃和何卫国分别进了铜材厂和绣品厂。儿子十四岁的时候，他和她又一起买断工龄。失业不怕，她有手艺，顶呱呱的苏绣手艺。在小姐妹的引荐下，鹃鹃到乡办厂作技术指导。鹃鹃人是去了，也拿了很高的薪水，但心里总是有个揉不散的僵块。她说，他们就像蝼蚁，搞塌了国企长堤。何卫国说，别瞎说。怎么瞎说？鹃鹃不服气，报纸上不是常说，市场是大蛋糕吗？蛋糕再大也经不起这么多小刀小叉啊，他们吃多了，我们就吃少了。我们这制度那制度的，卡得死死的。人家要怎么开支就怎么开支，要怎么行贿就怎么行贿。他们就像猪拱食，一拱一拱的，订单都被他们拱去啦。何卫国不响。有点道理。可是，铜材厂又是怎么回事呢？

绢绢在外面做，老何呢，用绢绢的话来说，一门心思收"破烂"。古青铜器、古瓷器、古玉器、古代杂件和仿古品、现代工艺品等。倒也挣了些钱。夜里，夫妻俩盘算，高中学费有了，上大学的有了……三百六十五天，这个话题天天嚼，有滋有味地嚼。他们只有一个宝贝儿子。那时候计划生育还不严格，倒不是他们的觉悟有多高，多么自觉地节约自然资源（他们没意识到这个），而是想，集中财力、精力、时间，培养一条龙。飞龙在天，这个天，是美国、英国或者澳大利亚的。有了龙子，就有龙孙，世世代代，都是精英（他们没想"贵族"这个词）。

想不到，飞龙没上天，却一头扎进了河里。

这条张思良巷，三米多宽，东西向。临河一排低矮的老房子，对面是市图书馆的围墙，巷子有多长，围墙有多长。

绢绢家搬过三次了，都是为了儿子。一次是上机关幼儿园、一次是上实验小学，这次是上初中。看书多方便啊。小姐妹说，你这是"何母三迁"。可是搬来不到半年，变声期还没过的儿子就没了，为了救一个跳河的孤老太太。政府表彰了，给慰问金了。然后呢，然后就没了——儿子就像鱼儿在水里吐的一个泡泡，消失在水里。要不是靠图书馆近，他们不会要这里的房子，不会有河，也就不会救什么老太太。小姐妹说，这条河有落水鬼的，他要找到替身才能投胎。绢绢说，才不是呢，那些书就像翅膀，把他带到了天堂。说是这么说，儿子没了才是真的。绢绢日哭夜哭，哭坏了眼睛。贝多芬耳聋了可以弹琴，可以写《英雄交响曲》，可绣娘不行。别说把那么细的丝线穿过针眼了，普通的缝缝补补也都不能了。她的心一下子空了。可何卫国越干越来劲，没日没夜四乡八里去寻觅，别人收不到的，他都能收来。仿佛手里提着阿拉丁神灯。

童年时，他就喜欢收集宝贝。他母亲是铜材厂的。他们的工作是把破铜烂铁化了，做成铜锭。"废铜"中，有很多民间收购来的古钱币。女工们看见好玩，捡几个回家给小孩玩。别人做毽子、滚铜板，他却存了起来。她跟他结婚时，两人还坐在地板上一起数呢。这边一个，那边一个，小山似的铜板隔开了他们。这是预兆啊，现在，隔开他们的是重重叠叠的花窗。怎么说呢，对这些花窗，绢绢心里乌拉不出，好像她嫁的不是个人，是花窗的影子，它们来自明朝、清朝、或者什么朝的影子。买断工龄的钱，儿子的钱，都被他丢进五花八门的窗洞里去了。吃的，喝的，都是她的。她能有多少钱呢？再说，她还病着呢。浑身软塌塌的，像煮得稀烂的蹄。去了几次医院，都说是太潮湿了。最好换环境。是啊，换环境。她说，把花窗卖了吧，卖给老外，咱们换房子住。何卫国的样子像要吃了她：你不爱国！鹃鹃说，你不爱我！从此两个人再也无话。想起这些，鹃鹃心里就一阵一阵地痛，仿佛里面藏着个永远在生、而永远生不下的孩子。

鹃鹃慢吞吞把碗擦干。又不知道干什么了。

二

苏州市文物局民间收藏家表彰大会正在进行。

张科长慷慨激昂地说："现在的情况是，搞建筑的不懂民间文化，懂民间文化的又去考古了，文物保护的形势很严峻……何卫国同志在经济并不宽裕的情况下，收藏、修整、修复明清雕花门窗，数十年如一日。这是为什么？"

场下无声。

"这是因为，他热爱吴越文化，热爱中华民族遗留下来的珍贵文化。我代表苏州市文物局、文物爱好者，感谢何卫国先生——感谢你的民族气节和崇高理想。希望你再接再厉，为推进文化遗产保护事业的全面发展，为构建社会主义和谐社会，作出新的更大的贡献！"

掌声中，何卫国从张科长手中接过锦旗。锦旗上，"民族功臣"四个大字遒劲有力，光彩夺目。

三

鹃鹃家是独门独户，房管局的房子。粉墙黛瓦是不错，但绝不是电视里"苏州形象"广告上那个簇簇新的粉墙黛瓦。就说"粉墙"吧，像是半段吸了墨水的粉笔。上半部还算干净，下半部就乱七八糟了，有孩子的脏手印（还往下一拖），炭黑笔写的手机号码，五花八门的小广告。墙皮呢，这儿掉一块，那儿掉一块，露出了泥灰甚至砖头。有太阳的时候，还看得过去。到了阴雨天，这墙呀，简直像一块发了霉的猪油糕，堵在鹃鹃心口。这还好，要命的是还漏雨。江南雨，哪有这么诗情画意？你家倒是漏漏看！何卫国跑到房管所交涉了几次，严肃地说，我家是有文物的，那是文化遗产，你们该重视。那帮人笑，我们家也有文物啊，吃的碗，拉的马桶，都是"上抬头"

（祖宗）传下来的。最后，他直接跑到了文管局，拿着花窗的照片，声泪俱下。一来二去，文管局上上下下都知道有这么个民间收藏家。文物管理科的张科长立即打电话给区长。一码吃一码，房管所只好吃瘪，立刻派人来补漏换瓦。

鹃鹃经常把自己关在家里。天气好的时候，她搬着凳子，坐在后门口看人钓鱼。可现在呢？现在能做啥？短命雨，下得心里长白毛了。鹃鹃打着冷战走到自己房里，打开床边的"夜壶箱"（上面一只抽屉，下面是空档的小柜子），拖出一只靛蓝色的土布包裹来。她把它解开，把东西一件件拿出来，铺到床上。枕头套、桌布、手帕、香袋甚至电风扇罩、椅垫等等。软缎、棉布、"的确良"，湖蓝、粉红、紫罗兰、肉色、纯白……一床的花团锦簇。这些都是她做姑娘时亲手绣的。每件都用"棉筋纸"包好。这种纸，绵软、拉力强，还防蛀。在苏州，几乎每家每户的母亲与女儿都会刺绣。可是，每天和针线打交道就不是滋味了。人啊，就是这样，得到的东西这不好那不好的，等到失去，全是宝了，包括枯燥无聊。同样是枯燥无聊，能比么？

鹃鹃拿起一只枕套，端详着绣工。说是乡镇企业挤垮了苏州绣品厂也不公平。恐怕是机绣泛滥的结果呢。多省力呀，价钱又便宜。机绣抢了手绣，手绣又抢了机绣。六十年风水轮流转。据说苏州郊区一个叫镇湖的地方，绣娘十万呢。鹃鹃心里冷笑，真正的苏绣有多少呢？算了，想这些做什么，没意思。真没意思。

时间在胡思乱想中走得很快。也许，时间本身就是胡思乱想吧。

鹃鹃打开冰箱，取出馄饨。这只单门冰箱还是九十年代买的，门上锈迹斑斑，封条也不严实，很费电。鹃鹃忘了地上是潮的，很滑，转身的时候快了点，"扑"的一声闷响，一屁股坐到了地上。也许尾骨受伤了吧，锥心地痛。痛得眼泪都出来了。女人的眼泪是连着心的，无论悲伤、喜悦或者疼痛。鹃鹃坐在冰冷的地砖上，很久，很久。好像被冻住了。

这么坐着总不是办法呀。鹃鹃挣扎着站了起来，打开水龙头。手上的泥浆如兵败，潮水般退去。

馄饨散落在地上，衣服也脏了。冬黄梅，冬黄梅，真是霉到了根了。痛死了！还是听听音乐，转移一下注意力吧。前一阵，何卫国突然良心发现，帮她买了一只打折的收录机，给了她一盒磁带，说，这是我翻录来的，《卡门》序曲，也叫《斗牛士进行曲》，知道吧？不知道。鹃鹃没好气地说。听听吧，心情好。好个鬼！这辈子好不起来了。

一开始，果然生气勃勃，可是几个回旋，落下来了，就像旋转而下的滑滑梯。真痛，痛得一点心绪也没有。鹃鹃啪地关了收录机。

四

"请问何先生，您是什么时候开始关注花窗的？"台下有人举手。

"大约是一九九二年十月份吧，政府造干将路。这是苏州有史以来最大的一次动迁。涉及八千多户人家，三万多人。三万多人，相当于老城区十分之一的人口。二十多条老街巷消失了……"何卫国的声音有些发抖，"明清时期的老房子啊，这么多，我总觉得太可惜了。"

王馆长插言道："作为文物部门，我们肯定不希望拆除古建筑，但是不拆，老百姓的经济生活就得不到发展。全国很多地方都存在这样的矛盾。苏州市在这方面做得还是不错的。"说完，点点头，示意何说下去。

"两年中，我几乎一有空就在那里转。有一天，我在一个大户人家的旧客厅里发现一堵板墙，上面贴着花花绿绿的月历纸。撕掉一看，竟然是一堂六扇、全品相清代银杏木雕花长窗。从此，我开始了收购古老花窗的行当。"

一个女孩子问："请问，你爱人支持吗？"

"这个……"何卫国犹豫了一下，"当然，当然支持。她觉悟很高的。"他求救似的看了看张科长，心里说，可以了吧，可以了吧。

张科长笑了笑，手一伸，示意何卫国可以下去了。

"现在，我们请王馆长讲话。"

王馆长是个四十多岁的女同志，短发，藏青色的羽绒衫，显得很干练。她清了清嗓子说，"识古不穷，爱古不富。何卫国先生是守着一堆'死钱'的百万富翁啊。他对我们说，把花窗卖掉，就是历史的罪人。这话说得好哇！

"苏州的民间收藏者很多，有的规模还很大。告诉大家一个好消息，市政府新出台的文物管理法规定，无论什么藏品，只要符合条件，可以建立私人博物馆，政府将会在运作资金上给予帮助。"

哗——掌声一片。

"请大家注意，先到文管科申报。"张科长大声说。

何卫国兴奋极了，他的脸通红通红，眼睛里闪着泪光。

五

鹃鹃侧身趴在饭桌上，又冷又饿。但是她不想动。不知过了多久，她睡着了。她梦见了新家，高高的，连蚊子也飞不上去；干干爽爽的，即使黄梅天。不知哪里，有野猫在叫春。鹃鹃被炒醒了，大白天叫什么春？真是的。她是很少做美梦的。用一个梦来补偿苦痛，这也太荒诞了吧？安乐死、搬新家。两个梦。它们有什么关联呢？鹃鹃擦了擦嘴角的口水。一定是太累了，什么都不干也累。鹃鹃抚摸着尚有余温的桌布，轻轻叹了一口气。她的两个小姐妹倒是生龙活虎，一歇歇跳健美操，一歇歇上钢琴课。开始的时候，她们来动员她，去吧，待在家里有什么劲！鹃鹃摇摇头，跳不动，我也没有音乐细胞。心里想，你们又没死儿子喽，我也没钱买钢琴，就算买了钢琴又往哪里放呢？小房间只有六平米，一张单人床，一只夜壶箱，一只大衣柜。别说钢琴，连一只琴凳也放不下。几次下来，她们不叫她了。隔几天，打一只电话，问问她好不好。她总说，不好，浑身痛，一点精神也没有。对方只好说，那你休息吧，多睡睡。后来，干脆连电话也不来了。鹃鹃想，不来就不来。我好不好和你们又有什么关系呢？

别人怎么对她无所谓，可是老头子不作兴的，进进出出视她为无物。鹃鹃倒是想收拾他，可一来身上没劲，二来也没好的办法。养虎为患啊，当初要是不支持他搞这些名堂就好了，还不是儿子死了，怕他闷出病来吗？这老东西倒好，只图自己开心。你说，谁家愿意堆这么多废物啊？没用当然是废物。只有卖出去，才能实现价值。那些花窗怎么也值个三四十万吧？三四十万，买个小套够了，高层。三四十万是鹃鹃估算的。她曾偷偷到孔庙后面的旧货市场看过，那里什么都有，就是没有买卖花窗的。她还真不知道这些花窗值多少钱，或者根本不值钱。换作她，两百块钱一扇都不要！只要她一动花窗的脑筋，何卫国就会说："花窗是历史的眼睛，卖了它们就是历史的罪人。"这一套，肯定是有人灌输给他的。他怎么不说古钱币是历史的眼睛呢？她算是明白了，要他回头，除非日头从西边出来。他们只会穷下去，穷到没有饭吃。但是，她又能怎么办呢？

鹃鹃眼睛一闭，仿佛她被扔到了非洲穷国。周围尽是皮包骨头的大人，脑袋奇大、身子奇小的儿童，几乎夺眶而出的大眼睛。

啊嚏！她打了个喷嚏。这屋子里怎都有一股霉蒸汽？窗户一直都是开着的呀。鹃鹃这边闻闻，那边闻闻，一路闻到大房间门口。果然，味道就是从里面飘出来的。老头儿的破烂发霉了，或许长出了蘑菇。

这间屋子，自从放了花窗后鹃鹃再也没进去过。她害怕啊！说不定里面有很多冤魂呢，飘来荡去的。明清时期，有三四百年了吧？三四百年里，这些花窗见证了多少悲欢离合。也许，它们都含着一股怨气呢，也许还有诅咒。但是，不进去怎么办？真是难闻死了！鹃鹃打开门，捏着鼻头跨进去。太多了，什么样子都有，起码可以满足再建一个拙政园的需要！鹃鹃惊呆了，真是小看了何卫国。三四十万，恐怕有几百万吧。几百万！鹃鹃心里说不出的滋味。门边靠墙处，是何卫国的小床，他每天睡在这里，怎么吃得消？真是不可思议。

怎么办？鹃鹃呆立着。

只要让水分蒸发掉就好了，干爽了，就没味了。可是没炉子啊，现在都用煤气灶了。鹃鹃想了想，关上所有的窗户，把准备腌菜的一只小瓦缸拖到大房间门口。鹃鹃找了几圈，找不到木头，又回到"仓库"。发现门后角落里，靠着一捆旧木料，好像是桌腿。不知有没有用。不管了！鹃鹃搬出来，又从小床底下拖出一只纸板箱，撕碎了引火。纸板箱受了潮，点了几次没着，浓烟呛得鹃鹃大咳，眼泪鼻涕都咳出来了。她只好打开门窗，等烟散了，又把窗关好。她找来一些旧报纸，火倒是点着了，可烟火齐冒，鹃鹃吃不消，只好又打开窗户。然而风一吹，火又灭了，黑灰乱飞，鹃鹃又关窗。手忙脚乱近一个小时，才大功告成。

她搬了一只小凳子，坐在火盆边，闭上了眼睛。好暖和啊，就像在晒太阳。恍惚中，火苗舔上了门框，花窗烧起来了，火光冲天！复仇的快感让她想尖叫——可是，花窗没了，他也活不了呀。鹃鹃一凛，猛地睁开眼睛。她站了起来。火盆里，桌腿成米字形架着，不时爆出噼噼啪啪的声音。她平伸双手，放到火苗上，烤着，仿佛在抚摸它们。

轰隆隆……声音越来越响，越来越近。好像有什么东西在石子路上辗过来。鹃鹃拉开大门一看，三个男人拿了两只煤气罐，其中两人抬一只，一人用两只脚轮流蹬煤气罐向前滚。要死快哉，这样要闯穷祸的呀。安全阀可能失去作用，还有可能爆炸。千万不能有明火！她赶紧关上门，拿起桌上的热水瓶就朝火盆浇上去。啦，一股浓烟直冲上来，鹃鹃一阵猛咳。

霉味是没有了，家里充满了烟火气，仿佛是个大烟囱。

鹃鹃打开大门，探出头去。三个男人过去了，小巷又是空空的，一个人也没有。好像是几百年前就废弃的样子。怎么不是呢？她像是仅存的活人，只有滴滴答答的雨声陪伴她。

鹃鹃关上大门，拖着沉重的双腿，走进自己房间。她瞥了一眼床上的东西，然后从枕头底下取出一只小瓶子，拧开瓶盖，看了看，将药片悉数倒进嘴里，她的双颊立刻鼓了起来。鹃鹃抿着嘴，往水杯里加了一点热水，然后坐到床上。喝一口水，扬一下脖子，喝一口水，扬一下脖子。

她安静地躺在床上。一床的罗愁绮恨。

看不清面目的女医生推着她，缓缓地往前走，往前走……

一块靛蓝色的土布无声无息地飘到地上，洇了水，渐渐变色。

作者简介

朱宏梅，女，江苏省苏州市人，江苏省作家协会会员。曾在《山花》《文学界》《小说界》《雨花》《长城》《啄木鸟》《青年文学》《广西文学》《青春》等文学刊物发表中短篇小说。已出版中短篇小说集《指尖上的温度》。